綴り草

定年後の日々の「つぶや記」80篇

田嶋　榮吉

まえがき

私が学生時代の終了と同時に、社会人としての第一歩を踏み出したのは、とある企業の会社員としてであったが、その良くも悪くもさまざまな経験を積んだ会社員生活を卒業してから、早や二十年近くが経過しようとしている。

会社員時代までの人生を今になって顧みれば、運命に導かれるままに、どちらかと言えば無我夢中で過ごして来た様に思えるが、その後の現在に至る二十年近くは、全ての時間を〝自分自身の為〟と言うか〝自分と家庭の為〟を主眼に置いて過ごして来たつもりである。

特別な束縛のなくなったこの期間を、会社員時代の反動として、当初は〝自分の思いのままに充実した生き方をしたい〟と願ったものの、実情は、徒に時間を浪費しているかのような焦りも感じる日々であったのも偽らざる処だ。そうした焦りからか、近くの大学が主催する一般市民向けのさまざまな文化講座に参加したが、自己の関心事を中心に考えてしまう狭量さ故か、いずれの講座も私の心に充足感を与えては呉れなかった。また、講座で出会った老若男女の人々も、おしなべて謙虚で受動的な方達であったため、残念ながら、期待した新たな交友関係を築くにも至らなかった。

結局、私は受動的な日常活動ではなく、自らが活動の主体となる能動的活動をしなければ、願いとする充実感の有る毎日は得られぬことを悟り、賛同者を募って、洋画鑑賞同好会や海外旅行同好会等を立ち上げもした。しかし、こうした同好会の立ち上げ当座は兎も角、時の経過と共に参加者間の思いの違いや、世代間ギャップの存在、という難問に対峙することとなり、いずれの同好会も十年程の継続はしたものの、やがて終幕を迎えてしまった。

そんな中で、特別な意気込みや期待も無く、たまたま活動拠点が我が家に近い調布市の東部公民館であったことから参加したのが、〝調布エッセイの会〟であった。私は、どちらかと言えば、曖昧さの嫌いな理屈好きなので、エッセイの本道である文学性を目指すのではなく、知人や家族に〝自己の潜在的思いを伝える事〟を主眼にした文章作りを目指す事とした。ゆくゆくは私の遺言書の類にでもなればとの思いで、エッセイ作りに励む事にしたのであった。

そして、何時の間にか十年以上が経過し、書き溜まったエッセイも八十編程となったので、この節目の機会に、書かれた作品の出来不出来には目をつぶって、一冊の本に纏めて一区切りつける事にした。

ところで、エッセイ集がほぼ纏まって、改めて全編を通して観てみると、類似内容の文章が数か所在ったり、幾つかのページには改行やスペース取りに不自然な箇所が在ったりするのが目に付いた。しかし、これらの不具合は、元々のエッセイが、続き物として書かれた訳ではなく、時間を置いて個別にしかも横書きのＡ４サイズで書かれたものであり、今回敢えて縦書きのコンパクト版の単行本に収録するに当たっては、或る程度の見苦しさや読み難さが生じるのを承知の上で、再編集の手間を省かせて頂いているので、ご理解いただければ幸いである。

田嶋榮吉

【つぶや記】２０１２年末〜２０１６年

【つぶや記】2017年〜2019年

【つぶや記】２０２０年～２０２３年

【つぶや記】

2012年末~2016年

時事通信社が選ぶ年別10大ニュース

日　本	2012	世　界
年末衆院選で自公圧勝し安倍新政権誕生	1	中国トップに習近平氏誕生
尖閣・竹島で中国・韓国との関係悪化	2	北朝鮮、弾道ミサイル2回発射
原発、一時稼働ゼロ	3	米大統領にオバマ氏再選
消費増税法成立(2014年に5%から8%に)	4	欧州の債務危機続く
IPSの山中伸弥教授にノーベル医学生理学賞	5	金正恩氏、第一書記に
オスプレイ、沖縄に配備	6	シリア内線激化、日本人殺害
景気、後退局面に	7	ミャンマー民主化進展、米大統領も訪問
ロンドン五輪で日本史上最多メダル	8	韓国大統領に朴槿恵氏
東電女性社員殺害で再審無罪	9	エジプト大統領にモルシ氏
家電大手、軒並み業績悪化	10	中国など新興国の景気減速
	2013	
アベノミクス始動	1	スノーデン容疑者、米情報収集活動を暴露
特定秘密保護法が成立	2	中国が尖閣上空に防空識別圏
2020年夏季五輪、東京開催決定	3	北朝鮮で粛清、金正恩氏の独裁強化
参院選で自民圧勝、ねじれ解消	4	アルジェリアで人質事件、邦人10人犠牲に
「徳洲会5千万円」で猪瀬都知事辞職	5	フィリピン台風、死者・行方不明7千人
消費増税、2014年4月に5%から8%に実施決定	6	エジプト政変、モルシ政権崩壊
福島第一原発、汚染水深刻に	7	イラン核合意、米との対立に転機も
伊豆大島の土石流など自然災害相次ぐ	8	シリアで化学兵器使用、米は介入断念
日本、TPP交渉に参加	9	中国・天安門前に車突入、不穏な事件続発
緊張続く、日中、日韓関係、首脳会談できず	10	中国でPM2.5の汚染深刻化
	2014	
解釈改憲で集団的自衛権容認	1	ウクライナ危機、クリミア半島にロシアが軍事介入し編入
衆院選で与党圧勝	2	「イスラム国」が勢力拡大、有志連合空爆
消費税率10%への引き上げ延期(2015/10→2017/4に)	3	エボラ出血熱感染拡大、死者６千人
御嶽山が噴火、57人死亡６人不明	4	韓国旅客船事故で304人死亡・不明
広島で土砂災害、住宅流され74人死亡	5	米、キューバが国交正常化へ
朝日新聞が記事取り消し、社長が引責辞任	6	米中間選挙で共和が過半数奪還
日本人３人に青色ダイオードの研究・開発でノーベル物理学賞	7	英スコットランド住民投票で独立否決
ＳＴＡＰ細胞論文に捏造や改ざん	8	ノーベル平和賞にパキスタンの教育活動家マララさん
７年ぶりの円安・株高(1ドル121円、日経平均18000円)	9	パキスタンで学校襲撃、140人超死亡
テニスの錦織、全米準優勝	10	香港民主派デモ隊、幹線道路を占拠

日　本	2015	世　界
安全保障関連法成立（集団的自衛権行使、米軍後方支援拡大）	1	世界各地でイスラム過激派のテロ
過激派組織「イスラム国」が邦人人質殺害	2	中東難民、欧州に殺到
ＴＰＰ交渉が大筋合意	3	ＣＯＰ21でパリ協定採択
川内原発が再稼働	4	中国経済にブレーキ
戦後70年で安倍首相談話	5	ギリシャ金融危機
（歴代内閣の姿勢を引き継ぐ考え）	6	米軍、南シナ海で「航行の自由作戦」
東芝不正会計で歴代社長辞任	7	中国主導のアジア投資銀と人民元ＳＤＲ
新国立競技場建設、エンブレム白紙に	8	ＶＷが排ガス不正
辺野古移設、国が着工	9	イラン核協議最終合意
日本人科学者２人がノーベル賞 （大村智氏・梶田隆章氏） ラグビーW杯で歴史的勝利。外国人観光客激増	10	米、キューバ国交回復 米、9年半ぶり利上げ
	2016	
天皇陛下、退位の意向示唆	1	米大統領選でトランプ氏勝利
熊本地震、死者150人超	2	英国がＥＵ離脱決定
オバマ米大統領、歴史的な広島訪問	3	世界でテロ頻発、邦人も犠牲に （ダッカで邦人7人犠牲）
安倍首相、真珠湾慰霊へ	4	韓国大統領の弾劾案可決
消費税率10%、再延期（2017/4→2019/10）	5	北朝鮮が２回の核実験
参院選で改憲勢力３分の２に	6	シリア内戦泥沼化で大量難民
障害者施設（相模原市）で19人殺害	7	ＴＰＰ、12か国署名も漂流へ
日銀、マイナス金利を初導入	8	地球温暖化対策のパリ協定発効
日ロ、北方四島で共同経済活動へ	9	オバマ米大統領、88年ぶりキューバ訪問
リオ五輪、過去最多41メダル	10	パナマ文書で税回避明らかに

～その１～

「つぶや記」事始め

幾分かの「魂の痕跡」作りとなれば…

２０１２年　12月

会社勤めを卒業してから間もなく十年。以来「全ての時間が自分の思うままに使える日常」を手に入れて、日々の生活が自分を中心に展開されるようになってみると、過ぎし方を振り返り、行く末を考えることも多くなった。

元々、自分の人生は自己の意図で幕開けした訳ではないし、降って湧いたように与えられたものであるから、自分の人生の当初が、方向性のない成り行き任せでスタートしたのは当然であった。

しかしながら、物心が付くようになると、成り行きが自己の意思で選択され、次第に意図的な方向付けがなされるようになったのも疑いのない事実だ。

とは言っても、これまでの私の人生が、「ある時期を起点にして、一貫した目的や明確な方向付けがなされるようになったか」と言えば、残念ながらそんな訳でもなかった。

これまでの、決して思い通りに展開されてきた訳ではない私の人生を、今の時点で客観的な目で見返してみると、「基本的には、与えられた生活環境の奔流の中で、次々に出現する選択肢を、状況に任せて適当に選択してきた毎日」と断じても、当らずとも遠からずではないかと思う。

このままの生き方を続けるとしても、それを「極めて自然で、労苦の少ない安穏な人生」として、受け入れるのに特別なためらいを感じる訳ではないが、これからの人生では、今までの人生にはなかった決定的な事柄、即ち「人生の終点」なるものを、どうしても念頭に置かない訳にはいかない。

毎年、齢を重ねる度に、この「人生の終点」に対する潜在意識の顕在化を感じないでは済まなくなってきたのだが、自分の人生に残された時間はどのくらいなのか、シリアスに考えるのは愚かしいように思う。その反面、「自分なりの満足感を持って終わりの時を迎えられたら…」との想いに駆られることがしばしばあり、これからの日常生活において絶えず意識させられる、「人生での最終的願望」となりつつあることは否めない。

そうした意識の中で、今の生活を改めて見廻してみると、「現在の生活は、その願望を叶えるには充分な状況にはない」ことに気が付く。とりわけ気になるのが、「自分という存在の痕跡」の如何だ。

幸いにして、現代には写真やビデオを始めとするさまざまな記録媒体があり、誰でも簡単に「存在の痕跡」を残すことは可能になった。しかしながら、今の自分にとって最も関心のある「魂の痕跡」を残すという願いが、こうした便宜的な手段で叶えられるとは、到底思えない。便宜的手段からもう一歩踏み込んだ、「個人の想いをさらに生々しく映し出せる手段」によらなければ、満足のいく「魂の痕跡」を残せるはずもないように思えるのだ。

古来、そうした「魂の痕跡」たるものとして位置付けられ、そして尊重されてきたものの一つが、書画の類なのではないだろうか。

とりわけ文章による「魂の痕跡」は、人間の精神活動を最も直接的に伝えられる手段であるので、自分に残された時間の中で、自己の自己足る所以を多少なりとも文章化してみれば、その出来栄えの如何に拘わらず、また仮に自己満足に止まったとしても、幾分かの「魂の痕跡」作りに繋がり、残された人生の充足感を少しでも高められるはずだ。

絵画、彫刻、陶芸等のより積極的に物を作る類の行為は、趣味と共存させて取り組める、興味ある「魂の痕跡」作りである。文章作りより当方の持ち合わせている生来の才能には適しているようにも思われるのだが、本格的に取り組めば取り組むほど、場所や経費の問題が派生して来て、今の私の年齢で始める「魂の痕跡」作りとしては、不適当なのではないかと考えた。

そんな想いから、二年ほど前に日記を書き始めたのだが、暫くしてみると、日記なるものはどうしても時間や場所と関連させた事物の記述が主眼になってしまい、深く「魂の想い」を表現するための手段には成り難いことを実感させられた。

想いの真髄を記すには、当然ながら書き手の文章力にもよろうが、高揚した想いを時間や場所の制約を外して記した方が、普遍性と情念の籠った内容になり、そうした文章でなければ、第三者の共感を得られるような「魂の想い」にはならないのではないかと思う。

私の過去を振り返ってみると、小中学生時代は作文で特に褒められたような記憶はなく、社会人となってからも、報告書や論文の類は数多く作ってはいるものの、多少なりとも文学性を意識して文章を作ったことはほとんどなかった。

即ち、私には、文才らしき才能はもとより、言語的知識も人並み以上のものは持ち合わせていないと考えられる。したがって、私の作る文章は、いわゆる「随筆」や「エッセイ」と呼べる類のものとは縁が遠く、論理性や合理性を基本に、単に書き手の思いをストレートに表現した文章にしかならないだろう。

そんな「散文」と呼ぶのもおこがましい文章を、私は「つぶや記」と呼ぶことにした。この「つぶや記」は、願わくば「惨文」にはならないことを祈りたい。

一個人の人生経験の一端が、拙文であっても「魂の痕跡」として第三者に伝えられ、さらには共感をも得られるなら、これから向かう人生行路の終着点に、幾ばくかの安堵感と満足感を持って到達できるのではないかと期待する。

～その2～

現代民主主義の行き詰まり

政治改革を呼び起こし得る二つの手立て

2013年　1月

２０１２年末、衆議院が解散となり、同時に東京都知事の突然の辞任も重なったため、二つの選挙が同時にスタートして、唯でも慌ただしい年の瀬は、一層慌ただしく感じられた。

街頭では、年末セールのチラシ配りと競うように、選挙候補支援者のビラ配りが声を張り上げ、他人事でありながら自分事でもある、いつもながらの選挙風景が展開された。

声をからす候補者の弁説とは裏腹に、立ち止まって耳を貸す通行人はほとんどなく、それを見越した候補者の主張内容も、壊れたレコードよろしく、内容の薄い決まり文句を繰り返すばかりで、選挙市民との触れ合いの場としての、街頭演説の真剣さは感じられない。

私たち、中・高年者には、こうした選挙風景はもう何度も見慣れてきた情景である。

かくの如き、選挙における一般大衆の無関心振りが無理からぬと思えるのは、候補者の街頭演説では、既にマスメディアを通じて見慣れ・聞き飽きた、当たり障りのない抽象的な主張が説かれるばかりで、通行人が聞き耳を立てるような、新鮮な主張が新たになされる訳ではないからだ。現代社会においては、政治活動の核心はマスメディアや団体活動に向けられており、政治活動としての街頭活動は、街頭における商業活動と何ら変わることなく、単なるディスプレー行為になり下がってしまっているのが実態であろう。

近年、政治家の質が落ちたとか、リーダー不在だとかを、しばしば耳にするようになった。本当にそうなのか、何故そうなってしまったのか、その原因を明らかにし、対策を講じなければ、蔓延しつつある政治の不毛感は、強まりこそすれ消えることはないだろう。

今更の感はあるが、民主主義の基本となる「選挙の原点」を思い返してみると、「互いによく知りあった仲間内での直接選挙」がその始まりであったはずだが、当時とは比較にならぬほど人口の増大した今日、当然ながら選挙は間接選挙になり、選挙環境を形成する社会構造そのものも激変してしまった。しかし、一人一票の原則だけは今も変わっていないのだ。

現代の選挙と政治の閉塞感は、社会構造の大きな変化にも拘らず、選挙システムの基本が、現代の民主主義と呼びうる政治形態が固まって以来、ほとんど変っていないところに起因しているのではないだろうか。この間、倫理観や価値観は、時代に合わせて変化しているのだ。

現代の選挙では、「基本的にはよく知らない他人の中から、自分への直接的な関りの想像しにくい社会目標に対して、その実現に適した人を選択する」という、極めて曖昧な状況下での難しい判断が求められていることを、改めて認識しておかねばならない。

選挙がある度によく言われるのが「一票の重さ」であるが、現代の間接選挙における一票の持つ重さの実状は、「極めて軽くなってしまった」ことは否定しようがない。

こうした、市民個人の日常活動と投票結果との利害関係が薄くなる一方での状況では、投票行為にも関心が薄くなるのは、しごく当然の現象であろう。

我が国における最近の投票率の低下傾向は、選挙に関心が薄く、投票行為に気乗りしない市民感情を、まさに正確に反映しているのだ。

どう考えても、「現在の選挙システムは、矛盾を内包していて、破綻の瀬戸際にある」としか考えられないのだが、この破綻から救う手段はあるのだろうか。

そこで、以下に暴論と言われるのは覚悟の上で、手っ取り早くて分かりやすい、「政治改革を呼び起こし得る二つの手立て」を提起してみたい。

・不毛な候補者排除のための制度

こうした制度の実現こそ、不毛な政治から脱却するためには最も効果的であり、現実的で具体的な内容作りと、その早急な実施が必要なのではないかと思われる。

まず考えられる手立てとしては、現在の裁判所のような在り方を念頭に置いた、公的な「候補者評定機関」を作り、この機関に所属する複数の評定員が一定のカテゴリー、例えば、歴史、経済、科学、芸術、スポーツ、専門分野等について、各候補者を評価し、投票時の参考資料として、誰でもが自由に利用・参照できるようにすることだ。

勿論、まず評定員が偏見なく選定され、評定結果も偏見を排除したものである必要があるが、評定結果もあくまでも参考資料に止められることは無論のこと、これによって立候補や投票行為に、特別な制約が加えられないようにしなければならないことは言うまでもない。

・万人に一人一票の悪平等の是正

恐らくこの改革には大きな抵抗が伴い、容易には実現され得ないものと思われる。

なぜなら、この実現のためには、「選挙権を、基本的人権ではあっても、生存権や財産権等の基幹的人権からは一段下がった、従属的基本人権」として考え直す必要があるからだ。

社会的地位や富が、それを得るに至った経緯や手段の妥当性は別にして、実社会では個人毎に異なっているのと同じように、選挙権についても、社会人になってからの社会への貢献度に応じて、一票の重みを変えることは、決して不合理なことではないのではないだろうか。

現在の、誰でも無条件に一人一票ではなく、偶然や必然、その他のさまざまな要因によって「投票権に生じる格差」を認めたほうが、自然の理に叶っているのではないかと思う。

この改革によって、社会貢献度の高い人は、その日頃の努力も報われるようになろう。

また、社会貢献度の高い人ほど、確率上その見識も高いと予測されるので、全ての選挙において、見識の高い候補者の選ばれる確率が高くなることを期待し得るのではないだろうか。

最近のあきれるばかりの政治の実態は、必ずしも我が国特有の現象ではなく、先進国と発展途上国とを問わず、いわゆる「言論の自由」と「民主主義」の実現されている国では、程度の差はあれ、共通する現象となっているように思われる。

この現象は、個人の能力が古代から現代に至る間に大きく向上した訳ではないにも拘らず、マスメディアの驚異的な発達によって、誰にでも無差別に多量の情報が流れ込むようになった一方、その取捨選択と適否判断が困難になっている状況に起因すると考えられる。

かつては、社会的地位の上位者ほど、高度で多量の情報が得られたため、これらの人々は政治的活動の場でも優位な立場に立ち易く、一般市民もそうした立場の人を抵抗感なく受け入れていた。その結果、社会は現代よりも一定の方向性を保ち易かったと思われる。

しかしながら、現代では誰もが同じような情報を得られるようになっただけでなく、その情報の的確な処理が難しいため、社会全体の方向性も定まり難くなってしまったのだ。

現代は、溢れる情報の中で、マスメディアが報じる「雑多な意見」が、社会と政治の方向をあてもなく先導していく時代となった。その実態は、まさに「衆愚政治」そのものだ。

この十数年の政治や選挙を思い返すと、親譲りの地盤を受け継いだ二世議員や、知名度にものを言わせた、タレントあるいはスポーツ界転出議員が、多数政界に進出し、その後もさまざまなスキャンダルや低質な言動等でマスコミを賑わしてきた。

私たち市民は、議員には特権と高い給与を認めているのだから、たとえ新任議員であろうとも、当選後は直ちに市民の期待に答える議員活動をしてもらわねば困るのだが、こうした議員の多くは、そもそも主体的に活動するだけの知見や信念を持ち合わせていないため、結局は政党競争の数合わせの道具としての存在にしかならないことが多かった。

現在の選挙制度のままでは、このような状況から、永遠に脱却できないだろう。

さて、以上にさまざまな疑念と「二つの改革手立て」を示してみたが、所詮は、社会や政治の専門家でもない一市民の、「限られた知見に基づく、安易で乱暴な提案」に過ぎないことは、否定のしようがない。

したがって、本論の最後にあたり、こうした類の主張が「衆愚政治」の醸成要因の一つとはなっていないことを、切に祈りたい。

〜その３〜

我が家の小自然

近隣の住宅地に見る環境破壊

２０１３年　２月

我が家は、「仙川」と「つつじヶ丘」の中間に位置する小住宅である。

家の周囲のささやかな植え込みは、巡りくる東京郊外の自然の営みを、それなりに映し出し、四季の移り変わりを我が家なりに楽しませてくれる。

振り返ってみると、昭和30年代の半ば、義父が注文して畑の中に建てたという旧宅を取り壊して、現在の家を新築してから、早や二十年以上が経過してしまった。

その時に植えたさまざまな苗木や小木は、今では見違えるばかりに成長し、あたかもずっと以前からそこに生えていたかの如き風情を呈して、すっかり辺りの景色に収まっている。

一方、我が家を取り巻く環境のほうは、二十年程度の期間にも拘らず、曲がりくねった狭小な道路だけは元のままにして、別世界かと見紛うばかりの変貌を遂げてしまった。

旧家を取り巻く時代物の屋敷林や、お稲荷さんを守るイチョウやハンの大木、畑の端で伸びやかに揺れる竹林は、いつの間にか次々と姿を消し去り、今では何処にでも見られるような特徴のないマンションやアパート、駐車場、隙間なく立ち並ぶ小住宅が、ありきたりの味気ない近郊都市景観を作り出している。

かつて、私たちを楽しませてくれた、早春のコブシの樹冠を飾る純白の花々、夏のシイやクスの大木が作る鬱蒼とした緑陰、秋のイチョウの天を突く金色の塔、冬のケヤキ並木が作る細やかな小枝のカーテン、全ては夢の如く消え失せ、今は、乱雑に立ち並ぶ電柱と勝手気ままに空を横切るケーブル類が、我が町の空を虚しく飾っている。

当初は、隣家とともに小自然を形成していた我が家の小庭も、隣家が庭の植え込みもろとも消滅してしまった結果、今では矮小な緑の孤島となってしまった。

そんな緑の小島に、鳥や蝶の類は別として、空中を移動できない、モグラやヒキガエルを筆頭に、トカゲやヤモリやカタツムリ等の小動物が、毎年の春、無事に顔を出すのを見ると、この孤立した小自然の中で、迫り来る環境消滅の危機も知らず、無心に自然の営みを続ける生き物の、生命力の強靭さと生きるものの哀れさ、そして人間の傲慢さと無情さ等を、感ぜずにはいられない。以前は触れるのはもとより、目にするのも嫌だった小動物も、今では可愛らしくも愛おしく思われ、毎年無事な姿を目にして安堵するようになった。

こうした我が家に生きづく小動物を中心とした小自然を見ていると、現代日本社会の日常的関心事となっている、経済問題、エネルギー問題、少子化問題等は、本質的には自然の一部に過ぎない人間が、ここまで環境破壊を進めていながら、なおかつ人間本位の幸福追求に没頭する、盲目的で身勝手な問題意識としか思えなくなる。

人間のような大型動物が、七十億を超える個体数で生息することは、長い地球の歴史において未だかつてなかったことだと言われている。ましてや、千万人とか二千万人とかで地上を埋め尽くすかのように広がった大都市が、自然の循環サイクルとは無関係に、大量の熱や廃棄物を吐き出しつつ増殖する様は、地表に生じたガン細胞と見做しても、あながち見当違いとは言えないのではないだろうか。

人間が知性を獲得して、繁栄の途を辿るようになって以来、よりよい生活を求めて、物資とエネルギー消費を増大させていくのは、人間の本性そのものであり、今後も止めることはできないのだろう。その一方で、あたかも異常発生したイナゴやネズミのように、際限なく増加する人間が、母なる自然をないがしろにし、破壊している現実は否定しようがない。

最近になってようやく、環境破壊や地球温暖化が人類共通の問題として議論されるようになってはきたが、一旦増大の弾みがついた人間の欲望は容易に止められるものとも思えず、これから行き着く先の地球環境はどうなってしまうのか、想像するだけでも恐ろしい。

現代日本社会の日常的関心事である、経済問題、エネルギー問題、少子化問題等は、全て増加・拡大の形で解決が図られようとしており、こうした問題への取組・解決姿勢は、全て地球環境を悪化させても、改善することに繋がらないのは明らかだ。

残念ながら現在の人間の科学技術レベルでは、個人と社会の欲望・幸福追求努力は、ほとんどの場合、地球環境保護とは矛盾することが多いのが現実であり、もし私たちが、真剣に地球環境問題に取り組もうとするのなら、これまでの言わば放置・収奪型目的追求スタイルを、一刻も早く循環・還元型目的追求スタイルに転換しなければならないだろう。

つい最近、長いこと空き家になっていた、我が家の道路を隔てた向かいの古家が、アッと言う間に取り壊された。中庭にあった築山や庭池はもとより、それらの周辺に植えられていた庭木は跡形もなくなり、我が家の小自然の孤立感は一層深まってしまった。

緑の孤島伝いに渡ってくるのであろう、鳥の如き飛翔力がないタマムシやカブトムシ、ヒグラシ等の、季節感と自然の造形美を運んでくれていた、我が幼少の頃より愛する昆虫類を、今後の我が家で目にすることは、いよいよ難しくなったようだ。

取り壊された古家の跡地に立つと、実効ある地球環境保護には、社会はもとよりそれを構成する個人の、繁栄や幸福に関する新しい理念の確立・普及か、さもなければ、如何なる環境破壊も招かぬような、あるいは如何なる環境破壊でも修復し得るような、新たな革新的科学技術の開発・獲得が、必要かつ不可欠であることを、改めて思い知らされた。

〜その４〜

原発は人類進化上の〝業火〟か〝プロメテウスの火〟か

羹に懲りて膾を吹く原発廃止

２０１３年　３月

東日本大震災以来、我が国の原発の安全性論議は、容易に結論を導き出せぬまま果てしないが、私たちの目に触れる論点は、分かり易い津波対策と活断層対策に集約されているように見える。しかしながら、これら二つの論点は、いずれも「津波に耐える」「活断層を回避する」との受け身の視点でなされていて、現在の私たちにはまだ充分には推し量ることのできない自然の脅威を考えると、「これら二つの対策さえ充分であるのなら、本質的な安全対策になっているのだろうか」との疑念から逃れられそうにない。

安全対策の最終目標が、原発の暴走と放射能漏れの回避であるのなら、万一想定以上の津波を被っても、あるいは万一未知の活断層が動いても、原発の暴走と放射能漏れを起こさない対策が、技術的に可能なのか否か、また、それが技術的にどれほど困難なのか、一般大衆にも分かり易い形で、一向に見えても聞えてもこないのは、不思議でならない。

機器・設備に発生する多くの事故は、予期せぬことが発生したために引き起こされるのがほとんどであり、重要な施設の安全を確保するためには、入念な「故障安全対策（Fail Safe）」と「誤操作安全対策（Fool Safe）」を講じるのが必要不可欠とされているが、今度の原発事故では、実に情けないことに、そのどちらも不充分であったことが明らかになっている。

津波対策と活断層対策を議論することも必要であろうが、何よりも先に、故障安全対策と誤操作安全対策を、現状技術で徹底的に改善することにより、原発の安全性がどの程度向上できるのかを論議するべきだ。そのほうが、津波の高さや活断層の有無を詮索するより、遥かに建設的で有益な論議になると思われるのだが、如何なものだろうか…。

即ち、我が国の原発の是非は、災害対応能力の不充分な既存設備を前提に議論するのではなく、万一津波を被っても、あるいは直下の活断層が動いても、徹底した故障安全対策と誤操作安全対策を追加しさえすれば、どの程度まで原発の暴走と放射能漏れを防ぐことが可能なのか否かの検証を充分にした上うえで、問われるべきではないかと思う。

東日本大震災の発生以前、化石燃料依存からの脱却とCO_2対策の切り札として、大いなる頼りの綱とされていた原発が、震災以後の我が国では、手の平を返したように嫌われる存在になってしまったのは、何とも無節操な話ではないか。

世界は、増大する人口とエネルギー消費に対応するため、原発への依存を序々に高めようとしているのが実情である。経済大国と技術大国を自任する我が国が、原発事故で世界を震撼させておきながら、事故処理への取り組みは当然としても、事故防止対策への積極的な取り組みが見えて来ず、原発から逃避しようとさえ見えるのは、無責任極まりないことだ。

こんな有り様では、経済大国と技術大国の看板は、恥ずかしくて下ろすしかないだろう。

現状技術は元より近未来技術の限りを尽くせば、何処まで原発の安全性を高められるのかを世界に示すのは、今の我が国に課せられた「逃れられない責務」ではないだろうか。

思い返すと、原発が初めて実用化された当時は、〝第三の火〟として期待され、大いに持て囃された時期があった。今更改めて指摘するまでもないのだろうが、人類が最初に手にし、人類の野生からの脱出を可能ならしめたのが〝第一の火〟、即ち燃焼技術の獲得であった。この燃焼技術の発展の頂点に開花したのが、燃焼動力機関の発明であり、この燃焼動力機関の利用により、人類の移動と物流の範囲、規模、速度は、急激に高められることとなった。その結果の集積が〝第二の火〟即ち電・磁気の発明・利用に繋がったことは、疑問の余地のない近代史の示す通りだ。この電・磁気の利用は、今度は人類の知的活動の範囲、規模、速度に爆発的な発展をもたらすこととなり、遂には究極の火である〝第三の火〟即ち核反応利用を実現させるに至ったのだ。

人類の〝第一の火〟の利用・開始から〝第三の火〟の利用に至るプロセスは、生物進化のプロセスに沿った、人類を象徴する能力である知能・技術の進化プロセスであり、人類の後戻りすることのできない進化プロセスと考えるべきであろう。

〝第三の火〟のもたらす結果は、人類の運命そのものなのではないだろうか。

人類は、知的探究を始めて以来、生命と物質の根源、空間と時間の成り立ち等について飽くなき探求を続けてきたが、近年ようやくその起源が〝ビッグバン〟と呼ばれる宇宙の始原現象に帰着されることを探り出した。この〝ビッグバン〟はまさに超巨大な核反応とも言えるものであり、〝第三の火〟の発見・利用は、人類がその進化・発展プロセスでの最終段階の端緒に、今ようやく辿りついたことを意味しているのではないか。

かつて人類が初めて火を手にしたとき、誤った使い方で火傷をした人間もいたに違いない。自動車や航空機が初めて実用化された当初は、事故で多くの人命が失われもした。電気が普及し始めたときも、目に見えないエネルギーに、災難を被った人間も多かったはずだ。

〝第三の火〟は、宇宙を支配・構成するエネルギーの一つであるが故に、〝第一の火〟や〝第二の火〟とは、基本的に異なった次元のエネルギーであり、当然それを利用するメリットとリスクの大きさも、前者二つの火とは比べ物にならない。それ故に、〝第三の火〟の安全な利用方法の習熟には、それなりの代価を伴うのは避け難い宿命ではないだろうか。

現在の人類にとって、〝第一の火〟や〝第二の火〟のない生活は想像さえできないが、やがて間違いなく訪れるであろう〝宇宙進出時代の人類〟にとって、〝第三の火〟が、必要不可欠なエネルギーとなることは、疑う余地がないのだから…。

よく知られた警句に「羹に懲りて膾を吹く」というのがあるが、原発を羹として吹き続けるのか、それとも膾にする術を見出す努力をするのか、私たちは今問われているのだ。

～その５～

住まいと人生

人生に影響を与える住居の在り方

２０１３年　６月

調布に住居を定めてから、何時の間にか二十年以上になった。

生れてこの方、住まいとして長期間の生活場所とした所は、十箇所ほどあるのだが、今や調布が何処よりも長い生活場所となった。

昔から「住めば都」とはよく言ったもので、これまでに住んだ所は、たまたまの廻り合わせで住んだ場所であったり、自らが好んで選択した場所だったりと、その由縁はさまざまではあったものの、いずれの場所も、住んでみると隠れていたその場所特有の良さが分かるようになり、またそこで生活しているうちにさまざまな思い出も生まれ、その場所を離れねばならなくなった後、時間の経過とともに、言うに言われぬ愛惜の情が湧いてくるものだ。

しかしながら、年齢を重ねた今、現在の住まいには特別な愛着を感じるようになり、文字通り〝安住の地〟との念も重なってきて、最近は「終の棲家」との思いもしつつある。

さて、現代人は何処にでも住まいを選べる自由を手にしてはいるのだが、現実は生活している社会との関りを無視して住居を選ぶことは難しい。また一旦住居を定めてしまうと、今度は逆に、その住居と取り巻く環境から、さまざまな影響を受けてしまうのが常である。

従って、かつてどんな所に住んでいたのか、そして今どんな所に住んでいるのかは、私たちの人生に少なからぬ影響を及ぼすことは間違いないだろう。

そこで、人生における住まいの意味を、〝住まいと人生への関り〟の観点から、いささか大雑把で独りよがりながら「あるべき住まい」の在り方として、改めて考えてみた。

人は年齢とともに精神も肉体も変化していくのだから、「あるべき住まい」も年齢と共に変化していくのが自然であろうから人生の節目となる年代を考慮して、ここでは四段階に分けて考えてみることにする。

以下に自己の経験に反省の念を込めて、「あるべき住まい」とは何かを考えてみたい。

・第一生活期：幼少期（誕生から小学校卒業まで）

この時期は、人と世界との出会いの時期と言えよう。

見るもの聞くものの多くが初めての出会いであり、言わば毎日が新世界での探検のような時期だ。やがて呑み込まれる社会の激流に耐えていくには、この時期にしっかりした基本人格を形成しておかねばならない。そのためには、自然との触れ合いを通じて、「人は自然の産物であり、自然の一部に過ぎない」ことを、無意識のうちに五体・五感に覚え込ませられるような環境であることが、この時期の「あるべき住まい」として望まれる最も基本的な条件ではないだろうか。この観点に立つと、現代の巨大都市生まれの多くの子供達には、理想的な環境下での生活経験は極めて難しい、ということになってしまうのだが…。

・第二生活期：青少年期（中学から大学卒業まで）

この時期は、人と社会との出会いの時期にあたる。

自我の念が次第に強まっていく一方、自己中心的でいられた第一生活期の生活スタイルは、社会との出会いの中でさまざまな妥協と修正を求められ、やがて自己の願望と社会の求める制約とを、上手くバランスさせて行く現実的生活スタイルを学ばされる時期にあたる。

この時期の関心は、もっぱら社会という人間活動にあるので、何処に住んでいようと、住まいそのものや周辺環境には、あまり関心の向かない時期でもあるだろう。

従って、この時期に限っては、行動の積極性と社会との交わり方が重要であり、「あるべき住まい」として特別に必要な基本条件はないように思われる。

・第三生活期：成人期（社会人となってから社会生活の表舞台を下りるまで）

この時期は、人生での活動最盛期にあたる。人生の具体的目的・目標の有る無しに拘わらず、肉体と精神は効率よく最大限の活動をすべき時期であるので、その活動拠点となるべき住まいと生活環境は、極めて重要となる時期である。

しかしながら、一般的には家庭生活を営む時期でもあり、自己の生活拠点としてだけでなく、家族の生活拠点としても考えねばならないのが普通であり、この時期の住まいに、「あるべき住まい」としての必要条件を特定することは、極めて難しい。ただし、この時期の住まいが、終の棲家となるかも知れぬ次の生活期での住まいに繋がっているという点は、「あるべき住まい」を考える際の、忘れてはならない視点の一つとなろう。

いずれにしても、人生で最も長い生活期となるのが普通であり、この時期の住まいの良し悪しが、人生全体の幸福感に直結することになるのは疑いない。

・第四生活期：成熟期（社会生活の表舞台を下りてから以後）

この時期は、好むと好まざるとに拘わらず、自己の人生を振り返る時期でもあろう。人には個性と人生があり、過ぎ去った自分の過去を思うとき、満足感も有れば反省点もあって、複雑な思いが去来するに違いない。

この時期の「あるべき住まい」を考える際の基本条件は、「人生は一度」なのだから、社会活動の本流からは思い切り良く離れて、「この時期の最も大事な資源である〝時間〟を、自分のために効率良く使える生活環境」という点に尽きるのではないだろうか。

ある意味では、第一期の生活スタイルに回帰する時期でもあり、自然の産物である人が、第一期とは逆に自然に還る準備をする時期でもあるので、どんな形であれ、自然と接することのできる住まいこそが、この時期での望ましい住まいと言えるのではないか。

最近は家に居る時間も多くなり、「あるべき住まい」の在り方が、以前にも増して切実に感じられるようになった。そこで、以上の如く、住まいに関する日頃の思いの一端を纏めてみたのだが、社会活動の本流を離れた今、日々に変化する社会の在り方を、半ば傍観者的な立場で見るようになったためか、変化を知って得られたときの〝高揚感〟よりも、〝定めなき世の虚しさ〟を感じてしまう度合いが、年齢と共に強くなっていくようだ。

自分の生まれ育った住まい、かつて自分が移り住んだことのある住まい、そして現在の住まい、それら全ての住まいそのものは、さしたる変化はしていないにも拘らず、取り巻く環境の方は、何処の住まいも例外なく大きく変化してしまった。

私たちの如く年齢を重ねた者にとっては、かつて住んだことのある懐かしの住まいや環境が、大きく様変わりしてしまったり、なくなってしまったりすることは、人生の原点や基準となる座標が消失してしまうようで、極めて寂しいものだ。

最近、四十年ほど前に住んだことのあるロンドン近郊を訪ねたことがあったが、現在もほとんど変っていないことを発見すると同時に、希望に胸の膨らんでいた当時の自分を思い出して、懐かしさに目頭が熱くなるのを覚えた。

こうした、世代が変わっても変わらない景観を保つ、西欧の都市環境を羨ましく思うのは、西欧コンプレックスを未だに引きずる者の、一種の自己憐憫に過ぎないのだろうか。

我が国の都市環境についても、近未来での人口減少をいたずらにマイナス現象と捉えることは止め、将来の美しく広々とした理想的都市環境への実現チャンスと捉え直し、時代の変化に耐える優れた都市環境の実現へと、目を向け直してほしいのだが…。

私たちが求める〝安住〟の地とは、安全は必要条件ではあるにしても、それだけでは充分とは言えないだろう。安全に加えて、世代を超えた思い出を育むことのできるような、時代の変化に耐える永続性を持った〝安定した都市環境〟を備えてこそ、真なる〝安住〟の地、と言えるのではあるまいか。

最後に、今回の命題を考えるにつれ思い出す、よく知られたイギリス民謡の次の一節を引用して、この本章を締めくくることとする。

Be it ever so humble, there's no place like home.

（たとえ粗末な家でも我が家に勝る所はない）

～その６～

映画『彼岸花』の鑑賞後、里見弴の同名小説を読んで

過大評価されがちな懐かしの映画

２０１３年　10月

9月に入って間もない台風一過の朝、透明感のある青空が広がって、爽やかな大気を胸にすると、急

に秋の気配を実感するのが、この時期の特徴であろうか。

狭い我が家の庭でも、巡りくる自然の変化を目にするようになるが、否応もなく秋の訪れを知らされるのは、何と言っても庭隅に顔を出す彼岸花の存在である。

私は、子供の頃から、誰かに教えられたと言う訳でもなく、彼岸花を〝毒花〟として認識しており、別名も梵語由来の〝曼珠沙華〟と、いささか妖しげな響きの名前を聞かされていたので、いつもながら〝特別な思いを抱かずには眺められない花〟であった。

そうした思いを一層強くさせられてしまうのが、その特異なライフサイクルであろうか。成長・枯死の季節的循環が、普通の草花とはまるで逆のように見えるからだ。

とりわけ驚かされるのが、その開花スタイルであろう。いきなり路地から花茎を伸ばし、その先端に思いも掛けぬほど繊細で華麗な花を咲かせた後、秋も深まり他の草花が次々と枯れて行く冬の到来とともに、まるで〝我が世の春の到来〟とばかりに、青々とした葉を茂らせる。やがて本来の春が訪れ、他の草花が先を争うように次々と芽を吹く頃になると、なんと世界に背を向けるかの如く、まずは青々とした葉が枯れ始めて黄変し、夏も盛りの頃になると地上から全くその気配を消してしまう、という変わり者ぶりなのだ。

そうした変わり者の彼岸花の姿と色合いは、とても野の花とは思えない艶やかさだが、日当たりのよい畑や田の畔道に群生し、見掛けに似合わぬ生命力の旺盛さには驚かされる。その生命力の由来は、察するに、他の植物と繁殖を争わないかのような、この特異なライフサイクルに在るのかも知れない。

子供の頃は、彼岸花を〝触れてはならない危険な野の花〟と、思い込んでいたのだが、最近になって近所の家の庭に、赤に交じって白と黄色の彼岸花が咲いているのを目に止めて以来、私はすっかりこの花の特異な姿とその美しさに魅せられてしまった。

早速園芸店から三色の彼岸花を取り寄せ、庭の片隅に植え込んだので、今では秋の訪れとともに、彼岸花特有の微妙にして豪華なその形と色合いを楽しむようになった。


今年もこの彼岸花が咲き出した9月の半ば、私の参加する映画鑑賞愛好会で、会員多くの要望により、1958年小津安二郎監督によるカラー映画の大作〝彼岸花〟を鑑賞する機会を持った。主演女優が当時のトップスター山本富士子と有馬稲子という事で、私も大いに期待して鑑賞に臨んだ。しかし肝心な筋書きそのものが、何の変哲も無いごく普通の恋愛結婚をテーマにしている上に、我が意の届かぬところで進展する婚姻話に、心配と不満でやるかたない父親とその愛媛との日常的な葛藤を描いていて、全体が言わば他愛ないホームドラマの形で展開されていた。近頃の複雑で奇妙な恋愛ドラマに慣らされている私には、余りにも平穏・日常的に映り、内容的には少々物足りない感じの映画であった。とは言え、画面に垣間見られた戦後間もない当時の街角の情景や人々の様子、円熟期にあった山本富士子の晴れやかな美しさは、懐かしさもあってか、とても印象的ではあった。

そうした映画での印象を胸に、我が家に帰って庭先の彼岸花を目にしたとき、映画の題名が何故〝彼岸花〟なのか、どう考えても納得が得られなかった。映画の題名には特別なメッセージが込められている筈なのだが、映画の筋はごく単純な恋愛ものであったし、二人の主演女優も彼岸花に似た特異なキャラクターを感じさせられる女優ではなかったから、私の持つ彼岸花のイメージとは合致しないのだ。そこで、制作した映画監督と親交があり、映画の製作と前後して書かれた、里見弴の小説『彼岸花』を読んでみる事にした。

小説は、予想に反して文庫本で六十頁にも満たない短編であった。小説を原作とした映画は、私の好きな〝嵐が丘〟や〝赤と黒〟等の例に限らず、数多く作られており、小説には言語表現ならではの含蓄の深さが、映画には画像表現ならではの映像美があって、お互いにその味わいを深め合う相乗効果も生まれている事が多いものだ。この『彼岸花』の場合には、どうやら映画と小説が同時進行的に作られた様なので、一体どのような効果を生んでいるものか、興味深く読み進めた。しかしながら小説『彼岸花』では、〝恋愛結婚を巡る父と娘の葛藤〟という大筋を除いて、細部は映画とはかなり違った内容になっており、映画の画面と重ね合わせて読んでみたところで、あまり意味がない事が判明した。

特に小説では、関西弁（と言うより京都弁であろうか…）交じりの他愛ない親子や友人との会話、そしてその前後の状況描写が多く、読者の感動を揺り起こし情念を刺激する効果のある、登場人物の心理描写や女性の姿態描写等は殆どないため、短い小説は、特別な印象を残さぬまま読み終えてしまう結果となり、敢えていえば映画以下の印象の薄さであった。

『彼岸花』と題した映画を鑑賞し、その原作となるべき同名の小説を読み終えた後、改めて題名の由来を考えてみたが、結局、納得出来る答えは得られず仕舞いであった。

私の個人的好みとして、映画や小説には鑑賞後や読書後に、感動や爽やかさの類の快感が残る、〝心地よい疑似体験〟を期待するので、通常は非日常的なストーリーの作品を求めるのが習慣となっている。今回は、映画も小説もそうした私の嗜好からは大分外れていたという事が、一因となっていたのであろうが、私には、両作品とも、彼岸花の持つ神秘性を包含する程の含蓄のある出来栄え、には達していないように思えた。

今後も、『彼岸花』のタイトルを課した映画や小説が、もし目に留まれるような事があれば、是非とも実際にその内容の如何を確かめて見たいと思っている。

～その7～

中高年の映画狂

映画オタクの良し悪し

２０１３年　12月

趣味の世界では、どの分野であれ、昔から「オタク」と呼ばれたり、「熱狂的ファン」と言われる人達が存在する。こうした人々は、社会経験が比較的浅く、将来の夢を追い求める若い人に多いものと、私は思っていたのだが、最近ある大学の主催する市民講座「世界の映画を観る」に参加して、映画ファンの中には、中高年と呼ばれる人たちの中にも、結構「熱狂的」といってもよい程の、強度の映画好きが存在するのを知る事になった。

特に、中高年の場合には年期が入っているだけに、好きな昔の映画は何度も観ていて、主な場面を克明に覚えているのには驚かされる。昔から良く〝仏の顔も三度まで〟と言われているが、私のような通り一遍の映画好きの場合は、どんなに良い映画でも三度も観れば、次からはもう真剣に観る気にはなれないものだ。しかし、熱狂的ファンの場合は、〝好きな映画なら何度見ても飽きない〟というのが共通する性向のようである。こうした性向が有ってこそ、彼等は好きな映画の好きな場面を、克明に覚えてしまうのであろう。

そもそも「熱狂」とは「常気を超えた熱中振ぶり」を意味しているのだから、私のような通り一遍の映画好きが、熱狂的な映画好きと共に、同じ様に映画を楽しむというのは土台無理な話なので、冒頭で触れた市民講座での映画鑑賞後の意見交換では、私はもっぱら聞き役に回り、映画狂と思しき参加者が得意げに語るウンチク話の聞き役に徹している。

私自身もテレビの映画番組で、一度ならず二度三度と観た事のある、いわゆる名画と評価されている映画に関しては、私もそれなりに名場面を覚えているのだが、彼等から改めて特定の場面の見せ場を聞かされると、画面に隠されている気付き難い秘密や、新たな映画の観方を知らされ、改めて総合芸術としての映画の奥深さを思い知らされる。

しかしながら、一旦彼らの贔屓筋の俳優、監督、作品に話が及んだ時には、私には〝アバタもエクボ〟としか思えない入れ込み様に、感心したり呆れたりする事もしばしばだ。

そんな訳で、この市民講座では、それまではお互いに何の面識もなかった、通り一遍の映画好きと映画の事なら何でも知っているつもりの映画狂とが、年齢や性別を超えて語り合える得難い交流の場となっており、当初は時間つぶしで参加した市民講座であったが、今では私にとって欠かせない楽しみの一つとなってしまった。

最近のテレビの大型化と、衛星放送やケーブルテレビ放送の発達で、自宅でいつでも映画を楽しめる時代となったため、自宅のテレビで気ままに映画鑑賞するのも、手軽な楽しみの一つではあるのだが、何と言っても〝人との交流に勝る楽しみはない〟と私は思う。

市民講座「世界の映画を観る」は、毎年の春と秋に六回構成で開催されており、現在は、三回目となる秋の市民講座に参加しているのだが、今までは通り一遍の映画好きであった私も、いつの間にか映画狂の領域に一歩足を踏み込んでしまったのかも知れない。

〜その８〜

〝愛より恋〟熟年夫婦の絆の強化

疎かになりがちな熟年夫婦間の絆

２０１４年　３月

サラリーマンを卒業して既に十年。一日の全ての時間が自分の時間となって、人間本来の最も自然な日常〝したいことをする毎日〟は、今や現実のものとなった。

当然のように、旅行、会食、映画、観劇等、夫婦で行動する機会も多くなったが、そんなとき、折に触れ〝人生における愛情の在り方〟を意識しないではいられない。

民主主義や個人主義の定着したこの現代日本では、「〝愛〟という言葉ほど親しまれ、日常的に耳にし、目に触れる言葉はない」と言っても過言ではないだろう。

しかしながら、私たち中高年が、かつては気恥かしく、ためらいがちに発した〝愛〟という言葉を口にしても、恥じらいを感じなくなっていくと同時に〝心に響くトキメキ感〟も薄れてしまった。

今や〝愛〟という言葉は、好意や感謝を示すための慣用語あるいは儀礼語と化してしまったかの如き印象さえある。

特に夫婦間においては、何らかの機会に〝愛してる〟との言葉が交わされても（実際は口にはされず、心の中でのつぶやきに止まることの方が多いのだろうが）、それは愛情表現としてよりも、むしろ〝有り難う〟の意の感謝の言葉として使われているのが実情ではないかと思われる。当然ながら他人の夫婦間のことは窺い知れないので、一般論としてではなく、〝想像の域に止まる個人的推論〟と捉えるべきなのは言うまでもないが…。

これほど慣用語化した〝愛〟という言葉を、改めて広辞苑で調べてみたところ、残念ながら期待したような哲学的で含蓄のある説明は見当たらなかった。広辞苑には、「人間や物への思いやり、男女間の愛情、その他云々…」と何とも陳腐でありきたりの説明しか目にすることができず、その扱い方の意外なほどの素っ気なさには失望させられた。

この広辞苑にある「人間や物への思いやり」という説明に如実に示されている通り、〝愛〟という言葉の包含する世界があまりにも広いことが、この言葉がいろいろな事物を対象に頻繁に使用される状況を作り出す一方で、使われたときのインパクトを弱くしている要因となっていることは明らかだ。

長年連れ添った夫婦には、この幾分か新鮮さを欠いた印象の〝愛〟こそが、ふさわしい表現用語なのかも知れないが、長寿化とともにますます長くなりつつある現代の夫婦生活には、この新鮮さやインパクトの薄れた〝愛〟では表し得ない、〝心のこもった熱い心情〟を表す別の言葉が使われるときがあっても良いのではないだろうか。

初対面の男女間における〝愛〟の始まりは、一般的には〝恋愛〟からであり、〝愛〟の始点には、必ず〝恋する心〟が存在したはずだ。

とは言っても、男女間の〝愛〟の世界は、心や情に関るだけに、当事者以外には窺い知れない複雑な世界でもあり、〝恋愛〟というありきたりな起点から始まったのではない〝愛〟のあろうことは、こうしたことに特別な知見があるわけでない私でも想像に難くはないが…。

いずれにしても、男女間の思い慕う心情の結晶が〝愛〟であるとするなら、この〝愛〟に長く浸っていればいるほど、〝愛〟は慣習化して、結晶の透明度が落ちていくのは不可避の現象であろう。そうした〝愛〟の終着点に待ち受けている心情こそが、〝安らぎ〟や〝平穏〟といった普遍的な幸福感なのであろうか。

年齢とともにどうしても活力の低下する夫婦には、〝安らぎ〟や〝平穏〟こそが、最終的な〝果実〟であっても、それはそれで極めて喜ばしいことには違いない。

しかし、短いとも言えなくなりつつある現代人の人生が、こうして単純に火の消えいくように燃え尽きていくのでは、いささか寂しく感じてならない。

そもそも、私が〝愛〟について解説するなど、お門違いの感は否めないのだが、対のようにある言葉〝恋〟にこそ、この〝愛〟では薄れがちな新鮮さとインパクトを取り戻す力がある様に思うのだが、どうだろうか。

なぜなら、生きとし生けるものは、〝愛するとき〟より〝恋するとき〟にこそ、最も強い生命力を求められるのだから、人の心も〝愛しているとき〟より〝恋しているとき〟にこそ、例えそれが一種の不安とも言える心情ではあっても、「生命感と躍動感に満たされた極めて充実している心情」と言えるのではないだろうか。

したがって、成熟した〝愛〟に浸る長年の夫婦も、ときには青春時代を思い返し、〝恋する心〟を取り戻してこそ、長き人生が惰性に陥ることなく変化と輝きを取り戻し、より充実して幸福な人生に昇華するのではないかと思うのだが、如何なものだろう。

人生五十年と言われた時代、人は〝恋〟をし、やがて〝愛〟を得て、平穏な心の旅路の終点を迎えた。

しかしながら、現代は人生八十年から、やがては百年になろうとしているのだ。

今や、〝愛〟の後の〝恋心のリバイバル〟が必要とされている時代となったのではないか。

最近の若い人はともかく、私の様な高齢者は唱歌に唄われた「命短し、恋せよ乙女」の甘美な響きは、いつになっても甘美で切ない。

熟年夫婦にあっては「命果つるまで、忘れることなき恋心」とでもいった気持ちを持ち続けたいと願うのは、私だけであろうか。

〜その９〜

世界一周旅行への思い

海外旅行好きの最大の夢

２０１４年　３月

私は、残念ながら、自信を持って人に紹介できるような〝趣味〟を持ち合わせていない。

それでも、社会人になってしばしば仕事で海外に出掛けた経験が発端となり、海外旅行には特別な興味を持つようになった。こうした、仕事で海外に出掛けた際の、仕事の合間に楽しんだ、ごく短期間の一人だけでの観光記憶は、時間の経過とともに、語る機会は元より思い出す機会も少なくなる一方なので、自分の脳裏にひっそりと仕舞い込まれたままになり、やがてはおぼろげな記憶となって消えていく運命にある。

私は、そうした事由が原因で、しっかりした観光目的の海外旅行であるなら、〝旅行した後に、思い出を語り合える身近な人とともにしなければ意味がない〟と思うようになった。

以来、私の海外観光旅行は、夫婦での旅行を絶対条件にしているため、悲しいかな年齢を重ねるとともに、行き先や旅行日程の選別が難しくなりつつあり、かつては年に数度は出掛けていた海外旅行も、今ではテレビの旅行番組で気を紛らわすことの方が多くなってしまった。

それでも毎年、正月を過ぎて気候が次第に暖かくなり始めると、旅行に出掛けたい気持ちの高まりは抑え難くなる。

特に、健康に〝自信があるというより問題のない〟うちに、一度は世界を一巡りしてみたいと夢想するのだが、夫婦共々の病院通いが増えつつある現実を考えると、〝どうやら見果てぬ夢に終わりそう〟との思いの方が勝り、少なからず焦燥感に駆られてしまう。

そんな折、新聞での書籍紹介記事に誘われて、『ヴェルヌの「八十日間世界一周」に挑む』（マシュー・グッドマン著 柏書房）を読む機会があり、長年の夢世界一周旅行への思いを新たにさせられた。

まずは、次にこの〝世界早回り挑戦物語〟の周辺状況とその概要を紹介してみたい。

最初に、この物語のベースとなった時代背景を認識しておく必要があるように思う。

フランスのレセップスの提唱に端を発し、巨費と多大な人的犠牲を払った挙句、やっとのことでスエズ運河が開通したのは１８６９年であり、同じ年には、これまた巨費と多くの人的犠牲（主に出稼ぎの中国人だったようだが…）を払って、アメリカ横断鉄道も全通している。

かくして、１８６９年という年は、世界早回りの基礎的条件が整えられた年となった。

これらの交通路の発達・整備だけでなく、マルコニーに始まる電信技術や蒸気機関の発達等、19世紀末の目覚ましい機械・通信技術の発達が、世界早回りを実現するための強力な手助けとなったことも、忘れてはならないだろう。

こうした時代背景の下、１８７２年には、イギリスのトーマス・クックが、世界初の世界一周パッケージツアー〝２２２日間世界一周〟を募集しており、ジュール・ベルヌが有名な小説『八十日間世界一周』

を発表したのも、この1872年であった。小説の主人公、イギリス人のフォッグ卿は、同年の10月2日に、ロンドンから東周りの世界一周に出発したことになっている。

ニューヨークの新聞社ワールドの社主ピューリッツァが、このような時代の動きに目を付け、購読者の増加を目論んで、女性単独による早回り世界一周を企画したのは、〝近代ジャーナリズムの先導者の一人〟と言われる人物だけに、さすがの慧眼と言えよう。

そして、呼び物として〝所要時間に最も近い予想時間を投稿した読者には高額の懸賞金を出す〟との発表をした。その結果、このニュースはニューヨーカーの間で大変な評判となり、投稿用紙を目当てに、新聞の購読数もうなぎ上りで増加したようであった。

この企画が発表されて間もなく、出版業でワールドと競合関係にあった雑誌社コスモポリタンも、この人気にあやかるだけでなく、ワールドの企画を出し抜こうとの思惑から、こちらも密かに女性単独での早回り世界一周を企画した。かくして、女性単独での海外旅行等、思いも及ばないこの時代に、二人の女性による〝世界一周早回り競争〟が始まった。

東周りで挑んだのが、ワールド紙のエリザベス・コクラン、西回りで挑んだのは、月刊コスモポリタン誌のエリザベス・ビスランド、奇しくも二人のエリザベスであった。

（補記：コクランはペンネームをネリー・ブライと言い、世界初の女性潜入レポーターとして、当時既に名を馳せていた。一方のビスランドは、ニューオーリンズでの新聞記者時代、後に小説『怪談』を著わしたラフカディオ・ハーンとは仕事仲間だったらしく、転勤後も文通していたようだ。ビスランドは、この早回り世界一周で立ち寄った、当時の東京・横浜に強く魅了させられ、その後何度も日本を訪問し、長期滞在もしている。彼女への想いと彼女の日本好きが、ハーンの日本行きを決めた要因ではないか、と言われている)

1872年11月2日、二人は数時間前後してニューヨークを発ったが、晩秋から冬に掛けてのこの時期、早回り世界一周を目論むには、最悪のタイミングではあった。

案の定、大荒れの海路、大雪の陸路と、行き先々では二人が予想もしていなかった困難に遭遇し、これらの困難が二人の予定を何度も狂わせ、日程を遅らせることになった。

しかしながら、当時も既に発達していた通信技術の助けにより、到着予定が変わってしまったどの行き先でも、支援の情報や人物が待ち受けており、二人は何とか苦難を乗り越え、無事に世界早回りを成し遂げることができたのであった。

コクランは72日で、ビスランドは76日で、ニューヨークに帰着したが、先に帰着したコクランは一躍時の人となり、その後の彼女の人生も大きく変わってしまったようだ。

二人の女性の旅は、早回り旅行とは言え今日とは違い、次の交通機関への乗り継ぎに際して、ときには数時間どころか数日の時間待ちを余儀なくされていた。こうした時間を利用して、チョットした観光もしているようだが、このような時間ロスがなく、タイミング良く交通機関を乗り継げれば、当時の世界早回り最短時間は、60日程度であったと考えられる。

宇宙船が一時間半程度で地球を回るこの時代、世界早回りに挑む物好きはいないだろうが、一般の交通機関を利用する場合、どのような交通機関でどんなルートを取るか、最短所要時間と所要費用はどのくらいになるのか、旅行好きならずとも、いささか気になるところだろう。

航空機での世界一周なら、数年前にある航空会社が、三十万円台で有効期限一年の、世界一周航空券RWT（Round World Ticket）を販売していたようだが、今はどうなのであろうか。

ちなみに、二人の女性の旅と同様な旅を現時点で試みたとしたら、どのくらいの所要時間となるのか、試みに大掴みな試算をしてみたところ、次のようになった。

・ニューヨーク⇕サンフランシスコ　（列車）約4，200km、約40時間（時速100km／hとして）
・サンフランシスコ⇕横浜　（客船）約8，300km、約205時間（時速40km／hとして）
・横浜⇕シンガポール　（客船）約5，400km、約135時間（時速40km／hとして）
・シンガポール⇕ジュノア　（客船）約11，900km、約300時間（時速40km／hとして）
・ジュノア⇕サザンプトン　（列車）約1，500km、約10時間（時速200km／hとして）
・サザンプトン⇕ニューヨーク　（客船）約6，100km、約120時間（時速50km／hとして）

以上の合計所要時間は、約810時間となる。

各乗り換え5地点での待ち時間を12時間とすると、待ち時間の合計は60時間となり、その結果、世界一周の所要時間は約870時間、即ち約36日程度というのが推定結果であった。

エリザベス・コクランの世界一周所要時間は72日であったので、その後の約一世紀半で、世界一周の所要時間は、ほぼ半分になったことになる。

誠に大雑把な文明論ということになるが、前記の試算結果が示すように、この一世紀半の間、人間の一般的な生活移動速度も約2倍になったと考えても良いと思うので、人間の一般的な生活稼働面積は四倍になった、と考えても良いだろう。

一方、当時の推定人口約13～15億は、今や約70億となり、約5倍になっているので、これまでの人口増加と人間の生活領域の広がり方には、浅からぬ関連性のあることが分かる。

いずれにしても、この一世紀半の間に〝世界は実質的に4分の1～5分の1の広さになってしまった〟と言えるのではないだろうか。

さて、改めて世界一周を考えてみると、日本や欧米の位置する北半球を、単純な鉢巻上に一周しても、物理的に地球を一周したとは言えないのは明らかだ。世界一周を地球一周と捉え直して、厳密に地球一周を考えると、出発点から地球の反対地点付近を通って一周しなければ、地球一周したとは言えないだろう。したがって、先に紹介した二人のエリザベスは、〝世界一周はしたものの、地球一周はしていなかった〟ということになる。

恐らく、この厳密な意味での地球一周をした人の数は、意外に少ないのではないだろうか。

ところで、２０１６年にはリオデジャネイロでのオリンピックが予定されており、この機を捉えて、「日本の航空会社は東京とサンパウロ間の直行便開設を企画している」との噂を耳にする。私にとっては、この機を利用することができるか否かが、残された唯一の〝世界と言うより地球一周旅行〟のチャンスになるのではないかと思っている。

～その10～

同窓会についての思い

齢とともに重みを増すタイムカプセル同窓会

2015年　1月

学生生活を卒業して、ナント！　かれこれ五十年。会社生活を終了してからですら、早や十年以上が経過してしまった。

近年、〝人生〟というより、どうすることもできない過ぎ行く〝時の流れ〟と、移り行く〝世の儚さ〟を、日々の出来事の何かにつけて感ずることが多くなり、またふと過ぎ去った過去への郷愁を感じるようになったのは、まさに歳のなせる業にほかならない。

同世代の友人も、私と同じような感慨を持つのであろうか、さまざまな同窓会の誘いがよく舞い込んでくるようになった今日この頃である。

社会生活に追われていた頃は、同窓会の類にはほとんど興味を感じなかったのだが、毎日、形だけは自分本位の気楽な日々を送るようになって、緊張した人との接触がほとんどなくなってしまった寂しさからか、こうした同窓会の誘いにも、最近は次第に興味が湧くようになった。

しかしながら、各々の同窓会には不可避とも言える特有のしがらみがあるのが常であり、「自分には特別なこだわりなどはない」と思ってみても、やはり気の向く同窓会と、何とはなしに気の向かない同窓会に分かれてしまうのは否めない。

同窓会である以上、友人との交流当時の人間関係の在り方が土台となっているので、交流当時の自己の置かれた状況に加え、友人との相対関係がどうであったのかが、気の向く同窓会となるか否かの分かれ目となっており、気の向く同窓会であるためには、出席するであろうかつての友人と〝気の置けない思い出話が気軽にできるのか否か〟に掛っている。


今の私にとって、気安く出掛ける気になれる同窓会は、小・中学校時代の遊び仲間が出席する同窓会と、会社時代の役職に就く以前の仕事仲間との同窓会の二つだろうか。

とは言え、出席するときの興味は全く異なっており、小・中学校時代の同窓会では、〝世間知らずだった頃の言わば古き良き時代の思い出に浸る喜び〟が、会社時代の同窓会では、〝生々しく蘇るただ夢中で仕事に取り組んでいた当時の苦労話〟が主なる対象だ。

いずれの同窓会でも、言葉を交わすうちに、昔の交流時代の面影だけでなく、その友人の現在に至るまでの〝その後の人生〟が、自ずと浮かび上がって来るのは興味深い。

人生も終盤に差し掛かりつつある現在、多少なりともかつては親しかった友人から、湿った話や暗い話を聞くのは嬉しいことではないので、交流時以後の人生については、話振りや顔色等から、間接的に〝その後の人生〟を窺い知ることにして、直接的に聞き出すのは避けるようにしている。しかしながら、交流時以後の〝その後の人生〟がどうであったのかを知ることは、いささか下世話な低俗的興味と分かってはいても、同窓会出席者の全員が、紛れもなく一様に抱いている、潜在的興味の一つであろう。

これまでにさまざまな同窓会に出席して来て、自分の交流範囲にある旧友の人生は、幸か不幸か、おしなべてほぼ〝想定範囲の人生〟に収まっており、特に変わった人生行路を辿った友人はいないようなのだが、…いや他人には察せられぬ奥深さを秘めているのが人生、正確には「同窓会で話題にするような話から察する限りは」と言うべきであろうが…、改めて思い知らされるのは、人生の行く末を決めることになるのは、次に示す〝三つの要因〟であることだ。

・環境要因：家庭環境、地域環境、時代環境等
・出会要因：人との出会い、仕事上の出会い、事件との出会い等
・自己要因：向上努力、蓄積経験、潜在能力等

私の場合、旧友の「その後の人生」を聞かされたとき、〝出会い要因〟に関連する話には、自分の力ではどうにもできない人生の運命的側面を感じさせられて興味深くは感じるが、心に響く話としてより強く興味をそそられるのは、何と言っても〝自己要因〟に関連する苦労話や経験談だ。〝環境要因〟や〝出会い要因〟といった受け身の要因とは違い、〝自己要因〟に起因した個人の行動結果には、その結末が

どうであったにせよ、参考になることや身につまされることが多く、そうした苦労話や経験談には、真摯に耳を傾けるべきものが多い。

同窓会に出席して、さまざまな話を聞かされた後、いつもながら脳裏に浮かんでくるのは、「現在の自分があるのは〝三つの要因〟がどのように作用した結果なのだろうか」、そしてまた、「友人には現在の自分はどう映るのだろうか」との二つの思いだ。

〝同窓会〟それは古来から存続する〝生きているタイムカプセル〟とも言えよう。

このタイムカプセルを初めて開けるときには、チョットしたためらいも伴うものだが、無機的データを詰め込んだ現代文明の産物となるタイムカプセルとは違って、同窓会は賞味期限付きのタイムカプセルでもあることは銘記しておくべきであろう。

頻繁に開けていては、タイムカプセルとしての価値が薄れてしまうものの、長い間開けず仕舞ったままにしておいては、気がついて開けたときには、既に中身が朽ち果てていて、手遅れの開封となってしまうかも知れないのだ。

今年も、幾つかの同窓会の誘いが舞い込んでくるに違いないが、出席すべきか否か、今から心積もりをしておかなければと考えている。

～その11～

スイセンの新芽が芽吹く頃

〝啓蟄〟より身近な大地の目覚めのサイン

２０１５年　３月

近年の急激な人口増や消費エネルギーの増大に伴い、温暖化現象という地球規模の環境問題を、今や私たち一般市民でも日常生活レベルで意識するような時代になった。

確かに東京近郊では、真冬でも水辺に氷が張ったり、道端に霜柱が立ったりするのを目にすることは稀になり、この数十年間での気温上昇は誰の目にも明らかだ。

そうした状況にも拘らず、こと我が身に関して言えば、以前よりも冬の寒さが耐え難いような有り様で、情けないことに、加齢による体力の衰えが、温暖化以上の関心事となっている。

それでも、2月も半ばを過ぎると、日増しに早まる夜明けや日中の陽射しの強さに、自ずと春の到来を感じて、無意識の内に気分が軽やかになり、また安らぎを覚えるのは嬉しい。

一年の移り変わりや日々の変化は、十数年前に会社勤めを卒業してからというもの、日頃の生活の中でも何かにつけて感知されるようになったせいか、現在の私には社会的動物である人間の〝働く喜び〟よりも､生き物としての〝生の喜び〟の方に関心が移ってしまった。その〝生の喜び〟（単にストレスなく、健康的な日常を送る喜びに過ぎないのだが…）を、最も実感するのは、自然が動き出す冬の終わりから早春にかけての時期であろうか。

自然が静から動に移り変わろうとする、この時期の清涼な大地や大気には、生き物の目覚や秘めやかな生命活動の気配が感じられ、私は〝自然の偉大さや野生の力強さ〟等の裏側にある、〝自然の愛らしさや優しさ〟等をこの時節なればこそ感じ取れるように思う。

そんな訳で、この時期には他の時節では感じられない特別な喜びを覚えるのだ。

我が家は、二十数年前の建築当初は、まだ点在する農地や旧家の屋敷林に囲まれていて、移り変わる季節の気配を、こうした畑や木々の景観の変化するように、当たり前のように感じていたのだが、市街化は昂進する一方で、これらの自然を映す鏡の大部分は（例えそれらが元々は人工的に誂えられた物であったにしても）、周囲から次第に姿を消してしまった。

そうした結果、朝晩身近に目にし、直接手でも触れることのできる手近な自然が、我が家の狭い庭先が中心になってしまった昨今の生活環境は、何とも物足りなく思えてならない。

いずれにしても、大都市に居住する現代日本人から、「変化に富む自然に育まれた、独自で繊細な季節感が急速に失われつつある」という悲しき現実を、認識しないではいられない。

さて、我が家の小さな庭先では、私が住むようになった以前から生育していた草木に加えて、私が〝イングリッシュ・ガーデン〟気取りで植え込んだ草木が、所狭しと繁茂している。それらの新参者は、年を経て予測を超えたサイズに生育したため、夏の盛りになると、勝手気ままな空間の取り合いを始めて、一見〝廃屋の荒れ庭〟とでもいった様相を作り出す。

それでも1月~3月にかけての冬枯れの時期に限っては、一時的に込み合いが解消されるので、ところどころに露地も覗くようになり、かろうじて計画当初の庭らしさを取り戻すことができる。

そんな庭先に、2月になるとフキノトウ、ユリ、スイセン等の新芽が姿を現し、春の到来を感じさせてくれるのだが、特に地面を割って顔を出す健気なスイセンの愛らしい新芽には、幼い頃の実家の庭先での記憶とも重なって、格別な親しみを感じてしまうのだ。

この我が家の狭い庭には、植え込みの根元を利用して、四~五種類のスイセンが、思い付くままに植えられている。この内の幾種類かは、我が家と道路越しに隣接していた数軒の古家の取り壊しの際に頂いて移植したものだ。これらの隣家は、この十年ほどの間に次々と空き家化した後、跡形なく取り壊されて、庭となるべき露地をコンクリート張り駐車スペースにした流行りスタイルの住宅に建て替えられてしまった。スイセンはそうした家の建て替え工事中、敷地の片隅で踏み残されていたのを救出のつもりで頂いたのであった。

最近の近所付き合いの例にもれず、我が家の近所付き合いも、顔を合わせたときに挨拶するだけの希薄なものであったので、どんな隣人であったかの記憶は、今となってはほとんど薄れてしまった。しかしながら、こうした隣家から移植したスイセンは、幸い全て元気に根付いて、毎年同じように新芽を出すので、庭いじりの折々にこれらのスイセンを目にすると、かつての隣人から、今も無言のメッセージを貰っているようにも感じられる。

スイセンはユリやクロッカス等の他の球根類と同じように、秋枯れの葉が朽ち落ちてしまうと、地表には全く生育の痕跡がなくなってしまう。しかし毎年の冬から春に掛けての時期、新芽が地面を割って判で押したような正確さで顔を出す。こうした球根類の生物時計とも呼べる萌芽には、土ならぬ樹枝から芽吹く木々の萌芽にはない、独特な新鮮さが宿っている。

春先の自然の胎動を表す季語に〝啓蟄〟なる言葉があるが、農作業や土いじりとは縁遠い都会人の私たちには、地虫の這い出しを意味するこの〝啓蟄〟よりも、視覚的に捉え易いこうした球根植物の〝萌芽〟に、より大地の息吹が感じられるのではないだろうか。

ふと私は、「宗教思想に付きものの〝輪廻〟の発想は、球根類の生の循環がヒントになって生まれたのではないだろうか」などと勝手な空想に耽ってしまうのだが…。

私が、何やら難しげな〝啓蟄〟という言葉を教えられたのは、確か中学の国語の授業であったと思うが、そのときは特別な感慨も覚えずに聞き流してしまった。この言葉を、齢を重ね、自然が遠のきつつある今になって、ようやく味わい深く感じられるようになった。

皮肉なことだが、〝昔は物を想わざりけり〟であった我が身を、改めて認識すると同時に、よく知られた格言、〝物の本当の有り難みは失った後にこそ分かるもの〟をも実感させられる。

おしなべて太平な時代のままに、言うなれば平凡な日々を過ごして来た自分が、人生の終盤に差し掛かった今、初めてこうした思いに浸るとは…。若年時代の奢りと我が身の無知蒙昧さとを、今更のように悟らされた次第である。

〜その12〜

今と過去が交錯する雷雨の夏の夜

稲光と雷鳴に闇夜の時空は乱れて

２０１５年　９月

私は、常々「我が国の気候・風土は、世界に比類のないほど変化に富み、何物にも代え難い世界自然遺産ではないか」と思っている。良くも悪しくも刺激に満ち溢れているこの我が国の気候・風土の特徴は、「巨大な大陸と大洋に挟まれて、陸塊と水塊が激しくせめぎ合う地理的条件の下、一年を通しての、水と大気の卓越した循環にある」と言えるだろう。

しかしながら、最近とみに衆目を集めるようになった地球温暖化のせいか、皮相的な捉え方で見たときの近年の我が国の夏は、どう見ても快適とは言い難い。

幸い、本来なら耐え難いはずの我が国の夏の酷暑も、自己本位な人間の身勝手な行為と分かってはいるものの、エアコンなる文明の利器を利用しさえすれば、涼しい顔して過ごすことができるのは、せめてもの慰めではあろうか。

一方、こうした文明の利器の際限なき利用・拡大が、遅々としてでも確実に地球温暖化の昂進に繋がっていることを考えると、「本来は自然の一部であるはずの人間が、その繁栄に比例して自然から遠ざかって行く、人間と自然との因果な関係」を感じずにはいられない。

さて、我が国の四季における夏の存在感が、古来から他の季節に比べると際立っているように感ぜられるのは、私だけではないだろう。少なくとも、私たちの夏に対する特別な思いは、「夏が全ての命を育む太陽の存在を最も強く意識させられる季節」であると同時に、エアコンなる文明の利器の出現以前は、避暑の季節と見なされていて、かつては忌避する以外に、何ら対応する術のなかった、その耐え難いほどの暑さのなせる業に違いないだろう。

一方、我が国の夏には、あの愚かな戦争のお陰で、毎年国を挙げてお定まりの悔恨と哀悼の行事があり、文明の利器の恩恵にあずかれる今の私にとっては、夏日やら熱帯夜の季節特有の暑さよりも、いささか不謹慎ながら、嫌な形式的行事の多さに辟易してしまう。

こうした私の我が国の夏に対する印象は、戦争の実体験のない世代にはある程度共通する思いではないだろうか。誰であれ、戦争という嫌な経験を正確に記録し記憶しておくことの大切さに異論はないはずだが、いつまでも儀式のように決まった形で反省するのはもうほどほどにして、各個人が自分なりの思いで回想し反省するのが、長い目で見たときの歴史的事件に対する自然な向かい方であり、成熟した社会としての在り方ではないかと考えるのだが…。

そんな我が国の夏についての想いに、かの枕草子には、「夏は夜、月の頃は更なり、云々…」とあるのは周知の通りだが、私だったら、何をおいても夏の雷雨を挙げたい気がする。

「湧き上がる雲に気が付けば、アッと言う間に辺りが暗くなり、やがて雷鳴とともに走る稲妻と滝のような雨、そしてまた何事もなかったかの如く戻る眩しい青空」、こうした目まぐるしい天地の変化に、私は堪らなく夏特有のダイナミズムとミステリアスな自然の営みを感じてしまうのだ。昼間の雷雨、即ち夕立では、言わば自然の演じる華やかなドラマを想わせられて、魂の高揚感をそそられずにはいられないが、夕立の去った後に得られる大気の清浄感と大地の生命感も、心に沁み入るように感じられて、素晴らしい夏特有の風物だと思う。

一方、夜の雷雨の場合には、闇の持つ神秘な力のせいであろうか、雷鳴と稲光の競演する暗闇の中から、普段は閉ざされていた記憶の世界が、時空を超えて呼び戻されて来るような気がして、あたかも「遥かな過去と今とが交錯するような不思議な想い」に駆られて仕舞う。

雷鳴と稲光の中、このいささか妖し気な雰囲気を味わいながら、雨後の冷気に浸るのは、熱帯夜の暑さ冷ましにはうってつけの、夏ならではの風雅な味わいではないだろうか。

夏の真夜中、激しい雷雨に目を覚まし、寝床の上で雷鳴と雨音に耳を傾けながら、何も見えない暗闇に目を凝らしていると、いつしか心は時空を超えて彷徨い始め、日頃は忘れている過去が、取り留めもなく脳裏に蘇って来る。こうして蘇る過去の出来事は、不思議なことに必ずしも印象深い出来事という訳でもなく、何の変哲もない日常的な出来事が、曖昧な状況のままに思い出されて来るのだ。そして、無心の心境で回想に身を任せていると、自分の人生や生そのものの曖昧さと儚さが、改めて思い知らされるように感じられる。

人間にはさまざまな感覚があり、その感覚のお陰で物事を認識し、今の生を実感している訳なのだろうが、常に対峙しているにも拘わらず、確かな実感を伴わないのが時間の特徴だろう。時間とは、全ての事物を取り込んで流れる、何物も為す術がない魔物的存在なのだ。

私も年齢とともに人生なるものを強く意識するようになったが、過去を振り返るにつけ、いつもながら感じるのは、少年期も、青年期も、成年期も、全て概念的な区切り付けに過ぎず、一年前も、十年前も、五十年前も、全ての過去の記憶は、まるで厚さのない透明な印刷物のように、頭の中で重なり合って存在しているように思える。記憶のそうした在り様が、過ぎ去った過去である人生を、短く感じさせているに違いない。だからこそ、雷雨の夜にはドラマチックな自然現象に心が揺さぶられて、時間という魔物に操られた過去が、あたかも闇の中の風で無秩序にはためく本の一頁のように、次々と脳裏に蘇って来るのだろう。

夏の夜は短い。雷雨がアッと言う間に通り過ぎてしまえば、星空の下、何事もなかったかのように虫の音が戻って来る。まだ耳に先ほどまでの雷雨の余韻が残っているだけに、生き物のささやかな囁きは、一層夜の寂寥感と静寂感をそそって、日頃の平穏無事な日常に戻ったことを実感させられるが、同時に、明るさを増す夜空に、先ほどまで脳裏に蘇っていた過去の記憶が、再び闇の中に返っていったような気にもさせられる。そして、正月行事の百人一首で覚えた短歌「夏の夜は、まだ宵ながら、明けぬるを、雲のいずこに、月宿るらむ」を思い起こすのだが、私は「星空のいずこに、去りし過去ぞ宿るらむ」の心地がする。私たちの目にする星々は数十年、数万年、いやそれ以前の過去の姿なのだから、そんな私の心地も全くの空想という訳でもないだろう。夏の夜の一大ドラマが終演した後は、自ずと安らかな気持ちが戻り、私は忘れていた睡眠を摂りに、また改めて床に就くこととなる。

〜その13〜

殺樹

地域を見守ってきた古樹の伐採

２０１６年　1月

晩秋は早春とともに、一年の中でもとりわけ季節感に富んだ時節と言えるだろう。

昨年（平成27年）11月の末の木曜日、私はカーテンの隙間から射し込む陽の光を目にして目が覚めた。いつも通りの起床時間、七時半であった。

どうやら小雨模様との天気予報が外れて、薄日も射しており、まずまずの空模様の様子だ。

早速、起き掛けのぼんやりした気分を払い除けるつもりで、カーテンを目いっぱい開け放つと、道路を隔てた東南側隣家の大ケヤキの明るい黄葉が目に映った。

この日は市が決めた生ゴミ出しの日にあたっていたので、私は空模様を見た後は幾分かホットした気分になっていた。と言うのは、我が家ではいつの間にやら生ゴミ出しは私の分担作業と定まってしまい、ついでに（というより、むしろこの作業の方が大変なのだが…）庭や生け垣沿い道路の掃き掃除もしなければならないからなのだ。そして雨でも降っていれば、濡れながらの作業も強いられるので、気の進まない厄介仕事に一変しかねないのだ。

特に晩秋になると、自分の家の庭木の落ち葉だけでなく、東南側隣家から吹き寄せられる枯葉も掃き集めなければならず、雨で路面が濡れたりしていると、張り付いた落ち葉の掃き集めには一苦労させられてしまう。そうした事情が潜んでいるので、この時期の生ゴミ出しの朝は、空模様が殊更気になり、雨が降っていなければ、まずは一安心という訳だ。

私は、そそくさと朝食を終え、新聞も斜め読みで済ませて、ゴミ出し作業に取り掛かった。

その日の道路沿いの生け垣回りには、東南側隣家の大ケヤキからのフワフワした落ち葉が、案の定、数日前の風で大量に吹き寄せられており、掃き集めはもとより、ゴミ袋に積め込むのにも結構苦労させられた。それでも三十分ほどでどうにか道路の沿いの掃き掃除を終えて家に戻ろうとしたとき、背後に人の気配がして、「ご苦労様…」との声を耳にした。

振り返って見ると、東南側隣家の奥さんの笑顔があり、自転車で通り過ぎるところであった。私は反射的に、「お宅のケヤキの新緑と黄葉は毎年楽しませて頂いています」とご愛想を返したところ、彼女から、「実はあのケヤキ、今日伐る予定でしたの。でも雨との天気予報があったので、明日に延期しました」と、全く思いも掛けないことを聞かされてしまった。

昨年の夏頃であったろうか、彼女は夫の急逝という不幸に見舞われたのだが、それから数か月した頃、東南側隣家の駐車場や空き地にトラックやブルドーザーが頻繁に出入りするようになって、彼女が恐らく悩んでいたのであろう相続対策に動き出したことが察知させられた。裏庭のケヤキも、毎年秋になると大量の落ち葉を出すため、その処理には夫婦で毎日苦労していた様子であったので、夫の手助けが得られなくなってしまった現在、思い切って伐採処理してしまおうと決心したに違いなかった。

さて私事になるが、私が生まれ育ったのは、都内23区内とは言え特定郵便局を営む兼業農家で、自分は八人兄弟の下から二番目の四男坊であった。そんな訳で、東京近郊が戦後の急速な都市化の波に曝される中にはあったものの、時には農作業の手伝いもさせられたりして、昔と変わらぬ土や草木と日常的に接する農家特有の環境下で育ったのだった。

今では想像もし難いが、我が家の裏庭にあるシイの古木のうろに、フクロウや青大将を見付けて、怖がったり驚かされたりしたのも、懐かしくも忘れ難い少年期の思い出だ。

以来、そうした少年期の記憶に繋がる古木や大木には、自然と強い関心を持ち続けてきた。

したがって、やがて社会人となり生家を出て、自分自身の住居を持つようになってからも、小さくとも必ず庭には露地スペースを作り、そこに好みの草木を植え、どんなにささやかでも、日常的な自然との接触を絶やさぬようにするのが、変わらぬ私のライフスタイルとなった。

しかし、自分の作り出した小さな俄か作りの自然では、いくら願ったところで、本来の自然が持つ悠久性や神秘性等までは、感じられる訳もない。唯一、身近にありながらその種の願いを満たしてくれる存在が、近隣に点在する古木や大木であろうか。そして、アクセクした現代の社会生活に染まれば染まるほど、心の奥に潜在する悠久・神秘な自然への想いがつのり、いつの間にやら古木や大木に、一種の憧れや畏敬の念を感じるようになってしまった。

就職先の神戸から、現住の地である調布に移り住んだのは、丁度平成の初めであった。

その当時は、まだ我が家の近所にも旧家の屋敷林や畑が散在し、緑も豊かであったので、多少なりとも少年時代に似た生活環境を楽しむことができた。時々、自転車で近隣を回遊すると、公園や神社の境内のみならず旧家の屋敷林に、武蔵野特有のケヤキの大木を目にすることがあり、こうしたケヤキの大木巡りは、暫く前にサラリーマン生活を終えた現在に至っても、日常での楽しみの一つになっている。

そうした私の趣味により、この三十年近くに限っても、私は多くのケヤキの大木を目にして来たのだが、我が家の近くにはとりわけ大きな二本のケヤキが存在しているのを知り、特にその内の一本が、道路を隔てた東南の隣家の裏庭にあるのを、殊更嬉しく思っていた。

この東南の隣家にあるケヤキの大木は、ほとんど自然のまま四方に伸ばした枝ぶりが見事で、空を覆う梢の拡がりは、春は新緑の若葉、秋は黄葉、そして冬は葉を落とした後の細やかな枝ぶりと、私は我が家にいながらにして四季折々の景色を楽しませてもらっていたのだ。

植えられて以来どれほどの年月を経たのか定かではないが、この辺りの自然や人の移り変わりを、長いことずっと見守ってきたことは間違いない。言わば地域の歴史の生き証人とも言えるそのケヤキが、一個人の便宜的（？）都合で、今いとも単純に伐採されてしまうとは…。夕方、私は黙って隣家の裏庭に入り、初めて近くからこのケヤキをしみじみと眺めて見た。

幹の直径を目測してみたら、優に一メートルは超えているようだ。幹周りも、既に大人二人でも抱えられそうにない太さだが、目の高さ辺りの樹皮が反り上がっているところを見ると、樹勢は今も盛んな様子なので、このまま放置しておけばまだまだ大きく生長するのだろう。

全ての生き物は、大きくなればなるほど、生き物としての風格が備わるものだが、このような特に大きな樹木の場合には、誰でも時間を超越した神秘性と威厳を感じるに違いない。

私は数枚の写真を撮ってその場を離れたが、思い掛けず熱いものが胸に込み上げてきた。

気になる次の朝は、私の願いに反して、心地良いばかりの晴天であった。

早速、隣家の方を窺うと、道路側の駐車場には、いつの間にかクレーン車が二台と大型トラック一台が来ていた。暫くすると何やら機械音が聞こえて来て、ケヤキは上部の枝から伐採され始めた。私は見ているのはもとより、音を聞いているのも忍び難いので、できるだけ注意を払わないようにしてはいたが、近くで作業の気配を感じながらじっとしているのも嫌だったので、朝食後は新聞読みもそこそこに、自転車で遠出することに決めた。

昼食はファミレスで済ませた後、コーヒーショップに入って、いつもより長めの読書をしてから帰路に就いた。家に着いたら午後四時近くになっていた。

家の中から改めて隣家の方を眺めてみると、既にケヤキは影も形もなく、東南側の空がいくらか明るくなったように感じられた。あのケヤキの大木が占めていた空間は、まるで以前から何物もなかったかのように静かであった。上空には青空とまだらな雲とが広がっていて、人の営みなどは素知らぬ顔の自然の無情さを感じると同時に、一方的に伐採されてしまった古木に人の死が重なって見え、思わず〝殺樹〟の二文字が脳裏に浮かんだ。

人は動物の死、特に大型動物の死には、心揺さぶられる思いがするものだが、物言わぬ植物の死、というより植物の伐採となると、特に感傷的になることは少ないだろう。

しかし、数世紀を生き抜いて来たような古木の伐採となると、私は伐採などと単純に片付ける気には到底なれない。長く地域に生き続け、地域の変化を見守って来た古木の伐採、それも大木の伐採となると、それはまさに〝殺樹〟と呼ぶべき行為なのではないだろうか…。

とは言え、今回の隣家のケヤキの伐採を、私個人の感傷から、勝手にそうした殺伐とした言葉で決め付けてしまっては、隣家の奥さんにはきっと大変な失礼であるに違いない。

隣家の奥さんには、恐らく私の窺い知れない、さまざまな心の葛藤があったはずなのだから…。

最近は、古くからの友人や親戚等から、〝不幸な知らせ〟を耳にすることが多くなった。

そうした折々、自ずと私の脳裏に点滅する思い…、
・ああ、世の流れがどうあろうとも、刻々と変わらぬ足取りで刻みくる〝齢〟。
・知らぬうちは遠くから、気が付いてみれば真近に、音もなく背後に迫り寄る〝齢〟。
・ある日突然、〝影〟の気配を感じて眼を凝らせば、忽然と姿を現す幻影〝闇への扉〟。
・扉の奥に拡がる闇は、生きとし生けるもの、いつかは訪れねばならぬ〝異次元の世界〟。
・扉を前にして怯んではならぬか、扉は生き物の古里〝自然〟に繋がる入口なのだから。
・扉の先に続く遥かな道を辿って、生きとし生けるものは、再び古里〝自然〟に還るのだ。

〜その14〜

オリンピックイヤーに思う

近代オリンピックの発展と潜在する課題について

２０１６年　３月

今年２０１６年は、オリンピックイヤーだ。「もうオリンピック！」との思いは、人生経験の長い中高年には共通する実感ではないかと思うが、こうした実感は、あながち年齢のせいとばかりは言えまい。

と言うのも、かつては先進国の贅沢スポーツ大会の感もなしとは言い難かった冬季オリンピックが、近

年は雪や氷とは縁遠い発展途上国も参加するようになって、国際的な注目度が高まった一方、日本選手の活躍もあって、冬季オリンピックに関する我が国マスメディアの報道が増え、四年毎のオリンピック開催が、あたかも二年毎の開催にも思えるようになったが故であろう。

昨年のＩＯＣ総会では、今年のリオでの開催に続く次期開催地として東京が選定されたが、その時のいささか奇妙なアクセントでの「トウキョウ」のアナウンスは、未だに多くの日本人の耳に焼き付いているに違いない。戦後の日本経済復興を勢い付かせたあのオリンピックが、四年後の東京に再び帰って来れば、最近は少子高齢化やら経済のグローバル化・円高影響等で、バブル経済の崩壊後は、もう一つ元気のない日本経済のカンフル剤になるとの期待も大きい。オリンピック再来は、希望の種となり得る明るいニュースには違いない。

１９６４年の東京オリンピックでは、私は学生時代の最中であったので、学業ならぬ遊び事で毎日忙しく、オリンピックへの関心がない訳ではなかったものの、残念ながら競技場での観戦は元よりＴＶでの観戦もろくにしない内に閉幕となってしまった。

今となって、鮮やかに思い出せるオリンピックの情景と言えば、開会式での聖火点火の光景、女子バレーボールの決勝戦で小躍りして抱き合う女子選手たち、最終日の国立競技場に先頭で飛び込んできたアベベ選手の軽やかな姿と、観客の悲鳴に似たざわめきの中で後続選手に追い抜かれた円谷選手の悔しげな姿くらいのものだろうか。

前回の東京での開催から早や半世紀が経ち、オリンピックもだいぶ様変わりしてしまった。以前は極力商業主義を排除しようとの方針の下に、競技はアマチャリズム主導で開催され、プロ選手の参加など考えられなかったものだが、「四年に一度のアスリートの祭典は、最高レベルの選手が競う最高レベルの競技会でなければ意味がない」との声が高まると同時に、アマチャリズムを主導したIOC会長の退任を機に、商業主義優先の大会へと大きく変貌してしまった。特に、かつてのスポーツ大国ソ連が崩壊した冷戦の終結後は、その後も存続する共産主義国家さえ、経済の自由化に舵を切ったことも、開催精神の変質を早めたように思う。折から、情報技術の進歩とその急速なグローバル化も重なって、大会の大規模化にも拍車が掛ってしまった。さらに大会経費回収の名目の下で、オリンピックの大規模化と商業主義化のブーメラン現象を誘発させてしまったのは疑いない。

今やオリンピックは、大規模化に効率化という両立させ難い問題を抱えながら、商業化にShow化という抜け出し難い禁断の領域にも足を踏み入れてしまった。

その結果、最近の大会で活躍する主な競技の主力選手は、ほとんどプロ選手ないしはセミプロ選手となってしまい、確かに競技レベルは高くはなったものの、大会そのものは純真なスポーツマンシップの競い合いというより、ショウ的な色彩の濃いスポーツイベントの感が強くなりつつある。現代の国際プロスポーツは、大衆にとって最も手っ取り早いストレス発散手段の一つであるだけでなく、身近な名誉と富の獲得手段の一つにもなっているのだ。

かつては、民族や大衆の欲救不満は、しばしば政治的に利用され、ともすれば戦争という不幸にも繋がった。しかし、兵器の発達と人道主義の高まりにより、第二次大戦後に誕生したような未だ成熟途上にある国は別として、さすがに世界の政治・経済を主導する如き主要国の場合には、国民の欲求不満が、安易に戦争行為への動機として利用される危惧は、極めて少なくなった。代わって、全世界挙げての一大イベントと化した現代のオリンピックやワールドサッカーのような大規模化した国際スポーツ大会が、国民のストレス解消や国威発揚の場としての過大な役割を担うようになったのではないだろうか。

ところで、去年の夏は南太平洋で大規模なエルニーニョ現象が発生して、世界的な高温異常が話題になったが、年が明けると、今度は一転して、例年にない突発的大雪が我が国のみならず北半球を襲い、世界の環境問題は次第に深刻化しつつあることが報じられた。

改めて指摘するまでもなく、大規模化した国際スポーツ大会や、ディズニーランドに代表される大規模遊戯施設は、人類が人類の楽しみのためだけに行っている、言わばエネルギーと資源の無駄遣いであり、これらが環境問題に直結していることは確かだ。

ますます狭隘化する世界にあって、国際的な大規模スポーツ大会が、かつての戦争に代わるかの如き、人類の重要なストレス解消手段の一つとなっている半面、残念ながら着実な環境破壊の一因ともなっている事態は、人類全てがしっかり認識しておかねばならない。

振り返ってみると、１９６４年の東京オリンピック開催時の世界人口は、約32億人余りであり、オリンピックの参加国も94か国であった。それが今日では、世界人口は既に72億人を超え、オリンピックの参加国も190か国を凌駕しており、驚くべきことに僅か半世紀の間に、人類社会は倍以上の規模に急膨張しているのだ。2020年の次期東京オリンピックの開催時はともかく、今からさらに半世紀後の2068年のオリンピック開催時には、一体どんな世界になっているのだろうか。爆発的とも言える人口増と、際限なき経済活動拡大追求の世界動向には、私はいささか恐怖心を覚えてしまう。

どんな生き物の世界も、急激な異常繁殖をすると、同一種相互間のストレスが高まり、やがて新たな秩序を作るための自然減少の過程に入るのが常なのだが、人類の場合には如何なる過程を辿るのだろうか。そして、人類のストレス発散の役割を担う国際大規模スポーツは、今後ともストレス発散の安全弁としての役割を充分に果たしていけるのだろうか。

スポーツは、基本的には身体能力の競い合いにほかならない。そして競い合いのベースとして不可欠になるのが何と言っても公平性の原則であろう。しかしそうした競い合いも、名誉や富が深く絡んでくるようになった結果、競技レベルが通常人の平均能力を遥かに超えるようになってしまうと、自力ではどうにもできない身体能力の限界を超えようとする選手が出てくるのは自然の成り行きであり、そこに不正の芽が芽生えるのも世の常である。

最近は頻繁に話題に上るようになった、選手のドーピング問題、八百長や審判・判定疑惑、大会運営組織のワイロ問題等を見聞きするにつけ、オリンピックを筆頭とする商業化した大規模国際スポーツ大会の今後に待ち受ける、多難なる近未来を案じずにはいられない。

特に、数回前のオリンピック以来、表舞台に出て急速に大規模化しつつあるパラリンピックにも、潜在的な問題が隠れているように思えてならない。スポーツのそもそもの原則が、自身の身体能力の競い合いであったはずなのだが、パラリンピックでは、競技の主体とはならない補助者の存在や補助器具の利用が、…全ての競技でとは言えないまでも…、どうしても必要となってしまうのだから、競技のレベルが高くなればなるほど、真剣度が増せば増すほど、公平性への疑問を想わずにはいられなくなる。パラリンピックでの競技が、競い合いとしての性格を前面に出さず、あくまでも障害者に勇気と希望を与えるイベントとして実施されるのであれば何の懸念もないのだが、健常者競技と同じように名誉や富を追求しての、記録を競う競技として実施されるようになると、自ずと競技の公平性問題に思いが及んで、いささか戸惑いを覚えてしまう。私だけの思い過ごしであろうか…。

改めて考えてみると、オリンピックの一般競技にも、使用器具や身体差に絡んで、その公平性に疑問がないとは言えない種目もあり、純粋な公平性を理由に、パラリンピック競技の競技性を疑問視しては、時代逆行の差別主義として、非難されてしまうのかもしれない。

今や戦争が、化学兵器や核兵器という大量破壊兵器の出現によって、その紛争解決手段としての古来からの在り方には、決定的な疑問符がつけられるようになった。

そして近代オリンピックが始まって以来、既に一世紀以上が経過した現代では、人体科学や医療科学等の、近代オリンピック開始当初には想像もできなかった発達により、スポーツ競技の基本となる公平性にも、さまざまな問題が生じる時代になったのではないかと思う。

さらに半世紀後のオリンピックとなると、グローバル化による選手の国籍問題等はどちらかと言えば単純な問題となり、限界なき科学技術の進歩によるドーピング問題、身体改造問題、性別問題等々、難問が待ち受けていることは想像に難くない。当然のことながら、今後のオリンピックやパラリンピックの在り方も、大いなる変貌を迫られるに違いない。

以上、私の気になる、大規模国際スポーツ大会に潜在する問題の一部について触れてみた。

しかし何と言っても、近代オリンピックが、私たち一般大衆を楽しませてくれる現代における最大の国際イベント、であることに疑問の余地はない。今後も世界平和を象徴し新たな融和を育む国際イベントとして、２０２０年の次期東京オリンピックの成功は元より、千年近くも続いた古代オリンピックにも負けぬ、その更なる進化と永続性とを祈りたい。

２０１６年　4月

〜その 15 〜

インド旅行の印象

過去と現代が混在する不思議な国

平成28年1月末、妻とともに旅行会社が企画する八日間のインド旅行に参加した。

海外旅行好きの私共が、少なくとも一度は訪問しておかねばと思っていた国の一つがインドであったが、これまでに訪問した中国や東南アジア諸国での経験から、厳しい暑さと食事や衛生面の不安から、つい延ばし延ばしになっていた。ところが最近、何かにつけ体力の衰えを感じるようになってみると、そろそろ実行に移さなければ永遠に訪問のチャンスを失してしまうのでは、との不安が募ってきて、気候上のベストシーズン到来と流行中のデング熱の鎮静下を見計らいながら、かねてからの念願をやっと実現させたのであった。

もう三十数年も前になってしまったが、私自身は仕事で短期間ボンベイ（現ムンバイ）を訪問したことはあった。何の目的でのインド訪問だったのか、今となってはボンヤリとした記憶しかないが、当時の私は船舶の基本設計に携わっていたので、インド洋の海底石油開発用資材運搬船の、公開入札に関する情報入手が目的であったように思う。

一週間にも満たないボンベイだけの訪問であったが、それまでに訪問したことのあるヨーロッパや東南アジアの国々とは違った、強烈な印象を受けたことは未だに忘れられない。

ボンベイは、現在は元より、当時もインド第一の近代的商業都市であり、街全体の印象は東南アジア各地の大都市と大差がなかったのだが、中心部の要所要所に残る旧英国植民地時代の重厚なネオゴシック調建造物の豪華さと、近代的建築物に挟まれて残る老廃な低層家屋の猥雑さとの、極端なコントラスト、そして街中で見掛けた路上生活者のみならず家畜や動物類の多さには、インドが独特の世界であることを強く印象付けられた。

今回の旅行の主眼は、グローバル化の進展する中で、この特殊な巨大都市ムンバイの、三十年間での変貌ぶりが如何なものかを観てみたいと思ったことと、書物や映像では何度も見ていて、子供の頃から憧れていた世界で最も美しい寺院建築物の一つであるタージ・マハールと、最古の仏教石窟寺院であるアジャンタを、実際に自分の眼で見ることにあった。

ニューデリー経由で最初に訪れた観光地はムンバイであった。

三十数年前の訪問が暑い盛りであったのに対し、今回は日本の初夏にもあたる冬の訪問であったせいか、街や水辺の悪臭がそれほどでもなかったのにはホッとした。しかし、インド第一の商業都市とは思えない、街の猥雑感と河川や海浜のヘドロ汚染は、以前の訪問時より多少なりとも改善されたようにも見えたが、ひどさは相変わらずというのが第一印象であった。

一方、街全体の高層化のためか、前回は際立って目に付いた、ネオゴシック調のチャパティ駅やタージ・マハール・ホテルも、以前に比べその豪華な印象は薄れたように感じた。

観光バスは、なぜか高層建築群の多い一角は通らなかったので、この巨大都市の近代化の様子を、つぶさに目にするチャンスはなかったが、街の中心部に近い地域でも、所々に拡がる半端でない規模のスラム街を見せつけられると、都会という異常繁殖する巨大な人間の巣を眼にしたような気がして、この街は、こんな野放図な状態のまま何処までも巨大化していくのだろうか、との恐怖感を覚えた。この国の近代化は、都市の人口増という避け難い現象を、まさに清濁併せ飲むかのように、高層・近代化とスラム・老廃化の二極化現象を現出させながら、特に問題視することもなく、あるがままに受け入れて進展しているようだ。

今回のムンバイ観光では、小さな観光船で約一時間ほど揺られて、ムンバイ湾に浮かぶ小島（その遠景が象の寝姿に似ているとのことでエレファンタ島と呼ばれている）を訪れ、五世紀から八世紀掛けて造営された古代ヒンズー教寺院遺跡も観光したが、折からの好天に恵まれて、チョットしたクルージングを楽しむことができた。遺跡そのものは、かなりの規模と興味ある内容で、大都市近くの古代遺跡の存在に感激したが、島への上陸用桟橋から目にした、浅瀬に漂着している膨大な廃棄物、みやげ物屋の並ぶ桟橋や沿道沿いの汚さ、餌を求めて私たちに寄って来る、痩せて哀れっぽい犬や海鳥の群れ等には悲しみを誘われた。

次の訪問地はアジャンタとエローラであった。

ムンバイから、舗装道路とは言え幹線道路とは思えない、文字通りのガタガタ道を五時間以上も揺られて、単調な田園風景や原野風景に飽き飽きした頃、やっとのことで最初の観光地アジャンタに到着した。観光地での移動は、航空機は元より鉄道よりも、私は地方風景をより身近に感じられるバス移動を好むのだが、このムンバイからアジャンタへのバス移動では、猥雑な地方の町や集落と、水気と緑の乏しい農地や荒れ地が見られるばかりで、期待していたような大らかな田園風景はほとんど見ることができず、ガッカリさせられた。

目的の石窟群は、デカン高原を馬蹄形状にえぐって流れるワゴラ川によって形成された、深さ百数十メートルほどの渓谷の左岸中腹に穿たれていた。

私たちは渓谷の上部で観光バスを降り、そこから専用の乗り合いバスに乗り換えて谷を下り、観光地の入口でバスを降りたのだが、喘ぎ喘ぎ走るそのバスのオンボロぶりは驚くほどで、幼い頃の私の記憶ながら、戦後間もなくの数年、我が国で利用されていた木炭バスですら、これほどまでに酷くはなかったのではないか、と思えたほどであった。

肝心のアジャンタ石窟寺院群は、紀元前200年頃から紀元600年頃に掛けて掘られた大小29の洞窟から成り、規模はかなり大きなものから小さなものまであり、絵画や彫刻も今では色褪せていて華やかさは失なわれているが、数百年に亘る人力だけの産物であることを想うと、宗教心と人の執念の強さとを、まざまざと見せつけられた気がした。

続いて訪れたエローラ石窟寺院群は、アジャンタからバスで丘陵地帯を一時間ほど行ったところの、丘陵の縁に当る高さ50メートルほどの堅固な崖に造営されていた。

こちらの石窟寺院群は、丁度アジャンタの石窟寺院群を引き継ぐようにして、紀元600年頃から紀元1000年頃に掛け、綿々と彫り続けられたとのことだ。大小合わせて34の寺院から成り、中でも傑出して大規模な第16窟は、一枚岩を上部から下に向けて、あたかも巨大な一つの彫刻のように彫り出されており、単に巨大というだけでなく、全体のバランスの見事さと彫りの緻密さは全く素晴らしいもので、世界最高・最大の石彫芸術の一つと呼ばれているのも、充分うなずけた。ここでもまた、現代の私たちからは失せてしまった、当時の人々の想像を超えた宗教心と人の執念の強さを感じさせられたのであった。

三番目の訪問地ジャイプールは、インドが英国の植民地となる直前まで、長きに亘り繁栄を享受した、イスラム王朝ムガール帝国の首都であり、当時は文化・交易の一大中心地として大いに栄えた街だ。近くで産出する薄赤色の砂岩が、多くの意建築物に使用されているため、観光ガイドブックでは、ピンクシティの愛称でも紹介されている。

私は街の中心部に位置し、人気の観光スポットである宮殿やシティ・パレスには、あまり興味が湧かなかったが、旧市街を抜けた郊外の丘陵地帯に築かれているアンベール城には、さまざまな意味で、強い興味を覚えた。城砦は、小高い丘陵の出鼻に当たる所に、中心となる宮殿を設けており、宮殿に連なる稜線には、延々と長大な城壁を巡らせている極めて大規模なものであった。強大な王権の下で、この国の厳しい暑さもお構いなしに、長年に亘り莫大な人力と富を投じて構築されたに違いなかった。これは私だけの思い込みなのかもしれないのだが、「この城砦こそ、中世から現在に至るまで、絶えず厳しい権力闘争を繰り返して来た、政治と宗教の非分離を特徴とするイスラム国家ならではの、生死の掛った呵責ない権力闘争に対する、恐怖とその備えを如実に示す歴史的遺物に他ならない」との想いに駆られたのであった。

そうした想いに耽る一方、観光バスは頻繁に停発進を繰り返しながら、交通信号もろくにない、人や動物の入り混じった雑踏の旧市街を通り抜けたのだが、それはまさにインド本来の街の様子を窺う絶好の機会でもあった。そこは整然とした街並みとは縁遠い存在ではあったが、歴史ある古都の風格や雰囲気が何処となく感じられ、インドが植民地化される以前の栄えある帝都の面影の幾ばくかを感じさせてくれた。

翌日の四番目の訪問地は、このインド観光のハイライトとも言える、アグラ観光であった。

真っ先に訪れたタージ・マハールは、インドに限らず世界的にも十指に数えられる、歴史的建築物であり観光対象であるので、その何たるかは、今更説明するまでもないだろう。

予測した通り、霊廟の入り口には既に観光客の長蛇の列ができていた。その上、数年前に起きたムンバイのタージ・マハール・ホテルでのテロ事件の影響と思うが、これまでのインドの観光地にはなかった、厳重な提携品検査をされ、少なからぬ時間浪費をさせられた。

写真や映像では見飽きるほど見ている霊廟なので、特別な感慨が湧くはずもないとタカを括っていたのだが、現実に実物を眼の前にしてみると、予想以上の素晴らしさに感慨を新たにした。

霊廟は、白亜の大理石材を全面的に使って構築されており、その規模もさることながら、各構築物の造形とバランスの絶妙さは見事の一言で、背後を悠然と流れるヤムナー河と対岸に拡がる平野との取り合わせも、霊廟の格調と美しさを一段と引き立てているようだ。

このアグラでのもう一つの著名な観光スポットであるアグラ城は、タージ・マハールからほどない所に位置していた。

アグラ城の建設者である皇帝アクバルは、私たちも歴史教科書を通じてよく知っている通り、ムガール帝国の第三代皇帝だが、その後の歴代の皇帝も城の増・改築を重ねたようで、建設当初から百数十年を経て、ようやく今日見られる巨大な規模の城砦が完成されたようだ。

城砦は平地に構築されているため、その分、赤色系砂岩で構築されている城壁の高さや堅固さは半端な規模の造りではなく、特に城砦全体の醸し出す威圧感は、権威の象徴としての華やかさよりも、むしろ守りの堅さの誇示を主眼としているように感じられた。

城砦からは、遥かに霊廟タージ・マハールが望まれ、「インドのイスラム君主は、好んで建築物の造営に力を入れていたが、中でもムガール帝国の歴代皇帝は、栄光と権力の表現手段としての巨大建築物の構築に、特別な関心を払っていた」との現地ガイドの説明は、なるほどと納得させられた。

その本来の役割を終えた時、元はと言えば権力者の私利私欲のために、多大な労力と莫大な富が、みすみす浪費されたことを象徴することになるはずの、これらの二つの巨大建造物は、数百年の時を経た今日、日常生活の糧を生み出す貴重な観光資源へと大きく変貌して、今は地域住民の生活を支えているのだから、歴史とは皮肉なものだ。

私は、エジプトのピラミッドやドイツのノンシュバインシュタイン城等と同じように、人間の思いを超えた、予期せぬ時代の流れの一端をここでも見せつけられたのであった。

最後の訪問地はデリーとニューデリーであった。

アグラから、今度は立派なハイウエーを、ムンバイからアジャンタに向かったときの農村景色とは一変する、豊かに整備された農村地帯を抜けて、デリーに入った。


デリーが近付くにつれ、農村風景が途切れたかと思うと、突如あちこちに高層ビルや林立するクレーンが現れ、発展中あるいは建設中の超高層新興都市を幾つも目の当たりにした。

かつてはムンバイが、インド経済の圧倒的な中心地として君臨していたようだが、近年は首都圏とその周囲の経済発展が著しいらしく、やがてはデリーを中心とする首都経済圏が、インド経済の主役に躍り出ることを暗示しているようだ。

丁度十年ほど前、観光で中国の大連周辺を訪れたことがあったが、そのときもあちこちに半端でない規模の建築中あるいは完成済み超高層マンション群を目にして、高度経済成長中の中国の過剰としか思えない建設ラッシュに、驚きと同時にその先行きへの懸念を感じた。今やインド経済もあの頃の中国に似た高度成長の真っ盛りであることを実感させられた。

ひと頃の勢いを失い、低迷気味の現中国の経済状況を見ると、私が大連の観光中に感じた、経済バブル破裂不可避の予感は、まさに的中したとの思いがするのだが、インドもこのままの状態が進展すれば、確実にまた同じ轍を踏むに違いないだろう。

巨大な資本が大きな慣性を伴って動いているため、行き過ぎてからでないと方向転換できないのが、グローバル化した現代の資本主義社会なのだ。表面的には民主的政党制を採る自由主義インドでは、経済の加減速も一党独裁の共産中国ほど容易ではないはずであろうから、バブルが破裂した後のインド経済は一体どうなることやら、今から案じられる。

デリーでも幾つかの世界遺産を観光したのだが、私の最大の興味は、英国人が計画し建設したニューデリーと、独立後インド人が計画し建設したニューデリーの比較であった。

１９４７年に独立して以来、既に七十年近くが経過したが、英国の植民地時代に建設された緑豊かで整然とした官庁街は、現在でもほぼそのままの状態で利用されているようであった。しかし、経済大国化しようとする今のインドの官庁街としては、旧態然としていていささか貧弱ではないかと感じた。一方、郊外に急速に広がりつつある新興ニューデリーは、早くも新興商店街や新興住宅地とは思えない、ムンバイで目にしたような猥雑な街の様相を呈しており、私は落胆と同時にインド固有の風土として納得もさせられたのであった。

さて、以上の通り、私のインド観光での印象の一端を紹介したが、改めて述べるまでもなく、インドは紀元前３０００年からの長い歴史を背負い、多くの人種と宗教の混在する、世界でも最も複雑にして神秘的な国の一つである。したがって、私の短期間に垣間見たインドでの印象は、盲人が象を撫でたときの印象でもあるので、自分自身もこのことを自覚しつつ紹介したこと、この印象記の終わりに付記しておきたい。

現在の我が国は、世界に先例のない少子高齢化のピークに差し掛かろうとしていて、ある意味では、多くの成熟先進国家の行く末を暗示しているとも言われているが、私は今回のインド観光旅行で、多人種・多宗教であるうえに、今や我が国の10倍を超える人口を抱えて、我が国の九倍程度の国土にひしめき合うインドこそ、人口が急増しグローバル化の進む全世界の発展途上国の行く末を暗示しているのではないか、と感じた。

インドと言えば、何と言ってもインド固有の社会制度であるカースト制度に言及せずには済ませられないが、現代インド社会に顕在あるいは潜在する多くの問題も、このカースト制度に由来する問題が多いことは、疑問の余地がないだろう。特にカースト制度の最下層（いわゆるスードラ階層）とカースト制度の枠外に位置付けられる階層（いわゆるアンタッチャブル階層）は、人口の二割を超えるほど存在しているにも拘わらず、古代から残る社会制度により、今なお社会・経済活動上、多くの制約を受けているのが現実だ。しかも政治・経済を支配している上部カースト階層が、上層カーストには何かと有利なカースト制度の利便性に安住し、カースト制度の改革・廃止に消極的なのは、インド社会が真に平等で民主的な近代国家となるうえで、極めて大きな障害になっていることも疑いない。

カースト制度は、インド社会が将来に亘って引きずっていかねばならない、重い因習と思われるが、この因習の根底にあるのは人種問題、宗教問題、貧困問題であり、この三つの問題こそ、今後のグローバル化世界が継続的に解決せねばならない三大問題でもあるのだ。

私は、今後のインド社会の在り方こそ、グローバル化世界の将来像を指し示すような気がしてきて、これからはもっと強い関心を以て、インドを見守っていかねばと思った。

〜その16〜

招かれざる客の昼と真夜中の饗宴

庭のオウトウの実が熟れる頃

２０１６年　５月

春は、自然の目覚めとともに人々がその恵みを感受する、本来ならば、生命感あふれ楽しみに満ちた季節であるはずだ。しかし最近の私には、いつの間にか持病となってしまった花粉症の悪戯で、命の胎動を感じて高揚する精神の一方で、自然の刺激を受容できない肉体の苦痛も耐えねばならないという、相剋する現象を抱えて、複雑な気持ちで迎える季節になってしまった。とは言え、我が家の庭に次々と咲く色とりどりの花や、萌え出る初々しくも瑞々しい若葉は、日頃は見失いがちな季節感と自然の潤いとを、日常生活に取り戻すまたとない〝よすが〟となって、春なればこその、他の季節にはない楽しみを感じさせてくれる。

現在の我が家の庭は、文字通り〝埴生の宿〟の感を呈していた旧家を建て替えた際、全体の配置と植え込みの草木とを、私なりの美意識に従って再構築したのだが、早いもので、もうかれこれ四半世紀前の出来事となってしまった。

以来、多少の植え込みの入れ替えはしたものの、ほぼ建て替え当初のままの状態で今日に至っているのだが、その時に追加した背丈ほどの幼木は、その後もスクスクと成長し、現在では立派な成木となり、あたかも元々そこに植えられていたかのような風情を呈している。

改めて今の庭を眺め渡すと、四半世紀前の庭とはかなり違った様相を呈しているように思う。

そもそも、小住宅の小庭に関しては〝格式の高い庭では不可欠な、マツやツゲにモッコクやシバ等といった整形した樹姿を楽しむのが目的の常緑樹は、どちらかと言えば不適切である。狭い庭には季節の折々に変化する樹木、即ち、花や果実を楽しめる樹木、あるいは新芽や紅葉が楽しめる樹木こそがふさわしい〟というのが私の持論であった。狭い庭のスペースが許す範囲で、当時、精一杯この持論に沿って我が家の庭造りをした積りであった。

とは言え、どんな庭造りでも一番心を悩ませるのは、実際に植え込む樹木の選定であろうが、建て替え当時、私の持論に最も適した樹木の一つに思えたのが、オウトウ（サクランボ）であった。花と実の両方が楽しめる果樹という点では、リンゴやナシも同じなのだが、オウトウは比較的病虫害に強いうえに、特別な手入れをしなくても、毎年2月の末頃になると桜と見間違えるほどに枝一面の花を咲かせてくれ、5月の初め頃には鈴なりの実もつけてくれるので、私のような無精な園芸好きには事の外有難い果樹なのである。

しかし、オウトウは桜の近縁種なので、放っておくと結構な大樹に成長し、小住宅用の樹木としては、いささか扱いにくい問題点も潜在させている。我が家のオウトウも、植えた当時は樹高二メートルに満たなかったのだが、今では幹の直径が十センチを超す我が庭一番の成木に生長し、二階の軒先を脅かすような存在になってしまった。そのため、冬の落ち葉が雨樋を詰まらせては困るので、春から冬に掛けて数回の枝先の剪定は欠かすことができない。その枝切り作業は、今の私の庭仕事では、手間のかかる厄介事の一つになっている。

さて、植え付け当時のお目当てでもあったサクランボの実だが、実が付き出した頃は木が小さかったこともあり、簡単に採取できたので、市売品より小粒ながら、5月になると採れたてのサクランボを生食して楽しむ期間が数年続いた。ところが、木が次第に成長するにつれ、実の採取は当然の成り行きとして、結構な難作業へと変化していったのだ。これは庭造りの計画時には予測し切れていなかった、私の庭造り上の〝想定外の出来事〟であった。

当初は、高所の採り難いサクランボは諦め、脚立を使えば届く範囲の枝のサクランボだけを採ってお茶を濁していたのだが、木がさらに成長していくと、ほとんどの実が脚立を使ったくらいでは採取できなくなってしまった。大方のサクランボが、〝採取できぬために、熟れるに任せて落果していく〟というのは、私の性分では到底容認できない事態である。

そこで、実の成熟具合と天候を見計らい、その気になった頃に高枝バサミを使うやら木に登るやらして、一気に実を採取するようにしたのだが、そうすると、一度に採取する実の量がバケツ一杯ほどの量にもなり、今度は採った後の実の処置に手を焼くようになってしまった。

さらに、採取の頃合いが悪いと（天候具合にもよるのだが…）ほとんどの実に小バエが卵を産み付けていることも分かって、単純に生食する気になれなくなったのも、採取した実の処置を一層困難にすることになってしまった。そうした事態を数年続けている内に、オウトウはさらに成長して、採果作業は、楽しみ事から面倒作業へと変貌してしまったのであった。

そんな経緯があって、次第にサクランボに対する熱も冷めて行き、いつの間にかサクランボ採りは、手の届く範囲だけしかしなくなってしまったのだが、その結果、サクランボの実が熟す頃になると、数羽の野鳥（体長が二十数センチほどあるので、ヒヨドリやシジュウカラであろうか…）が、入れ替わり立ち替わり、頻繁にやって来ては実をついばむようになった。

普段食べ慣れているとは思えないサクランボは、野鳥にとっては滅多にないご馳走なのだろうか。羽音や鳴き声もいつになくけたたましく、実をついばむ野鳥の興奮ぶりが家の中にも伝わってくるので、野鳥のさえずりが聞こえると、私も気になってオウトウの樹の枝回りを観察しないではいられない。野鳥はほとんどの場合、番いで来ているようなのだが、実をついばんでいるときの振る舞いは、勝手気ままそのもので、見れば見るほど、野鳥に対する〝愛らしさ〟の先入観なるものは失せていく。しかしながら、時折りやって来るスズメ等の小型の野鳥の場合、嘴からはみ出すように赤い実をくわえて、行儀よく枝に止まっている姿は、可愛らしさを絵に描いたような情景で、本当に気が和む。

こうした我が家のサクランボを舞台にした、野鳥による昼間の饗宴は、春の盛りの好天時における年中行事となり、私も楽しみの一つとして慣れ親しむようになった。

私は、週に二回の生ゴミ出しの朝は、ついでに庭や道路の掃き掃除もすることに決めているのだが、サクランボの熟する時期になると、野鳥の真昼の饗宴のせいか、あるいは自然な落果のせいか、庭や道路に足の踏み場もないくらいサクランボが散っている日もあり、そうしたサクランボを〝ゴミ〟として掃き出す際には、いささか気が重い作業を強いられてしまう。

ところが最近になって、こうした庭や道路に落ちたサクランボが、自然な落果や野鳥の悪戯だけが原因ではないことが判明したのだ。

2年前であったろうか、暮れの大掃除の際に、南側ベランダの端に、黒豆の如き異物が堆積しているのを見つけ、何かと思って改めてよく見ると、サクランボの種の入ったフンであることが分かった。とっさにカラスの仕業に違いないと思い、〝カラスは生ゴミの食い散らかしの外にこんな悪さもしている〟と、その時は勝手に決め付けて済ませてしまった。

そのうちに春となり、5月のサクランボがいよいよ熟す頃のことであったが、夜中の12時頃に、妻が「ベランダに何かいる」と言って気味悪がるので、私がカーテンの隙間から外を窺ったところ、何やら体長30センチくらいの生き物が、ベランダから電線を伝わって、道路沿いの電柱へと逃げて行く途中であった。私はかねてから、庭に夜になると出没する数匹の猫を見掛けていたので、まずは猫に違いないと判断した。しかし改めて考えて見ると、今まで電線の上を這う猫は目撃したことがないので、最近市街地に出没するようになったと言われている狸かもしれないとの思いも脳裏をかすめ、「猫か、ひょっとすると狸かもしれないが、特に心配することもないのでは…」と妻に伝えて、またベッドに入ったのだった。

ところが、あくる日もほぼ同じ時間に、妻が「ベランダと屋根に物音がする」と言うので、私も一体何がやって来ているのか、今度ばかりは確かめないではいられなくなった。


そして次の日、この日は穏やかな星空の夜であったが、またしても夜中の12時頃、妻が「外で物音がする」と言って起き出し、カーテンの隙間から外を窺っていた。

しばらくして「ホラホラ見て…」と言うので、私も慌てて起き出し、カーテンに駆け寄ってベランダの上を見てみたところ、何とそこに猫でも狸でもない、今までに見たことのない動物がいて、今しも屋根の上に飛び移ろうとしているところであった。

私はすぐさま、大掃除の際ベランダの片隅にあったフンを思い出し、妻に「サクランボを食べに来ているんだ…」と言って、サクランボの枝が窓際まで伸びて来ている南西の部屋に行き、出窓のカーテンを開けてみた。そこでじっと目を凝らしていると目に止まったのは、前足を伸ばしてサクランボを採ろうとしている、猫ほどの大きさの中型動物であった。

次の夜も好天気であったので、真夜中にいつもの音が聞こえると同時に、南西の部屋に直行して出窓のカーテンを開け、オウトウの樹の様子を窺った。小枝が揺れているところに眼を凝らすと、昨夜見た中型動物が潜んでいて、サクランボを貪っているところであった。

その内、出窓に近づいて来て、枝先のサクランボを採ろうと身を乗り出した瞬間、私は中型動物の顔を真正面から見ることになった。それは鼻筋に白い線を一本通した、可愛げながらも悪戯っぽい顔の中型動物、紛れもなくハクビシンそのものであった。体長は約三十センチに太くて長いしっぽが約二十数センチ、細ギスで如何にも敏捷そうな中型動物である。

その夜、ハクビシンは枝伝いに二十分ほどサクランボで真夜中の饗宴を楽しんだ後、道路沿いのケーブルに乗り移り、暗闇の中に消えていった。

翌日、早速調布市に電話してハクビシンに関しての情報聴取をしたところ、「最近、市内でハクビシンによる被害届けが増えており、要望があれば被害調査のために訪問する」とのことであった。私は、「特に被害はないので、調査訪問の必要はありません」と答えておいたが、噂に聞いていた〝ハクビシンの市街地繁殖〟が、他人事でなくなったことを実感させられた。

我が家では、5月から7月に掛けてはサクランボに続いて枇杷と白桃も幾ばくかの実を成らせるのだが、この数年、庭の落果の状況に何となく不自然さがあったのを思い出し、全てハクビシンの仕業と考えれば納得できることが分かった。

以来、毎年の春は、ハクビシンとの再会を、何とはなしの不安とともに楽しみにもしているのだが、相手はあくまでも野生動物でもあるので、心の片隅では常に、〝思わぬ所で思わぬ悪戯をしてくれなければ良いのだが…〟との思いを抱いていることも否めない。

そうした思いで、今年もサクランボの季節に我が家の庭にハクビシンを迎えたのだが、今年はとても気になる事態を目撃することになってしまった。

と言うのは、私よりも夜の物音には敏感な妻が、ある夜、いつもより興奮気味に私を呼ぶので、ハクビシンの通り道になっている、我が家から道路の電柱に繋がる電線の辺りに目を凝らしてみると、一匹のハクビシンが丁度電線から電柱に乗り移ろうとするところであった。電柱にはもう一匹のハクビシンが待ち受けており、やがて二匹が番いになって何処かに帰っていくところを目撃したのだ。ハクビシンが市街地で繁殖しているということであれば、番いのハクビシンの存在も当然考えねばならないが、実際に番いでいるとなると、来年は子連れで来るような事態も予測され、そうなればさらにその先のことを考える必要も生まれ、我が家としては困った事態を抱えることも想定せねばならなくなる。

私は元々動物好きなので、ハクビシンの出没を、〝自宅に居ながらにして野生動物に出会えるとは何たる幸せ〟とは考えても、ハクビシンを害獣として駆除しようなどとは、到底考えられない。ただ、一匹か二匹のハクビシンがたまに出没する内はまだよいが、数が増えてくれば必ず何かしらの問題が発生するに違いなく、〝今、我が家に来ているハクビシンが来年、子連れでやって来たら…〟と考えると、いささか気が重くなる。

さて、近年の脅かし好きのマスコミによると、「今の地球上には、約五千数百種ほどの哺乳類が生息しているが、現在は地球誕生以来六度目の大量絶滅の危機に直面している」と言われている。五度目の大量絶滅は、誰もが知っているように、約6500万年前ユカタン半島に落下した隕石に因る、恐竜を絶滅させ中生代に終止符を打った大量絶滅なのだが、危惧されている六度目の大量絶滅では、「人類の爆発的繁殖による自然破壊や地球温暖化が原因になる」と喧宣されている。こうした大量絶滅が本当に起こるのなら、現在世界中で起きている中・大型動物の市街地出没現象は、ささやかな前兆現象の一つなのかも知れない。とはいうものの今の私には、〝我が家にやって来るハクビシンの棲家はそもそも何処なのか、来年の春一体何匹のハクビシンがやって来るのか〟が、一番の気掛り事だ。

〜その17〜

我が家の小庭の夏の楽しみ

自然任せの一年草の開花と予期せぬ昆虫の来訪

２０１６年　８月

サラリーマン時代が終了してしまうと、自宅で過ごす時間が格段に長くなってくるのは、必然的な現象であり、その結果日常での最大の関心事となるのが、自宅での過ごし方だ。サラリーマン時代終了直後はともかく、十数年が経過した現在、ただひたすら仕事に追われていたサラリーマン生活は、あたかもの他人事であったかのようにも思えてしまう。

〝小人閑居して不善を為す〟は、誰でも知っている諺であり、戒めでもあろうが、〝じっとして何もしない時間を楽しむ〟ことなど夢のまた夢の私のような俗物人間には、正に言い当てて妙な諺であることを、何かしようと思い立つ度に実感させられる毎日だ。

家にこもっていては健康に良くないし、精神的にも欲求不満が募るだけなので、何らかの用事を作ってできるだけ外出するようにしているのだが、偽らざるところ、歳とともにそうした行動を取るのも次第に面倒臭くなってきたうえに、チョットした外出でも疲れを感じるようになってしまったのはいささか悲しい。私には特に打ち込んでいる趣味はないので、家にいて時間を持て余しそうなときは、テレビを見るか、馴染みの証券会社に電話して、投資情報の聴取や意見交換をする等の、〝時間つぶし〟をすることが多いのだが、どちらもマイペースでできるので、今の生活パターンにはよく合っている。そうした気ままな自宅での時間過ごしの毎日でも、時には必要になる気分転換に最適なのが、ふらっと家の外に出て、どちらかと言うと自然のままに繁茂させている、庭先の草木の様子を見廻ることだろうか。

本来の私は、庭草の中でも、自然任せにしても毎年同じ所で同じように四季の循環を観察できて、しかも手間の掛らない球根草や宿根草を好みにしていた。しかし最近は、一年草でも生命力の強い草花は、開花後に勝手に種を散らし、毎年似たような場所にしっかりと芽を出して、再生と消滅の自然循環を見せてくれるので、多年草とは違った味わいが楽しめることを知った。ただし一年草は、押し並べて生命力が旺盛なために、自然のままにしておくと、辺り一面を無秩序に覆い尽くして、他の草花の生育を脅かすという短所もある。

したがって、発芽から伸び盛りの夏の成長期には、余分な一年草を適当に間引く必要があり、気分転換のはずの庭先の見廻りでありながら、チョットした厄介仕事の種ともなる。

さらに、秋から冬にかけて、一年草が元気を失くして枯れていく時期になると、そのまま放置しておいては庭の見栄えが悪くなるので、日増しに哀れな姿に変貌していく一年草は、適宜取り除いていかねばならないという、もう少し手の掛る別の厄介事も控えている。

そうした良し悪し両面のある一年草の中で、私が魅せられるようになってしまったのが〝おしろい花〟だ。我が家のおしろい花は、何かの切っ掛けでよその家の種が迷い込み、いつの間にか他の一年草を圧倒して、今は主役顔して居座ってしまったものだ。花は、赤、白、ピンク、黄色の四種類があり、個々の花は慎ましい姿をしていて地味なため、私は全体が引き立つ赤を好んでいる。そしてこの花の特徴は、花の色や形ではなく、その香りにある。庭一面に花が咲いた夏の盛りには、それほど強くはないのだが、辺りに何とも言えない上品な香りを発散するのだ。夕立の後の夜、涼風に南側の戸を開けたままにしておくと、風に乗った花の香が、闇の中から網戸を通って部屋の中に漂い、この上なく優雅で優しい雰囲気を演出してくれる。かの枕草子の第一段には、「夏は夜、云々…」とあって、夏の風物としては月やホタル等を賛美しているが、もし清少納言がこの〝おしろい花の香り〟を知ったら、何と思っただろうか。残念ながら〝おしろい花〟は、江戸時代に外国から日本にもたらされた外来品種らしく、清少納言は知る由もなかったのだが…。

こうした花の香りに誘われるのであろうか、それともオウトウや桃の木の樹液に誘われるのであろうか、小さな庭先で、もう一つの夏ならではの楽しみことなのが、予期せぬ昆虫の来訪だ。我が家の回りでは、宅地化や旧宅の建て替え等の進展で、木々の緑は本当に少なくなってしまったが、幸いなことに、それほど遠くない所に実篤公園やハケを形成する丘陵の傾斜地があり、そこには今もかなりの木々が残っているので、そうした緑地に生息する昆虫が、繁殖のための出会いを求めてなのか、我が家にも飛来する。

蝶やセミにコガネムシの類は、夏の盛りには毎日のようにやって来るので、目に付いても特別な感慨は湧かないのだが、滅多に来ることのない、オニヤンマ、カナカナゼミ、タマムシ、大カミキリ、クワガタ、カブトムシ等は、見付けると虫取りに奔走した少年時代の記憶が蘇り、じっとしてはいられなくなって、反射的に捕まえたい衝動に駆られてしまう。

今年は7月中頃の桃の実の盛りに、朝刊を取りに玄関から出たところ、庭に落ちた桃の実に抱き付いている見事なツノ持ちカブトムシが眼に止まり、思わず我が目を疑ってしまった。

躊躇せず捕まえて見ると、ハネは艶やかに黒光りしており、もがく足の驚くばかりの力強さを手に感じていると、長い間忘れていた少年時代の興奮や喜びが蘇って来るのを感じた。

その内、「このカブトムシはひょっとすると近所の子供が店で買ったものが逃げて来たのでは…」との疑念も脳裏をかすめたが、見れば見るほど艶やかなハネの色と、少しもじっとしていない元気さに野生そのものの活力を感じて、そんな疑念はすぐに消え失せた。

こんなチャンスは滅多にないと思うと、私はこの見事なカブトムシを、誰か他の人にも見せたくて堪らなくなり、「おーい、チョット…」と妻を呼び寄せた。妻は、普通の虫なら怖がって、絶対に手を出そうとはしないのだが、この時ばかりは黒光りする背中に触れてみて、「へぇー大きいのね、ビックリだわ…」とつぶやきながら、驚きの様子であった。

妻としばし幾分かの感激と感傷に浸っていたのだが、次第に冷静さが戻って来ると、「さて、このカブトムシどうしたものか…」と、今度は処置に迷ってしまった。

結局、〝自然のものは自然に…〟の処置が最善と考え、桃の木に戻してやることにした。

十分ほど、新聞を読んでいるうちに、またカブトムシが気になったので、外に出て桃の木の回りを探して見たが、もう何処に行ったのやら、既に影も形もなくなっていた。

私は、ついさっき手に感じたカブトムシの力強い動きを思い返しながら、思い掛けない出会いを、あたかも一瞬の夢のようにも感じたのであった。

【つぶや記】

2017年〜2019年

時事通信社が選ぶ年別10大ニュース

日　本	2017	世　界
天皇退位、2019年４月末に	1	北朝鮮、核・ミサイル開発加
衆院選で自民大勝、民進が分裂	2	トランプ米政権発足、混乱続く
森友・加計・日報、政権揺るがす	3	中国、習近平氏「１強」確立
「ものづくり」信頼揺らぐ(日産、神鋼、スバル、三菱マテリアルなど)	4	過激派組織「イスラム国」(ＩＳ)、拠点陥落で事実上崩壊
アパート(座間市)に9遺体、男を逮捕	5	韓国大統領罷免、文在寅政権発足
陸上の男子100メートルで桐生、ついに９秒台	6	欧州テロ、選挙で右派伸長
「共謀罪」法が成立(「テロ等準備罪」を新設)	7	マレーシア空港で金正男氏暗殺
九州北部豪雨で死者・不明41人	8	ミャンマーからロヒンギャ難民
将棋の藤井四段が29連勝	9	ＮＹダウ、２万4000ドル突破
電通に有罪、働き方改革へ機運	10	国連、核禁止条約採択
	2018	
オウム松本元死刑囚らの刑執行	1	米朝が史上初の首脳会談
日産ゴーン会長を逮捕	2	米中貿易摩擦が激化
財務省が森友文書改ざん、20人処分	3	朝鮮半島非核化、南北首脳が合意
西日本豪雨、北海道地震、災害相次ぐ	4	米がイラン核合意離脱、制裁再発動
安倍首相、「２島先行返還」へかじ	5	韓国最高裁、徴用工への賠償命じる
陸自「イラク日報」見つかり公表	6	メルケル独首相「引退」、欧州に衝撃
平昌冬季五輪で最多メダル	7	米中間選挙、下院で民主党が過半数
中央省庁で障害者雇用水増し	8	習中国主席が「１強」強化
働き方改革、外国人就労で関連法	9	サウジ記者殺害、皇太子に疑惑
働き方改革、外国人就労で関連法	10	米国抜きＴＰＰ11が発効
	2019	
令和へ代替わり(５月１日に即位)	1	抗議デモで香港騒乱
消費税10%に、軽減税率導入	2	米中貿易摩擦激化
台風・豪雨で甚大被害(関東甲信・東北)	3	米大統領、初の北朝鮮入り
京アニ放火殺人36人死亡	4	全英女子オープンで笑顔の渋野、メジャー制覇
ラグビーW杯日本大会で列島熱狂	5	英ＥＵ離脱で混迷、選挙で決着
日韓関係が悪化、打開糸口探る	6	核合意履行停止で米イラン緊張
参院選で自公勝利も改憲ライン割る	7	ノートルダム大聖堂炎上
イチロー引退、国民栄誉賞は辞退	8	徴用工、資産差し押さえ決定
首里城火災、正殿など焼失	9	米離脱でＩＮＦ全廃条約失効
ローマ教皇が38年ぶり来日	10	G20大阪サミット 自由貿易の原則確認

〜その18〜

懐かしいセピア色の年末・年始

労多くても記憶に残る昔の年末行事

２０１７年　１月

今年も気が付いてみれば、いつもながら慌ただしかった年の瀬も新年も、早や過去の出来事となってしまった。時は思い出の航跡を残し、見知らぬ空間に消えていくかのようだ。

この毎年巡りくる〝年末・年始の慌ただしさ〟は、いわゆるグレゴリオ暦なるものが一般的に普及している国では、どこでも共通の現象となっているに違いないが、和洋折衷文化の我が国では、とりわけ顕著な現象となっているようだ。慌ただしさの所以は、特に年末と年始に集中する多くの家庭行事の基本が、元々は各家庭での自前作業が前提であったからに外ならないだろう。しかしながら、この慌ただしさも、この半世紀ほどの間に急速に進展した大量消費社会の中、必然的に導入され普及した電化・省力機器と、現在も進行中の電子・情報技術の発達により、想像以上の速さで更なる変化を遂げつつある。

自分自身の幼少時の年末・年始を思い返してみると、この時期に行われていたほとんどの家庭行事は、自作・自演のいわゆる手作り作業であったように思う。それらが、大量消費社会の進捗に伴い、社会構造や生活スタイルの変貌していく過程で、出来合い商品の購入や作業の省力・自動化といった形を取りながら、次第に人手を必要としなくなっていったのだ。

一年中で最も忙しいのは、相も変わらず年末・年始だが、昨今は年始行事の準備で忙しかったはずの年末の人手は解放され、さまざまな行事をこなさねばならない年始の慌ただしさだけが残されたように思える。こうした変化で、年末行事での作業負担が軽減された結果、労苦を伴うことで印象付けられた、かつての濃密な年末は、昔の思い出話となってしまった。

私が社会生活を始めるまでいた小岩の実家は、江戸時代初期に、愛知県の三河から移住してきた農家であった。私は八人兄弟の下から二番目として育ち、昔ながらの伝統行事が行われていた時期には、幼少期から小学校の低学年時代であったせいで、年末・年始の多忙期といえども親兄弟や近くの親類縁者が、多くの伝統行事をこなすのを、ほとんど見ているだけというのが実情であった。そのせいであろうか、年末・年始の慌ただしさは、辛さに繋がる記憶はあまりなく、大人たちのテンションがいつになく高い、面白い時期として記憶されている。とりわけ、年末での一大行事だった当時の餅つきは、何とも懐かしく忘れ難い。

かつての我が家での餅つきでは、餅つき場となる納屋と米蒸のための釜屋の準備、加えて井戸端での米とぎとが、必要不可欠な前日作業となっていた。そして翌日は、まだ暗いうちから釜戸に火が入れられて米蒸が始まるのだが、やがて空が白みだすと近所の手伝いもやって来て、我が家は、がぜん賑やかな餅つき場へと一変した。ほどなく掛け声とともに蒸しあがったせいろの米が木臼に運ばれ、木臼を数人が取り囲むと、多人づきでの餅つきが始められるのであった。このときのリズミカルな杵音、臼音、そして間合い取りの掛け声は、今でも耳の片隅に残っているようだ。私はこれらの一連の餅つき作業を、いつもとは違った高揚感に包まれて見守っていたのだが、つき手の交代する休み時に分けてもらった、餡やきな粉をまぶした、正真正銘のつきたて餅は、当時の私には最高のご馳走であった。

この年末での最大行事であった餅つきも、私が小学校の高学年になる頃には餅つき機が導入されて、あっという間に一日作業に短縮されて人手も減り、その後の兄弟・姉妹の分散や餅の消費減少も重なって、自然と印象の薄い年末行事の一つに過ぎなくなってしまった。

一方、もう一つの年末での一大行事であった大掃除では、農家特有の雑事が多く、さすがに幼少の私といえども、色々と手伝をさせられた。この作業では餅つきとは違い、面白いと思えたのは、畑でのごみの焼却作業ぐらいで、多くは楽しいと思える作業ではなかった。特に、大掃除最後の締めにあたる、仏壇の真鍮仏具の〝お磨き〟は、力と根気のいる単純で退屈な作業であったので、年末に私が分担させられた中では一番嫌な作業であった。

さて、年が変わっての新年行事となると、年末での手伝い作業とは一変して、もっぱら遊び事一色となるのだが、こうした状況は当時も今もあまり変っていないのではないだろうか。

幸か不幸か、大家族農家の四男であった私には、遊び道具を買い与えてもらえることはごく稀なハプニングであったので、当時における男児の年末・年始における定番の遊び道具であった、タコ、コマ、ゴム動力飛行機等は、寝食を忘れまでして、自力で揃えたものだ。

農家ではあったが、特定郵便局や不動産賃貸業もしていた当時の我が家には、よく大工も出入りしていて、ほとんどの大工道具が揃っていた上に、加工する木材や竹や金具にも不自由することはなかったため、私は見様見真似で覚えた大工遊びが、一人でできる大好きな遊びの一つになっていた。そのせいか、私の丹精込めて作った手作りの遊び道具は、買い物品の遊び道具と比べても特に見劣りすることはなく、遊び友達からもそれなりの評判を得ていたので、その評価のほどを確認することの方が、遊びそのものにも勝る喜びになっていた。


姉や妹とは、よく双六遊びやトランプ遊びをしたものだが、百人一首の場合は、ときどき年上の兄も加わり、大賑わいとなった。年少の私には取れる札も限られていて、あまり楽しめる遊びではなかった。当時は、詠まれている歌の味わい深さまでは理解できなかったので、私はもっぱら絵札の人物画の良し悪しの方に気を取られていた。そうした百人一首遊びの絵札の中で、とりわけ気に入っていた一枚が、あでやかな後ろ姿の小野小町の絵札であった。

歌は、幾度となく繰り返された遊びの中で、いつの間にか脳裏に焼き付いてしまった。
・花の色は、うつりにけりな、いたずらに、わが身世にふる、ながめせしまに
昨今、百人一首で遊ぶ家庭はどのくらいあるのだろうか。私もかれこれ半世紀以上、百人一首で遊んだ記憶はない。かつての正月は、今より文化的だったのかと、嘆息させられる。

・はやり事は、移りにけりな、知らぬ間に、我が身に寄せる、年波の事

経済優先社会からの脱却と期待される新たな社会

経済指標が社会指標の主役である時代の終焉

２０１７年　２月

〜その 19 〜

昨年（２０１６年）10月31日の日経新聞に、先進諸国を対象とした生産性のランキング記事が掲載されていた。最近は何かにつけランキング付けが流行りのようだが、どんなランキング付けであろうと、納得のいく基準に基づいたものでなければ、意味がないことは言うまでもない。残念ながら、肝心のランキング基準についての説明はなかった。

とは言え、我が国勤労者の生産性の低さは、長時間労働とともに古くから我が国社会の伝統的な弱みの一つとして取り上げられてきていたので、ランキング基準の如何は別にしても、我が国の現時点での生産性が、国際的にはどのような位置付けにあるのかは、いつもながら私たち一般国民の関心を惹くテーマであることに違いない。

そのランキングによれば、私が働き盛りであった昭和40年〜50年代はともかく、押しも押されぬ経済大国となった現在でも、欧米諸国に比べると相変わらずかなり劣ったままの状況に留まっていることが

示されていた。最近は特に〝少子高齢化に伴う労働力不足〟が話題になっているにも拘らずの状況なのだから、改めて何が原因なのだろうかと考えさせられてしまう。今後、何らかの抜本的な意識改革やら社会改革でもない限り、いつまで経っても欧米並みの生産性にはならないだろうと、いささか悲観的気分になってしまった。

ランキングでは、トップのルクセンブルグが我が国の倍近い生産性を上げていることを示しているが、他のベネルックス諸国や北欧諸国等の小人口国と我が国とを比較して見るのは、あまり意味がないように思う。しかし、半世紀ほど前、その生産性の低落ぶりを英国病と揶揄されたイギリスと比較しても、我が国の方が二割ほども生産性が低いというのでは、〝我が国の生産性の低さは簡単には改善できない根深い原因に由来している〟ことは明らかだ。

〝真面目で勤勉〟というのは、皮肉は込められているにしろ、諸外国から見た時の一般的な日本人評として使われるようになってから久しいのに、いざ具体的な数字で示されている日本人像となると、〝余り賢い働き方をしていない働きアリ〟ということになる。

〝働くこと〟は、芸術家や宗教家あるいは政治家や学者そして一部の特殊職業人等、従事する仕事の内容そのものが生き甲斐や趣味となっている人を除くと、個人の自由な生活時間を犠牲にして、〝生活の糧を得るための必要手段〟として位置付けされているのが普通である。

したがって、仕事以外に個人の楽しみがあれば、仕事は早々に切り上げ、やりたい個人の楽しみごとをしたいのが自然であり、その願望が強ければ強いほど、自ずと労働効率は高くなるはずである。私は、自らのサラリーマン時代を顧みて、我が国の生産性の低さは長時間労働に由来し、〝職場では時間は無駄には経過しないが家に帰れば時間は無駄に経過するだけ〟の状況が、高度成長時代を経て経済大国となった今も基本的に変わっていないためではないかと思う。

私は、気分転換には非日常的体験をするのが一番と考えており、好きな海外旅行にはよく出掛ける。世界に点在する卓越した自然美の観光スポットでは、私は理屈抜きで非日常の世界に誘い込まれるが、自然美は天与のその地特有の属性であり、身近には取り込むことはできないので、その地を離れてしまえば、記憶の中に留まるだけの存在となってしまう。

一方、人の力で作り上げられた都市美・人工美の素晴らしさには、そこに蓄積された歴史や人智の奥深さを知らされるに留まらず、全部は叶わずともその一部でも身近な生活環境に取り込めたら、との思いを抱かせられるようなことも多い。特に、ヨーロッパの都市・郊外を訪れたときには、他のどこを訪れたときよりも、私はそうした思いに駆られてしまう。

地形の変化に富んだ我が国と違って、平坦な地形の多い欧米の都市・郊外は、ほとんど人の手で加工しつくされているのが普通だが、ヨーロッパの都市・郊外が自ずと一定の類似性を有して、我が国の都市・郊外に比べると整然としているのは、人の生活効率・快適性の両面から、長い時間を掛けてこそ達成し得た成果なのだと考えると、納得させられる。

冷涼・少雨の気候的特徴に適した、畑作と牧畜を主体にするヨーロッパ主要部での生活空間では、投入する労働力さえ増せば、それに見合って単位面積あたりの生産量が増すという訳ではない。したがって、温暖・湿潤の気候的特徴に適した、稲作を主体にする東アジア主要部での生活空間に比べると、一定面積での養育人口は、遥かに少なくなるのが一般的だ。

そこで、冒頭で触れた生産性の問題を考えてみると、前記のような生産性の基本となっていた歴史的農業生産の素地が、人口増加と活動規模の拡大に従って、ヨーロッパでは労働の効率化を促す一方、東アジアでは労働の集密化を促進させたのではないかと思う。

この農業生産での生産量増大の方法の違いが、生産活動の主体が商・工業に転移してしまった今日の労働環境の形成にも、大きな影響を与えているのではないだろうか。

今後、あらゆる分野で生産活動の合理化と自動化が進み、生産活動にほとんど人手を必要としなくなるような時代が到来すれば話も違ってこようが、何らかの形で人手が必要となっている現・近未来の生産活動では、人件費と生産性の高低が即生産品価格に反映することは、改めて説明することもないだろう。したがって、グローバル化の進む現在、労働コストの高い先進国の生産物が、発展途上国の生産物に価格競争で苦戦を強いられているのは、ごく自然の成り行きと言えよう。生産性の向上には、生産設備や生産システムの改善等に、多大な経費とノウハウの積み重ねを必要とし、簡単には実現し得ないのだから…。

結果として、先進国の多くの量産型製造業は、製品競争力維持のための確実で手っ取り早い方法として、工場の海外移転を選択することになるのだ。

ここで改めて認識しておかなければならないのは、人間の生活基盤となる衣・食・住は、全て物の生産に基盤を置いた上での在り方であるという、古来から不変の社会実態である。

たとえ衣・食・住とは直接の関りがなかろうと、物の生産拠点が次々と海外移転していけば、将来の社会・文化の在り方にも、必ずや影響を及ばさずにはおかないだろう。

技術革新のみならず経済環境変化の激しい現代、韓国に始まり中国そして東南アジアへと、目まぐるしく変化する、我が国製造業の工場海外移転を見聞きするにつけ、私の脳裏に去来するのは、「一将功成りて万骨枯る」の古い諺だ。企業が止むを得ずとは言え、目先の利潤追求から、次々と工場を海外移転する様は、古い諺に倣って言えば、「一企業益を得て本工場の人影消ゆ」を招来しているのではないだろうか。いや、「人影消ゆ」に留まらず、工場の移転先では必ず新たな企業文化が芽生え、それはやがて手強い競争相手へと成長し、いずれは製造技術に疎くなった移転元企業の前に立ちはだかることになるに違いない。

こうした〝製造業の海外移転に伴う負のブーメラン現象〟を回避するため、容易に考えられる手立ての一つが、安価な海外労働力の国内移入策である。この海外労働力の国内移入策は、現在我が国で進行中の少子高齢化には、うってつけの即効的な解決策になるのかもしれない。しかし、一旦この方向に舵が切られると、工場の海外移転と同じように、次々とより安い労働力を求めるようになるのが自然な流れであり、何らかの規制でも設けない限り、海外労働力の移入に歯止めが掛からなくなるのは、欧米での先例が示す通りだ。

我が国を取り巻くアジア周辺国の人口圧力は、欧米諸国が中近東や北アフリカ諸国から受ける人口圧力よりも遥かに高く、当面する企業競争力の維持問題や人口減対策には極めて有効であろうが、現在の欧米諸国が直面している、解決の難しい新たな社会問題とも対峙しなければならないことも覚悟しなければならないだろう。


現在多くの日本人が感じている社会の行き詰まり感は、トドノツマリは経済の行き詰まり感であり、言うなれば〝社会の発展は経済発展にある〟との考えに帰着するのではないだろうか。言い換えると、「人と社会の幸福は、経済的な成長感があってこそ得られる」との考えが、少なくとも戦後の我が国では、疑問の余地のない普遍的な社会通念となっているのではないかと思う。

振り返ってみれば、私自身も、高度成長時代からモノ余りと言われるようになった時代が到来するまでは、ひたすら経済的な豊かさの追求で日々を送っていた。しかし、十数年前に会社生活を卒業して、改めて〝これからの人生の在り方〟を考えるようになってみると、経済的な豊かさ優先の生き方に〝限りある人生での限りなき人間欲〟が潜んでいることを悟るとともに、〝経済的豊かさなるものの虚しさ〟を意識するようになった。

ところで、今から半世紀ほど前の日本は、現在の3分の2ほどの人口でありながら、モノ不足と人口過多に喘いでいたのだが、今では何だか〝夢か幻〟のようである。

当時は、束の間の出来事だったとは言え、政府指導の下、かなりの数の人々が〝生活難で希望の持てない日本〟を離れ、中南米へと移住して行った時代もあったのだ。

現在の我が国が抱えている二つの問題、〝企業競争力の維持〟と〝人口減対策〟は、いずれも簡単には解決できそうにない問題であり、今後も多くの人がさまざまな方策を提唱するに違いないだろう。私は、経済大国となった今、目指すべき新たな社会目標を、〝物質・経済の豊かさ〟から、〝環境・文化の豊かさ〟に切り替えることの方が重要ではないかと思う。

従来から、私たちの生活の良し悪しは、分かり易く捉えれば、衣・食・住の三点で判断されてきたが、現在の日常生活において、衣と食の二点に関しては、既に過剰消費の時代になっていると言ってもよいだろう。

日常的な市民生活の良し悪しに直接響く経済指標は、物価や為替等だが、これらは主に衣と食に関連する経済指標である。住に関しては、居住空間の基盤となる土地問題との関連が不可欠となるので、経済問題としてよりも人口問題との関連の方が強いのではないだろうか。我が国が今直面している人口減の問題は、この住の問題面から捉えると、幸か不幸か基本的な解決に繋がることに、今こそ注目すべき時なのではないだろうか。即ち、人口減少は必ずしも負の現象としてのみ捉える必要はないのだと…。

我が国は、明治維新後の近代化の過程で、衣と食に関してはひたすら西欧化の過程を辿ってきたように思うが、この現象は、衣と食は比較的取入れ易く、いわゆるグローバル化が進み易かったからに外ならない。しかし、冒頭で触れた気候風土のみならず農業を始点とする産業の歴史的な生産形態の違いに加え、経済的な負担も大きいためか、伝統的な住の変化は衣と食に比べれば遅々として進んでいないように思う。

現在、我が国の一般住宅の多くは、いわゆる洋風建築の形態を採ってはいるものの、街並みを一見すれば分かるように、我が国と欧米諸国とでは住宅地全体としての形態にはかなりの差異がある。この差異を一言で表現すれば、〝我が国の住宅地は欧米諸国に比べると遥かに過密だ〟ということに尽きる。

私は冒頭で、我が国の生産性の低さに触れ、その原因の一つに〝帰宅しても時間を持て余す〟高度経済成長時代前後における一般勤労者の悲しい現実があると付言した。

この現象は、勤務形態の多様化した現在であれば、一般勤労者の勤務形態と勤務心理を理解していない、元サラリーマンの単純な誤解に過ぎないのかもしれない。

しかし仮に、人口の減少した将来の我が国で、一般勤労者の誰もが容易に広々として緑豊かな住宅地に住めるようになったとしたら、言い換えると〝既に衣食に満足している一般勤労者が、住にも満足するようになったなら〟、一般勤労者に〝仕事は効率よく終わらせて早く帰宅したい〟との勤労意識の変化が生じるのではないかと推察するのだがどうだろうか。

私たちの日常の関心事を、経済的豊かさから生活の質の豊かさに変えることができれば、いくら努力しても経済的な向上感の得られない現在の閉塞感は、現在進みつつある人口減少とそれに伴う生活空間の過密緩和の過程で、〝あくせくしない社会と日常生活の実現〟とともに、次第に薄れていくのではないかと想像するのだが…。

私は、今後も確実に進展するであろう我が国の人口減少を、我が国産業の生産性向上と、より豊かな生活空間を得るための、歴史的廻り合わせとして、希望を持って前向きに捉えるべきではないかと考えている。


〜その20〜

ロシア観光旅行

サンクト・ペテルブルグ及びモスクワ周辺の観光

２０１７年　３月

私はこの数十年来、年二回を目安に、海外旅行に出掛けることを、大きな楽しみにしている。

昨年（２０１６年）は1月のインド旅行に続いて、７月末に九日間のサンクト・ペテルブルグ及びモスクワ周辺の観光旅行に出掛けた。

いつもの通り妻と一緒の観光旅行だが、この年の8月には96歳になる義母一人に託した、我が家の留守番役を気に掛けながらの旅行であった。老いた母の健康状態を見定めたうえでの海外旅行とは言え、母の留守番役が今後はさらに難しくなりそうなのは目に見えており、これが〝当面での海外旅行の締めくくりになるかもしれない〟との思いも込められていた。

行き先はいつもながら迷いに迷ったのだが、丁度私たちのかねてからの思いを満たしてくれそうな頃合いのツアー内容であったので、ロシア旅行（と言っても、実のところはサンクト・ペテルブルグとモスクワの周辺を回るだけなのだが…）を選択することにした。

どちらの訪問地も、これまでに妻とは観光で一度、私自身は仕事で三度、訪問したことのある場所であり、海外旅行としての新鮮味にはいささか欠けるきらいは免れなかったのだが、いずれの観光の時も、訪問先や滞在時間が中途半端であったので、今回は締めくくりの旅として、特に見たい所をしっかりと観ておこうとの思いを込めての行先選定であった。

最初の訪問地は、サンクト・ペテルブルグであった。

この地の観光では、どんなツアー企画であれ、必ず訪問先として選定されることになるのがエルミタージュ美術館観光であろう。私たちも短時間ながら既に一度訪れているうえに、欧米各地の名だたる美術館を幾つも観てきているので、それほど特別な期待感は抱いていなかった。

しかし、世界遺産として登録された後、グローバル化と観光ビジネスの拡大の波にも乗り、展示スペースが大幅に拡大されただけでなく、展示方法も大分改善されていたようで、それなりに見応え感の向上は図られていた。特筆すべきは、以前訪れた頃はほとんど目にしなかった中国人観光客が、どの展示場でも溢れていたことで、〝勢いを増す中国〟をここでもマザマザと見せつけられた思いがした。

よく知られているように、この美術館は19世紀に宮殿として建設された後、女帝エカテリーナⅡ世が、西欧先進国の宮廷に見劣りしないようにと買い集めた絵画が基礎になっているのだが、権力に任せて収集されただけに、当時の有名古典画家の作品はくまなく収集されているのには、改めて驚かされた。ただし、比較的短期間に強引に収集された作品が多いためか、さすがに〝有名画家の傑作ぞろいという訳ではない〟のも否めないところではないだろうか。

したがって、私はこの美術館の古典絵画にはあまり興味はなかったのだが、最近改めて展示し直されたという印象派の絵画は、点数が多いだけでなく、著名画家の大作も多く含まれていたので、大いに興味が掻き立てられ、これらの印象派絵画に大半の鑑賞時間を費やした。

我が国にある印象派の絵画と言えば、何と言っても上野の西欧美術館に展示されている松方コレクションが思い浮かぶだろう。

この松方コレクションは、第一次世界大戦の折、造船ブームで財を成した川崎造船の社長松方幸次郎が、パリやロンドンで買い集めた絵画の一部と聞いているが、購入交渉の折々にロシアの富豪収集家と競り合うこともあったらしい。ツアーガイドから、「このエルミタージュ美術館の印象派絵画では、ロシアの富豪収集家の買い集めた絵画がかなりの部分を占めている」との説明があったが、松方コレクション（日本へ移送の直前、第二次大戦が勃発したため、パリとロンドンで仮保管され、戦後日本への返還時にパリでの保管品は一部がフランス政府に没収され、ロンドンでの保管品は戦災で全て焼失する等と、収集品の多くが失われてしまったらしいのだが…）と比べると、質量とも遥かに勝っているようだ。これは購買力の差か購入交渉人脈の差か、それとも評価力の差なのかと、詰まらぬことを考えさせられてしまった。特に印象深かったのは、ピカソの初期作品群で、質量ともルーブルやメトロポリタンの収蔵品にも劣らないのではないかと思われた。

サンクト・ペテルブルグでのもう一つの観光スポットは、バルト海に面したピョートル大帝夏の宮殿の噴水庭園とエカテリーナ宮殿の琥珀の間であった。

どちらもヨーロッパの宮殿には似たものがあり、私はあまり強い印象を感じることもなかった。

特に、噴水庭園中央の大噴水の周りには、定期的に吹き上げる噴水を観ようと、大勢の観光客が、押し合いへし合いの体を成して集まっており、私も人ごみに巻き込まれ、群衆の背後から背伸びして噴水を観る羽目になってしまった。

結局目にした噴水は、水量が余り豊かでない上に気のせいか勢いもなく、それも黄色味を帯びた濁り水であったので、少なからずガッカリさせられた。このときも、中国人観光客の多さと、その我が物顔の振る舞いには、またもや不快感を覚えてしまったのだった。

そうしたこともあってか、私は観光客の人ごみを抜け、噴水庭園の庭先に展開する海岸に出て、バルト海を眺望した時には、ホッとすると同時に、北辺の空と海の淡い青さに、何とも言えない感慨と解放感を感じた。ツアーガイドから、「この辺り一帯の海上に、出撃前のバルチック艦隊が集結・投錨していた」との説明を耳にすると、この地を出港する時の彼らの思いはどんなものであったのだろうかと、想像せずにはいられなかったが、まさか日本海海戦があのような無残な結末になろうとは、夢想だにしなかったに違いない。

当初は危うい見通しのままに突入したのが、我が国の日露戦争であったはずだが、これを決着付けたのが、誰もが知る日本海海戦での我が国の完璧に近い勝利であった。私は、〝この歴史的出来事こそが、その後の無謀な太平洋戦争に繋がる我が国の大艦巨砲主義と軍国主義の起点となったに違いない〟との思いに浸りながら、波静かなバルト海を眺めたのだった。


第二の訪問地はモスクワであった。

私が最初にモスクワを訪れたのは、1976年の2月の寒い最中であった。

それは仕事での訪問であったが、私にとっては生まれて初めての海外旅行でもあったのだ。

空港で拾った黒塗りの武骨で大型なソ連製タクシーに乗り、窓越しに凍り付いたモスクワ河を観ながら着いたのは、あのスターリン様式と呼ばれる厳めしい外観のウクライナホテルであった。このとき感じた、ソ連という国の第一印象は、今でも忘れることができない。

早速ホテルの周りを散策してみると、気温マイナス二十度の冬空の下、どこも街は暗く凍り付いており、共産主義下の北国に来ているという現実を、否応なしに印象付けられた。

この海外出張では、私はLPG船（液化石油ガス運搬船）に関する建造商談の担当技術者の一人として訪問したのだが、約1週間の滞在中に見聞きした、交渉相手の役人の厳しい顔付、その同じ人物が夜の接待時に見せた別人のような振る舞い、ネオンなどほとんどない暗い夜の街を黙々と歩く通行人、対照的にホテルの食堂やロビーに溢れる華やかで怪しげな女性たち等々、特別な国での特別な光景は、最初の海外経験でもあった私には強烈な印象であった。

今回の観光旅行では、空港からホテルに向かうバスの中で、湧き上がるそうした四十年前の思い出を噛み締めながら市内に入ったのだが、モスクワでの宿泊ホテルは、取り立てた特徴も見当たらない、極めて平凡なホテルであったので、いささか拍子抜けさせられてしまった。

夏の盛りということもあって、街は夜中になっても明るく、街角にはマクドナルドやカラオケの看板も見られて、前回の訪問時からの時の流れをマザマザと実感させられた。

観光の主眼の一つは赤の広場とクレムリン観光にあったのだが、私の興味は、モスクワの郊外に隣り合って存在する、世界遺産の古都スズダリとウラジミールの観光にあった。

と言うのは、1976年2月の最初のモスクワ訪問の後、3月に私を含むLPG船の商談チームは再度モスクワを訪問したのだが、その結果、技術仕様書固めはすべて終了し、LPG船の建造商談はソ連担当部署（スドインポートと呼ばれていた）の決定待ちとなっていたのだ。

私の勤務する会社は、当時の造船業界事情から、一刻も早くスドインポートからの発注を期待していたため、同じ年の3月末に、奇しくも海外駐在員としてロンドンに派遣していた私に、状況調査の指示を出し、私は4月に三度目のモスクワ訪問をすることになったのだが、その時に経験した忘れ難い思い出こそが、今回の観光先選定での要因にもなっているのだ。

この三度目の訪問時では、営業担当者と私の二人だけでの身軽な出張旅行であったので、私は休日を利用して、かねてから興味のあったスーダリの観光を決め込んだ。

当時は共産政権下であらゆる宗教活動は抑圧されていたため、私の見たスーダリでも、玉ネギ頭をした教会の点在する町の遠景は、絵本に出てくるおとぎの国のロシアの町そのものであったのだが、近づいてみると、どの教会も荒廃のままに放置されていて、哀れとしか言いようのない状態にあった。今回の観光では、そうした教会群が、宗教活動の復権した現在のロシアでどうなっているのか、是非この目で確かめたいと思っていた。

それにもう一つ、スーダリには私の心に封印されたままの忘れ難い思い出があった。

スーダリ観光は、ホテルの観光案内デスクで、英語ガイド付きの日帰り観光を見つけて参加することにしたのだが、冷戦時代の当時のことでもあり、同行の参加者は十名程度であった。

私は、それほどうまくもない当時の英会話力を、少しでも改善したいと思っていたので、バスがスーダリに到着するや、すぐにガイドの女性の後ろにつき、この街に対するさまざまな質問をして、稚拙な英会話の訓練に励んでいた。そのうち、自然な成り行きであろうか、会話内容が観光のことなどそっちのけとなって、ソ連におけるキリスト教の状況やら市民の日常生活の在り方についての話で夢中になってしまった。気が付いてみれば、いつの間にか他の観光客はちりぢりになっていて、二人だけで会話を交わす状況となっていたのだった。

ガイドの彼女は、ロシア人としては小柄な方で、私とほぼ同年代と思われた。英語の観光ガイドをしているることからも、私の質問に対する彼女の受け答えからも、当時のソ連体制を好ましくは思っていない様子で、自由主義社会に強く憧れていることは明らかであった。

彼女の日常や私の仕事等、次第に個人的な話題に話が波及していくうちに、突然彼女は「日本に行きたい…」と言い出したので、私はビックリしてしまった。成り行きに任せて、深い考えもなく思わず発してしまった言葉に違いないのだが、私は思いも掛けない言葉に、彼女の真意を測りかねていると、彼女は身を寄せながら私の手を握り絞めてきた。

当時の私はまだ独身で、ロマンスに対する憧れも強い年齢であったのだから、悪い気はしなかったことは言うまでもないが、慣れない状況に唯々戸惑ってしまったのだった。

結局、他の観光客とは二人だけかなり遅れて、帰りのバスに戻ることになった。やがて帰りのバスがモスクワに帰り着いた時、私は彼女に、「5月にまたモスクワに来るので、是非また会いたい」と伝えて、彼女の連絡先のメモ書きをもらって別れたのであった。

ロンドンに帰って数週間後、私が神戸の本社から受け取ったニュースは、LPG船建造商談の延期と、スドインポートから出されたLPG船のスエズ運河通過問題調査のためのエジプト出張指令であった。こうした本社とのやり取りを幾度となくしているうちに、LPG船建造商談は見込み薄となりつつあることが明らかとなった。ソ連がイタリアに成立した共産党政権を支援するため、発注先をイタリアに変更しようとしていたからである。やがて5月になると、私のモスクワ行きはなくなったことがハッキリし、ＬＰＧ船以外の案件で本社とのやり取りに追われる日々が続くと、いつの間にか彼女から貰ったメモも紛失していた。

私が、現在の妻とロンドンで初対面したのは、そうしたことが済んでから間もない頃であった。友人の友人同士という奇遇も判明し、親密の度はすぐに深まって行った…。

こうした異郷の地での忘れ難い思い出との繋がりから、かねがね妻には是非スーダリを見せておきたいと思っていたのが、この海外旅行の目的の一つでもあったのだ。

今回訪れたスーダリは、すっかり観光地化しており、おとぎ話の絵のような今のスーダリの風景には、四十年前の面影はどこにも残っていなかった。彼女に案内されて観た教会や、彼女と手を繋いで歩いた教会の脇道は、一体どこであったのだろうか。

～その21～

巡りくる自然とめくるめく日々の想い（1）

晩春の我が家の庭先から

2017年　5月

春も5月の中端を過ぎて、目に見えて日が長くなると、どうしても朝の目覚めは早くなってしまう。こうした現象は、自然の変化に対応しようとする、万人共通の本能的な生理現象の一つなのだろう。生理現象だからと言って、最近何かにつけて気になりだした〝年のせい〟に結び付けて、殊更気にするようなつもりはない。

我が家の寝室は、南東に面した二階にあり、窓を覆うカーテンの遮光性が充分でないこともあって、黄道が高くなって来ているこの時期は、朝の五時を過ぎるともう陽射しはかなりの強さになるので、安穏と寝床には収まっていられなくなるのだ。とりわけ夜中に降っていた雨が収まった後の静まり返った朝には、窓越しに感じられる大気の透明感に、朝のすがすがしさが眼に映えるように思えて、〝早起きしか味わえない格別な得〟を感じる。

私はいつの頃からか、俗に言う花粉症なるものに取り憑かれてしまったため、春の花盛りの時期は、巡りくる自然の再生を目にする喜びが、眼や鼻に感じる肉体的不快感と相殺し合ってしまうせいで、一概に好ましいとばかりは言えない季節になってしまった。

そうした良し悪しがあるとは言え、私たちが自らの力で生み出す内なる生命力とは異なる外なる生命力を、動植物等の命ある自然から分け与えて貰うには、この生命力の横溢する晩春から初夏にかけての季節こそが、一年中で一番の時期と言えるのではないだろうか。

晩春から初夏の時期、草木の生命力は驚くほど旺盛なので、一週間でも放置すると、勝手に〝我流のイギリス風プチ・ナチュラルガーデン〟と標榜している我が家の庭の風情は、たちまち野趣の無秩序さの方が優勢になってしまう。したがってこの時期になると、少なくとも週一度程度の庭の手入れ作業は、欠かすことができなくなるのだ。この庭仕事は、本来は趣味であるはずなのだが、残念ながら年のせいか、最近は次第に億劫になりつつあり、気分や天気の良くないときは、正直なところ今の私にはいささか辛い作業と言わざるを得ない。

しかし、一旦作業に取り掛かると、趣味の本性に火が点いてしまうので、あちこちの剪定やら草取りやら、ついつい作業に熱中してしまうのはいつものことだ。作業に夢中になれば、目に見えない毒蛾の鱗粉には構っていられなくなるのも自然な成り行きで、作業の終了とともに感じ出す手足や首筋の痒みに、数日間どころか一週間ほどは悩まされることになる。

とは言え、こうした庭仕事でのこの時期特有の災い事があるにしても、自在に伸びた庭の木の芽や草を処理していると、日常垣間見ている〝静止しているかのごとき草木〟の、意外なほどの姿の変化と成長の早さを、改めて見せつけられて、ビックリさせられる。

特に、雨や風のあった日の翌日には、伸び盛りの若芽や若草は、大きく姿を変えていたり数センチほども成長していたりして、その生命力の旺盛さには感嘆させられる。

一方、春先には、枯葉ばかりが目に付く庭先で、場違いかとも思わせるように青葉を茂らせて、あれほど命を謳歌していた早咲きのスイセンやヒガンバナは、すっかり弱々しくなって、この時期には見る影もなくなっている。そうした、小さな我が家の庭の循環する自然の厳しさや無情さを見ると、近年の我が身の周りに忍び寄るさまざまな〝経年変化〟に、自ずと思いを巡らせることになるのだが、こうした事態になるのは、まさに〝年のせい〟に相違ない。

モノ言わぬ草木ならばこそ、こうした容赦のない四季の変化を冷静に観察してもいられるのだが、いざ自らの周囲の人間社会の変化となれば、残念ながら現在の自分には、冷静に受容するだけの心の余裕なるものが、未だに備わっていないのが実情だ。

現在私たちと同居中の義母は、今年の夏に九十七歳になるのだが、昨年の夏に買い物に出掛けた際に転んでケガをして以来、めっきり心身の衰えが目立つようになってしまった。

最近はあまり出掛けることもなくなり、視力が衰えたこともあって、新聞やテレビはほとんど見ることもなくなって、昼間はもっぱら椅子に座って庭の草木を観ていることが多い。

そんな義母の姿を見ていると、目の前の庭の草花はできるだけ奇麗にしてやりたいと思う一方、自分自身も〝避けがたい心身の衰えにどう対応すべきか〟と考えさせられてしまう。

晩春の早朝、窓辺に立って外の景色を観ながら、すがすがしい朝の気配をノンビリ味わっていると、好むと好まざるとに拘わらず、自ずとさまざまな想いが脳裏に去来する。

目を部屋の中に転じてみれば、そうした雑念に耽っていた私に比べて、得をしているのやら損をしているのやら、妻は寝返りを打っていてまだ夢心地のようだ。

私はそんな妻の様子を見やっているうちに、変わり映えのないのが取り柄でもある、現実の我が家の日常に引き戻された自分に気付く。

やがて時計を見やってから再びベッドに横になるのだが、脳裏には再びさまざまな想いが駆け巡ってきて、すぐには収まりそうにない。

こうしたとき、私は雑念を振り払う術として、いつもの決まった思い〝結局は自然の一部に過ぎない人と社会、庭の草木のように将来のことに悩まず、自然に生きればいい…〟を反芻して、自然に眠気の訪れるのを待つ。

巡りくる自然とめくるめく日々の想い（2）

〜その22〜

初夏の我が家の庭先から

２０１７年　６月

晩春から初夏にかけての自然の装いは、一年で最も華やかでしかも変化も激しい。なぜなら、この季節を彩るものは言うまでもなく花であり、〝花の命は短い〟からだろう。

春先に庭に彩を添えていた、下生えの草花は、初夏になって気が付けばすっかり姿を消して、今はこそと咲き誇る百合の花が、我が家の庭の〝艶やかなヒロイン〟となっている。しかしこのヒロイン役も束の間で、間もなくクチナシやアジサイ等にその座を譲ることになるだろう。

この時期は、草木の成長が早い分、手入れを怠ると、花の彩りの華やかさは、伸び盛りの草木の緑の勢いに負けてしまうので、庭の体裁をそれなりに保つには、なにかと手の掛かる季節でもある。我が家の庭は狭いなりに、草木の調和に気を配る一方、無精者の自分に合わせて、一年を通して手入れが少なくて済む球根草や宿根草を主体に構成しているのだが、そうしてはいても、草花の盛りの交替期になると、庭の景色が寂しくなるのは免れない。そんなときにはどうしても、花盛りの新しい草花を植えたくなるのは、庭いじりが大切な趣味の一つになっている今の私の、欠かせない時間つぶしの種でもある。

6月の初旬の昼過ぎ、好天に誘われて、少し寂しさを感じるようになった庭に彩を添えようと、自転車で近くのガーデニングショップに出掛け、飛び入りの庭のヒロイン役探しをした。

すぐ目に留まったのは、深青のアジサイや真紅のゼラニュウムだったが、私が探している四季咲きの大輪バラは、全て花盛りを過ぎていて気に入った苗木は見当たらなかった。

私は以前から深紅と深黄の大輪バラに魅せられており、既に過去に何度も購入しては庭に植えていたのだが、手入れが悪いせいか土壌が合わないせいか、二～三年もすると元気がなくなり、やがて申し訳程度に数輪の小花を付けるようになった後、いつの間にやら繁茂する庭草の中に、無残な枯れ枝を晒して佇んでいるのを、何度も見てきた。

そうした訳で、余程のことでもない限り、最近は大輪バラには手を出さないことにしている。それでも、大輪バラに対する潜在的な憧れは、幼い頃の脳裏に刻まれた得難いものへの強い憧憬と同じような存在で、いつになっても憧れとしての対象から外すことができないのだ。

店内を改めて見渡してみたが、気に入った花も見当たらないので、諦めて店を出て、自転車置き場に戻りかけたところ、展示場所の片隅に置いてあった小さな揺りかご型のブランコに、あどけない少女が一人で戯れているのが目に留まった。小学校に入りたての年頃の少女が、屈託のない顔で無心にブランコを揺すっていた。

その無心な愛らしい仕草に、思わず足が止まり、しばし見惚れてしまった。雑然とした展示場の何の変哲もない小さなブランコの、一体どこに、少女は惹かれたのだろうか。

最近の私は、主に妻と二人での生活を、自由気儘に暮らしてはいるのだが、そうした状況ではあっても、日々の健康のことやら、お互いの趣味のことやらで、何かと心悩むことも多い。

考えてみると、この二十数年来、理想的とは言えないながらも、まずまずの健康にも恵まれ、旅行、観劇、コンサート、展覧会等々、次々と湧き上がる欲望のままに気儘な生活を送ってきた。しかしながら、幼少期に感じたような、無垢な喜びや満ち足りた充実感を味わえたかと自問してみると、そうした実感からは程遠いというのが偽らざるところだ。

そもそも、社会活動の最前線からは退いた今、何かを得ようとすることが生活中心の年代は既に過ぎ去ってしまっているのだ。したがって、失っていくものが自覚されるようになっても、それを素直に受け入れざるを得ない年代に入っているのだから、昔のままの欲望追求をしていたのでは、充実感の得難い日常生活となってしまうのは当然のことだろう。

それでは毎日の生活スタイルを、少しでも無心無欲の生活スタイルに近付けられたとしたら、一体、毎日の充足感や生活の意味合いは、どこに求めたらよいのだろうか。

結果として奉仕に繋がるような活動はともかく、目的としての奉仕活動には興味が持てないために、未だに昔と変わらぬ欲望追求生活から離れられないでいる今の私は、〝日々の生活の意味をどこに見出したらよいのか〟、毎日自問自答している。

私は、無心に遊ぶ少女の姿を目にした後は、目からウロコが落ちたような心地がして、庭に植える草花のこと等、すっかり忘れてしまっていた。

自転車で自宅に戻る道すがら、〝会社生活を卒業して、自分自身のための生活を取り戻した現在、残された日々を、充実感をもって送るには、どうしたらよいのか〟との、今の生活での最大のテーマが、私の脳裏を去来していた。

〝先ほど目にしたブランコで遊ぶ少女のように、難しいことは考えず、将来は幼時に還って、自然のままに健康に生きられれば、それでだけで充分なのではないか…〟との思いも脳裏をかすめるのだった。

〜その23〜

遠くになりゆく蝉の声

住宅地に残された豊かな自然の指標セミ

２０１７年　８月

天候変化が激しくも厳しい日本の夏。私たちにとって、歌の一節にもあるように、他の季節に比べて「♪夏が来れば思い出す…♪」ことが多いのは、ごく自然な成り行きであろう。

それは、気候変化に呼応して躍動する生命活動の、人間への無形の贈り物というだけでなく、現代社会のこの時期特有の習慣〝夏休み〟なるものとが重なった結果、一年を通して見ても、夏が人間の活動範囲と自由度の最も大きい時期となっているからに違いない。

したがって、誰にでも夏の〝忘れ難い想い出〟には、枚挙にいとまがないことであろうが、社会活動の結果として人為的に作られたものではなく、巡りくる自然活動の〝夏の属性そのもの〟に繋がるごく普通で、誰にとっても懐かしい想い出となれば、何と言っても〝自然との触れ合いの記憶〟なのではないだろうか。

私の幼少時代を想い返してみても、自然環境が今よりずっと豊かで身近であったせいか、最も自由で気ままな時間を過ごせたのは、近くの河原や畑そして屋敷林等での虫採り遊びといった、ごくありふれた自然との触れ合いであった。

中でもセミは、その姿の優しさに加えて、昼間であれば、いつでもどこでも聞こえて来るその鳴き声のために、とりわけ親しみ易い存在であった。今でも私の住居の周辺では、緩慢ながらも着実に都市化が進展するものの、幸いセミはまだまだ身近な存在に留まっている。

　セミは、私にとって最も普遍的で欠かすことのできない、〝夏の想い出〟に繋がる存在だ。

　私は、残念ながら田舎のない、東京生まれの下町育ちなので、セミと言えば、ニイニイゼミ、アブラゼミ、ミンミンゼミ、ツクツクボウシ、カナカナゼミの五種類が、馴染み深いセミであった。ネットで調べてみると、日本全体では何と三十二種類ものセミがいるらしい。

　私が馴染み深い五種類のセミに限って言えば、ミンミンゼミ、ツクツクボウシ、カナカナゼミの三種類が、透明な羽がその姿に優美さを添えているだけでなく、その透明感のある鳴き声にも音楽性を感じさせられるために、数の多いニイニイゼミやアブラゼミよりも、何とはなしに貴重性を感じる存在であった。特に、高木の梢で鳴いていることが多く、出会うことも少なかったカナカナゼミには、一種の神秘性すら感じさせられたものだ。

　鳴き声を上げるセミは全て雄だが、真夏の暑い盛りに耳にするミンミンゼミを夏を高らかに歌い上げるテナー歌手に例えれば、夕方の少し涼しくなった頃に鳴き出すやや小柄なツクツクボウシはソプラノ歌手に例えられようか。そして夏も盛りを過ぎようとする頃、ときたまどことも知れぬところから、寂寥感のある鳴き声を響かせてくるあのカナカナゼミは、秋の訪れを予告するカウンターテナー歌手にでも例えたい存在だ。とは言え、東京の下町住人が夏の風物として思い起こすのは、こうした上手な歌い手の鳴声より、むしろいつでもどこにでもいて、夏の暑さを殊更誘うニイニイゼミとアブラゼミの鳴声だろう。

私はかつて神戸に二十年近く暮らしたことがあるのだが、その時初めて、東京では耳にしたことのないクマゼミの声を聞くことになった。東京で耳にした五種類のセミとは異質な低音性の鳴声を、日常的に聞くこととになり、その何となく締まりのない鳴き声には、暑さよりも、一種の脱力感めいたものを感じさせられたものだ。

同じような意外感は、海外旅行をした際、たまたま耳にしたセミの声にも感じた覚えがある。子どもの頃の記憶から、セミの鳴き声に対する固定観念が出来上がっていたうえに、せわしい観光旅行の最中に、偶然出会ったセミの声を耳にしても、心そこにあらずのせいか、日本のセミの鳴声とは違っていることだけが印象に残り、特別な感慨は湧かなかった。

南欧や東南アジアを旅行した際等には、セミの鳴き声を耳にしているのは確かなので、海外旅行には必ず同行している妻にも聞いてみたことがあるのだが、「セミの鳴き声など聞いた覚えがない」との答えが返って来るのも、元々セミに無関心なら、無理からぬ話だろう。

こうしてみると、厳しい気候変化の環境で育まれた我が国のセミ、特にカナカナゼミの鳴声は、世界でも比類のない美声であり、それを〝岩に染み入るセミの声〟と愛でるのは、日本人特有の〝誇るに値する感性の一つ〟なのかも知れない。

いずれにせよ、私にとって、〝幼少の頃の聞きなれた鳴声こそが、日本の夏を表徴する懐かしいセミの声なのだ〟との思いはこれからも変わることはないだろう。

　さて、そうした想いを胸にして聞く毎年のセミの声なのだが、悲しいことには、年々耳にするセミの声が少なくなりつつあるだけでなく、我が家から次第に遠のいて行きつつあるのだ。原因は明らかで、我が家周囲の宅地化が徐々に進み、近隣の木立が年とともに減少しているからに違いない。幸いなのは、近くに実篤公園があるだけでなく、三鷹から成城に繋がる丘陵のへりのいわゆるハケと呼ばれる地帯に、武蔵野の雑木林が線状に存在していて、ここにはまだ狭いながらも野生動物の繁殖に充分な生活環境が残存していることだ。

　繁殖期にはそこから我が家に飛来する昆虫もいるに違いない。したがって、これらの生息地が残されている限り、我が家からセミの姿が消えることはないだろう。とは言え、我が家にも幾らかの木立はあるので、我が家で繁殖しているセミもいると推察されるのだが、目にするセミ殻や抜け穴の数が、年々減って来ている様子なのは本当に寂しい。

　最近、庭を見回った際に、桜桃の幹に真新しいセミ殻があるのを目にして、何とはなしに中学生時代に習って以来心に残る古語〝空蝉〟を思い出した。

　確かこの言葉は、セミの抜け殻を意味するだけではなかった気がして、改めて広辞苑を引いて見たところ、「〝空蝉〟は音から来た当て字で、元々の古語の〝うつせみ〟は、〝この世の中〟あるいは〝この世の人〟を意味する言葉」との主旨の説明がなされていた。この世の中や人をセミの抜け殻に例えるのは、恐らく仏教思想に由来するものと思うのだが、何と皮肉に満ちた含蓄ある当て字であることかと、改めて感心させられた。

~その24~

人生に彩を添える「情」について

円満な夫婦生活維持に必要な潤滑剤

2017年　10月

以前、私にはいささか扱い難いテーマながら、かねてから（…と言うより年齢とともにと言うべきであろうか…）、気になっていたテーマ〝愛情〟について、この数年来、心の底に積り溜まった思いの一端を、文章にしてみたことがあった。

その時の私論の焦点は、「現在の日常で、〝愛〟なる言葉は、あまりにも気安く口にされるようになり、その反動として、本来保有していたはずの、心に働きかける重みを失ってしまった。特に私たちが齢を重ねても忘れてならないのは、〝愛〟のもたらす安らぎのみを求めるのではなく、〝恋〟に象徴される心のトキメキも思い返すことではないか…」との主旨であった。

その後も、妻との日々の生活や、自立の難しくなった義母の面倒見をする中で、〝愛〟の在り方に関する疑問が、何度も脳裏に去来し、その度に〝愛〟では満たしきれない心の欲望感なるものが存在することを感じていた。そして最近になって、今更のように思い浮かんだことは、〝愛〟でも〝恋〟でもない〝情〟の存在と、〝情〟が果たす役割の大切さであった。

〝愛〟は通常〝愛情〟として表現されることが多いのだが、よくよく考えてみると、〝愛〟と〝情〟とは、共通した心の在り方に由来している側面がある一方、かなり異なった心の在り方から生み出されていることに気付く。そうした実態は、〝情〟を表す最も基本的な心の状況表現〝喜怒哀楽〟の中で見ても、このうちの〝怒〟や〝哀〟が、直接的には〝愛〟とは相反する状況をもたらすものであることからも明らかだ。

そもそも、〝愛〟の基本は本能的な心の在り方に由来しており、豊かで平穏な生を育むための支えとなる力であり、それが注がれ受け取る対象物にとっては、その強弱に拘わらず、生きるための力にプラスとして作用することはあっても(…しかし有難迷惑という特殊な現象を例外とはせねばならないが…)、マイナスに作用することはないと言えるだろう。

ところが、〝情〟なるものは、〝怒り〟や〝恨み〟のように、〝愛〟の対極にあるような心の状態をも包含しており、その対象物にとっては必ずしもプラスに作用するものでなく、時として強いマイナス力として働くこともあるのだ。この違いの由来は、〝情〟なるものが本能に由来したものではなく、後天的に得られた知性との関り合いが強いからに外ならない。

〝愛〟と〝情〟との違いは、動物を例に取ってみれば、分かり易いのではないだろうか。即ち〝愛〟は、疑いもなく動物にも存在しているのだが、〝情〟なるものの方は、動物には存在していないのだ(…ただし、学問的に証明されているとまでは言えないのだろうが…)。

人は年齢とともに、気力と体力の衰えからは逃れることができないのだから、齢を重ねると自ずと日常生活に安定や安らぎを求めるようになるのは、自然の成り行きと言えよう。

そうした時、まず心に浮かぶ言葉は〝愛〟なのだが、どんなに〝愛〟に恵まれたとしても、それだけでは単調な人生となり、〝情〟にも恵まれてこそ、豊かな人生となるように思う。

昨今、あいさつ言葉の如く気軽に口にされるようになった言葉〝愛〟。平和を象徴する現象として喜ぶべき反面、何となく言葉に軽薄感が伴うようになってしまった感も否めない。

私は、枯れようとしている中高年の生活に、再び彩りを取り戻すには、既に冒頭で述べたように、単に夫婦が〝愛〟の言葉を交わし合うのに止まらず、お互いが若い頃に感じていたはずの〝恋〟心を、再び思い返すことが必要なのでは、と考えるのだが…。

しかし、長年に亘り馴染み慣れた日常生活の結果、一定のリズムが構築された夫婦生活に、改めて恋心を呼び戻すなど、所詮無理な願いでもあるだろう。特に、老境に入ろうとしている夫婦生活に、自然な形で彩りを添えることができるのは、何と言ってもお互いへの思いやりや慈しみの心、即ち〝情〟に勝るものはないのではないだろうか。

私たち中高年がよく知っている歌に、「…妻を娶らば才長けて、見目麗しく、情け在り…」との歌詞があるが、自らも四十年に亘る夫婦生活を経験済みの今、この歌詞を再吟味してみると、平均的一般人の不変的願望を示す言葉として、改めて納得させられる。

うたわれている三つの条件のうち、〝才〟と〝見目〟は比較的分かり易く、判断の基準になり易いが、言うまでもなく、年齢とともにその魅力は失われて行く宿命を背負っている。

一方〝情〟は、状況次第で表に出て来るものであり、判断基準にはし難い性質のものだが、前者二つの条件とは違い、心掛け次第で年齢とともに魅力が増してゆく性質のものだ。

したがって、長い夫婦生活にとって、最終的に一番大きな役割を果たすようになるのは、必然的に〝情〟である、と言えるのではないだろうか。

人生も終盤に差し掛かると、さまざまな面で難しい問題との対応を迫られるようになるが、そんなときにも力を発揮するものの一つが、夫婦間での適確な〝情〟の交換ではないかと思う。

私も、これからの残された人生では、日々の健康に留意しつつ、妻との適確な〝情〟の交換によって、有意義で楽しい日常生活が全うできるよう願って止まない。


～その25～

小中学校時代の同窓会

期待とタメライの交差するタイムカプセル

2017年　11月

残暑も峠を越した9月の末、四年ぶりとなるのだろうか、小中学校時代の同窓会開催の案内状が舞い込んで来た。節目となる第十回目を、10月19日に催す予定とのことであった。

私は、特に幼・少年期の記憶は、懐かしくも切ない、言わば〝穢れなき時代〟の想い出として、時間の経過のままに薄れさせていくのが自然なのではないかとの思いから、小中学校の同窓会には、案内状が来ても当初はほとんど参加する気になれなかった。

ところが、四回ほど前の開催時に、小学校時代に最も親しくしていた遊び友達の一人で、今は中学同期卒業生全体の同窓会長を引き受けているM君から、思いも掛けない六十年ぶりの電話が掛かってきて、「同窓会の参加者からよく君の参加有無が尋ねられるし、私も是非君に会いたいので、今回こそは参加してほしい」との説得を受けてしまった。

それではと、興味とタメライの入り混じる中、初めて出掛けたのが最初の参加であった。

以来、参加を重ねるにつれて、参加者の多少の入れ替わりと減少はあるものの、常連らしき顔ぶれも出来上がってきて、最初の参加時に抱いていた〝タイムカプセルを開けるかの如きトキメキ〟こそはなくなってしまったものの、新たな再会の楽しみも生まれたのであった。

そこで、以後の話にも関連しているので、私が通った小中学校と私、というより私の育った実家とこれらの学校との、〝いささか特別な関係〟について、まず簡単に触れておきたい。

私の実家は、元々は今の愛知県の三河で杉浦性を名乗る一族の農家であったようだが、徳川家康が江戸に転封された際、居城の東部に広がる沼地と砂州の農地開発、加えて周辺防備の目的のために、今の小岩の地に入植させられたのが、この地との関りの始まりらしい。

したがって、新開地の入植農民であった私の実家は、当初は現在のＪＲ小岩駅に至るまでの一帯にかけ、かなりの規模の田畑を所有していたようだ。それが、三代前にあたる明治中頃の社会・経済の変換期に、不名誉なこととなるがためか、具体的な内容は聞かされたことがないのだが、恐らく事業の失敗か道楽による散財の結果なのであろう、借財の代償として大部分の田畑が他人や分家の手に渡る羽目となったらしい。昔は堀で囲まれていて、東向き母屋と南向き納屋の構成だった屋敷も取り壊され、元の納屋に当たる今の南向き母屋の構成に変わってしまったようだ。今は母屋から孤立して立つ門の松が盛時を忍ばせてくれている。

そうした没落の副産物として、そのときに苗字も嫁方の田嶋に改姓されてしまったらしい。

その結果、私の親の代には、自宅から私の通った小中学校一帯に点在する農地のみを所有する状態になっていたが、それでも残された農地は、幼い私には充分過ぎるほどの自然環境を提供してくれたのだった。したがって、私の通った小中学校は、小学校の脇に残されていた畑での親の農作業の手伝いをしたり、中学校の建設される前の田畑で、魚やトンボ採りに興じて遊んだりした幼少時代の記憶とが重なって、私ならではの特別な思いに繋がっているのだ。

今回の会場は、これまでの定例会場が建て替え中ということで、地元の小岩ではなく、隣のＪＲ新小岩駅近くにある区営の催物会場に設定されていた。

新小岩駅は、私の幼少期には既に存在はしていたものの、五十～六十年ほど前の当時は、亀戸に続く平井を過ぎて小岩に至るまでの、比較的人家のまばらな地区にあった。特に新小岩駅の東側には、田畑と広大な貨物列車の操車場とが広がっていて、都会を抜け出た辺りに拡がる田園地帯の趣もあった。それが、戦後の人口急増と高度経済成長時代への突入とともに、宅地化の波が押し寄せて、あっと言う間に田園地帯の風情は消滅してしまった。そして何よりも、新小岩駅の急行停車駅への格上げと、区役所の小岩からの移転が打撃となって、小岩の江戸川区中枢地区としての役割は終了し、以後は、小岩駅周辺地区の旧弊化が、急速に進んでしまったように思う。そうした事態の積み重ねであろうか、駅周辺路地裏の治安の悪化や商店街の衰退も招き、住宅地としての小岩の評価は急降下してしまった。今や、流行りのランキング付けで、〝住みたくない街〟での上位に挙げられてしまっているのは、何とも悲しい。

そうした想いに浸りながら、これまでは乗換駅としてしか利用したことのなかった新小岩駅に初めて降り立ち、タクシーを拾って初めて訪れる区民センターに着いた時には、定刻からは三十分も遅れてしまった。会は、五十人ほどの出席者の下、既にたけなわであった。

今回の座席は、学級別ではなくクジ引きということであったので、残っていたクジの中から適当なものを引いて、慌てて席に着いたところ、左隣は女性で右隣は空席であった。丁度ビールの栓が次々と開けられていたので、私も左隣の女性とビールを注ぎ合って、まずは乾杯の挨拶を交わしたものの、肝心の女性が一体どういう人なのかの見当は付かず、焦ってしまった。

そこで、何か適当な話題がないものかと思い巡らせていると、幸いにも会長のM君が挨拶に回ってきてくれて、「以前から君が会いたがっていたIさんが、今回は久しぶりに参加してくれたんだよ」と、驚きの紹介をしてくれた。何のことはない、女性は結婚すれば姓が変わるのは当たり前にしろ、半世紀も経てば、変わっているのは姓ばかりではなかったのだ。

この同窓会は、〝小岩一中の十二期卒業生〟との名目で開催されてはいるものの、大部分の同窓生は小岩小学校の卒業生でもあった。私は、一年毎にクラス替えのあった中学時代より、四年生から六年生まで同じクラスで学んだ小学校時代の方に多くの想い出があり、同窓生としての懐かしさも大きかった。Iさんとは、中学時代はクラスが違っていたため、三年間ほとんど顔を合わせたこともなかったが、小学校時代には数回一緒にクラス委員だったこともあり、特に六年生の時は年賀状の交換もしたことのある数少ない友人の一人であったので、M君のような遊び友達ではなかったものの、忘れられないクラスメートの一人であった。

当時、私の実家は特定郵便局との兼業農家とは言え農家の色合いが濃かったので、言わば野外育ちの私に対し、勤め人か商店の子弟が主な、言わば屋内育ちのクラスメートとの交友時には、子ども心にも体力のみならず生活感の違いを感じていた。とりわけ父親が画家という彼女には、服装や立ち居振る舞い等に、他のクラスメートとも違う何かを感じていたのだ。

中学になるとクラスメートが一変してしまっただけでなく、学校生活は交友主体の場でなくなり、次第に進学を念頭に置いた、勉学主体の場へと変貌してしまった。その結果、小学校時代には、試験前でもろくに勉強もしないで済んでいた私も、日々の受験勉強に追われる状況となり、あれほど親しくしていたM君との接触も全くなくなってしまった。当然彼女のことを想う余裕も、知らぬ間に失ってしまい、彼女の面影の記憶は次第に薄れてしまった。

今では、どんな容貌だったのかも曖昧になってしまっていたのだが、彼女との僅かであっても懐かしい想い出と、彼女の〝草冬〟という印象深い名前は、強く脳裏に刻み込まれていた。

そして、六十年近くの年月が経過したこの同窓会で、彼女を目の前にするという、偶然ながらも突然の機会に遭遇して、今の彼女に照合すべき自分の持ち合わせ記憶がほとんどないことを改めて思い知らされ、しばしの戸惑いを覚えてしまったのだった。

しかしながら、彼女と言葉を交わしていくうちに、私の記憶に封じ込められていた彼女の過去の面影が次第に甦ってきて、眼前の彼女の姿と重なり合う、確かな記憶の存在も意識できるようになると、過ぎた時間の長さと懐かしさの実感とが、胸に込み上げてきたのであった。

恐らく彼女の方も、私と同じような戸惑いと感慨とを感じていたのではないだろうか。

さて、そうした出会いのひとときが経過してしまうと、知りたいことが堰を切ったように私の脳裏に湧き上がってきたのだが、相手側の事情もあろうと、過去のことには触れず、まずは今の自分を紹介してから、彼女の現在を訪ねてみた。すると彼女は、高校を卒業すると同時に就職したこと、二年後には職場の十三歳年上の上司と結婚したこと、二人の娘さんに恵まれたこと、二年前に夫が先立ったこと、今は趣味で始めた詩吟の師範をしていることなどを話してくれた。

当日の彼女が和服を着ていたのは、その話を聞いて納得させられたのだが、初対面ですぐに彼女と分からなかったのは、小学校時代の彼女に抱いていた先入観から、洋装姿の彼女しか思い浮かばなかったからでもあった。

ともする内に、私たちの周りには他の同窓生も集まってきて、二人だけの会話を続ける訳にもいかなくなってしまった。そこで、私は他のテーブルに席を移して、彼女と再び会話する機会を伺ったが、残念ながら、結局そうした機会も生まれぬまま閉会の時を迎えてしまった。

閉会に先立って、全員での集合写真を撮ったのだが、改めて参加者を見渡してみると、男性と女性の割合はおよそ二対一で、意外にも男性の方が多かったのだ。卒業時はほとんど男女同数だったはずであり、健康寿命を考えると、女性参加者の方が多くても自然なはずなのだが…。男性よりは元気なはずの女性は、現在の日常生活の方に興味が強い、どちらかと言えば現実主義の傾向が強く、一方、健康寿命の終末期にある七十代男性の方は、過去を懐かしむ浪漫主義的傾向が強いため、こうした結果になっているのではないかと思った。

いずれにしても、今回の同窓会では、私の心の内の〝寝た子〟がまた一人起こされてしまったのだ。起きた子をまた寝かしつけるのは難しいので、私はこの〝起きた子〟の子守をするためにも、次の同窓会には出席しなければ、と思いつつ帰路に就いたのだった。

〜その26〜

ポピュリズム：民主・資本主義社会の不可避現象

進展するグローバル化の影に潜むジレンマ

２０１７年　12月

ＥＵの中・東欧諸国への拡大や、所謂ＢＲＩＣＳを中心とした発展途上国の経済急成長が、連日マスコミを賑わせていた頃、〝グローバル化こそが発展するこれからの社会・経済の在り方〟との考えは、先進国のみならず発展途上国を含めて、世界動向の主流をなしていた。

それが近年、イギリスのＥＵ離脱や、欧米における難民受け入れ問題の深刻化、ＢＲＩＣＳ諸国の経済成長の鈍化傾向等に伴い、グローバル化に付随する負の現象も目立つようになると、追打ちを掛けるように、昨年末以来の米国新大統領による諸々な内向き政策の発表や、ＥＵ構成主要国での既存政権政党の勢力後退等も相次いで、グローバル化に水を差す社会の流れ、即ちリベラリズムの後退とナショナリズムの隆盛傾向が、盛んに報じられるようになった。

私自身も、そもそもグローバリズムが話題になり出した半世紀ほど前には、〝グローバル化こそが貿易立国・資源少国たる日本の、社会・経済発展のために採るべき最善の途〟と思い、こうした新たな社会のウネリを、大した疑念も持たずに前向きに受け止めていた。

しかしこの数年、我が国でも顕著になりつつある急増外国人のもたらす新たな社会現象や、海外の著名観光地（主としてヨーロッパだが…）では必ず出くわすことになる、場違いな大群で群れる観光客（ほとんど中国人だが…）を目にするにつけ、現在の商業主義と経済効率を基調とするグローバリズムの進展に、少なからぬ懸念と疑問を感じるようになった。

第二次世界大戦から早や七十年、定着した平和の裏で、核兵器や弾道ミサイル等の防御の困難な大量破壊兵器が発達した結果、いわゆる大国と呼ばれる国家間での本格的な戦争は、かのヒトラーの如き狂気の指導者が再現でもしない限り、事実上不可能になってしまった。

そして平和である世界が当たり前の時代になってしまうと、身の回りの社会の経済的な状況の如何が、人々の日常における最も重要な関心事になって来るのは、ごく自然な成り行きと言っても良いだろう。ここで今更改めて指摘するまでもないことでもあろうが、平穏な世の中となればなるほど、平凡かつ平均的な人間の欲望なるものは、目先のささやかな欲望（というよりは豊かさかであろうか…）の充足では満足できなくなり、無意識の内により大きな欲望から遂にはバブルへと、欲望の連鎖は止めることができなくなるものだ。

その欲望の対象となるのは、幸福感や名誉等といった抽象的なものではなく、モノや富といった、分かり易くて具体的な対象となるのも、平和で安定した社会の特徴的な現象なのではないだろうか。我が国でそうした社会風潮が勢いを増してから久しいが、近年は特に成熟社会の停滞感に苛まされているせいか、環境問題や憲法改正問題等よりは年金や税金問題等の方に、より多くの人々の関心が集まるのは、至極当然な流れであろう。

地球温暖化や国の安全等に関する事柄は、個人の問題としては捉え難いが、月々の収入や物価等に絡む事柄となれば、誰でも身近な関心事として意識しない訳にはいかないからだ。

このように、人間がその飽くなき欲望故に、欲望追求の負の面を忘れて社会のグローバル化を拡大し続けると、民主・資本主義社会では避け難くなるのが標記の現象、即ちポピュリズムの蔓延と深化だ。現代社会の懸念すべき問題現象として捉えるべきではないだろうか。

さてそこで、現世界には見せ掛けの民主・資本主義社会も蔓延してはいるものの、〝日本に関してはそんなことはない〟と信じることにして、私たちが〝より理想的社会を目指して今後も進化・発展を遂げたい〟と願うなら、〝より良い政体に拠るより良い政治の実現〟を目指す以外、他の途（革命等の非常手段は別として…）はないことに疑問の余地はないだろう。

そうした思いを実現しようとして、自ら望むところの政治団体にでも加わり、率先して直接政治活動に参画するようなことをすれば、それはまさに、模範的市民行動と言えるだろう。

しかし、しがらみの多いのが現実社会であり、平凡な一市民が政治の流れに影響を与えるような活動をしようとすれば、それこそ生活の全てを政治活動に捧げるくらいの覚悟が求められる。したがって実際に取りうる行動となれば、選挙の際に適当と思われる（本当のところはよく分からない）候補者に、一票を投ずるくらいのところが関の山だ。そして立候補者も、選ばれなければ唯の一市民に過ぎないのだから、まずはその実現性は二の次にして、選挙民の耳に心地良く自己の当選に都合の良い主義・主張を公約に掲げることになるのは、自然にして当然な行為だろう。ということになれば、現代の間接民主主義を正常に運用するうえで、マスコミの果たす役割と責任は極めて重大なのだが、残念ながらこのマスコミなるものも、民主・資本主義社会では厳しい商業主義の錠縛から逃れられる術はないようだ。マスコミは、売れそうな情報なれば、それこそあることないことに尾ひれまで付けて報ずるものの、その情報の秘めたる価値の如何に拘わらず、売れそうもない情報には見向きもしないのが常だ。

そうした現実社会の在り方を思うと、悲しいと言うべきか情けないと言うべきか、グローバル化の流れの中で、個人の理解能力を超えて増大する情報化社会となった、この民主・資本主義社会にあっては、どんなにあがいて見たところで、ポピュリズムの悪弊を断つことはできないのではないかと思えてしまう。しかしそうは言っても、ポピュリズムのもたらす弊害が明らかである以上、ポピュリズムの蔓延する社会に安住してしまうのは、何とも惨めな事態と言わざるを得ない。まずはマスコミ社会に働く自浄作用に期待したいところだが、加えるに、情報過多の現実社会の在り方に即して、青少年に対する基礎教育も工夫され、安易にはポピュリズムに乗せられないような人格・思想形成教育が実施されることも必要だろう。

特にマスコミ社会に関しては、世界のさまざまな情報源或いは重要と思われる情報そのものについて、その信頼性がどの程度なのか、評価・格付けする公平で信頼できる機関や組織の如き存在が実現できればと思うのだが、そんな存在の実現性となると懐疑的にならざるを得ない。

個人の人格・思想強化に関しては、本来、仏教国であるはずの我が国において、既に年末行事として確立してしまった感のあるクリスマスや、今まさにその途上にあるハロウィーンを思うと、何でも取り込む無節操さが国民性のようになってしまった現代日本では、もはや無理な願望なのかと、こちらでも諦観の方が優勢になるのは否めない。もはや誰にも止めることのできないポピュリズムの流れ、清流なることは望むべくもないが、濁流とならぬことを願うばかりだ。

～その 27 ～

百年人生に向け中高年期に望まれる社会生活と活動

受動的生活からの脱却と能動的生活への努力

２０１８年　2月

私のサラリーマン時代は、働き盛りの時期が丁度戦後の高度経済成長期と重なっていて、入社して程なく仕事漬けの状況となり、辛さと充実感の交差する勤務日の毎日であった。

しかし、年号が昭和から平成に変わり、一変して経済停滞期に入り込むと、職場雰囲気にも停滞感が漂うようになり、今度は生気の乏しい勤務日が続くようになってしまった。

その長きに亘ったサラリーマン生活も、既に卒業して、早や十数年が経過した。

同窓会の誘いや、かつての仕事上の部下からの年賀状を受け取った際は勿論のことだが、思い掛けずにも、すっかり忘れていた職場仲間に、不思議な顛末の果てに夢の中で再会したようなときは、目覚めた後も暫し感慨に耽ることもあるのが、今となっては懐かしい会社生活だ。

だが、年の経過とともに、そうした会社生活の記憶も薄れゆきつつあるのは否めない。

したがって、我が人生の大半を捧げてしまった会社生活であったはずなのだが、今穏やかに過ぎゆく日常生活の中で、改めて振り返ってみると、昔からよく引用される言葉、〝夢幻の如くなり〟の実感でしか思い出すに過ぎない、遥かな過去の出来事の一つとなってしまった。

このような、人生の虚しささえも思わされる事態は、そもそもサラリーマンの活動成果なるものが、一部の特殊な職業を除くと、一時の会社収益や個人の収入に反映されるだけのもので、時の経過に耐え得る実体のあるものが残されていること等、ほとんどないためなのであろう。

昔日の我が会社生活を振り返った時、こうした状況であることを認識させられてしまうのは、ほとんどのサラリーマン共通の宿命とは言え、いささか辛くも悲しいことと言わざるを得ない。

それにしても、会社生活時代の時間に追われていたような毎日に比べると、一日が丸々自分自身の時間になった現在、日々を充実とまでは言わぬまでも、それなりの納得感を感じながら過ごすことは、意外と難しいことなのだと、今更のように思い知らされているのが昨今の日常生活だ。

ところで、私たち平凡な人間は、ものの価値をそれがふんだんにあるときには気が付かず、一変して失いそうになったり失ってしまったときに、やっと気が付くことが多いものだが、健康はそうしたものの典型の一つであり、時間は更に気付き難いものの一つと言えよう。

そこで、人生という時間について考えてみると、終盤に掛かれば掛かるほど、日々の過ごし方は大切になってくるはずなので、その在り方は人それぞれではあるにしろ、如何にしたら自分なりの納得感や充実感を得て過ごせるのかに、誰しも強い関心があるのは間違いないだろう。

私は、今のところは特に深刻な問題もない健康体にあると信じている現在だが、それだけに、残された人生を悔いなく生きるには、日頃どう過ごすべきかと何かと考えることの多い日常だ。

そうした時には、これから取るべき生活行動を簡単に三種類に分類して、それぞれをバランスよく調和させて暮らすには、どうしたら良いかと考えることにしている。

一般に、健常な中高年者であれば、日常の行動形態は、次の三種類だろう。

・受動的で消極的な生活行動
・能動的ながらも消極的な生活行動
・能動的で積極的な生活行動

最初に挙げた生活行動は、自宅の中でテレビを見たり新聞や本を読んだり、あるいはパソコン上のネット情報を見たりして、自宅に居ながらにして外部から得られる諸情報を楽しんで暮らす生活行動に相当する。忘れてならないのは、これらに加えて、毎日の家庭生活に欠かせない定常的な日常行動と、それに係る夫婦間での情報交換、即ち日常会話の存在である。

ある歌の文句には「愛する心に言葉はいらない…」との一節もあるのだが、現実の夫婦の触れ合いでは、些細な波風すら立たぬ穏やかな日ばかり、とは限らないのが実情なのだから、夫婦間の日頃の会話は、どんなに多くても多過ぎることはないと考えるべきだろう。

日々の充分な会話こそ、夫婦関係を、単なる法的結び付きから生涯に亙る相互信頼と愛情交換の関係へと昇華させる、必要不可欠な最重要手段と言っても良いのではないだろうか。

とは言え、夫婦間の会話が豊富であっても、決まった形の毎日の繰り返しに陥り易い、受動的・消極型生活行動だけを続けたのでは、穏やかな日常生活は可能でも、充実感のある日常生活は期待し難いだろう。幸いなことに、こうした事態の解決に、特別な手立ては必要ない。自宅周辺では得られぬ、外部の刺激や情報を得る努力を、日頃怠らなければ良いのだから。

良きにつけ悪しきにつけ、日常生活に変化を付けるのが、次に述べる能動的生活行動だ。


生活行動の範囲と興味対象を、自宅内と自宅周辺に限っていれば、当然得られる情報や刺激には限りがある。そこでより大きな刺激を求めるのなら、行動範囲を自宅周辺外に拡げて行く必要があり、それがここで言う能動的生活行動にあたる。

この生活行動を、さらに消極型と積極型に分けたのは、消極型では自宅外部で得られる情報や刺激を、もっぱら受け取ることに専念していて、行動と興味対象の在り方が、受動的な生活行動と類似しているのに対し、積極型では自らも情報と刺激を発信するので、さらに大きな変化を生み出す可能性があり、行動意欲の在り方が両者間で大分差があると考えられるからだ。

能動的・消極型生活行動の例を挙げれば、買い物、外食、映画鑑賞、音楽会鑑賞、観劇、企画旅行参加、各種セミナー参加、スポーツ観戦等となり、一般的な市民であればごく当たり前の日常行動であるので、中高年でも健康体なら特に難しい生活行動ではないだろう。

次の能動的・積極型生活行動では、各種の文化的趣味活動、各種のスポーツ活動、各種ボランティア活動、個人企画の旅行等が挙げられるが、この活動にはそれなりの意思と信念とが必要になる。本来ならば各種のセミナーへの参加もこの積極型に分類したいところだが、私の知るところ、ほとんどのセミナーでは、受講者が講師の話を聞くだけの受動的形式が常態化してしまっている。したがって、知的活動としては興味深い各種セミナーながら、消極型に分類せざるを得ない実状なのは残念だ。各種の文化的趣味活動も、学習型のものは、参加者の姿勢が受動型になりがちなので、そうした類は能動的・積極型とは言えないだろう。

当たり前のことながら、人の生活行動は千差万別・十人十色なので、実際の個人行動を単純に前記三種類のいずれかに分類してみようとしても、どうしても無理が伴うだろう。どんな生活行動であっても、個人の考えや行動次第で、受動的に思えた行動も能動的になり、消極的に思えた行動も積極的な行動に変り得るのだから、個人の生活行動を何らかの類型に分類しようとしたとき、誰にとっても分かり易く納得できるような形に分類しようとすれば、不可能ではないにしても、かなり難しい仕事になるのではないと思われる。

前記に提示した行動形態の分類は、私の日常の経験を基にした、便宜的な分類例であり、単なる参考に過ぎないものだ。もしこの小文で述べた私の考えに、それなりの賛同を感じるのであれば、自身の日常行動に沿った自分なりの考え方で、日常行動を整理・分類してみれば、今後の行動の在り方に、何らかの方向付けができるのではないだろうか。

言うまでもないことだが、現在の日常生活に納得し、それなりに楽しんでいるのであれば、それがどんな内容であれ、こうした理屈っぽい日常生活の分類や評価付け等、必要はないだろう。

とは言え最後に、この小文の目的であり私の願望でもあることを、以下に提示しておきたい。

人生、昔からよく言われるように、それは学ぶことの連続であり、生きることは即学ぶことでもあるのだが、見方を変えると、学ぶことは何かを得ることに繋がる行動に外ならない。

特に、幼少期から青年期は無論のこと、盛年期でも学ぶことの重要性に全く変わりはない。

人生も後半を過ぎてくると、体力・気力の衰えのせいか、どうしても受動型の行動に陥り易くなるのだが、心身の衰えを防ごうと考えれば、能動型行動を採る努力が必要だろう。

しかし、この能動型の行動の中でも、取り組み易いのは何と言っても学ぶことなので、学ぶことに取り憑かれてしまうと、受動的で平坦な日常生活になってしまうのでは、と私は危惧する。

人生を通じて、学ぶことを含めた得ることだけに専念していては、いささか寂し過ぎはしないか。

学んで得ることと並行して、自分の学んだことや経験したことを、第三者に伝える努力もしてこそ、日常生活に張り合いが生まれ、たとえ加齢という負の要因を背負っていても、健康で充実した生活が維持できるようになるのではないだろうか。

自分にはささやかで取るに足りない、と思えることでも、第三者には有益な場合は意外と多いものだ。

伝えたり与えたりする行為は、自己を晒すことになる行為でもあり、学ぶ行為に比べると決して楽な行為ではない。したがって、信念がなければしにくい行為と言えよう。

中高年期になって、この伝えたり与えたりする行為を、日常生活の中で自然に実施するには、前記で採り挙げた三番目の生活行動、〝能動的で積極的な行動〟に努めることが、必要不可欠なのではと思う。残念なことに、これまでの私の日常では、どちらかと言えば受動的な行動に偏りがちであった。中年から高年期に差し掛かりつつある今の私、心身の老化を防ぐためにも、今後は可能な限り能動的で積極的な行動に努めなければ、と考えている。

ひと昔前であれば、夢のような話であった百年人生。それが当たり前になりつつあるのが現代だ。これからの中高年の生活は、単なる生の延長であってはならないはずだ。

〜その28〜

海外旅行同好会〝ドナウの会〟への想い

参加者の加齢に伴う存続の危機に際して

2018年 3月

人生の半ば過ぎとなった頃から、何かにつけ私の脳裏に浮かびくる、好みの一文がある。

それは、〝The flow of the river is incessant and yet its water is never the same.…〟、方丈記の冒頭文、〝ゆく川の流れは絶えずして、しかも元の水にあらず…〟の英訳版だ。

思えば、平成11年に発足した、海外旅行同好会〝ドナウの会〟は、参加者数こそ当初に比べやや寂しくはなったものの、同好会常連参加者の海外旅行に対する想いと、会開催への意欲は、19年余の歳月が経過しても、いささかも冷めることはなく、今日を迎えている。

とは言え、水ならぬ時の流れは、他に比べるものもないほど、無情にして残酷なるものだ。

当初からの参加者も齢を重ねて、来し方を懐かしみ、行く末を思いやる年齢となった。

そもそも、この同好会発足のキッカケは、同好会員の大多数が、平成11年に名鉄観光の主催した、ベルリンに始まり、ドレスデン、プラハ、ウイーン、そして最後にブダペストに至る〝中欧の旅〟に、機を同じくして参加したことにあった。偶然による出会の産物と言えよう。

私共夫婦に限らず同好会員の多くは、これまでにも他のさまざまな海外旅行に参加しているはずなので、期待通りであったり期待外れであったり、色々な旅の経験をしているに相違ない。

私共夫婦も、これまでに参加した海外旅行を、改めて思い返すこともしばしばあるのだが、平成11年に経験したこの中欧の旅は、間違いなく〝one of the best〟の旅であったように思う。

初夏の陽光にも恵まれて周った、歴史と文化に彩られた諸都市、それらを繋ぐ牧歌的な農村と牧野、まさに中欧ならではの豊かな風景に恵まれた旅路であった。あの頃の中欧の旅は、人気観光コースからはやや外れていたせいか、まだ中国人や韓国人はほとんど見掛けず、どの訪問地でものんびりと観光できたのは、今から思えば恵まれた旅行環境にあったと言える。

そうした状況に加え、参加者も一様に旅慣れした旅行好き、話し好きの人達ばかりであったこともあり、初対面にも拘らず、旅行中に親密度が深まっていったのは当然であった。

忘れてはならないのは、このときの旅行仲間に、M・H氏という世話好きの好人物がいたことと、添乗員がNさんという経験豊かでチャーミングな女性であったことだ。

帰国して未だ楽しかった旅の余韻も冷めずにいた頃、M・H氏の言い出しであったのかそれとも他の誰かの発案であったのか、旅行中に撮った写真の交換会の話が持ち上がった。

当時、学校の同窓会にも興味がなかった私共夫婦は、思いがけぬ話に、当初は多少の戸惑いを覚えはしたものの、旅そのものはもとより参加者の面々の好印象を思い出して、勇躍、写真交換会への参加を決めたのであった。再会すると、たちまち旅行中に醸成された親近感が蘇ってくるとともに、楽しかった旅の思い出話に、時の経つのも忘れるくらいであった。

そして自然な成り行きとして、これからも再会の機会を作ろうとの話が持ち上がり、牧野氏を幹事役にした海外旅行同好会が纏まったのであった。

同好会を結成することになれば、当然のように会の名称が必要ということになった。

幾つかの名称が候補に挙がったが、私たちの廻り合わせが中欧旅行であったことが決め手になり、採択された名称は、〝DONAUの会〟であった。最適の選択であったように思う。

私たちには、この同好会が単なる交友の場ではなく、今後も継続して参加するにふさわしい、存在感のあるサロン的な会合の場になってほしい、との願いがあったので、会合記録の作成と会誌の発行を提案したのであった。そして、提案者であれば責任の一端を担うのも当然と考え、私は会合記録の作成役と会誌の取り纏め役とを引き受け、さらにDONAUを単に川の名に因んだだけの名称とはしたくないとの思いから、次の通りの意味付けをしたのだった。

Discover Overseas Notable Aesthetic Unknowns（NとAの意味付けはalternativeとする）

即ち〝海外の著名で審美的な未知なるものを探訪する会〟との意味付けであった。

会の発足後は、会則の制定や名簿の作成に加え連絡網の整備等、さまざまな作業が発生したが、何と言っても労を伴ったのは、会員が広域に点在しているため、会合毎の連絡取りと日程合わせではなかったかと思う。この苦労を一身に担ったのは、会長役であっただろう。

歴代の会長役は、M・H氏に始まりK氏そしてN・A氏の務めるところとなったが、この同好会が今日まで続いたのも、これら歴代会長の努力に依るところが大きかったのは明らかだ。

特にM・H氏には、会長役を退いた後も、さまざまな形で会の運営をサポートして頂き、とりわけ会場の選定・確保に際しては、ひと方ならぬ協力を頂いたこと、特記しておかねばなるまい。

これまでの開催行事の中では、有志会員を募ってNさん添乗の海外旅行に参加したこと、彼女を〝DONAUの会〟の定例会に招待したこと、伊豆で泊まり掛けの例会を開催したこと、また賛同者で大連旅行を実施したこと等が忘れられない思い出となった。

そうした経緯を経ながら運営を続けて来た〝DONAU の会〟に、大きな衝撃を与える出来事となったのは、会の発足以来、一貫して会を主導し纏め役を務めてきたM・H氏が、思わぬトラブルから病を得て、平成27年の初頭、急逝されてしまったことだ。

文字通り、青天の霹靂と言える出来事であった。なぜなら、私たちは前年の暮れに彼から、「無事退院して現在元気にリハビリ中」の旨のメールを受け取っていたのだから…。

この悲報を受け取った時、私の胸に去来したのは、M・H氏に絡むさまざまな想い出だけでなく、言い知れぬ悲しみと冒頭に記した一文であった。

私たちの愛する大河、ドナウ川の流れも、流れのままにいつかは海に尽きる運命にあるのだから、〝DONAU の会〟も永遠不滅という訳にはいかぬのであろう。

とは言え、私たちの心の中に流れるドナウの流れは、生ある限り、今後も好奇心と探求心を深く秘めて、いつまでも清く青きままに流れ続けてほしい。

万一、〝DONAU の会〟の活動が途絶えることになったとしても、いつかきっと〝DONAU の会〟の活動を懐かしく思い返す時はあるに違いない。そうした時、私がこれまでに作成して来た会報は、必ずや良き〝想い出のよすが〟となるものと信じている。〝Be forever DONAU！〟

〜その29〜

海外旅行に現存する三つの問題点と期待される近未来像

負担の少ない海外旅行実現の願い

２０１８年　4月

二十世紀も特に後半、第二次世界大戦中に生まれた革新的軍用技術は、戦後、さまざまな形で民生用に転用されて、世界の産業・経済の加速度的な進歩・拡大の原動力となった。

その結果、先進諸国は元よりいわゆる発展途上国と言われる諸国でも、一般市民の所得水準は目覚ましい向上を遂げたのだが、中でも通信・情報技術と輸送・移動技術の発達は、経済・社会活動のグローバル化を促進したため、かつては一部の富裕市民の娯楽に止まっていた海外旅行を、ごく一般的な市民にも手の届く娯楽対象とするに至った。

自己の海外旅行経験を振り返ってみても、40数年前、初めて海外に出掛けた時の湧き上がるような期待と興奮は、旅行回数と伴に薄れて、今では懐かしくはあっても特別でもない思い出となってしまった。

現代の溢れるばかりの情報化社会の中では、まだ訪れたことのない国に関しても、日々各種のマスメディアを通じて、多くの情報が入ってくるためか、好奇心は希薄化するばかりだ。

したがって、私の最近の海外旅行計画が、ともすれば海外旅行に伴う煩わしさや肉体的負担感に負けてしまいがちになるのは、一概に年齢のなせる業とばかりは言えないように思う。

今更という気もするが、改めて現在の海外旅行の在り方を考えてみると、海外旅行の普及・一般化にも拘らず、依然として三点ほどの海外旅行ならではの課題を抱えており、それらが解消されない限り、海外旅行特有の煩わしさはなくならないと考えられる。

そこで、この〝海外旅行を煩わしくしている三つの課題〟が何であるのかを改めて考え、それらの解消によって期待される〝負担なく気楽に楽しめる海外旅行〟の実現のために、必要・不可欠と思われる〝将来改革或いは展望〟について、次に触れてみたい。

・第一の課題「移動手段の改善」

私たちが海外旅行をする際の最大の課題が、何と言っても〝移動手段の何たるか〟にある事は、異論のないところであろう。

第二次世界大戦後、海外への移動手段は船から航空機へと劇的に進化し、航空機もレシプロ機からジェット機へと高速化と大型化が進み、移動時間も料金も大幅に改善された。

一部の極地を除けば、今や約二十四時間で、誰もがどこにでも行ける時代となった。

とは言え、極東に位置する我が国の場合、近隣する数か国を除くと、文化的な交流・体験期待の大きい欧米諸国を訪れるためには、狭い機内に閉じ込められて、十数時間あるいは一日掛りで移動しなければならないのが実情だ。これは如何に機内サービスが改善されようとも、基本的には我が国の海外旅行が抱えている宿命的な課題であり、海外旅行による非日常的体験という快楽を手にするために覚悟しなければならない、必然的犠牲あるいは潜在的苦痛以外の何物でもないだろう。

では、近未来にはいかなる改善が期待できるのだろうか。

航空機の発達には技術革新が必須となるが、いわゆる米ソ冷戦時代の過度な軍事技術競争の煽りで、米国と覇を競っていたソ連が崩壊してしまった結果、航空機の先端技術開発競争もピークアウトしてしまい、その変革スピードに遅れが出だしたのは疑いない。

そうした世界情勢の変化も影響して、ジャンボジェットの出現に拠り、亜音速大量輸送時代は実現したものの、それに続く超音速機時代の到来は、残念ながら先駆けとなったコンコルドの運航失敗・停止により、いまだに実現の兆しが見えないのが実情だ。

しかし、この数年は中国が急速に経済成長を遂げ、かつてのソ連に代わる新たな軍事的・経済的競争相手として出現し、米国との覇を競う時代となりつつあるので、恐らく今後十年ほどの時間経過を経れば、待望の革新的航空機の出現が具体化するのではないだろうか。

今から四十年ほど前、コンコルドが衝撃的なデビューを果たした際、旅客機の速度は亜音速のレベルを一挙に卒業して、すぐにでも音速の二倍の世界に突入するかに思われた。

ところが、世界初の実用ジェット旅客機となった英国製旅客機コメットが出現してから優に六十年以上が経過したにも拘わらず、物流技術の先端にある商業航空機の運航速度が未だに亜音速域に留まっている状況なのは、一方で情報伝達技術の大量・高速化が、加速度的に進展しているだけに、いささか寂しい状況と言わざるを得ない。

そもそも、１９５０年代から60年代に掛けての、軍用技術の転用によってもたらされた急速な商業航空機の進歩は、期待先行でのいささか危うげな発展であったことは否めないだろう。

現代は、経済性や運航性は言うに及ばず、何よりも安全性と環境問題を重要課題として捉えねばならず、それが革新的航空機の出現を難しくしていることは疑いない。

近年のエンジン技術や機体材料技術の進歩・蓄積も、ようやく「経済性や環境問題を踏まえたうえでも音速の壁を乗り越えるレベル」に到達したように思われるので、恐らく二十年を待たずしてスクラムジェットエンジン（ターボジェットとラムジェットの組み合わせエンジン）の実用商業化により、「約200人を乗せ音速の三倍で高度3万メートルを航行する超音速旅客機」が実用化するものと期待したい。

音速の三倍であれば成田からパリあるいはニューヨークまで四時間以内となり、現在の移動に伴う苦痛は大幅な軽減が期待できるだろうし、四時間程度のタイムラグは、日常生活を忘れて非日常空間に移入するには丁度良い時間なのかもしれない。

一方、こうした航空機の発達とは別に、最近は、「米国のベンチャー企業が、宇宙開発用ロケット技術の転用により、数年内に宇宙空間旅行を実現しようとしている」、という気になるニュースもある。さらに、このロケット技術を応用して、大陸間移動を1時間程度で可能にしようとの計画もあるようだ。しかし、こうしたロケットでの移動が一般市民の海外旅行手段となるには、まだまだ数十年単位でのかなりの時間が必要なのではないかと思う。

・第二の課題「利用通貨の改善」
海外旅行での第二の問題は「利用通貨の煩わしさ」ではないだろうか。

近年ヨーロッパでは経済の統合が進み、多くの国でユーロが共通通貨として使用できるようになったことは、それ以前に比べると大きな進歩とはなった。

それでも「為替手続きの煩わしさと無駄」がなくなった訳ではない。

そもそも現在の世界では戦後のある時期に突如として採用された為替変動制が、今や当然の制度として普及しており、海外旅行の際には為替の変動に一喜一憂させられるのが常態となっている。国境を超えると通貨とともに物価が変わるというのは、非日常体験を手っ取り早く経験することでもあり、海外旅行の興味深い一側面であることも否めない訳ではないのだが…。しかしながら、資本主義経済の投機的な影響を受けて、為替レートは刻々と変化しているので、訪問先や自国の社会生活実態は何ら変化していないにも拘らず、同じ訪問先を数年後に再訪してみたら、物価が前回の訪問時に比べて倍あるいは半分になっている、といった類の驚くべき現象も稀ではないのだ。少しでも経済問題に関心があれば、私たちの日常の労苦の結果手に入れた、労働成果としての通貨が、「単なるマネーゲームの犠牲で徒に操作されているのでは」、といった疑念を抱くに至るのは、自然な成り行きであろう。

私は海外旅行の度に、本来であれば価値の変わってほしくない手持ち通貨の価値が、釈然としない政治・経済仕組みで変わってしまうのを見せつけられると、現在は当たり前になっている変動為替制度にどうしても割り切れない不合理さを感じるのだ。最近は人件費の高騰により、訪問先通貨を売買するときの為替手数料なるものもバカにはならない。

こうした為替の煩わしさや不合理性を改善する道は唯一つ「世界共通通貨」の導入以外にはあり得な

いだろう。世界が単一通貨に統合されれば、為替の問題はなくなり、時間や国境に左右されない通貨の価値の固定化が実現できる。しかしながら、ヨーロッパの例を見ても分かるように、そうしたことが近未来に実現できるとは到底思えないのが現実である。

そこで一歩譲って「各国の通貨と併用される世界共通通貨」が存在しさえすれば、為替問題の悩みはなくなるのではないだろうか。言わば現在の金（ゴールド）の役割をする通貨の実現と考えてもよいだろう。現在米ドルが似たような役割を担ってはいるのだが、この米ドルの果たしている役割を、発行元一国の経済状況に左右されない、国際的に認められた権威ある機関の発行する世界通貨に転換するのだ。私は経済・金融の専門家ではないので、「そうした通貨の発行はどのように行い、その価値・信頼性はどう保障したらよいのか」といった金融・経済の基本的な問題とその解決の難しさについては、ほとんど想像がつかない。

仮に「世界共通通貨」なる通貨が実現された場合には、たとえこの「世界共通通貨」と各国通貨間には為替レートが存在したとしても、それでも海外旅行には便利な通貨となるだけでなく、現在多くの国際企業が抱えている為替問題も大幅に軽減されるようになるのではないかと考えるのだが、いかがなものであろうか。

最近、ディジタル通貨やビットコインといった、実物の貨幣の形を取らない、特定の金融機関が発行しその機関を信用する組織や人だけに流通する、情報上の（言い換えればコンピュータ上の）通貨が出現し話題になっているが、もしこの情報上通貨が権威ある国際機関が発行するようになれば、前記の「世界共通通貨」と同じ役割を果たせるかも知れない。

・第三の課題「文化交流手段の改善」

海外旅行での第三の問題は「文化交流手段の難しさ」単純に言い換えると「言葉の問題」である。海外旅行の楽しさは「物」を対象とするより「人」を対象とした方が「より豊かで深みのある楽しみ」となることは疑いない。この「より豊かで深みのある楽しみ」は「人との交流の楽しみ」に他ならず、そのためには「言葉の問題」を解決しなければならない。

近年の人工知能及びソフトテクノロジーの進歩は目覚ましく、既にアーリアン系言語の場合「自動通訳ソフト」は、実用上ほとんど問題のないレベルのものが開発済みと聞いている。しかしながら、日本語はアーリアン系言語との隔たりが大きいため「自動通訳ソフト」は未だ実用上幾多の問題を抱えているのが実情であろう。

幸いなことに、近年の情報処理ソフトとハードの発達は目覚ましいので、「携帯型万能自動翻訳機」実現のための障壁は、前述の二つの課題に比べれば格段に低いと思われ、例えば国家的な規模で研究開発に取り組めば、二十年とは言わず十年程度で実現される可能性があるのではないだろうか。当然ながら、「携帯型万能自動翻訳機」の携帯性・対象言語・翻訳精度（レベル）は、継続的な改善テーマとして、継続的な改良・進化が続けられるとは思うるが…。

現在我が国では、英会話能力が国家的教育テーマとなっており、そのために他の教育は、授業時間の短縮が行われるなどの犠牲を強いられてはいないだろうか。国力の維持に最も必要なのは人の数ではなく人の知識・能力であり、人の知識・能力の維持・向上に必要なのは、幅の広い密度の高い教育であることに疑う余地はないだろう。

英語国民は誰でも英語が話せるし、英語を話せるからと言っても英語圏国では何の資格・能力にもならないはずだ。我が国が国を挙げて英語教育に力を入れることは、長期的には我が国の文化レベルの低下と、強いては国力の低下を招くことになる、と思えてならないのだが、私の思い違いだろうか。

もしも、将来高性能の「携帯型万能自動翻訳機」が開発された際には、小・中学校の教育内容や、あちこちに氾濫する英語学校や英語塾に、どういう事態が生じるのだろうか。

私は一刻も早く「携帯型万能自動翻訳機」が実現し、英語教育というより英会話教育に力を入れることの愚かさに気がつくことを願って止まない。

そして将来の海外旅行では、ツアーガイドの説明以上に、「携帯型万能自動翻訳機」を利用することによって、訪問地の人との直接的な交流を楽しめるようになれたらと思う。

～その30～

真冬の夜明けの夢

布団のぬくもりとともに味わう贅沢

２０１８年　４月

今年（平成30年）の冬は、近年の温暖化傾向とは裏腹に、思い掛けない寒さの日が続いた。庭の露地の日陰には、連日のように霜柱が立っていたし、数年前に神代植物園近くの造園屋で見つけて、玄関脇の植え込みの陰に据え付けた、私のお気に入りのツクバイにも、２月の半ば頃までの朝方は、毎日決まったように氷が張っていた。

しかし、私の小・中学生時代にあたる六十年ほど前の冬は、我が家の裏庭や近所の畑では一面に霜柱が見られたし、稲刈り後の田や用水路には、朝方のみならず日中も氷が張り詰めていた日がしばしばあった。

この半世紀に進展した、東京周辺の都市化と都市周辺の温暖化は、住居環境を取り巻く自然から受け取る私たちの季節感を、すっかり狂わせてしまったようだ。

とは言え、冬の夜明けは殊更冷え込むために、目が覚めてもなかなか寝床から出る気になれないのは、昔も今も変わることのない、万人に共通する冬の特有現象の一つだろう。

最近の私は、年齢のせいか、夜中のトイレ通いが頻繁になりがちで、少しウトウトしたかと思う間もなく、また床から起き出さねばならなくなる時は、昼間のコーヒーや就床前の飲茶を悔やむのだが、時計を見やって、明け方までにはまだまだ時間が残されているのが分かると、冬の夜長に感謝しつつ、また寝床に滑り込み、冷めずにいたヌクモリに助けられて、再び夢路を辿ることになる。

誰でも睡眠中には、幾つもの夢を見るらしいのだが、そうした重ね見の夢は、断片的で曖昧なものが多いためであろう、朝になってしまうと、どんな夢を見たのかよく分からなくなっていることがほとんどのようだ。しかし、夜明け間近に一度目覚めた後、再び寝直してから見た夢は、朝の目覚め後もハッキリと記憶に残ることが多いように思う。

そうは言っても、所詮夢は夢、内容の飛躍が多いうえに、時間も場所も無秩序に交錯しているので、こうした記憶に残る夢の場合は、何だか…歌舞伎ファンの方からはお叱りを頂戴しそうな例えになるのだが…年に数回の株主優待配分を受けて、いつも眠気と闘いながら鑑賞する、筋書きに飛躍の多い古典歌舞伎にも似ているような気がする。

夢に現れる場所や人物は、知らない場所や知らない人物であれば、あたかも夢で新たな経験をして、得をしたような気になることもある。しかし、大抵の場合、普段はすっかり忘れてはいるが、実際に知っている場所や知っている人物であることが多く、そうした、もう長いこと行っていない場所や会っていない人物が、突然夢に出て来るのは、何とも不思議な現象に思えてならない。いわゆる潜在意識なるものが、夢の形で発現するものなのだろうか。

こうしたハッキリ記憶に残る夢は、朝方に掛けて見る夢が多く、眠りが浅いせいか、ちょっとしたことで目が覚める場合が多い。丁度肝心な場面で目が覚めてしまった時などは、何とも残念な気分になるのだが、時計を見やるとすでに昼方近くになってしまったのを知って、慌てて床から出ることになる。

真冬の夜の夢、それは寒い冬の明け方、布団のぬくもりとともに味わう贅沢とも言えよう。

２０１８年　６月

～その31～

賞味期限

難しい判断と問われる人間性

我が家では、共稼ぎ時代の習慣の名残りで、一週間の生活サイクルのケジメとしている土日の家事作業分担は、妻は屋内の掃除と洗濯を、私は庭木の手入れと日用品の買い物をすることにしていて、この習慣は自然に出来上がった不文律の夫婦間役割分担として定着している。

〝生活のための必要作業は可能な限り公平分担すること〟が、私たち夫婦の暗黙の了解事項であったのがそもそもの出発点だったのだが、家事の公平分担こそがスマートな家庭生活の基本になるのではないかとの思いと、私の妻に対する自尊心の発露でもあったのだった。

妻は、収入を得ることでの自立性の維持もさることながら、習得した知識の活用と人との触れ合い保持に関心が深く、結婚後もアルバイト教師を仕事にしていたのだが、派遣社員制度が広がり始めた頃、学級担任の正教師就任を求められると、隠れた肉体的・精神的労働負担の増加を嫌って、いともアッサリと長年の教師業に終止符を打ってしまった。

そして暫くは、私がサラリーマン業の傍ら、妻はいわゆる専業主婦の時期を過ごした後、やがて当方もかねてから待ち望んでいたサラリーマンの卒業を迎えると、晴れて夫婦そろっての〝自分達自身のための気ままな日常生活〟時代に入り、共稼ぎ時代よりも格段に自由な〝イコールパートナーシップの日常生活〟を得て、以来、変わることなく現在に至っている。

そうした経緯を経て、サラリーマン時代は週末に限っていたスーパーでの日用品買いは、今は二、三日おきに実施する私の分担の家事仕事として、私の手軽な気晴らし事となっている。

したがって、新聞にとじ込みのチラシ類に目を通すのは、欠かせない日常作業になって久しいが、時々私の目を捉えた面白そうな特売品を、敢えて妻には相談せずに購入してくることにしているのは、とかく平坦に成りがちな現在の日常生活に、幾分でも変化をつけるための、手っ取り早い手立ての一つになるのではないかと思うからだ。

特売品と言っても、対象とするのはほとんどが食品なのだが、通常は購入しない特売品の食品を買うときには、当然ながら妻の良い意味でのサプライズがあるものと期待するのが常だ。

しかしながら実状はと言えば、私の思いとは裏腹に、「え!、こんなの買ってきたの!」と、妻からの非難めいた反応を頂戴することになって、ガッカリさせられることの方が多い。

それでも、そうした事態が良くも悪しくも慣例化してしまえば、それはそれで〝ささやかながらも日常生活の彩り事の一つになるのだから…〟と、割り切ることにしている。

特に、普段は買う気が起きない高級(?)食材が、賞味期限が迫ったためか大幅値引きをされている時は、ついつい抵抗心が薄くなってしまって、妻のお叱りを覚悟のうえで購入してしまうこともある。こうしたチョットした心の葛藤の挙句に購入した食品がその日の夕食のテーブルに乗って、たまに妻の「あら！おいしい！」との、滅多にないお褒めの言葉を頂戴すると、「してやったり！」と、当方も満足感で満たされるのだが…。

さて、こうした私のスーパーでの買い物の折に、いつもながら脳裏に去来するのが、〝賞味期限〟なる言葉の意味するところだ。ほとんどの食品には〝賞味期限〟なるものが表示されていて、食品の安全性や食べ頃を判断するうえで、一定の参考になることは間違いないが、その意味するところが、表示されている食品によってはいささか曖昧に思えることも否定できない。食品は、生ものから加工品に至るまで、その素材はもとより加工法や保存方法もさまざまだから、〝賞味期限〟なるものを決めるのも簡単事ではなさそうなことは、私たちでも容易に想像できる。

〝賞味期限〟制定からの歴史はそれほど古くはないと思うが、一般的な工業製品には〝保証期間〟制定からの長い歴史があり、製造元の責任期間を明らかにしようとする点では、双方とも同じような理念に基づいているものと考えて良いのだろう。

どちらの場合も、製造元が品質責任を問われることのないよう、それ相応の余裕を取って決められていることは、間違いない。したがって、食料品の場合について言えば、仮に〝賞味期限〟が切れたからと言って、直ちに〝食べてはなりませんよ！〟という訳ではなく、〝おいしさは保証しませんよ！〟くらいに受け取るのが、適当な解釈と思うのだが如何なものだろうか…。

そうした判断での理解が妥当なのであれば、「英語表示の〝Best before ～〟の方が、より理に叶った表現なのでは…」と思う。

さて、この〝賞味期限〟なるものは、往々にして冗談交じりに、食品以外のモノにも使われることがあるが、あらゆるモノに〝賞味期限〟に相当する〝最良・最適時期〟があることは、認めざるを得ないだろう。そして、食品にあらざるモノの場合は、その〝賞味期限〟の判断は、さらに難しいのが一般的だ。食品の〝賞味期限〟であれば、人によって多少の違いはあるものの、誰にでも生まれながらに保有している〝味〟なる普遍的判断手段があるのだが、食品以外のモノの場合は、その判断基準が見つけ難かったり、人によって大きく違ったりするからである。

分かり易い（?）例の一つが、現在改憲の是非が話題になっている日本国憲法ではないだろうか。現憲法が制定された太平洋戦争終戦直後は、まだ国民の心の隅々に軍国主義時代の悪夢の残像が色濃く残されており、新憲法は過去への反省を主眼に制定されたと言えよう。

そして新憲法の制定後70年余が経過し、その間に日本も世界も大きな変化を遂げている。現憲法の制定当時、テレビ、インターネット、携帯電話等の新しい通信・情報手段の発展や、車や航空機による移動手段の急速な発展が、現在見られるようなグローバル化社会をもたらすとは、誰が想像し得たであろうか。憲法は国の法制度の基幹なのだから、将来の世界の変化にも耐え得る内容でなければならないはずなのだが…。現憲法の〝賞味期限切れ〟はどう考えても否定し難いように思う。また、今大きな問題となっている年金問題も、元はと言えば〝人生50年〟と言われた時代に定められた〝定年制度〟にあるように思う。人はそれこそ十人十色、千差万別であり、今や〝人生百年〟も現実化しようとしている。しかも人は〝賞味期限〟の判断が極めて難しい〝生き物〟だ。〝定年制度〟も〝賞味期限切れ〟なのではないだろうか。いずれにせよ〝賞味期限〟の判断には、人の知性と知識が最大限に問われることになる。

２０１８年　６月

～その32～

年齢自覚

知らぬうちに知らされて悟る齢

最近の電車やバスには〝優先席〟なるものが必ず設けられている。

十数年前に、サラリーマン生活を卒業してからというもの、私は体力維持と気分転換の目的で、週に一度程度は繁華街（大方は新宿、時に渋谷か銀座だろうか…）に出掛けるようにしているのだが、そうした折に利用する電車では、〝優先席〟を利用することも多い。

当然ながら、できるだけラッシュアワーを避けて出掛けるものの、最近は時差通勤が普及したうえに、健康なシニア人口が増加したせいか、九時から十時頃の都心に向かう電車は、満員という訳ではないもののの、いつでも座れるかと言えば、必ずしもそのような訳にはいかない。

年齢は争えないもので、電車に乗ればすぐに空席の有無を見回してしまうのが、いつの間にか私の習性になってしまった。その結果、足は自然と比較的空席の多い〝優先席〟のある所、即ち、各車両の前後部に向かってしまう。したがって、電車に乗り込んだ際、手近かな所の一般席に空席が見つかり、うまい具合に座れたときは、思わずホッとしてしまう。この心象は、裏を返せば、〝年齢を自覚したくない〟との、潜在的な見栄意識のなせる業に外ならない。

つい数か月ほど前のことだが、所用があって、少しばかり電車の遠乗りをした時のことであった。用事を済ませたら午後四時頃になってしまい、乗り込んだ帰りの電車は、ほぼ満席状態であった。幸運にも次の駅で、すぐ目の前に空席ができ、喜び勇んで座ったのも束の間、次の駅でどっと人が乗り込んできて、空席を探す様子の中年のご婦人を目にしてしまった。

そこで私はそのご婦人に、反射的に「ドーゾ…」と声を掛け、席を譲ろうとしたところ、なんと「私より御先輩なのですから、結構ですよ」と、辞退されてしまったのだ。

私はご婦人の予期せぬ反応に一瞬拍子抜けしてしまったが、すぐに気を取り直して、「そんなことをおっしゃらず…」と、バツの悪さを隠しつつ、半ば強引に席を譲って、そのご婦人から姿の見えない場所に移動したのだった。想定外のことに出合うと、誰でも動揺してギコチない動きとなるものだが、そのとき取った私の行動も、まさにギコチなさそのものであった。

改めて指摘するまでもなく、日々の健康は、中齢から高齢に移り変わろうとしている私たちのような年齢にある者にとって、最も大切にしていることの一つであろう。それだけに、年齢に対する自意識は、したくはなくとも何かと気にしてしまう関心事であることに疑問はない。

恐らく、私が席を譲ったご婦人も、そうした心境にある年齢であったのだろう。そして、そのような心境にある人にとって、見知らぬ他人から席を譲られるという事態は、その善意を有り難くは感じても、単純に嬉しいこととして受け取ることができないのは、不可解なことではない。

かつて（と言っても、これも一年ほど前のことなのだが…）、私が若い女性から席を譲られかけた時に私が感じた心象も、この私が席を譲ろうとしたご婦人が感じたであろう心象と、同じであったのではないかと思い返された。

その時の私は、普段は特別に意識することもない我が身の年齢を、無情なくらいハッキリと意識させられた瞬間であったのだ。

そもそも〝優先席〟なるものが誕生したのは、いつ頃のことであったのだろうか。

戦後の経済復興機に職を求めて人々が東京に集まる一方、通勤手段が貧弱であった頃は、通勤電車では乗客の押し込みどころか引きはがしが話題になったくらいで、〝優先席〟の必要性を、誰も真剣に考えてはいなかったはずだ。やがて、我が国の高度経済成長時代が終わりを迎えるとともに、生活の質の向上に目が向けられるようになり、いわゆる〝ゆとり社会の実現〟が話題になり出した昭和の末期頃、やっと現実味を伴って検討されるようになった社会問題テーマの一つが優先席であった。人権先進国である欧米は、〝ゆとりある社会〟の実現でも我が国に先んじているはずなのだが、私の知る限りでは、電車やバスに特段〝優先席〟らしきものが、設けられてはいないと思う。これは伝統的社会道徳観かそれともキリスト教精神に根差した、弱者に対する思いやり精神の普遍的浸透の深さの故なのか、気になるところだ。当初は、〝障害者用シート〟や〝シルバーシート〟と称されていたこともあったようだが、車両の混雑具合にもよろうが、目的とするところと利用可能者が必ずしも明確にし切れない悩みは、これらの名称の変遷にも表れているように思う。結局、現在の〝優先席〟なる名称に落ち着いたのであろうが、響き良さの反面、意味するところはやや曖昧になってしまったと言わざるを得ない。

あらゆる生き物は、逃れられない自然法則に従って、環境に対応した生きるための変化を求められるが、変化することは即ち齢を重ねることであり、それは命あることの証でもある。

しかし、自らの齢を意識できるのは、生き物の頂点に立つ人間だけの特性であり、尊くも悲しい知性ある人間の宿命でもあろう。心身の成長が急速だった幼・少年期の頃は、〝早く大人になって、何でも好きなことをしたい〟と、願ったものだが、心身の変化が安定し出した学生時代やサラリーマン時代は、〝年齢は単に時間の経過指標〟と思った。その年齢なるものが、人生での重要な路程標として強く意識され出したのは、サラリーマン生活を卒業して、自己の日常生活に、ほぼ制約らしきものがなくなってからだろうか。

特に最近になって、チョットしたキツイ家事仕事や遠出をした後に感じる肉体的疲れ、そして当たり前と思っていたことが、どうしても思い出せなかったりしたときには、忍び寄る〝齢の影〟をしみじみと実感させられるようになった。

昔からよく言われるように、「人には〝悟りの境地〟なるものがあって、特別なキツイ修行やさまざまな辛い経験を積めば、そうした〝悟りの境地〟を会得する人もいる」とされているが、人は誰でも〝悟りの境地〟に達すれば、〝齢の影〟を感じることもなくなるのだろうか。

未だに世俗的な快楽への執着心が残る私の場合は、今後どんな修行や経験を積もうとも、残念ながら、一生〝悟りの境地〟なるものに到達することはないだろうと、諦めている。

～その33～

実篤公園
我が街に残された武蔵野の自然

２０１８年　７月

我が家は、京王線の新宿から南西に急行電車で約二十分、つつじヶ丘駅から東南に徒歩で約五分、調布市でも東部の世田谷区との境界近くに位置し、我が国のどこにでも見られるような平凡な住宅地にある、何の特徴もない戸建て住宅である。それでも、敢えて住居地区周辺にある〝人に紹介する価値のある場所〞を挙げてみると、歩いて五分ほどの所にある、大正から昭和にかけての文豪、武者小路実篤の旧宅を基にした、実篤公園の存在であろうか。

調布市は、多摩丘陵と呼ばれる平坦な台地の一角を占めているため、南西の境界を形成する多摩川を除けば、目立った河川や丘陵も湖沼もなく、地形的には変化の乏しい土地柄と言わねばならない。しかし、そこに長年住み慣れた者のみが知る、言わば郷土愛の類ではあろうが、台地が織りなす穏やかなウネリと、その間を縫うように流れる、野川や仙川それに入間川等の小河川は、狭い道路と密集する住宅地が醸し出す、我が国特有のいささか猥雑な住宅地風景に、救いとなる潤いと彩りを添えている。

近年の土地造成技術の進歩は、首都圏への人口集中による地価上昇の追い風もあって、土地の傾斜、凹凸、地形等の瑕疵はものともせず、多摩丘陵の宅地化推進の原動力となって来た。我が家の周辺でも、バブル経済後の経済停滞から抜け出したこの十年ほどの間に、農地の宅地化はまた一段と昂進し、我が家に隣接する空き地や農地は、とうとう皆無になってしまった。二階から見渡すと、点在するケヤキ等の高木が望見されるが、これらの残存する木々は、三十年ほど前にはまだあちこちに存在していた農地や屋敷林の名残りだ。

こうした、我が家近辺での都市化が進展する中で、国分寺や小金井に点在する湧水地を起点にして、ほぼ昔のまま宅地化を免れてきた東南方向に走る帯状の緑地帯が、我が家から東に二百メートルほどの所を抜けた後、成城を経由して、あの〝街中の渓谷〞とも呼ばれる等々力渓谷にまで連なっている。この奇跡的に残存する緑の回廊は、古くからハケと呼ばれる、多摩丘陵と沖積平野の接点が作る急崖地形帯に相当し、関東平野の形成期における大地の悪戯が現代に贈り届けた、思い掛けない自然遺産と言えるだろう。このハケなる地帯は、その急な傾斜の故にコストが掛かり過ぎて、一般的な宅地化対象から外れたのが幸いしたのだ。

実篤公園は、このハケの味わいをうまく庭作りに取り入れているが、武者小路実篤がここに邸宅を構えたのも、湧水にも恵まれているハケ特有の自然美に惹かれたからに相違ない。

この実篤公園は、旧実篤邸とは道路越しに隣接する敷地に建設された、実篤記念館も含んでいるので、全体ではそこそこの広さの緑地圏を形成している。したがって、元々この地区一帯に生息していたはずのほとんどの野生動物は、今もこの公園内で生き延びている。

毎年夏になると、広くもない我が家の庭で、アゲハ蝶やクワガタ等の思い掛けない大型昆虫を目にするが、これらの多くは実篤公園を繁殖地としていて、そこから飛来するに違いない。

特にこの数年前からは、我が家の庭のサクランボやビワが熟する5月から6月、夜も12時を回った深夜になると、毎夜のようにハクビシンが出没するのだが、昼間は恐らくこの実篤公園に潜んでいるのではないかと想像する。

近年、都会でもよく目撃が報じられるようになったハクビシンは、一般的には害獣とされているため、駆除の対象となっているようだが、人気の多い住宅地という過酷な環境で、懸命に生を育む野生動物を、たとえそれが幾分かの実害をもたらすとしても、害獣扱いにしてしまうのは、いささか人間の身勝手ではないだろうか。

我が家にやって来るハクビシンについて、私は勝手に〝実篤公園を住家にしている〟と決め込んでおり、そのために〝害獣扱いの憂き目からは逃れている〟と思うことにしている。

私は、サクランボの落果が庭で散見される頃になると、「毎年我が家に来るハクビシンは、無事に年を越して、今年もまたやって来たのだろうか」と、気になって仕方がない。

二年前のことだが、ハクビシンの来訪を察知して、私はサクランボの実が目の前に見える二階の出窓に待機していた。そして、ハクビシンがやって来た瞬間に明かりを点けたところ、その名の通り額からの鼻筋に白毛の筋を通した、悪戯そうながらも愛嬌のあるハクビシンの顔を、間近に目にしたのだった。その顔は、今だに私の脳裏に焼き付いている。

ところで、私が今の家に住むようになって間もない頃のことだが、その頃は初めて住む土地の物珍しさから、週末の休日は必ずと言ってもよいくらいに、まずは近所のカスミネ神社に始まって、深大寺、植物園、野川公園等と、市内にある主な見所の自転車巡りをして楽しんでいた。いつでも行けると思っていたためか、一番近くの名所である実篤公園の探訪は、なんとなく後回しになっていた。そのため、初めて実篤公園を訪れたのは、丁度実篤邸の内部が一般公開された際に、妻と一緒に訪れた時のことであった。

私が特に関心を惹くモノも見付けられず、ただ漫然と邸内を見学していたところ、何気なく妻が「もう大分昔のことだけれど、私が出版社に勤めていた頃、仕事で実篤邸を訪問して、この応接間で実篤ご夫妻にお会いしたことがあるのよ…」と思わぬことを口にした。妻のそのような想い出話を耳にした途端、文人実篤が、急に私にも身近な存在に感じられてきたのだった。そこで、冗談交じりに「色紙でも持参して、カボチャの墨絵でも書いて貰っていたら、今頃は我が家のお宝になっていたのにね…」と返したところ、「何を言ってるの！　その頃の私はまだ勤め始めの頃で、そんな妙な損得勘定など思い付くわけがないじゃない！」と咎められてしまった。

妻によれば、妻が訪れた時と今の実篤邸とでは、門の辺りや門から母屋に至る長い坂道の様子が、多少変わってしまってはいるが、邸内の様子はほとんど変わっていないとのことであった。私は、この実篤公園と実篤記念館とが、六十五歳以上の調布市民に対しては、無料公開とされているのを、大変有り難いことだと思っている。これからもこの方針が維持され、実篤公園と記念館が、末永く存続することを願って止まない。

〜その34〜

晩夏での哀愁と妄想

毎年繰り返される夏の風物から思うこと

２０１８年　８月

８月も半ばを過ぎると、一見したところは青々としている木々にも、春先に見られた〝瑞々しさ〟は既に失せ、代って〝やつれの影〟が伺えて、夏の終わりの近づきつつあることを感じる。

我が国のこの時期は、毎年繰り返される諸々の終戦回顧行事と台風に絡む自然災害報道に加えて、最近は猛暑の被害報道も加わり、連日楽しからざる話題の多いことが特徴だ。

幼少の頃を思い返してみると、夏には他の季節より格段に楽しかった想い出が多いのだが、社会との関りが次第に複雑になり出す成人後になると、純真な心での自然との接触がなくなるためか、夏特有の想い出が少なくなってしまうのは、私だけの現象だろうか。

特に今年（２０１８年）は、例年にない異常気象とかで、記録的大雨、記録的猛暑、逆走台風の相次ぐ襲来と、私の夏の憂鬱感はまた一層深まってしまったように思う。

立て続けに来襲した二つの台風の去った日曜（12日）の朝、いつもより遅めの朝食の後、妻が居間の掃除に取り掛かったのを見計らって、私は習慣になっている週初の役割分担を果たすため、徒歩でも五分ほどの所にあるスーパーでの買い物に、自転車で出掛けた。

幸い薄曇りの天気であったので、道路からの照り返しのなさに気を良くしながら、新聞の折り込み広告に載っていた今日のお買い得商品を、思い返していたのだが、ふと道端に目をやると、道路際をゆっくりと這っている一匹のアブラゼミに気が付いた。

この時期になると、繁殖の役目を果たしたのであろう力の尽き果てかけたセミが、道路や庭の片隅を這っているのをよく目にするものだ。私はとっくに虫を追う年齢を卒業しているので、幼い頃の虫追い遊びを懐かしめるのは、セミに触れられるこんな機会だ。

したがって通常なら、路上を這っているセミが目に止まれば、そのまま放っておくなど出来難いところだが、自転車で先を急いでいたので、そのまま通り過ぎてしまった。

買い物をしているうちに、セミのことはすっかり忘れてしまっていたが、帰りも同じ道を通って家路を急いでいると、前方の道端で女性二人がしゃがみ込んで何かを手に取っているのが目に映った。咄嗟に行き掛けに見付けたセミのことを思い出したので、自転車の速度を落として、通り過ぎながら気になる女性二人の様子を観察した。

年恰好と親し気な様子から推察すると、二人は母親とその娘さんに間違いないだろう。

どうやらセミがまだ元気なのを確かめているらしく、娘さんがセミを手の平に載せると、やがて立ち上がって歩き出した。私はゆっくりと二人の脇を通り過ぎながら、振り返って見ると、どこかセミを戻すに適当な場所を探しているようであった。私は、女性親子のセミに対する心やりに、思い掛けない心の温まりを感じながら、再び帰路を急いだ。

帰宅して、居間の網戸越しに東南の向かいにある隣家を眺めながら、汗を拭いていると、今は白く照り輝くコンクリート張りの駐車場の辺りに、二年ほど前であれば、午前中なら我が家にも日陰を差し掛けてくれていた、二本のケヤキの大木があったことを思い出した。

あの二本のケヤキの古木には、四季を通してさまざまな鳥がやって来ていたのだが、とりわけ夏の最中には、うるさいほどたくさんのセミが鳴いていて、時折、鳥に襲われでもしたのであろうか、けたたましい鳴き声とともに飛び去るセミの様子も、マザマザと蘇ってきた。

まさに、空蝉の如き身の回りの環境変化を、改めて思い知らされたのであった。

近年、さまざまな形で、環境問題が社会問題として意識されるようにはなったものの、身近な都会の現実社会では、自然は確実に年々遠のきつつあるのが実情だろう。

私は、介護施設に入居中の九十八歳になる義母を、体力のある当面のノルマとして、週一度見舞いに通っているのだが、その都度、必ずしも健康そうには見えない大勢の高齢者を目にすることになり、老年期における自分自身の在り方なるものを、何かと考えさせられている。

生と死の循環は、全ての生き物にとって避けられない宿命なのだが、私たちは人間以外の生き物（家族同様の扱いをしているペットは例外として…）の生死に関しては、その生き物の進化上の位置付けが人間から遠くなればなるほど、感情にさしたる影響もなく受け止められるのが一般的だ。ましてや、その生死が虫や草木の類となれば、特別な感情変化も伴うことなく観察できるのが普通だろう。そうした、虫や草木の生死を無感情で受け止められるのは、対象となる生き物を個体としてではなく、〝過去から未来に繋がる命あるものの流れ〟として、種全体で捉えるからかも知れない。セミについても、〝毎年同じセミが現れては消えている〟と考えれば、その生死を目の当たりにしても特別な感傷は湧かなくなる。

人間は、今のところ、〝自らの存在を認識できる唯一の生物〟と考えられている。

言わばその代償として、人間はセミのような〝命の流れを繋ぐだけの生き物〟ではなくなり、〝死の悲しみを知る感性（いや知性とすべきか…）ある生き物〟になったとも言えよう。

現在の、ホモサピエンスと定義される現代人は、アフリカに誕生してから約七万年を経て、この文明社会を構築するに至ったと言われている。そして、このホモサピエンスは、進化の途上で、死の悲しみに抗う術として宗教なるものを創出したのだが、ホモサピエンスは今も更なる進化を続けているのだ。むしろ、加速進化していると言った方が正確だろうか。

私は、近い将来、自己認識のメカニズムが解明されて、意識の肉体からの分離が可能になる時が、必ずや到来するのではないかと思っている。そして、意識と肉体との分離が可能となれば、人間は初めて死への畏怖から解放されると同時に、人間もまた他の生物と同じように、〝過去から未来に絶えることなく続く生物の流れ〟に回帰していくのではないだろうか。

私は、夏の終わりに姿を消そうとしつつあるセミが切っ掛けで、こんな他愛もない妄想の如き想いに耽ってしまった。

〜その35〜

〝文化の秋〟の楽しみ

期待を込めて見守るノーベル賞の行先

2018年　10月

夏の昼下がり、暑さを煽るかのように聞こえて来たセミ声はいつの間にやら失せ、秋の夕暮れ、賑やかになった虫の声が涼し気、と思えば今はもう9月。少し気温の下がった夜には、文字通り〝秋の訪れ〟を実感させられる。

我が国の8月は、猛暑に止まらず大雨それに台風の気候災害トリオ、さらに加えて恒例の戦争回顧・反省行事が、例年の恒例行事となっていて、憂鬱な日が多い。しかし9月も半ば過ぎともなれば、自然と文化の恵みが楽しめる1年で最も充実感のある時節となる。

昔から、これから11月に掛けての時期は、生命活動の盛りを終え、夏の疲れを癒す時期として、〝実りの秋〟のみならず〝文化の秋〟として迎え、誰もが心身の安らぎを求めてきた。

しかし近年、〝実りの秋〟に関しては、急速に進む農産物の国際化と栽培技術の進歩の影響を受けて、季節感が乏しくなりつつあるだけでなく、私たちの味覚そのものが変わりつつあり、自然の恵みに対する楽しみ方や、楽しみの対象も、急速に変化してきているように思われる。

とは言え、我が国の秋の産物は、依然として圧倒的な品質と多様性とを保持しているので、財布の負担とグルメ探索の労苦を厭いさえしなければ、世界中のどの国よりも自然の恵みに恵まれている我が国の実りの秋を、存分に堪能できるのは嬉しいことだ。

さて、もう一つの秋の楽しみである〝文化の秋〟として、多くの人の興味を呼ぶ最大の楽しみ…と言うより関心事…と言うべきは、この時期に各地で催される文化行事やお祭り行事ではなく、10月1日から次々と発表される、ノーベル賞の行方ではないだろうか。

そもそも、国の内外を問わず数知れないほど存在する〝何々賞〟の類については、価値の大小が誰にでも分かり易いスポーツや社会活動等の場合は別として、文化面での賞となると、どういう基準で何がなぜ評価されることになったのか、関連する専門知識を持たない場合が多い私たち一般市民には、充分に理解できない点が多いのが偽らざるところだろう。

元々〝文化〟なるものは、その価値の大小や優劣を比べるべきものではなく、多様性や独自性等を持っているその存在そのものに価値があると考えられるからでもある。

しかし、そうした分かりづらさのある文化賞でも、ことノーベル賞となると、いささか事情が違ってくる。その歴史と権威に加えて賞金の大きさから、他のあらゆる文化賞に勝る、世界中の誰もが知っている言わば〝ブランド文化賞〟なのだから、その価値の評価には、特別な知識や理屈付け等が必要とされないからだ。

したがって、このノーベル賞を毎年のように日本人が受賞している近年、その授与動向を見守るのは、丁度世界中で最も人気のあるスポーツの祭典ワールドサッカーで、日本チームの活躍如何を占うようなもので、今やまさに国民的な秋の楽しみの一つとなっているように思う。

戦前の我が国は、ルネッサンスに始まって産業革命に続く近代文明の担い手であった欧米諸国の中に、二十世紀になって突如として割り込んできた、言わば異端国家の如き存在であった。そのため、特筆すべき文化的功績を挙げても、その評価はもっぱら欧米社会に委ねられていたせいで、必ずしも正当な評価が得られた訳ではなかった。

近代科学史を紐解くと、本来ならば日本人の科学者が受賞しても良かったノーベル賞が、研究分野を同じくする欧米の科学者に授与された例が、数件ほどはあったと言われている。

それが、戦後の急速な情報・移動手段の発達、それらに誘発されて進展した社会のグローバル化と非欧米諸国の経済発展が、世界の人々の日常生活と文化的関心の在り方を同準化させ、かつては欧米中心でなされていた文化活動の評価も、自ずと世界の文化活動を視野に入れて、公平な世界基準でなされるように、変化を遂げたものと思われる。

こうした世界の変化を背景に、今世紀に入ってからは、毎年のように日本人がノーベル賞を受賞するようになったのは、本当に嬉しいことだ。この喜びは、潜在的に私たちの心に潜む〝愛国心〟が、無条件で刺激されることから生ずるのであろうが…。

思えば、こうした相次ぐ日本人受賞者の出現は、日本が欧米社会との交流を本格化した明治維新後、欧米諸国に侮られまいとして推し進めた富国強兵が、戦後はもっぱら富国に向けられた結果とも言えるだろう。私の小学校時代は、湯川博士が唯一のノーベル賞受賞者だったため、政治・経済のみならず科学分野でも欧米の越え難い優越性を感じずにはいれない状況であり、日本人二人目のノーベル賞受賞者の出現は夢のように思われたものだった。

それが近年はどうだろう、最近の小学生が将来の夢を語るとき、サッカー選手になることや、飛行機のパイロットになることと同じように、ノーベル賞受賞者になりたいと誰にも臆することなく語るようになったのだから、世の中の変化は、全く凡人の思いの及ぶところではないようだ。

今年も私たちの期待通り、日本人のノーベル賞受賞者が出て、相次ぐ台風被害で沈みがちな気持ちをようやく明るくする話題に出合えたためか、久しぶりに満足感と安堵感とを覚えた。

しかし、こうした現象がこれからも続くのだろうかと、改めて考えてみたとき、いささか不安にならざるを得なくなるのは否めない。

この二十世紀に相次いでノーベル賞を受賞した日本人は、全て敗戦に打ちひがれ疲弊した日本社会で、ひたすら仕事や学問に打ち込む精神風土の中で育まれた人たちであり、戦後の日本の復興のために、国も企業も人とお金をつぎ込んで、一途に努力した成果なのだ。

したがって、バブル経済を経て、平成の豊かな社会に育ったこれからの世代の日本人が、今や秋の恒例行事となった感のあるノーベル賞の受賞伝統を受け継げるのかと言えば、多くの人が疑問を投げかけるように、残念ながら私も疑念を覚えない訳にはいかない。

今しきりに叫ばれている日本人の英語力向上、この英語力向上努力の陰で、他の分野の学習努力がなおざりにされていると思うと、この疑念はますます強くなってしまうのだ。

もし、日本人のノーベル賞受賞が絶えてしまったら、〝文化の秋〟は、せっかく手にした国民的祝い事を失ってしまうことになり、今の私には想像するだけでも寂しくなる。

～その36～

〝ロンダニーニのピエタ〟

〝食の秋〟と〝芸術の秋〟での凡人の想い

２０１８年　11月

秋も10月ともなれば、いつの間にやら夏疲れも失せ、心身ともに平常の生気を取り戻す。〝秋は夕暮れ…〟とは言わず、秋晴れの爽やかな朝ともなると、自ずと身も心も軽やかになって、理由もなく何かをしたくなる衝動に駆られるのは、私たち人間と言えども生き物である事に変わりなく、良くも悪しくも自然の摂理に操られているためなのだろう。そうした秋もタケナワ、私に限らず、無意識のうちに普段より関心の高くなる事柄となれば、月並みではあるが、何事を差し置いても、まずは〝食〟と〝芸術〟の二つであろう。

とは言え、〝食〟に関して残念ながら私の場合は、歳のなせる業かそれとも元々グルメとは縁遠い日頃の食習慣のなせる業か、〝量より質〟、と気取るまでもなく、ただ好みの新鮮な季節食材が程々に味わえさえすれば、もうそれで充分満足、といった程度のササヤカなものだ。

食欲をそそる身近な秋の季節食材と言うと、私が真っ先に思い浮かべるのは、サンマとマツタケ、それに子持鮎の三つだろうか。サンマとマツタケは、少し前なら一般庶民でも気軽に味わえる食材であった筈だが、食のグローバル化やら環境変化のためか、今では必ずしも気軽に味わえる食材ではなくなってしまった。特に、国産のマツタケに至っては、余りにも高価になり過ぎたため、私たちは、この数十年来購入した記憶が全く無い、無縁の秋の食材だ。一方、子持鮎の場合は、その独特な味わいのためだろうか、若年家族の食卓からは徐々に遠のいている様だ。しかしその反面、年々養殖技術が向上しているためか、サイズの大型化にも拘らず値段は低下傾向にあり、比較的手軽な秋の食材となっているのは喜ばしい。

これらの食材に加えて、私にとって忘れられないもう一つの秋の味覚に、牡丹鍋がある。

サラリーマン時代の私は、勤務地の関係で二十年程神戸市内に住んでいたのだが、牡丹鍋で知られた丹波篠山は、車なら自宅から六甲山を北に抜けて約一時間程の所に位置していた。そうした地理的事情もあって、天気の良い秋の休日には、丹波篠山までわざわざ牡丹鍋目当に、チョットした遠出ドライブをしたことを思い出す。二度ならず三度程は出掛けただろうか。そのうち、野生だか飼育だかの猪肉と信じて、幾分か特別な想いで口に運んでいた肉材が、実は飼育されているイノブタの肉であったと知り、さらに、友人から神戸市内でも味わえる事を知らされるに及んで、丹波篠山の牡丹鍋にはすっかり興味を無くしてしまったのだった。

一方、歳とともに知識に経験が積み重なって、益々興味の尽きる事が無いのは〝芸術〟だ。なぜなら、情報源の多元化した現代に在って、〝芸術〟は秋に限らず、年間を通じて絶えず飽く事の無い話題を提供して呉れる、〝無くてはならない日常生活での潤滑剤〟となっているからなのだ。特に〝芸術の味わいに浸る喜び〟を堪能するには、情緒が安定し五感が研ぎ澄まされる整った環境での鑑賞に勝るものは無く、気候が良いうえに心身にも充分なゆとりが生まれる秋こそは、年間を通して最適な〝芸術シーズン〟である事は疑いないだろう。

加えるに、我が国がいわゆる経済大国の仲間入りをしてから数十年が経ち、毎年各所で絶える事無く芸術的催物が開催されるようになり、心掛け次第なるも、今や国内に居ながらにして、世界のあらゆる芸術が楽しめるのは、歳とともに芸術好きが高じた私には有難い事だ。今年も既にさまざまな芸術的催物が開催されて来たが、私にとって最も興味を惹かれた催物は、春からこの秋まで、上野の国立西洋美術館で開催されていたミケランジェロ展であった。

このミケランジェロ展の主要な展示品は、私はこれまでの海外旅行で度ならず鑑賞済みの作品と思われ、上野での展覧会はいつもの事ながら混雑が予測されるので、NHKテレビの紹介番組の視聴で我慢する事にし、結局のところ、実物作品は見ずじまいにしてしまった。

しかし、私はこの数年、毎年の春と秋の二度、成城大学で開催される一般市民向けのウィークエンドセミナーに参加していて、幸運にも今年の春のセミナーでは、講座の一つのサン・ピエトロ大聖堂とシスティーナ礼拝堂の紹介講座を受講する事ができ、ミケランジェロ作品の見所の何であるかを、改めて識る機会を持つ事が出来た。そして、この講座を通して、〝人類の作り上げた最大の芸術作品〟、とも言えるサン・ピエトロ大聖堂の構想者であり、同時に、大聖堂の入り口を飾る彫刻〝ピエタ〟とシスティーナ礼拝堂の天井を飾る世界最大級の天井画〝天地創造〟の作者でもあったミケランジェロの、芸術家としての比類なき偉大さを、再認識させられたのであった。

今となっては、忘れ難い想い出の一つとなったのだが、もう二十年以上も前の事になるのだろうか、まだ正月気分の抜けない1月初め、料金の安さに惹かれて、ローマとミラノを訪れるパッケージ・ツアーに参加した事があった。ローマは既に数回観光済みであったので、ミラノでのフリータイムを利用して、お決まりのパッケージ・ツアーでは訪れることのない、私設の小美術館や純イタリアンのレストラン巡りを目的にしての旅行参加であった。

ローマでは晴天に恵まれ、真冬ながら東京の晩秋のような快適な気候であったので、目新しさは無かったものの、お決まりの観光スポットでの見学をそれなりには楽しめたのだが、肝心のミラノでは生憎の悪天候となり、連日小雨の降る寒い毎日で、辛い観光となってしまった。

そうした、少々期待外れのミラノ観光旅行となってしまったのだが、帰国前日の観光目当であった〝最後の晩餐〟を、サンタ・マリア・デッレ・グラツィエ教会で観た後、たまたま教会近くに位置していたスフォルツァ城を訪れたのは、時間つぶし程度の積りであった。スフォルツァ城も立派な建築物で、観光スポットの一つなのだが、私の興味は城内に展示されているミケランジェロの彫刻〝ピエタ〟を、一度は観ておきたいと思ったからでもあった。ミケランジェロ作の〝ピエタ〟は、確実な作品としては三体が知られていて、若い頃に制作されたサン・ピエトロ大聖堂の作品が、万人の認める比類なき傑作として知られている一方、こちらの作品は最晩年の作という事だけで有名な作品であり、話のタネに観ておきたい位に捉えていた作品であった。数日前には、サン・ピエトロ大聖堂の〝ピエタ〟を観ていて、その精緻な作風が目に焼き付いていただけに、この最晩年のノミ跡を残したままの未完の〝ピエタ〟像を薄暗い城内で目の当たりにした時は、あまりの作風の違いに愕然となってしまった。

ミケランジェロは、当時としては異例と言っても良い八十九歳の長寿を全うした芸術家として知られている。ミケランジェロが最晩年になって、なぜか再び取り組むことにした彫像〝ピエタ〟には、製作依頼者がいた訳でもないらしい。そのためか作品構想に迷いがあったようで、工房に置かれたまま死の直前でも手が加えられていて、結局未完に終わってしまった作品であった。ミケランジェロが亡くなった後、この未完の〝ピエタ〟が引き取られて、長年据え置かれていたのがロンダニーニ邸の中庭であったため、現在はスフォルツァ城に展示されていても、この作品が〝ロンダニーニのピエタ〟と呼ばれている理由のようだ。

私は、長寿の芸術家と言えば真っ先に我が国の浮世絵師、葛飾北斎を思い浮かべるのだが、北斎がそうであったように、ミケランジェロも常に〝新たな美〟や〝究極の作品〟を目指して、死に至るまでこの〝ピエタ〟と格闘していたであろう事は、想像に難くない。

私は、幸いな事に大きな健康上の問題を抱える事もなく、今年(2018年)の8月には、後期高齢者の仲間入りを果たした。といって、日常生活が特別に変化した訳では無いのだがあまり気にも留めずにいた、私と同年配かより高齢者の〝日常生活の在り方〟には、今まで以上に気になるようになった。

こうした気持ちの変化があって、気力や体力の衰えた老年期の作として、嘗ては興味を持って鑑賞することのなかった絵画や彫刻を、そこに表現された表面的な美ではなく、作品に込められた作者の意図を汲み取りながら観なければいけない、と思う様にもなったのだ。図らずしも後期高齢者となったこの〝芸術の秋〟に、新たな思いで〝ロンダニーニのピエタ〟を鑑賞し直してみると、そこには〝造形美〟ではなく、〝無慈悲に昂進する齢と苦闘する人間の哀しみ〟が、彫像という具体的造形として見事に表現されていることを痛切に感じる。

私は、自分の知る処の著名画家が、晩年に至って何度も繰り返し描いていた作品に、改めて思いを馳せてみた。直ぐに脳裏に浮かんだのは、ターナーの描いた海や波の景色、セザンヌの描いたサント・ビクトワール山、そしてモネの描いた睡蓮であったが、末期の作品になるにつれて、対象物の色使いや輪郭は曖昧になり、次第に抽象画の趣を醸しているのを思い出した。こうした現象は、ミケランジェロの〝ロンダニーニのピエタ〟と同じ様に、〝造形美〟では表わせない〝人間の心象美〟を表そうとしたからに違いないのだろう。

こうした思いに浸った後、特に変わり映えのない日常を、ただ漫然と繰り返している今の自分に思いが至り、これは老いの域に入った自分にとって、凡人なるが故の仕方のないことなのか嘆くべきことなのかと、改めて考えさせられてしまったのだった。

〜その37〜

年末になると巡りくる特別な思い

平成最後の年末での想い

２０１８年　12月

年末になると、あたかも定め事のように、私たちは知らぬ間に特別な気分に誘い込まれる。

一年の景色は、自然の営みと社会の営みに加えて、年毎の自分自身の営みとが、さまざまに絡み合いながら形成されるものだが、現代の私たちにとって、一番の関心事となるのは、何と言っても我が身と社会の営みの絡み合い具合ではないだろうか。

何故なら、自然の営みは私たちの生活に重大な影響を与えずにはおかないものの、結局のところは受け入れるしか術がないし、我が身自身の営みと言えば、後期高齢者の仲間入りをした今、日々健康で平穏無事でありさえすれば、それでもう充分満足なのだからだ。

しかしながら、社会の営みと言えば、グローバル化した情報化社会の中、日々に変化する経済や政治情勢の変化によって、物価や貨幣価値のみならず身近な社会の雰囲気にまで影響が及ぶようになり、毎日何が起きているのか、深い関心を持たないではいられないのが現代だ。

社会情勢に関しては、ほとんど関心のなかった年少の頃、年末と言えば、さまざまな行事への対応に忙しそうに立ち回る大人たちの気持ちとは裏腹に、何かにつけ、年末が醸し出す特有の雰囲気に高揚感を覚え、〝せわしいながらも楽しい時節〟として捉えていたことを思い出す。

それが、周りに両親は元より、兄弟も家族もいない現在、何でも夫婦だけでしなければならなくなってみると、悲しいかな、いつの間にか年末は、〃煩わしくはあっても楽しいとは言い難い時節〃に変わってしまった。

特に、これまでの習慣のせいで、〃年末は一年のケジメを付きけるべき時節〃との思いは変え難いために、冷静に考えるなら、大したことをする訳でもないはずなのに、大掃除や年賀状書きと正月用食材の準備等のササヤカな作業が、年々煩わしさ度を増大させて感じられるのだ。


今年も、そうしたお決まりの年末行事に、そろそろ取り掛からねばと考えていた11月も末の26日（土）の夜、２０２５年に大阪での万博開催決定のニュースが飛び込んできた。

最近は、二年後の東京オリンピック開催を控え、日本人選手の活躍もあって、殊更スポーツ関連ニュースが多いと感じていたのだが、この大阪万博開催決定のニュースを聞いて、私が学生時代から社会人生活に入った、半世紀ほど前の世界に一瞬舞い戻ったかのような気がした。

前回の東京オリンピックは、遊びの世界が一気に広がった、大学生活時代での開催であり、遊びに忙しかったせいか、当時は既にかなり性能も向上していたテレビでの観戦で充分満足していたので、わざわざ競技場に足を運ぶ気は、全く起きずじまいであった。

一方、大阪万博の方は、私が就職して神戸に住み始めてから間もない時期での開催であったので、二度ほどは会場に足を運んだ。しかしながら今となっての一番の思い出と言えば、見たいと思うパビリオンの前にできていた長い行列と、アメリカ館で物々しく展示されてはいたものの、何の変哲もない〃チッポケな黒い月の石〃の味気なさくらいだろうか。

さて、今年の年末は平成最後の年末となるようなので、改めてこの平成なる時代を思い返してみると、昭和を〝我が国の国際社会への民主国家としてのデビューと経済発展の時代〃と捉えるなら、この平成の三十年間は〝昭和の宴の後処理時代〃のように思えてならない。

昭和の宴のツケは大きくも重く、残念ながら平成時代での処理はできなかったようだが、来たる時代では昭和の宴のツケをすべて処理するだけでなく、平成時代に芽生えた重要な革新技術の芽、即ち〝遺伝子操作技術〃に〝ロボット技術〃と〝人工頭脳技術〃の三つを、私たちの生活に於ける物心両面での幸福に繋がる技術として、発展させる時代となるのではないだろうか。

今や〝人生百年〃と言われる時代になりつつあり、私たちもこのまま健康を維持できるなら、あと四半世紀を新しい年号の下で過ごすことになるのであろうから、これから迎える人生最後の新年号時代は、あらゆる意味で〝良い時代〃であってほしいと願わずにはいられない。

人類は、中世のルネッサンスを経て、神と宗教が支配する暗黒時代を抜け出し、やがて産業革命とその後の発展を経て、今日の自由主義と資本主義経済の支配する時代を迎えているが、そうした変化の源泉となっているのは科学技術の進歩・発展に外ならない。

これまでに人類が獲得した科学技術は、すべからく進歩・発展すればするほど、人間の日常生活や経済活動が便利になる類のものであった。しかし、平成時代に芽生えた三つの革新技術は、進歩・発展すればするほど、人間の在り方そのものに係って来る類のものだ。

言うなれば、これまでは神の領域に係ることとされた、〝命の意義や人間の存在意味を左右する技術〟でもあるのだ。ある科学者は「この三つの技術によって、人類はホモ・サピエンスからホモ・デウス（神）に更なる進化を遂げることになるだろう」とさえ唱えている。

私はこの年末、一人で暇な時には、「新しい年号はどんなものになるのだろうか」とか、「人類がホモ・デウスに進化した時、人間の寿命や人間とロボットとの境界はどんなものになるのだろうかと」などと、拙い知識で、徒に思いを巡らせることがある。

２０１９年　１月

～その38～

Back to the Past

年末・ミニタイムカプセルと出会うとき

昨年（２０１８年）は、内外とも例年より〝気の滅入る出来事〟が多かった。そのため夕食後の一日で一番くつろぎたい時間帯でも、〝楽しからざるニュース〟が日替わりで報じられてきて、毎日くつろぐどころかウンザリ感に苛まれていた。

そうした日頃の状況もあって、気持ちを明るくして貰えるTV番組には飢えているのだが、お定まりのお笑い系タレントが活躍するバラエティー番組や、スポーツ番組で気を紛らわせるしかないのでは、どうしても募るフラストレーションからは解放されない。

こんな時に、一番の慰めとなるのが、昔ヒットした懐かしの洋画番組なのだが、長時間の穴埋め番組に適しているためか、いつの年でも回顧番組の多くなる、年末・年始に放映頻度が高くなるのは、判で押したような例年のならわしだ。

12月も半ばであったが、いつものように気休めになる番組を探して、当てもなくチャンネルを回していたところ、偶然三十年ほど前のスピルバーグ作の映画『Back to the Future』に行き当たった。

この映画は、神戸に住んでいた頃、三ノ宮の今は取り壊されてしまった映画館で観たのが最初だった。その後はTV番組で何度も放映されていて、この時は恐らく三度目か四度目になると思われたので、つまみ見鑑賞するつもりだったのだが、記憶に残る懐かしい場面に引き込まれてしまい、気が付けばいつの間に最後までお付き合いさせられていた。

第一作の大ヒットで、第二作、第三作とシリーズ化された映画だったが、内容的には、第一作が断突の出来栄えで、その後の作品はどれももう一つというレベルであったように思う。しかし、スピルバーグ作の人気映画だっただけに、洋画やSFもの好きの映画ファンなら、第一作に止まらず、シリーズ作品の幾つかを観た記憶のある人が多いのではないだろうか。

内容はＳＦものとは言え、タイムトラベルで作り出されるさまざまなすれ違い事件を種にした他愛もないコメディー映画なのだが、お人好しだが茶目っ気に加え見栄っ張りでもある主人公の好青年（マーティ）と、近所に住む発明オタクで風変わりな老人（通称ドク）との絶妙コンビが作り出す、ハラハラ・ドキドキのドタバタ事件には、無条件で笑わせられてしまう。

私は、今でこそ映画好きと言って憚らないが、学生時代やサラリーマン時代はそれほどの映画好きでもなく、これまでに観てきた映画の数も種類も人並み程度に過ぎないので、私の映画鑑賞眼たるものは、自慢できるようなレベルではないのが、偽らざるところだろう。

最近は自分自身の高齢化で、暗い事柄には関知したくないので、せめて好きな映画くらいは明るい内容のものを楽しみたいと考え、心身トラブルや暴力テーマの深刻ものや残酷ものの映画の鑑賞は避けることにしている。その点でも『Back to the Future』の第一作は、私のリストアップする〝忘れじの名作映画〟には、欠かすことができない楽しい映画の一つだ。

この『Back to the Future』第一作でのタイムトラベル先は、映画の作成された時代からほんの二十年ほど過去へのトラベルであり、映画が公開されてからも既に二十年以上が経過しているので、今ではこの映画そのものが、言わばタイムカプセルの如き存在と見なしても良いだろう。とは言え、全てがこれまでに自分の眼で見聞きしてきた時代範囲でのストーリー展開になっているので、この映画を観終わった後、まだ映画の余韻が脳裏に残っているうちは、自ずと〝我が身自身の人生の岐路となった出来事〟にも思いが及ばずにはいられない。

元より多くの人は、人生の岐路となった出来事の全てが願い通りの展開になった訳でもないだろう。願いが叶わなかった出来事に対しては、「もしあの時、願い通りの展開ができていたら…」等との念に駆られることも多いのではないだろうか。

サラリーマン時代の私であれば、忘れていた悔しさを再び思い出しただろう。

しかし、後期高齢者の年齢となった今、〝平凡ながらもほぼ満ち足りた状態にある現在の生活をそれなりに納得している現実〟では、「願い通りにはいかなかった過去の出来事が、もし願い通りになっていたとしても、現在の生活に比べてどれほど幸せな生活が実現していたのだろうか」との、現実肯定の思いが、自ずと頭に浮かんでくる。

その結果、時々そうした〝タラ・レバの類〟の念が脳裏に去来しても、次第に〝そんな思いは空しい妄想の類だ〟との念が優勢になり、後悔や悔しさはさほど感じなくなった。

描き直しのできない人生絵巻を、そろそろ描き終わろうとしている今、改めてその内容を見直してみても、今更の感は否めないものの、日常で、多少なりとも事件めいたことが起きた時には、「必要とされるだけの努力を払って、自分なりの人生の追求をしてきたのか」との反省や、「過ぎ去った人生は、自分にとって価値ありと納得できる人生だったのか」との思いが、胸に去来することもある。そうした時は、「自然な命の営みとして、自己の意思とは無関係にスタートした、巻き戻しのできない人生絵巻は、如何なる絵であろうと、人間という生き物の、〝儚い生きた証〟であることに違いはなく、本質的な価値の違いはないではないか」と考えて、これまでに送ってきた自分の人生を、自分なりに肯定することにしている。

そうした方法での自己説得ができた時には、「いかなる人のいかなる人生にしても、絶対的な価値付けや永遠の評価付け等をしたところで無意味だ」と思い、気が軽くなるのだ。

『Back to the Future』を観た後、こんな屁理屈めいた日頃の思いの一つを脳裏に浮かべながら、年末行事である不要物の整理をしていたのだが、さまざまな品物の入手時の経緯が多少なりとも蘇ってきて、あたかもミニタイムカプセルを整理しているかのような気分になったのだった。

特に、毎年のように処分を躊躇って今日に至った品物の整理には、やっと生き延びてきた生き物の命を、今になって絶ってしまうかの如き罪悪感とともに、入手時のいきさつが再び脳裏に蘇ってきて、しばし〝Back to the Future〟ならぬ〝Back to the Past〟の感に浸ってしまった。

毎年の年末の大掃除、それは私にとってはミニタイムカプセルの整理に相当していて、少しばかり懐かしくまた辛い思いもする、〝Back to the Past〟の時でもあった。

〜その 39 〜

今や幻の儀式「進水式」

（音と音楽が演出する港街ならではの定例行事

２０１９年　１月

先日、新聞を開いていたら、経済面の片隅に、「大手重工メーカの造船部門が、船価の低迷と受注難から、次々と造船所の統合や閉鎖に追い込まれている」旨の記事が目に止まった。

私のサラリーマン生活は、もうとっくに卒業して早や十数年が経過し、さまざまな思いの詰まった当時の出来事も、今や夕闇の中に消えゆく霧のように、次第に影が薄くなりつつある。

それでも、私の勤務した某重工業の名は、しっかりと脳裏に刻み込まれており、新聞紙上に何かしらの関連ニュースが載りでもすれば、読まずにはいられないのだから因果なものだ。

私が社会人生活をスタートした昭和の40年代初頭は、我が国の高度経済成長がまさに軌道に乗り出した頃であった。造船業や製鉄業は、先立つ繊維業に取って代わって、花形の輸出産業として欧米諸国への売り上げを急伸させつつあり、その後の主役となる自動車産業や電気・エレクトロニクス産業は、まだまだ萌芽期にある時代であった。

当時の私は、造船業のその後の衰退など思い及ぶべくもなく、何の疑念も持たずに船の設計エンジニアを志し、首尾よく神戸に造船所を持つ大手の某重工メーカーに就職したのだった。

私が配属されたのは、商船の基本設計部門であったが、当時はまだコンピュータの導入が話題になり始めた頃で、実務における設計計算と図面作製は、伝統的な方法による手作業の産物であった。折から、拡大とグローバル化を速める世界経済の動向に沿って、国際航路に就航する船舶は、大型化とともに高速化そして専用船化の時代を迎えていた。特に、油槽船はスーパータンカーからマンモスタンカーへ、さらにその後はＶＬＣＣへと呼称を変えて、急速な大型化の過程にあり、一方の貨物船分野でも、航空機の発達により貨客船なるものが姿を消す一方、専用船化の時代を迎えていて、コンテナー船や自動車専用船が話題となっていた。

船の場合は自動車と違い、同型船が量産されることはごく稀で、ほとんどが船ごとに仕様の異なる注文生産品のため、それ故にエンジニアとしての設計妙味はあるものの、船ごとの設計作業は膨大となり、当時の設計部門は、連日今では信じられないような長時間勤務の連続であった。

私の勤務した某重工メーカーの企業体質は、戦前からの伝統を色濃く引きずっていたため、職場の雰囲気は、どちらかと言えば封建的で閉鎖的と言わざるを得ない状況ではあったが、今にして思えば、それが返って人間的な触れ合いのある職場を作り出していたようだ。

季節の変わり目や特別な行事のある時には、高価なモノではなかったが、記念品が配布されただけでなく、運動会や相撲大会あるいはミカン狩り等の、職場一丸となってのレクリエーションが催されたりしたのは、当時の古風な伝統企業ならではの気配りと言え、懐かしい想い出に繋がっている。しかし、何と言っても忘れ難いのは、造船所特有の行事である進水式だ。

船は陸上で建造されるが、当然ながら、最終的には海上に浮かべられるべきものなので、船の一生でどうしても一度、陸から海に移されねばならぬ時があり、危険と隣り合わせのドラマティックな出来事を経験しなければならない。これが、いわゆる進水式と呼ばれる儀式だ。

進水式では、巨大建造物である船が、重力が下向きにだけ作用する陸上の世界から、上向きの重力と同じだけの浮力が作用する海上の世界に移るのだから、船体に作用する力に大きな変化が起こり、時には重大な事故が生じても何ら不思議はない。

船がまだそれほど巨大化していなかった時代では、当然のように船は作業がし易く設備も簡単で済む平地に設けられた斜路の上で建造され、一通り作業が終われば斜路を滑らせて海上に浮かべるのが普通であった。しかし、船が巨大化するに伴って船の海上への移動が困難を伴うようになり、いわゆるドックと呼ばれる平地に掘り込まれた窪地で建造し、進水時にはそこに海水を入れて船を浮上させ、その後海上に引き出す方法が普及するようになった。

このドック内建造であれば、特別な危険作業はないので、進水時の重大事故が起こるべくもないのだが、傾斜船台での建造であれば、最後に待ち構えている劇的シーン、〝巨大な船体が飛沫を上げて海に突入するフィナーレ〟は期待すべくもない。

私が船の設計エンジニアとして働き出した当時は、船の巨大化もまだ緒に就いたばかりであったので、当時の多くの新規発注船は、次第に大型化はしていたものの、ほとんどの造船所に従来から存続していた傾斜船台の延長と拡幅にて、まだまだ充分対応可能であった。

それでも、当時七社ほどあった大手の造船所では、将来的な船舶の更なる大型化に対応するため、都市近郊の港湾部立地には見切りをつけ、一応に地方の海岸部に広大な敷地を手に入れて、巨大船専用の大型建造ドックを建設しつつあった。

私の勤務する造船所の本工場は、港の中心部を望む湾の西側に位置しており、巨大船専用の大型新ドックは四国の坂出に建設していた。しかしながら、この本工場は、戦前では民間に二社しかなかった大型軍艦の建造造船所としての伝統を誇りにしていて、戦後の新造船建造に対しても、戦前から存続する傾斜船台の統合と拡幅により、大型化する新造船需要にも何とか対応していた。実際のところ、傾斜船台の規模としてはもう限界に近かったように思う。

大洋を航行する船は、陸上の構造物とは比べ物にならないほど過酷な環境に、絶えず晒されることになるので、船の定期点検と修理は絶対に欠かすことができない宿命にある。

したがって、国際航路に就航するような大型船舶の建造を目的とした民間造船所は、我が国の場合、通常なら二大貿易港が存在する東京湾と大阪湾に面して建設されるのが一般的であった。

こうした国際航路に面して建造された民間造船所は、船の定期点検と修理には極めて便利が良いものの、反面、傾斜船台上の新造船を進水させる時に限っては、一時的に周辺の航路を閉鎖し、船舶の出入りを止めねばならないという不都合さも潜在させている。

しかし、船という巨大な乗り物には、人々は古来から憧れやロマンチシズムを掻き立てられ抱かされるためか、進水式は〝港に新たな船の仲間を迎える時のお祭り行事〟として、お目出度いこととして捉えられ、進水式がもたらす一時的な不利益面には、仕方のないこととして、当然かのように目がつぶられてきたのが実態であろう。

私が目にした神戸の造船所における進水式も、今では四十年ほども前のことになる、〝セピア色の懐かしの思い出〟となってしまったのだが、それもう見られなくなるのだろう。


進水式の行われるのは、さまざまな理由から、天候が悪くなく潮位の高い日の午前中である。

その日の造船所は一般人にも開放されるので、正門から進水式の行われる道路沿いは、それなりの飾りがなされ、工場内にはお祝いと一般参観者歓迎の意の音楽も流されていて、急ごしらえながら、普段の工場にはない幾ばくかの華やかさと明るさが演出されていた。

当の進水船と言えば、船首を陸側に船尾を海側にして船台上に据え付けられており、その船首目前の直下には、船主がトモズナ切断の儀式を行うための台座がしつらえられていた。

船首部は儀式用のさまざまな飾りがなされ、船首部の両側上部は船名を隠すための赤い垂れ幕で覆われており、先端部にはクロス状に飾られた国旗の中央に大きなくす玉が据えられているのが慣例だ。そして、それらの少し下に、竿に吊るされたシャンパン瓶がぶら下げられており、この瓶がトモズナ切断と同時に大きくスイングして船首に当てられて割れ、これを合図にして、船は船台上を海に向かって滑り降りていくのがお決まりの手順だ。

進水式は、造船所側のマイクアナウンスから始められるが、船主名やトモズナ切断の主役（この役は、本来なら船主側の未婚女性によって演じられるのが原則だが…）等が紹介されて本番スタートとなる。まずファンファーレが鳴り響くと、トモズナ切断の斧が振り下ろされ、次いでシャンパンが宙を飛んで船首に当たると同時にくす玉の開放による花吹雪が舞い、待機させていた数十羽の鳩が一斉に放たれて、進水式はクライマックスに達する。

船首下には、造船所のブラスバンドが控えていて、時を移さず定番の軍艦マーチを奏でる中、船は、初めはユックリと、やがて速度を速めて海に突入するが、船尾の膨張部が海面と衝突する瞬間には、大音響と共に大きな波飛沫が立ち上り、進水式の勇壮感に華を添える。

鳩が飛び交う中、投錨による走り止めが効くまで、船は沖に流されていくのだが、この時、停泊中の全船舶から一斉に汽笛が鳴らされるのは、新たな仲間を歓迎する趣意なのだろう。

進水後の船台には、ポッカリと大きな空間が出現するが、この空間から、前面に拡がる海と、その先に浮かんだ新造船の姿を眺めていると、特に、自分が主任設計担当者として携わった船の場合は、喪失感と満足感との複雑な感慨が湧き、しばらくは岸壁に佇んだものだ。

進水式は、設計に始まる全建造工程中、その後のヤードでの鋼材加工期間と船台上での組み立て期間の終了を意味するに過ぎず、船の完成は、進水式の後、岸壁でなされる艤装工事と、その後の公式試運転での仕様確認後でのこととなる。とは言え、全建造工程を通して最も印象深い出来事と言えば、進水式に勝る出来事はない。さまざまな理由から、私の船舶設計エンジニアとしての勤務は不意に二十年ほどで終了し、そして早や三十年が過ぎたのだ…。

〜その40〜

蠟梅《ろうばい》

地味な花でも香は一級品

2019年2月

2月の初めと言えば、数日前に〝大寒〟を迎えてからまだ間もない頃であり、冬の寒さもまだまだ盛りの時節であろうが、天候不順が常態化した昨今のためか、快晴となった今朝は、今年一番の寒さになった二日前とは打って変わって、ポカポカ陽気となった。

数年ほど前であったら、寒い早朝には、ツクバイに氷が張ったり、日陰の庭の片隅には霜柱が立ったりしたものだが、今年はまだ一度もそうした冬ならではの現象を目にしていないのは、東京のような大都市での温暖化が、また一段と進んだためなのであろう。

我が居住地区での指定日となっている、月曜の生ゴミ出しの朝も、今日のように暖かな日であれば、庭や道路沿いの生け垣等、野外での掃き掃除が楽なのは有り難いが、いつの頃からか、冬の盛りに〝暖かい〟と感じる日を嬉しく思うようになってしまったのは、年齢のなせる業には違いなく、心の片隅ではいささか悲しくも寂しいと感じないではいられない。

さて、いつもながらの生ゴミ出しの日の屋外掃除だが、この時期は枯葉も既に落ち切っており、生け垣の形を乱す飛び出し枝も伸びておらず、一年中で掃除に最も手が掛からない時期なのは有り難い。こういう時は、庭の立木の恰好や草花の生え込み具合等を見直す余裕ができるので、普段は手を入れられないでいた庭の片隅に目を通すには格好の機会でもある。

その日は、冬の最中に咲く数少ない草花の一つ、スイセン（種類が多く、花びらの艶やかな園芸種の場合は、まだ僅かばかり芽を出しかけたところなのだが…）の咲き具合に目をやっていたら、何やらスイセンとは違った、嗅ぎ慣れない花の香りが漂っているのに気が付いた。

改めて辺りを見渡したら、すっかり葉を落として侘し気な枝だけになった一本の蠟梅が、生け垣の脇に隠れるように佇んでいて、枝先に地味な薄黄色の花を幾つも咲かせていた。

香りは、目立たぬ所にも価値ある営みがあることを知らせる自然のメッセージであったのだ。

花に顔を寄せて匂いを嗅いでみると、何とも言えぬ上品な香りがして、花の少ないこの時期の庭に彩りを添える園芸樹として、蠟梅の貴重なることを、改めて認識させられた。

十年ほど前に、狭い庭の片隅に幼木を植えてから、すっかり忘れていたのだが、去年の春、隣の繁茂し過ぎたノウゼンカズラを思い切り剪定したため、陽当たりが良くなり、それで今年は花を咲かせたに違いなかった。急にこの変わった名の花木が気になり、ネットで調べてみたら、中国からの渡来種であること、古くから山茶花、白梅、スイセンとともに、冬に咲く四つの名花の一つとして愛されてきたこと、とりわけ花の香りが優れていること等が判明した。

私は、この花の良さを再認識すると同時に、これからは庭の植え込みの調整に、もう少し注意せねばと反省させられた。それにしても、花の名前が〝ロウバイ〟と、何だか気の滅入る響きなので、せめてこの花を慈しむことで、我が身の〝老栄え〟に繋がればと思った。

２０１９年　２月

〜その41〜

甘酸っぱい思い出に繋がる古手紙

読み返せば蘇る複雑な過去の想い

六年ほど前のことだっただろうか、夕方、いつものように夕刊を取りに行ったところ、幾つかの郵便物の中に、手書きで私宛の名が書かれた重たい封筒が混じっていた。

ハガキはともかく、手紙をやり取りするような古典的交流とは縁遠くなってしまった最近の私にとって、個人的な封書を貰うことは稀なので、チョットした不安と期待とが脳裏をよぎった。「何だろう…」と訝りながら差出人を確認してみたら、数週間前から受講を始めた成城大学の市民向けウイークエンドセミナーの女性講師からの封書であった。

私は、会社生活を卒業した後、規則性の乏しい日常生活をやや持て余していたので、漫然とした自己中心の生活を改善するため、大学主催のセミナーにでも参加すれば、また多少なりとも知的な交流の再開が期待できるのではと思っていた。通い易い近くの大学には、桐朋学園や成城学園に加えて白百合女子大もあるのだが、気軽に参加できて興味の持てる適当な昼間講座はなかなか見当たらず、私の想いは空しい願望に終わるのかと、半ば諦めかけてもいた。

そうした折、たまたま目にした新聞に、成城大学が土曜日の昼間に開催するセミナーの受講者募集の綴じ込み広告があり、その中の一つの映画鑑賞講座は、かねてからの願いを少しは叶えてくれそうにも思えたので、試しにと、あまり期待はせずに受講を決めたのであった。

この映画鑑賞講座は、私が参加するかなり前から設けられていたようで、参加者は以前の講座から継続して受講している常連の受講者が大半を占めていた。事務局の話によると、丁度前回の講座から若い女性講師に替わったらしく、それが原因の一つとなったのか、女性を中心にして受講生数が倍増したとのことで、今回は総勢で五十人超の人気講座になっていた。

講座の運営スケジュールは、午前中に二時間ほどで映画を鑑賞し、昼食での休憩後に、一時間半ほどを講師の解説と受講者からの質問に充てるという構成であった。

一番の気掛かりであった講師の資質は、優しさの一方、知性も伺わせる面立ちをした若い女性であったので、少し頼りなさそうに思えた反面、特別な拘りもなさそうなので安堵した。

私は、映画なるものは、学術性や芸術性よりも娯楽性を主体にして捉えるべきものと考えていたので、講師の解説中は無論のこと、質問時間には受講者からの自由な発言があるものと思っていたのだが、実態は、講師の解説を静かに拝聞する極めて受動的なものであった。

こうした講座の在り方では、若い学生ならともかく、経験を積んだ社会人参加の講座としては、あまりにも寂しく思われたので、私なりの映画や社会知識をもとに、他の受講者の気分を害さないように配慮しつつ、私は講師と受講者の双方に映画鑑賞後の感想質問をしてみた。

この私の行動は、これまで発言を抑えていた受講者の気持ちを解放したようで、講座は従来の聞講主体の静かな雰囲気から、さまざまな意見の飛び交う賑やかな雰囲気へと一変したのだった。

ところで、女性講師からの封書には、一通の手紙とともに一冊の本が同封されており、手紙は、「貴方の参加により、セミナーに以前とは違った活き活きとした雰囲気が生まれ、より楽しい講座となったことを、心から感謝いたします」の旨が、丁寧に述べられていて、彼女の感謝の念の強さの証明としてなのであろうか、「学生時代に聴講した、私の尊敬する哲学者のエッセイ集を同封しますので、興味を持たれれば幸いです」との文が添えられていた。

私は、予期せぬ人からの思わぬ感謝の手紙に、すっかり感激し、それからはセミナーのある日が待ち遠しく感じられるほど、参加が楽しいものへと変化した。

そして、セミナーの終了が近づくにつれ、送付されたエッセイについての感想や今後のセミナーの内容等、この講師と会話する機会が持てないものかと考え始めていた。

そんな私の願いを実現に向かわせたのは、講師が最終セミナーの折、「さらに映画を楽しみたい人に」と、ある映画鑑賞同好会を紹介したことが切っ掛けであった。私は、「その同好会に参加するより、このセミナー参加者が、成城大学ベースの映画鑑賞同好会を結成してはどうか」との提案したのだ。この提案には、セミナー参加者の多くから賛同の声が挙がり、私は賛同者の一人と協力して、早速〝成城映画同好会〟設立に向かって準備を開始したのだった。


私の一番の願いは女性講師との交流にあったので、彼女に同好会のアドバイザーとしての参加と同好会開催の場所として成城大学の教室利用をお願いしたのだが、いずれも快く了解して貰えた。そのお陰か、同好会は半年ほどで首尾よく思い通りに発足させることができた。

そして、この同好会の設立準備期間中、何度か彼女との打ち合わせ機会もあり、当初の〝講師と受講生の関係〟は、次第に〝映画以外の話題も交わす友人関係〟に変わっていった。

少なくとも一時期は、確かに〝何の拘りもない友人関係〟が構築されていたように思われた。

私は、当然のように翌年の彼女のセミナーにも参加し、前回と同様に満足感に満たされてセミナーを終了した。その後に開催された映画同好会も彼女の参加を経て、映画鑑賞とその後の意見交換を楽しんだのだった。この頃は、私の青春時代への回帰が、部分的に実現したのだ。

そうした状況に何となく異変を感じたのは、三回目の彼女のセミナーに参加したときであった。受講者の質問時間が講座時間から外され、質問は時間外でするように変更されたのだ。

講座の途中で個人的な質問が頻繁になされると、「講師の話が中断されて煩わしい」との不満を漏らす受講者が出るのはよくあることだが、このセミナーでも、恐らくこの種のクレームが事務局や講師の耳に入ったに違いないと推定された。

やがて、セミナー後に開催された同好会には、「仕事が入りスケジュールの調整がつき難くなった」との理由で、彼女が出席することはなくなり、同好会の会場取りも、大学内の教室を借りるのが難くなって、同好会と成城大学との関係はほとんど途絶するに至った。

同好会の会員も十人十色で、映画鑑賞に興味があっても、次第に鑑賞後の意見交換には興味のない会員の方が多くなるようになり、私の同好会に対する情熱も急速に冷めてしまった。

間もなく、私は彼女と交信することもなくなり、同好会にも欠席するようになって、アッと言う間に四年が経過した。私は残された古手紙をどうしたものかと迷ったが、結局破棄することにした。

～その42～

情報機器に翻弄される現代・未来社会

今も昔も情報機器に弄ばれる日常生活

２０１９年　４月

ラジオに始まり、テレビ、パソコン、携帯電話からスマホに繋がる、電波を媒体にした相次ぐ革新的な一般向け情報伝達用電器・電子機器の出現は、その出現の都度、新たな経済・社会現象を惹き起こし、私たちの日常生活に多大な影響を与えてきた。

近代社会が、農業や工業生産技術の改良・開発により、人口を増加させると、必然的に経済・社会活動の密度も増加するが、同時にそれらに関する情報量も飛躍的に増大する。

そして、情報を基にして、より効率の良い行動を採ろうとする経済・社会活動の基本的性質は、時代や政体に拘わらず変わることがないので、情報の量と質に加えて、伝達・拡散速度の進歩が、経済・社会活動にもたらす影響の大なることは、これまでの歴史の証明する通りだ。

冒頭に挙げた四つの情報機器は、いずれも時間や距離に依存することなく、いつでもどこでも誰にでも、瞬時にしかも同時に情報を発信・提供できるという優れた特徴を備えており、これら以前の伝統的な情報機器あるいは情報伝達手段ではあり得なかったさまざまな影響を、経済・社会活動に及ぼすようになったことは、改めて説明するまでもないだろう。

とりわけ近年急速に発達したパソコンと携帯電話に加えてスマホの三つの機器は、それまでの発信者から受信者への一方通行であった情報の流れに、情報の受信と同時に受信者の反応を伝えることができる、情報交換の双方向性を実現したため、情報交換者間での情報の共鳴現象を引き起こすことが可能になった。その結果、経済・社会活動での情報の影響力は増々増大し、経済・社会活動の変革速度はこれまでにない速さに加速されるに至った。

かつて、テレビや携帯電話の出現が話題になり出した頃、「私はテレビなんか見ない」とか「携帯電話なんか使わない」といった声も聞かれないではなかったように思う。しかし、これらの機器が社会に広く普及し、これらの機器に接する機会が日常的になってしまうと、これらの機器には抗し難い利便性があることを認めない訳にはいかないだろう。私たちは知らぬ間に、誰もが今やこれらの機器を手放せなくなった社会になっていることを悟らされる。

私にとって忘れられないのは、昭和30年代にテレビが普及し出した頃の、子供心にも感じた驚きと衝撃だ。戦後も間もない頃で、物資が決して豊かと言えなかった当時、日常における最大の非日常的娯楽と言えば何と言っても映画であったのだが、その映画ならずともさまざまな映像娯楽が、テレビによって自分の家でいながらにして日常的に楽しめるようになったのだから、テレビのもたらした日常生活への影響は絶大であった。

当時はよく耳にした、〝家庭内でのチャンネル争い〟や〝テレビっ子〟の出現は、当然起こるべくして起こった、テレビの一般家庭にもたらした影響の大きさを物語る社会現象であった。

私が最初にテレビを観たのは、行きつけの床屋であったように思うが、床屋が客寄せのためにいち早く備え付けた、図体は大きくても画面は小さなブラウン管式テレビを、驚きと羨望の目差しで、食い入るように見入っていたことを思い出す。一度テレビの魅力を知ってしまった後は、流行りモノ好きの近所の遊び友達の家に、特に親しかった訳でもないのに遊びに行って、以前は紙面でしか知らなかった大相撲やプロレス観戦の興奮を、初めて知ったのだった。

テレビの普及から早や半世紀以上が経過した現在、テレビ出現時のような注目はされなかったものの、テレビ以上に経済・社会全体に大きな影響を及ぼしつつあるのがスマホの出現ではないだろうか。テレビは、家で単に見ているだけの受動的な情報機器であったのだが、スマホは携帯性と情報の双方行性を備えた能動機能を武器にした情報機器であるからだ。

勤務生活を卒業して以来、電車で街中に出掛ける機会は、週に一度あるかないかになってしまったが、電車に乗る度に気になるのが、向かい側の座席に座っている乗客が手にしたり覗いたりしているメディアだ。かつては新聞や週刊誌そして携帯電話が主流であったが、今では十人の乗客中八、九人がスマホの操作をしている様子を目にすることになる。一見類似した機器にも思えた携帯電話を押しのけて（と言うよりはガラパゴス化させてと言うべきか）、あっと言う間に日常生活に入り込んだスマホの普及の速さには、まさに目を見張らされる。

私は流行りモノや流行語の使用にはタメライを感じる方なのだが、その利便性に抗しきれず、しぶしぶ携帯電話を利用するようになったのは、街角の公衆電話の数がめっきり減り出した5年ほど前であろうか。

そんな私が、まだ携帯電話の付随機能を充分使いこなせないでいるうちに、スマホに関心を持ちだしたのは、友達付き合いの多い妻が、「私の友人は、皆スマホを使っていて、未だにガラケーを使っているのは私くらいなものよ」との、愚痴めいた呟きを耳にしてからのことだ。

以来、私が映画や買い物で出掛ける折には、電器機器の量販店に立ち寄って、スマホを実際に手にしてみて、それが今の自分に必要なモノなのか何度も確認してきた。

そして、その都度私が下した結論は、「電話にしか利用しない者には、スマホは必要以上の機能を備えていて操作が難しく、携帯電話から買い替える意味がない」ということであった。

そうした気持ちが突如として変化し出したのは、スマホの普及が進むにつれて、操作しやすい機器が出現すると同時に、使用料金も低下し始めたここ一、二年のことであった。特に携帯電話の契約先であるAUから執拗な買い替え勧誘があり、去年の秋にはとうとう抗し切れず、スマホへの切り替えを決心した。以来慣れない手つきでスマホを操作し出したのだが、使い慣れるに従って、スマホの優れた機能と使いやすさを理解するようになり、使い出して半年もせぬうちに、どこに出掛けるにも、何をするにも、スマホが手放せなくなってしまうとは！

携帯電話を使い出した当座は、家族間以外には利用しないことにしていたのだが、固定電話に代って移動電話でのやり取りが一般化してくると、家族以外にも携帯番号を教えざるを得なくなり、スマホもその状況を引き継いでしまうと、スマホはすぐに手の届く所にある必要が生じ、気が付けば、私はいつの間にかスマホの虜となってしまっていた。

～その43～

スローライフへの憧れと戸惑い

平成から令和への改元に際して

２０１９年　５月

４月１日の正午近く、新元号は〝令和〟と発表された。我が国最初の元号〝大化〟が定められて以来およそ千四百年、これまでの中国古典からの引用ではなく、初めて我が国の古典〝万葉集〟から引用されたとのことであった。経済・文化活動でのグローバル化やデジタル化の昂進等、目覚ましい社会変化に相応して、元号の決め方にも新風を吹き込むのは、新時代にふさわしい改革ではないかと、私は好感をもって受け止めた。昨年のいつであったか、現天皇の退位が決まってから、新元号がどんな名称になるのかは、国民全ての関心事であったように思う。

現代の日本人は、〝安〟とか〝和〟とかを好むので、私は新元号にもどちらかの文字が入るのではないかと、想像はしていた。〝和〟が採用されたのはまさに予想した通りであったが、〝令〟が選ばれたのは、故事や古典に関して浅学なる私など、到底思い及ぶどころではなかった。

〝令和〟なる元号そのものについて、今の私は、その適不適を云々するだけの知見を持ち合わせていないのだが、肝心の世間一般の反応の方はどんな具合なのか、気になるところだ。

三十年前に〝平成〟が新元号に決まった時は、耳慣れしてないせいか、〝い〟音の繰り返しに違和感を覚えたが、今度の新元号では、〝れい〟の低音気味の響きが、気に障らなくもない。

いずれにしても、5月には現天皇は退位され、長年の公務から解放されて、スローライフに入られるとのことだが、天皇の高齢化に伴う退位と新元号への切り替わりは、人生百年時代に入ろうとしている時勢でもあり、将来を見据えた天皇の在り方として、自然ではないかと思う。

元号を変更すれば、さまざまな書類の年号表記の形式的な切り替え作業等、新たな価値を生む訳でもない多くの無駄作業を生むのは避けられない。したがって、社会活動の効率だけを考えれば、我が国特有の元号制度は、この機会に思い切って廃止し、年号を世界とも通の西暦表記に統一してしまえば、理屈のうえでは合理的な改革となるのは明らかだ。しかし、無駄と見なされていたことが、思い掛けない改革の芽となることがあり、また適度の無駄が、経済・社会活動の活力再生の糧となったりする、〝実社会の不可思議な特性〟も忘れてはならないだろう。

経済・社会活動の潤滑剤となっている娯楽の効用は、その分かり易い例の一つであろうか。

改元行事そのものは、昔ならいざ知らず、少なくとも現天皇制の現代では、いささか不謹慎な表現を借りれば、〝国家的遊び〟とも言える社会行事であり、一種の無駄行事には違いない。

しかし、今回の改元を、少なからぬ人々が、今後の我が国経済・社会活動の活性化に寄与する待望の国家行事の一つと見なしているのは間違いなく、経済動向に陰りが見え隠れする昨今、改元行事が果たす資本主義経済上での潤滑剤的効果の期待は、小さくはないようだ。

本来ならば、効率至上主義であるはずの資本主義社会なのだが、現実社会は、利害が複雑に錯綜し、あたかも〝生き物の如き動き〟をするので、さまざまな形での〝適当なる無駄〟は、経済・社会活動を活性化するための潤滑剤として、いつの時代でも、不可欠な存在なのだろう。


さて、私自身を振り返ってみれば、会社勤めの卒業当時は、〝型に嵌ったせわしい生活スタイルからは決別し、今後はゆとりあるスローライフを目指さねば〟と心から思ったものだ。

しかし、染みついた長年の生活スタイルは変え難いもので、通勤時のせわしさこそはなくなりはしたものの、かつての会社での仕事に代って、趣味に家事に資産運用等と、毎日はそれなりに多忙で、今の生活は、憧れていたスローライフとは縁遠いのが実態だ。

したがって、現状の在り様は、一見、会社勤務時代とあまり変わってもいないようにも見えるのだが、中身を改めて吟味すれば、少なくとも次に示す違いのあることは間違いなく、これらの違いこそは、会社勤め時代からの〝価値ある変化〟と受け止めなければいけないのだろう。

・第一の点は、日々の行動はその日の気分に従い自分本位で決められること。
・第二の点は、行動の目的は自分自身或いは家族のためであり第三者や社会のためではないこと。
・第三の点は、全ての行動が自己責任の状況下でなされていること。

この三点である。これらを常に自覚していれば、理想としていたスローライフとは程遠い現状にも、〝現実とはこのようなもの〟と、躊躇することもなく納得がいく。さらに、こうした認識に加え、ほぼ今の生活スタイルが定まったこの十数年を振り返ってみれば、スローライフとは〝時間的にゆとりのある生活〟というよりは、義務や責任等の強迫観念から解放された〝精神的にゆとりのある生活〟ではないかとの思いがして、日常生活の自然な変化から生まれた今の生活を、〝生活感の在る現実的スローライフ〟と捉えることで、それなりの満足感も得られる。

私の今一番の関心事は、何にも増して、加齢に伴う心身の活力低下懸念である。したがって、活力維持に直結する健康維持には、常日頃、できるだけの努力、と言っても本質的に好きではないジョギング等の特別なことを、健康維持という目的のためだけに行う気はない。もっぱら自転車を利用した買い物やファミレス巡りのための〝娯楽を兼ねた運動〟と、朝昼晩の〝食全体での栄養と量のバランス〟とを、務めて心掛けるようにしている。

私は、〝スローライフを文字通り実行したのでは、心身に無理なストレスは掛からない反面、自然に進行する老化には歯止めが掛からない〟と思う。そうした思いがあるため、〝毎日が多忙であっても、勝手気儘にやりたいことをしているのなら、それが一番自分に合った健康的な生活スタイルではないか〟と考えている。

人間の老化による能力低下は、精神より肉体の方が先行すると言われているので、有意義なシニアライフを送るには、精神が肉体に支配されてはならず、精神が肉体を鼓舞する状況、即ち〝肉体的には多少辛くてもやりたいことはやる〟くらいの心持が必要なのではないだろうか。

この5月、年号が平成から令和に代わり、この〝国家的遊び行事〟が、私たちの希望とは裏腹に単なる無駄行事で終わることのないよう、そして期待通りの経済・社会活動の活性化支援材料となるよう願う一方、昨年の8月から今や後期高齢者と呼ばれる身となった私自身としては、この新しい年号下でのこれからのシニアライフを、〝健康的で有意義なものにしなければ、残された人生も意味がない〟と、心を新たにしている。

2019年　5月

～その44～

艶やかなる変わり種の花樹アカシア

庭の植栽から思い起こすグローバル化問題

都内と言えども、都心からはやや離れた所に位置する調布では、心持ち気温が低めになるのか、桜の満開時期も、気象庁の発表した東京での時期より、数日ほどは遅かった。

それでも4月も半ば過ぎとなると、流石に市内の桜並木の花の気配はほとんど失せてしまった。

しかし、八重桜やしだれ桜は開花時期が遅いため、思い掛けない街角などで、孤立した一本の桜や寄り添うようにして植えられた、数本のこれらの桜の花影を目にすると、並木桜とは違った花の艶やかさが一層際立って感じられる。並木桜の花が姿を消した後のこの時期、街の風景が一挙に寂しくなったのを、こうした桜が慰めてくれているようにも、また桜の花の季節のフィナーレを知らせてくれているようにも思われ、巧みな自然の演出が感じられる。

春の訪れのサインとして、山茶花の開花で始まった花の季節は、梅や椿に続く桜の満開で花の季節の第一幕が終了したと考えれば、幕間の繋ぎにツツジやサツキにアジサイ等の低木花樹が街角を彩った後、初夏に掛けての花の季節の第二幕を、ハナミズキと百日紅が受け持つことになっているのが、調布市の定番の花カレンダーと考えて良いのだろう。


私の家の小庭にも、開花時期に彩りや高低を考慮して、狭い庭に狭い庭なりのさまざまな花樹を植え込んでいるが、悩みの種は、庭造りには欠かせない高木の花樹の選び方と植え込み方だ。高木は、成長後の枝ぶりを見越した上で、狭い庭での植え込み位置を選ばねばならない上に、高木に成長した後の厄介な枝切りの手間も覚悟せねばならないことだ。

我が家では、昭和の最後の年に行った家の建て替え時に、庭も再設計して、既存の梅や椿に加えて、新たにハナミズキとコブシに桜桃をそれぞれ二本、さらに百日紅とヒメシャラをそれぞれ一本植えた。ところがヒメシャラは植えてから数年で枯死してしまった。さらにハナミズキの一本は植後十数年ほどして庭先一番の高木に成長した後、そして桜桃の一本は植後三十年ほどしてかなりの大木に成長した後、それぞれ根腐れや病気が原因で枯死してしまった。

枯死した花木の場所には、当然ながら代替の花木を植えることになるのだが、我が家の庭の特等席とも言えるハナミズキの跡地に、思い切ってアカシアを植えたのは、赤や桃色系の花樹が多い庭に彩りの変化を付けようと考えたためであった。

植えた当時は樹高二メートルほどの幼木だったのだが、この木はマメ科に属するためか驚くほど成長が早く、植後四年ほどの現在では樹高五メートルほどにもなり、今や樹高も花振りも、我が家の庭先で一際目立つ成木に成長した。

庭いじりを、日常生活での欠かせない気晴らし種の一つにしている現在の私は、毎朝雨戸を開ける度に、庭木の樹形や草花の花付き具合の変化を観察するのが日課になっているので、気に障ることがあれば、毎年の暮れに行っている年に一度の植木屋による庭木の手入れとは別に、私なりの美意識と好みに合わせて、庭木の剪定や草花の手入れをしている。

特にアカシアは、前庭の目立つ位置にある上に成長が早いので、我が家の庭木の中でも特に頻繁な剪定を強いられている。しかし、その剪定作業の度に意識させられるのが、樹形を整えることの難しさだ。

アカシアは、元々はオーストラリアに自生していた原生種から改良されて生み出された園芸樹らしく、我が国の一般家庭に園芸用として植えられるようになったのは戦後も最近になってからのようだ。私は、園芸参考書でこの樹の特徴を知ろうとしたのだが、何の記載もないか、記載があっても簡単な紹介文程度なのには落胆させられた。

いずれにしても、マメ科という樹木の特性であろうが、木質は至って柔らかく、枝は伸びが早い上に細くしなやかなので、枝先はほとんど垂れ下がる。しかも枝は数本が集中して生える特徴があるので、アカシアの樹形バランスが悪くなりがちで、樹形に安定感が乏しいのだ。したがって、アカシアは樹形を楽しむ樹ではなく、花を楽しむための樹と断定しても良いだろう。

私がこのアカシアに惹かれたのも、艶やかな黄色い花が樹木全体を覆うようにして咲く高木樹が、このアカシア以外には見当たらないと思えたからだ。

改めて考えて見ると、現在、調布市の街路樹として親しまれているハナミズキも、元々は北アメリカの原生種で、我が国の園芸樹としてのハナミズキの歴史は百年程度に過ぎないのだ。日本庭園には欠かせない梅にしても、弥生時代に中国から渡来した園芸樹なのだから、アカシアも特徴的なその花の咲き様が愛されて、年月が経てば、必ずや更なる品種改良もされ、やがては我が国の園芸樹として馴染んだものとなるであろうことは疑いない。

こうしたアカシアに対する想いが、現在の我が国が抱えている一大社会・経済テーマである〝外国人労働者の移入・増加問題〟にも繋がってくるように思えるのは、単なる私のこじつけに過ぎないのだろうか。私が、その色合いと花の咲き振りに惹かれて、我が家の庭に植えたアカシアは、他の庭木とは何となく違和感があるのは否めないように思うが、それは丁度人手不足や企業改革のために招聘した外国人労働者にも似ているように思えてならない。

植物も、人も、文化も、伝統ある社会・風土に溶け込むには、それなりの時間が必要だろう。

近年よく話題になる〝グローバル化〟は、人類の歴史が始まって以来絶えず進展している流れで、それは止めることができない〝人間社会の在り方の本質に関る流れ〟なのだろう。

期せずして、我が庭の変わり種の花樹アカシアは、「遠い将来の〝グローバル化〟の行く末が、もし〟理想的な均一化世界の実現〟にあるのだとしたら、そうした世界が実現した暁の人類は、現代のようなさまざまな人種と多様な文化が織りなす、現生人類誕生以来の争乱と欲望が渦巻く混迷の世界から遂に抜け出して、真に平和で豊かな世界を築くことができるのだろうか、そして、そこで暮らす人々は、誰もが一様に真に幸せな生活を営めるようになるのであろうか」いやいや、「〝グローバル化〟の行く末は、異種社会や異種文化の存続を困難に追いやり、何もかもが類型化している、単調で生気の乏しい世界を招来するだけなのではあるまいか」などと、私を想わぬ空想世界へと駆り立ててくれたのだった。

〜その45〜

イタリアの「小さな街や村を訪ねて」の観光

何度訪れても興味の尽きないイタリア

２０１９年　７月

6月末から7月初旬に掛けては、一年で最も鬱しい時期、いわゆる〝梅雨〟の時期なのだが、これは温帯モンスーン気候に属している北海道以外の我が国気候風土の宿命的現象だ。

毎年の〝梅雨〟の状況の如何は、我が国の全ての生物の生育に、極めて重要な影響を与えているが、この時期を好む日本人となると、余程の風流人か特殊な職業人ぐらいであろうか。

しかし、我が国より高緯度に位置し、西岸海洋性気候に属するヨーロッパに目を移すと、この時期は一年で最も日が長く気温も高くなって、野外活動には最適となるため、年間を通して社会活動の最も盛んな時期となっているのは皮肉な現象だ。

ヨーロッパの歴史や文化に、人並み以上に惹かれてきた私は、この時期に行うヨーロッパ観光を、海外旅行の理想像として捉えてきたのだが、毎年というほどヨーロッパ旅行をしてきた訳ではないにしても、回数を重ねれば、目ぼしい観光地巡りはおおかた訪問済みとなり、最近はヨーロッパ観光をしても、以前には感じた新鮮味が乏しくなってしまったことは否めない。

後期高齢者（私はこの〝後期〟との接頭語に差別の影を感じて使いたくない言葉なのだが…）と呼ばれる年齢になり、往復に要する長時間の空路の苦痛と、トラウマの如き「年に一度はヨーロッパの雰囲気に浸りたい」との欲望が、微妙にせめぎ合うようになって、そろそろ旅行は近場に切り替えるべきかと迷いも感じるのだが、結局は「気力や、体力の衰えを自認したくない」との意地が勝り、今年もまた敢えてヨーロッパ観光に出掛けることにしたのだった。

旅行は非日常性の追求行為の一つでもあるから、目新しさが期待できる、初めての訪問地に勝る旅行先はないだろう。広いヨーロッパであれば、何度訪れていようと、初訪問地は幾らでも存在するのだが、実際に実行するとなると、費用や準備の煩わしさの両面から、大手旅行会社の企画旅行に参加した方が、何と言っても手っ取り早くて実際的なのは否めない。

私は、サラリーマン生活を卒業した頃のヨーロッパ旅行では、好きな所を好きなだけ観光できるとの思いで、個人企画旅行を何度か試みたのだが、ホテルの予約や観光地への往復等に、予期せぬトラブルや気苦労が伴い、その上経費や時間的なロスも多いことを経験し、特別な目的地での長期滞在以外は旅行会社の企画旅行に参加するに限ることを、嫌と言うほど実感させられた。

今年は、最近のテレビでの旅行番組の影響であろうか、フランスやイタリアの古典的な有名観光地から外れた町や村を訪ねる旅が人気観光のようであった。私たちもどれかに参加したいと迷っているうちに6月になってしまい、慌てて参加を決めたのが「イタリアの小さな街々を訪ねて」との銘が付いた八日間の旅行であった。既に一、二度訪問した所が2か所も含まれていたのだが、その辺は個人企画旅行ではないので仕方がないと諦めることにしたのだ。

ヨーロッパの有名観光地は、十年前は元より五十年前や百年前ともほとんど変わっていないのが当たり前と思われるのだが、今回図らずも再訪することになった二か所の観光地に関しては、「前回の訪問時から何がしかの変化は起きているのではないか」との興味もあった。

今回の旅行ルートは、空路でミラノに入ってまず一泊、翌朝ミラノを出てリグリア海の観光地チンクエレッテ村に寄ってから港湾都市ジェノバに行き一泊し、そこからパルマとモデナの二つの街を経て、夕刻学園都市ボローニャに入って一泊するまでが前半の行程であった。

翌日ラヴェンナとサンマリノの2か所を観光して再びボローニャに還り再泊、翌朝ボローニャからサンジミニャーノを経てシエナに入り観光後に一泊し、翌日はオルチャ渓谷を経てチヴィタ・ディ・バニョレージョを観光してから、ローマで最終泊した後、早朝ローマを経つのが後半行程となっていた。交通手段は、チンクエレッテ観光での短時間の列車と観光船利用を除いて、各観光地を前半は高速道路、後半は山道を縫っての観光バス移動であった。

旅行のタイトルでは、「イタリアの小さな街巡り」となっているものの、ミラノとローマ以外の三か所の宿泊地の内ジェノバとボローニャの二か所も、人口が五十万人前後に達する大都会であったのは、今回の旅の目的からすれば、チョット趣旨外れの感がないではない。

中でもジェノバはコロンブスの出身地でもあり、中世にはヴェニスと並んで地中海貿易で繁栄し、近世から現代に至ってはイタリア最大の海港都市となっている。またボローニャにはいささか地味な存在ながら世界最古の大学があり、現代に至っても世界中から留学生を集めている国際的な学園大都市だ。

両都市とも旧市街中心地の建造物は重厚な美観を湛えており、数百年の時代変化に耐えたヨーロッパ都市文明の完成度の高さを再認識させられた。

今回の旅行での参加者は、十七名の中高年女性が主体の二十二名であったが、考えて見れば、こうした団体がこの時期に小さな街や村に宿泊することは、元々無理な話であろうから、旅行会社の企画旅行であれば、大都会近郊のホテル宿泊となるのは当然のことなのかも知れない。

さて最後に、今回の旅行に対する私の印象を簡単に記しておくと、概略次の通りだ。

・ジェノバとボローニャの両都市は、観光したと言ってもほぼ通過しただけで、心残りがしたのは、歴史ある都市の〝顔だけを見て中身知らずに終わってしまった〟からに外ならない。ジェノバでは、パガニーニ愛用のバイオリンが展示されている元宮殿の豪華な旧市庁舎、ボローニャでは、世界最古の大学のうち部等、時間を掛けてユックリ観光してみたかった。

・以前訪れたことのあるシエナとサンジミニャーノは、いずれも全体が世界遺産となっているだけに佇まいは全く変わってはいなかったものの、街中の土産物店はかなり変化していたように思われた。特にサンジミニャーノには、かつては鄙びた感じの土産物店しか並んでいなかったはずだが、今は多くの瀟洒な土産物店が軒を並べており、狭い街路を群れ歩く非ヨーロッパ人観光客の多さとともに、グローバル化が進む〝世界の観光時代〟を実感させられた。

・今回の旅行の主目的地とも言える七か所の〝小さな街や村〟は、山と谷の織りなす複雑な地形の景観美とイタリア的猥雑感ある街並みが、観光業の拡大で再評価され、俄かに脚光を浴びるようになった観光地と言えようが、私には〝一見の価値はあるが一見すれば満足〟の観光対象ではあった。私たちが訪れた時期は、まさに観光シーズン最中であり、比較的狭い観光地に大勢の観光客が押しかけていて、時に列を作っての観光とは、想定外であった。

〜その46〜

ささやかな我が運転歴の終焉

事故が止めを刺した短い運転歴の想い出

２０１９年　９月

私の運転免許の期限切れから一か月になろうとしている九月の初め、更新手続きの期限切れも迫ってきて、迷っていた運転免許の返上にやっと決心がついた。

私に物心がついて以来、世間の多くの男児と同様、車は身近な玩具の一つであったと同時に強く好奇心の惹かれる存在でもあった。しかし、実際に車を所有し運転するとなると、青少年時代はまだ現実感の伴わないテーマに止まり、私が運転免許の取得に至ったのは、学生時代も終わり会社勤めも十数年が経過した頃、予期せぬ遠地への転勤が契機であった。

私の三十代になってからの免許取得は、いささか奥手の免許取得になるが、この遠因には、子どもの頃からの私に、〝お祭りや運動会のような定番の服装や行動を求められる集団行為が苦手〟との特有の性癖があったからで、まして〝人がやっているから自分もしたい〟というのが動機になる〝流行り事の類〟に、一種の羞恥心にも似た抵抗感があったからだった。

したがって、戦後の経済成長時代に、欧米から次々と流入してきた数々の流行り事、スキー、テニス、ボーリングそれにゴルフ等にも、私は友人との付き合いで仕方なしに参加することはあっても、自ら進んでしたいと思ったことはほとんどなかった。

車の所有や運転を、そうした流行り事の一つと見做すのは、〝一家に一台〟の車が当たり前の現在では、時代錯誤的な的外れの見方にも思えるが、我が国の都市生活者の場合、日々の生活には必ずしも車が必要な訳ではないのだから、広い意味での流行り事の類と見做しても、あながち全くの見当違いとは言えないだろう。しかし、戦後の流行り事のほとんどが、欧米文化と欧米並み生活への憧れに由来していたことを考えると、我が国における車社会の到来は、社会の生活・文化のゆとりや富裕度が、ようやく欧米並みに達したことを示す〝最も象徴的な出来事〟であったと捉えることもできて、単なる流行り事の類の社会現象でなかったことも確かだ。

車の所有や運転が、我が国の都市生活者の場合、たとえ流行り事の一つであるにせよ、もたらされる移動の自由度と行動範囲の飛躍的拡大は、その利用方法次第で、個人生活の在り方に対しても極めて大きな影響を及ぼすようになる。したがって、友人の多くが車を持つようになってみると、私にも車の所有・運転に対する興味が増大していったことは自然な成り行きであった。

しかし、働き盛りの年齢では、平日は残業のため9時や10時の帰宅は当たり前であったし、土日は憧れていた海外勤務に備えての英会話学校通いや、友人との付き合いで忙しく、差し迫った必要事でもない免許証取得のために、貴重な自由時間を割く気にはなれなかった。

それが、〝打ち込んでいた仕事の成果がアダとなった〟とでも言えようか、勤務していた会社が初受注した、当時としては世界最大・最新の、半潜水式海洋石油掘削用リグの建造が、造船部門の浮沈をかけたプロジェクトとなり、初期設計から受注までで終了したはずの私の役割が、建造から完成・引渡しまで関わらねばならなくなってしまった。その結果、私は建造施設のある坂出造船所に、図らずしも一年間の単身赴任を余儀なくされてしまったのだ。

工場は、瀬戸内海に面した埋め立て地に立地しており、坂出市の郊外にあった単身赴任者用の社宅からは数キロも離れていたので、通勤時間帯には僅かばかりのバス便は利用できたものの、残業でもすれば従業員の運転する車に便乗させて貰うかタクシーを呼ぶかしか帰宅手段がない状況であった。そうなると、私の免許取得が必要上の急務となってしまった。

坂出勤務が始まって、工場周辺の地理や様子にも充分慣れた頃、私は上司の了解を得て残業を控えめにし、車の教習所通いを始めたのだが、何とか運転免許証を手に入れたのは、赴任してから三か月ほどが経過した頃であったろうか。その頃になると、工場の往き来に私を同乗させてくれる単身赴任者との仲がすっかり出来上がっていて、幸いと捉えるべきか皮肉なことと捉えるべきか、自分の車がなくても通勤には特段の不便はなくなっていた。

私は、ほぼ毎週のように神戸の自宅に帰っていたので、神戸に帰宅した際には、初めて運転することになる車の購入を、いつも念頭に置いていたのだが、切実感が薄くなっていたせいか、気に入った車はなかなか見付けることができなかった。結局、何とか納得のいく中古車を購入したのは、一年間の単身赴任も終了し、神戸での勤務に戻ってからのことになってしまった。

そうなると、車は生活の必要品ではなくなり、趣味的嗜好品という位置付けに戻ってしまったので、土日になると、車の運転を目的として、わざわざ遠出の買い物をする羽目になった。

最初に車を所有した時、私の住居は、六甲山の北側に位置した北区北鈴蘭台に在り、新婚の半年ほど後に、造成され立ての新興住宅地を購入して、永住のつもりで新築した戸建であった。

地図によると我が家の海抜は何と340メートル余りもあり、住宅地からの眺望は抜群で、夏の生活は快適であったが、冬は冷え込みが半端でなく、やがて妻のボヤキ種ともなった。

当時、土地バブルは真っ盛りであったので、人気の高かった須磨区北部に開発中の大規模造成地〝名谷〟に神戸市が建売住宅を売り出すと、あまり深く考えもせずハガキ応募してしまったのだが、何と二百数十倍の倍率をすり抜けて当選の知らせが入ってしまったのだ。正に自業自得と言う事だろう、数年住んだだけの北鈴蘭台の家は賃貸に出して、急遽名谷への転居を決心させられた。

この双方の住宅地とも、新興住宅地なので住宅周辺の道路はよく整備されていたのだが、神戸市は六甲山を市域に取り込んで、東西に細長く広がる街並みのため、古い町並みに入ると、道路は狭い道幅、急カーブ、急傾斜が多く、慣れない所での運転には苦労の多い土地柄であった。私が神戸で車を運転していた期間は、僅か十数年ほどだが、この間に、自慢事ではないが、二度の電柱との接触事故、二度の車との接触・衝突事故を起こしている。

忘れられないのは最初の接触・衝突事故だが、この時は、六甲山を抜ける有馬街道を南から北に帰路を急いでいた私の車に、若者が運転する若葉マークの付いた車が、急カーブの坂道を曲がり損ねて、私の車の前面に斜め衝突したのだった。相手の車は無論、私の車も前面は無残な姿に半壊し、私も妻も頭部や体の一部を強打してしまった。運良く私たちの打撲は重大ではなく、二人とも一か月ほどの通院で全治したのは奇跡的とも言える幸運であった。

現場検証の結果、事故の責任は全面的に相手側とされたので、金銭的な損害は全くなかったが、事故直後に、私が妻の口と膝から出血しているのを見た瞬間は、〝妻に取り返しのつかない傷を負わせてしまったのでは〟との、これまでに経験したことのない恐怖感に襲われた。

今になって思えば、二度目の接触・衝突事故を起こした、妻と三ノ宮のレストランで週末のランチを楽しもうとして出掛けた時のドライブが、私の車運転の最後になってしまった。

三ノ宮の駅から南に延びる大通りは、いつでも交通量が多く、特に市庁舎近くの交差点は要注意箇所なのだが、この交差点を横切ろうとした際、若い二人連れの運転する車と接触・衝突事故を起こしてしまったのだ。私は信号に従って運転していたつもりなので、駆け付けた警察官の事情聴取には、当然のように私の正当性を主張したのだが、相手は私の信号無視を主張したため、結局話し合いが付かず、事故は双方五分五分の責任ということで処理された。

しかし、自宅に帰って私が改めて事故の原因を思い返していたところ、一部始終を見ていた妻が、「私たちの方に信号見間違えの可能性があったのでは」と思い掛けないことを言い出し、私は自分の運転適性を疑わねばならぬ羽目に追い込まれてしまった。そのため、代替車の購入も、しばらくは考える気になれず、いつになく神妙な気持ちでの数か月を過ごしたのだった。

年が変わると、ようやく車の運転意欲も蘇ってきたので、車のカタログでも取り寄せようとしていた矢先、私は突然東京転勤を告げられ、車の購入気分は一挙に霧散してしまった。

東京勤務は、当初は単身赴任のつもりでいたので、毎週のように週末には神戸に帰っていたのだが、当時、高校生であった息子が都内の大学への進学を希望していることが分かり、私は、息子の大学入学を契機にして、家族全員の東京転居を決心することにした。

土地バブルもまだ冷め切らぬ昭和60年代、都内で通勤・通学に便利な所に住もうと思っても、簡単に実現できる訳でもないので、資金作りや土地探しに付いて妻と相談したところ、義母が当時一人住まいしていた調布市の実家を，二世帯住宅に建て替え、そこに家族ぐるみで転居するのが最も現実的との結論に至ったのは、当然と言えば当然の結果であった。

平成3年の春、調布市東つつじヶ丘の新居がようやく完成し、やがて妻もこの実家に帰ってきた時、私の東京での単身赴任生活は終了した。しかし、私の会社勤めの終了間際になって、私が逆に神戸での数年間の単身生活を余儀なくされるようになるとは、その時は知る由もなかった。東つつじヶ丘の家の新築計画では、当たり前のこととして、駐車スペースを造ったが、実際に利用するようになったのは、私の車ではなく、息子の車であった。東京本社勤務の頃の私は、東京と神戸の往き来が多く、休日には車の運転などする気にはなれなかったので、車の購入もいつの間にか脳裏から消え去ってしまったからだ。やがて息子が車を購入してからは、家族での遠出の際には息子が運転してくれたので、ペーパードライバーとなった私は、次第に免許取得以前の自分に戻り、〝流行り事の車の運転〟には興味がなくなっていった。

息子はその後に結婚して家を出てしまったので、以来、我が家の駐車スペースは、工事用の車が入る時以外は〝空き〟の状態で現在に至っている。我が家の広くもない庭には、私の趣味で通路以外の所はおおかた草花が植え込まれているため、現在は、駐車スペースの所だけが草木のない空間となっている。

この空間は、ほとんど役立たずに終わった私の運転免許を象徴しているかのようだ。

～その47～

近年の10月恒例の出来事での想い

頻発する自然災害とノーベル賞の発表

2019年　10月

10月も月末になると、やっと秋らしい気候になってきた。最近、9月に入っても残暑は半端でなく、その上に次々と大型台風が来襲するので、穏やかな気候の年であれば、この時期を〝梅雨〟に対照させて呼び慣らされた〝秋雨〟の季節とでも思って、風流がっていられもするのだろうが、近年はとてもそんな気にはなれそうもない。

昨今の我が国の秋、少なくとも初秋は、夏の暑さ疲れからの疲労感が心身のそこかしこに残存していて、何とも元気の出にくい時節となってしまったようだ。

我が国は、地理的・地質的環境から、地震と台風に代表される自然災害の頻発する宿命下にあり、国民は災害慣れしているとは言うものの、情報化した現代社会の浅ましい習性に従い、新聞あるいはテレビで、警告情報や赤裸々な被害状況を、連日情け容赦もなく流されては、災害への警戒心や被害者への同情心よりも、むしろこうした疎ましい状況を忘れさせてくれる、少しでも明るい情報を求めたいようになるのは、私だけではないに違いない。

時々、地震や台風とは縁遠いイギリスやフランス等が羨ましくも思えるのだが、我が国特有の風光の豊かさと美しさだけでなく、私たちが伝統的に身に付けている情緒と感性が、こうした激しい自然の営みがあってこそ育まれたものであるとすれば、頻発する自然の脅威も、抗うことのできない我が国特有の現象として、受け入れねばならないのだろう。

そうした思いもあって、10月になると近年はあたかも例年行事のように報じられる、日本人のノーベル賞受賞ニュースは、この時期の何物にも代え難い貴重な癒し情報だ。

今年の受賞で、我が国の延べ受賞者数は、米国、英国、ドイツ、フランス等の先進諸国に次ぐ世界第五位の受賞者輩出国となったようだが、私が小学生の頃は湯川秀樹が唯一の受賞者であったことを考えると、夢ではないかとさえ思える、喜ばしい状況と言えるだろう。

私の小学生時代と言えば、もう六十数年前の昔事になるのだが、当時は敗戦後間もない時期であったから、戦前の教育を受けていた教師は、私たち生徒は知る由もないことながら、打ちひしがれた国情の下、これから育ちゆく子どもたちに示すべき〝望ましい人物像〟や〝目指すべき社会人像〟探しに苦労していたのではないだろうか。私がまだ低学年の頃、小学校の校門を入ったすぐ脇に、二宮金次郎の等身大の銅像が忘れられたように残っていたことを覚えている。

教室の黒板の上に張られた偉人たちの肖像の中には、野口英雄と北里柴三郎に加えて湯川秀樹の三人の科学者の写真があったのだが、中でも湯川秀樹の写真が一際輝いて見えたこともいまだに忘れられない。あの当時は、ノーベル賞の受賞など、夢のまた夢の時代であった。それが最近はどうだろう、歴代の日本人受賞者数が27人に達した今では、小学生が特にためらうこともなく、サッカー選手やオリンピック選手と並んで、ノーベル受賞者になりたいことを口にするようになったのだから、世の中は変われば変わるものだ。

ノーベル賞は、こと科学賞に関して言えば、かつては実用品の発明や発見は対象とされず、主として基本的原理や法則の発明や発見が対象とされていたようだ。そのため、現代生活に革命的な影響をもたらした発明であったにも拘らず、ライト兄弟の飛行機や、エジソンの白熱電球に加えてのレコードや映画等は授賞対象となっていないのだ。

しかしながら、科学上の重要な基本原理や法則が、次々と発表されるという状況は、二十世紀初頭のような一時期は特別で、真理探究の難度が飛躍的に高くなった現代では期待すべくもないだろう。近年は、現代人の生活に重要な影響を及ぼした実用品や実用技術の発明や発見も対象とされるようになって、モノ造りや基本原理・法則の応用に長けた日本人の受賞チャンスも急に高まったと言われている。戦前の軍事・精神教育一辺倒の時代から、戦後の復興とモノづくり大国への転進が、最近の相次ぐノーベル賞受賞の基盤になっていることも、多くの識者の指摘するところだ。しかしながら、交通手段と情報技術の急速な発展でもたらされた昨今の経済のグローバル化は、我が国のモノ造り競争力を奪いつつあり、やがてはノーベル賞の受賞も途絶えがちになるのではないかとの懸念があるのも、忘れてはならないだろう。

しかし私は、遊びのノーベル賞である〝イグノーベル賞〟では、毎年日本人が受賞していることからも分かるように、私たちが保有している好奇心や探求心は、〝何々オタク〟との特別な言葉で表現される如く、〝辛抱強さや粘り強さに裏打ちされた他国にはない日本の伝統文化〟であり、この文化土壌がなくならない限り、日本人のノーベル賞受賞は続くものと信じている。

この10月、こうした台風被害ニュースやノーベル賞受賞ニュースを連日のように見聞きしていて、私は、「今後の技術的進歩・発展がなされた時、いつになったら〝台風制御〟と〝地震予知〟が可能になるのだろうか」との思いに駆られずにはいられなかった。

今や人類は月や火星にも人を送り込もうとし、生命発生の神秘さえも解き明かそうとする時代になったのだから、二つの重大な自然災害、〝台風〟と〝地震〟についても、抗う手立てのない災害として、放置されたままで良いはずはないだろうと思う。台風制御に関しては、既にさまざまな試みがなされていて、1965年に米国で行われたハリケーンの進路変更実験ではある程度の成果を挙げたものの、費用対効果の問題が壁となり、その後の実験は中止されてしまった。しかし台風やハリケーンの目にあたる熱帯低気圧の制御であれば、制御に必要なエネルギーは小さくて済むはずであろうから、人工衛星による大気・海洋観測と高性能電子計算機による正確な気候シュミレーションとを連携させれば、台風の発生制御も実用可能になるのではないだろうか。一方の地震の予知に関しては、地震の発生源となる地球深部の様子が正確には分からない現状では、台風制御よりは遥かにハードルの高い難問と言えよう。

しかし、数年前我が国のある大学が、クフ王のピラミッド内の空洞調査にミューオンなる素粒子を使って透視探査に成功しているので、将来的には、こうした透過力の強い素粒子を使っての地球深部の探査が可能にさえなれば、やがては地震予知の実現も視界に入ってくるのではないだろうか。私は遠くない将来、こうした巨大自然防災技術の実用化によって、日本人技術者が、また新たなノーベル賞を受賞する日が来ることを夢見ている。

〜その48〜

THE DAY AFTER

時の流れと激変する社会への憂い

２０１９年　12月

今年は三人の親戚（実家の義姉と、妻の従妹に義母の弟）が、懐かしくも忘れ難い幾つかの想い出の種を、私の脳裏の片隅に残して、不帰の旅立ちをした。

自分の年齢を考えると、これからもこうした悲しい知らせが、時を選ばず届けられるものと、覚悟せねばならないだろう。数年前なら、この種の知らせは、自分にはまだ縁遠いことと軽く受け止められたのだが、最近は友人からも、時折知人の旅立ちの知らせが届くようになり、〝老いと旅立ち〟は、我が身にも迫りつつある現実であることを、否応なく自覚させられる。

ところで、誰しも朝起きて真っ先にすることの一つは洗顔ではないかと思うが、一日の内で、自分の顔をマジマジと観察するのはこの時ぐらいだろう。そうした折、筋肉の弛緩した寝ぼけ顔に、普段は気付かずにいた〝老いの影〟が眼に止まると、少なからず愕然とした思いに駆られる。健康上の大きなトラブルもなく、変わり映えはしないものの平穏な毎日を過ごしていれば、日常生活で老いを意識することはほとんどないのだが、特に最近になって〝老いの影〟が気になり出したのは、次第に精神年齢と肉体年齢とのギャップが大きくなってきたからに違いない。以前から、疲れがなかなか抜けなくなったとか、階段や坂の上り下りが少しキックなったとかの肉体信号から、薄々自分の老化を知らされることがない訳ではなかった。

しかし、疑いもなく老いを悟らされることになるのは、こうした日常の生活実感から来る自己要因からではなく、むしろ暫くぶりの同窓会で、大勢の同年齢の友人に会った時や、調布市から舞い込んだ高齢者に対する通知書とかの、予期せぬときに突然舞い込む外部要因からだ。

去年の8月、私は調布市から殊更知らされなくてもよい知らせ、〝後期高齢者としての扱いとなる〟旨の通知を受け取った。以来、医療保険の負担率の変更通知に始まって、日常生活での状況調査とか、免許証の更新に際しては新たに認知障害検査が必要になるとか、何かと以前は考えてもみなかった〝高齢者としての年齢認識〟を迫られるようになった。

年齢を忘れて日常を送れるのは、無理のない健康的な日常生活をしている証拠であり、最も基本的でつつましい幸せ事でもあるのだが、こうした外部からの情報が時折入ってくると、取りたくもない歳を無理やり取らされるように感じて、気分の良いものではない。

誰しも、一般的には心身の活動ピークが過ぎた頃を自覚するようになると、年齢自覚を避けたいと思うようになるのが普通だが、限られた期間の命を与えられた生き物が、平穏な生を全うするためには、歳相応の生き方をする方が自然に叶っていることは言うまでもなく、そのための目安として、年齢に勝る尺度は見当たらない。私たちは、健康であればあるほど、年齢を忘れたくなるものだが、こうした願望が生む暴走に安全ブレーキとして働くのが年齢自覚であり、知性ある人間だけの特別な知恵として、本来なら肯定的に捉えるべきなのであろう。

私たちは、三十年近く一緒に暮らしていた義母を、生活支援が必要となり出した二年半ほど前、悩んだ末に、意を決して介護施設に入居させた。以来、私は週に一回義母が入居している介護施設を訪問し、義母との精神的な繋がりが途切れぬようにしながら、健康状態の確認をしている。義母は、今年の8月には九十九歳になり、入居した当時に比べれば、動作がやや緩慢になっただけでなく、表情の変化も乏しくなってきたようで、認知能力の低下も否めない。

私は、認知能力の低下に関しては、加齢に伴う必然的現象として、年齢相応の自然な能力低下の範囲ならば、〝知性ある人間が加齢・衰弱の辛さに耐えていくための本能的な対応〟と見做して、肯定的に考えても良い生理現象と思っている。とは言え、近年は、認知障害者の増加が大きな社会問題として取り上げられ、日々に新聞やTVで関連ニュースが報ぜられると、自分の将来の認知能力低下も予測せねばならず、暗い気持ちにさせられる。

しかし、自分の認知障害なら、努力次第で回避もできようが、社会組織や施設の老化となると唯々傍観するしかなく、諦めと無力感の虚しさに襲われる。一貫して我が国の成長・発展を観て来た私たち世代には、社会環境の劣化等、想像したくもない悲しい事態であるからだ。

この種の我が国社会環境の劣化予測の多くは、世間の注目を集めたいがために、〃脅かし調〃を基調にした誇張された側面があることを、忘れてはならないが、身の周りに、シャッターの閉まったままの店舗や雑草で覆われた空き家、そして使われなくなって錆びたままの歩道橋等がアチコチで目に留まる現実があると、単なる杞憂として見過ごす訳にもいかなくなる。

今や高齢化社会と言われる現在の日本。私も高齢者と呼ばれる身になって、我が国社会環境の劣化予測を見聞きすれば、自分も僅かではあっても責任の一端に関わっていることは疑いようもなく、私たち世代が社会の中枢から全く姿を消した後、社会環境は一体どんな変わり方をするのだろうかとの想いは、日頃何かにつけ気に掛かる関心事の一つだ。

少し前に、突然人類が絶滅してしまった後、廃墟と化した都市が徐々に崩壊を始め、やがて自然に還っていくプロセスを描いた米国のTV番組『THE DAY AFTER』なるものがあった。

この番組が焦点を当てていたのは、コンクリートと鋼材を主材料にした一見頑丈に見える現代建築物が、石材やレンガで構築された古代建築物とは違って、意外と早く自然風化してしまうことであり、また最新文化の心髄を成す情報データさえも、それらを保存している媒体の劣化は意外なほど早く、現代文明に潜在しているさまざまなバブル的脆さの側面であった。

近代建築の建ち並ぶ都市中心部は、経済活動の要ゆえ、活動維持の必要上、劣化を補う再投資は必然的に行われるに違いないが、私たちが住む都市郊外となると、一般的には耐久年数二十五年程度の木造建築が主体なのだから、百年も経てば、街の様子は想像もつかないほど変化してしまうに違いない。合わせて思い起こされるのは、最近のマスメディアで度々報道される、あらゆる分野で進むデジタル化やＡＩ化の昂進と、物で代表される有形財産を凌ぐようになった知的財産で表徴される無形財産の増大だ。こうして見ると、百年後の一般市民の生活環境は、現在とは異次元の様相を呈しているに違いなく、私たち世代が「THE DAY AFTER」等を考えるのは、所詮〝群盲ゾウを撫でる〟類の無意味な行為なのかも知れない。

【つぶや記】

２０２０年末～２０２３年

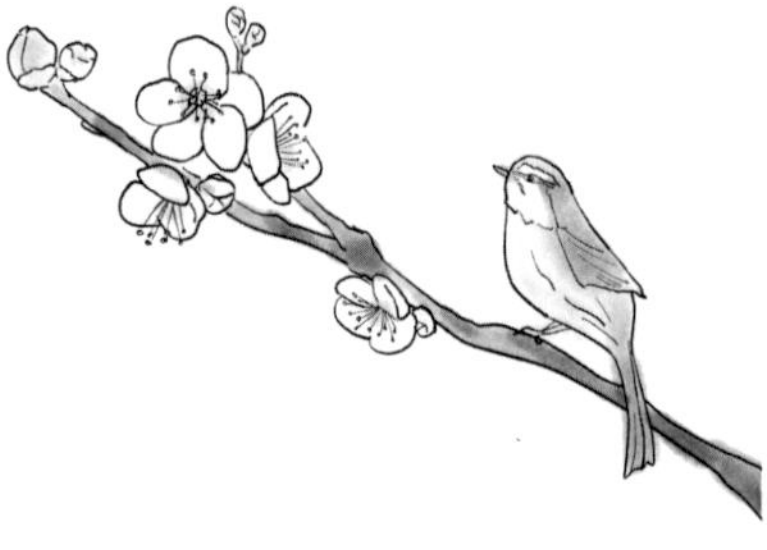

時事通信社が選ぶ年別10大ニュース

日　本	2020	世　界
新型コロナ猛威、初の緊急事態宣言	1	新型コロナでパンデミック宣言
東京五輪、１年延期	2	米大統領選でバイデン氏勝利
安倍首相が退陣、後任に菅氏	3	香港統制強める中国
九州で豪雨、死者多数	4	英国がＥＵ離脱
参院選買収事件で河井元法相夫妻逮捕	5	全米で人種差別抗議デモ
藤井聡太さん最年少二冠	6	ＲＣＥＰ署名、アジアに巨大経済圏
「鬼滅の刃」大ヒット	7	核兵器禁止条約発効へ
コロナ対応で混乱	8	イスラエルとアラブ諸国が国交正常化
広がる「新しい日常」(ステイホーム、三密回避)	9	強まるＧＡＦＡ規制論
ゴーン被告逃亡、レバノンで会見	10	民間初の有人宇宙船、ＩＳＳに
	2021	
東京五輪・パラ、１年延期で開催	1	新型コロナ、世界の死者500万人超
コロナ長期化、進むワクチン接種	2	米アフガン撤収、タリバン政権発足
菅首相１年で退陣、後継は岸田氏	3	米大統領にバイデン氏就任
衆院選で自民絶対安定多数	4	ミャンマーでクーデター
熱海市で土石流、死者・不明27人	5	二刀流大谷、満票でＭＶＰ
眞子さん結婚、ＮＹで新生活	6	国際課税見直しで歴史的合意
真鍋淑郎さんにノーベル物理学賞	7	米中、続く緊張関係
将棋の藤井聡太が最年少四冠	8	ＣＯＰ26でグラスゴー合意
温室ガス、46％削減の新目標	9	独メルケル首相が引退
みずほ銀でシステム障害相次ぐ	10	ゴルフ・マスターズで松山優勝
	2022	
安倍元首相撃たれ死亡	1	ロシアがウクライナ侵攻
旧統一教会との関係、政界揺るがす	2	中国で習政権三期目発足
円安、資源高で値上げラッシュ	3	北朝鮮、相次ぎミサイル発射
五輪汚職で組織委元理事ら逮捕	4	インフレ加速、米欧大幅利上げ
参院選で自民大勝、改選過半数	5	エリザベス英女王死去
コロナ猛威続く、感染2000万人超	6	米議長訪問で台湾情勢緊迫
知床で26人乗り観光船沈没	7	韓国で雑踏事故、158人死亡
原発活用へかじ、建て替え推進	8	米中間選挙、共和が下院奪還
反撃能力保有へ、安保政策転換	9	大谷、投打で規定数到達
ヤクルト村上、最年少三冠王	10	サッカーW杯カタール大会、日本が大健闘

〜その49〜

物言わぬ友〝我が家の梅の木〟

変わり栄えのない年の変わり目での想い

２０２０年　１月

新年は、いつものことながら新鮮な気持ちで迎えたいだけに、今年（２０２０年）の正月が、夏頃から年末まで続いた悪天候を、忘れさせてくれるかのように好天であったのは、救いであった。

昨年は、梅雨が明けても雨の日が多く、〝記録破り〟だの〝五十年振り〟だのの形容詞が付いた大雨報道は、聞き慣れてしまったような気がしたが、本当に天候には恵まれない年であった。

そのせいで、さまざまな年中行事の重なる年末に、ようやく天候が回復してくれたのは、この時期の誰にとっても、何よりも有り難い天の恵みであった。

夫婦だけの二人暮らしになって三年余り、最近は年齢相応の無理のない生活を心掛けているので、年末年始の行事も簡素化を心掛けてはいるものの、一年のケジメを付けるためにはどうしてもしないでは済まされないことも多々あり、年末年始のせわしさなるものは、一年をサイクルとして営まれる文明社会特有の、変わることのない宿命と言えよう。

それにしても、子どもの頃に味わったあの〝慌ただしさと浮き浮き感の入り混じった年末年始特有の雰囲気〟は、一体どこに行ってしまったのだろう。今の我が家を見回してみても、松飾もお供え餅もなく、出来合いのおせち料理も購入しなかった今年は、身の回りで正月らしきものと言えば、親戚や友人から届いた年賀状ぐらいのものになってしまった。

1月の3日、久しぶりの朝刊も、時間を掛けて読むような興味ある記事は見当たらず、床に寝転んで床暖房のぬくもりを感じながら、木漏れ日の射す表庭を眺めていると、小鳥が二羽、目の前の梅の小枝に舞い降りてきて、何かをついばんでいた。忙しげな小鳥の動きを追って、愛らしい仕草を観察しているうちに、何という鳥なのか知りたくなって、調布市が作成した小鳥観察用の小冊子を開いてみたところ、どうやらシジュウカラの番いらしいと分かった。

客は無論のこと、息子やその家族もおらず、ペットもいなければ目に付く庭の花も見当たらないこの時期、時折飛来する小鳥を観ていると、日常生活では気付かない〝和み〟を感じる。

長く同居していた義母を介護施設に入居させて、今の私たちは夫婦だけでの生活を営んでいるが、家にいて特にするべき用事もない時は、寝転んでTVを見るか本でも読む時が多い。しかし、天気が良くてじっとしているのが勿体ないような時だけは、庭いじりが一番気楽な時間のつぶし方となっている。健康上の効果を考えて、外出した時はできるだけ活動的にして、人との接触を心掛けているが、我が家ではホッとするせいか、とかく自分の内面との対話時間が多くなり寡黙になりがちなのは、後期高齢期に入った年齢の成せる業なのだろう。

そのためか、時々私は妻から、「二人が家にいて暇な時は、友人とのお付き合いの様子とか、日常の些細なこととか、もう少し会話を増やして…」等と注文を付けられたりもする。

私は妻との会話でも、雑談の類にはあまり気乗りがせず、日常生活の鮮度を上げてくれるような、好奇心や知識欲を刺激する類の話題に期待してしまうのは、長年の生活疲れのためだろうか。

ところで、去年の暮れの庭木の剪定では、例年よりも深めに剪定するように注文したせいか、居間から眺める空も、今年は去年より大分広くなったように見える。我が家のような狭い庭では、植木は横に拡がるよりも、ひたすら空間に余裕がある上方に伸びようとするので、手入れを小まめにして高枝は思い切って剪定するようにしないと、下枝や下葉の少ない立ち木が増えて、味気ない庭に成り下がってしまう。とは言え、庭師の剪定に付きまとって、いちいち枝切りに注文を付ける訳にはいかないので、後日再度自分の手で気になる枝を剪定し、自分の好みに合う樹形に整える作業は、毎年欠かすことができない。私が庭木の剪定に拘るのは、所詮他愛のない自己満足に過ぎないことなのだが、〝庭木の佇まいは、家や家具と同様に、そこに住む人の趣味や品性を代弁することになる〟と考えているからでもある。

シジュウカラの飛び去った庭を、眺め渡しているうちに、三十年ほど前の家の建て替え時に植えた木の成長振りや、その後少しずつ植え込んだ木々の生育で、気付かぬうちに変化してきた庭の趣きに、過ぎ去った年月の長さを改めて認識させられた。こんな思いに駆られたのも、何かと年の変わり目を意識しないではいられない〝正月だからこそ〟なのであろう。

この家に住むようになってからの三十年ほどの間に、庭の趣きも私自身もそれなりに変化したに違いないのだが、その庭で三十年前とほとんど同じ姿と思われる数少ない植木の一本が梅の木だ。

妻の両親が調布のこの地に家を建てたのは、およそ五十年ほど前のことであったが、その当時植樹されたはずの庭木の植え位置から推して、梅の木が庭の主木と見做されていたと考えて間違いないだろう。

三十年ほど前に私が今の家を建てた時には、梅の木は既に現在と同じような佇まいの成木に成長していたが、幹にカイガラムシが寄生していて、健康状態は最悪であったことを思い出す。私が全てのカイガラムシを掻き落としてやったところ、樹勢は大分回復したようであった。それから十年ほど経った頃だろうか、南真向いの古屋が売却・再開発され、我が家の庭の陽当たりを遮っていた杉の高木二本が伐採されると、樹勢はさらに急回復して、毎年処分に困るほどの実を付けるようになった。実は採取して、当初は梅酒造りに活用していたのだが、元々アルコールに弱い私が、梅酒よりもワインを好むようになると、果実の処分に困るようになり、最近は利用することもなく、落果するに任せているのは実に愚かしいことだ。

梅の花は、我が家の場合、例年2月の初め頃に開花するのだが、この時期に開花する花木は少ないので、晩冬から初春に掛けて、梅の木には小鳥が特に頻繁に飛来する。

したがって、花は桜ほどの華やぎはなく、果実も食材としてはミカンやカキほどの実用性はないものの、四季が楽しめる小住宅の環境作りには、梅の木は最も適した庭木の一つではないかと思う。

我が家の梅の木は、丁度居間の庭先にあり、毎日必ず目にするので、それだけに毎年の剪定には気を付けているが、樹形をほぼ一定に保てるのは、庭木としての隠れた長所でもあろう。

1月の3日、シジュウカラを観察しながら、日頃は全く気に留めない梅の木に、改めて想いを巡らせてみると、〝自分もこの梅の木のように、これからもできるだけ長く、心身とも健康なままに歳を重ねたいものだ〟との想いに駆られるのだった。

〜その50〜

社会の成熟化と学歴社会への回帰

息子の子供達の中学校進学受験での想い

２０２０年　２月

今年（２０２０年）2月の休日の昼時、横浜に住む息子一家が、久しぶりに我が家を来訪した。束の間ながら昼食をともにしたので、最近は縁遠くなった〝賑やかな食事〟を楽しむことができた。

この十数年来、元日に息子一家が来訪するのは我が家の習慣になっていて、互いに近況を報告しながら家族の現況を確認し合うのだが、今年は息子の子供二人が中学受験の年にあたっていたので、進学先の見通しが着いた頃合いとなる2月中の来訪になったのだった。

妻は、直前に電話で受験結果を聞かされており、私も今日の来訪で深刻な話は聞かされずに済むことは分かっていたので、部屋の中で無邪気にハシャギ回る子供達を横目にしながら、夫婦だけの日常生活にはない、忘れ掛けていた〝家族の触れ合い〟も取り戻せた気がした。

子供達のために、日頃学習指導から塾通い等の受験準備に付き合わされていた息子夫婦のこの一年間（と言うより、子供が小学校に入学する一年前からの七年間と言うべきだろう）が無駄にならずに済み、彼らの得た安堵感の大きなことは、顔色や振る舞いから察知された。私たちにしても、自分達の健康にも劣らず、何かと気になっていたのだが、子供達の進学先が必ずしも思い通りではなかったとしても、ほぼ希望の進学校に決まったことでもあり、私たち一家の当面する最大課題が無事に乗り越えられた現況を、まずは率直に喜ぶべきなのだろう。

息子が家庭を持つようになった時、私たちは一家の運営方針には口出ししないことを決め、以来その決め事を守ってきた。しかし、息子一家に子供が生まれ、やがて小学校に通うようになると、子供たちの進路や将来について、知らず知らずのうちに〝アドバイスと称する口出し〟をしてしまったのも、私たちも〝親心〟という名の悲しき習性からは逃れられないからであった。

余計な話になるが、改めて今の我が国の教育システムを考えてみると、最初の六年間の初等教育、次の六年間の中・高等教育、そして最後の四年間＋$α$の大学教育と、全体を三分割して捉えると、各教育期間で習得すべき目的や目標が理解し易くなる。人生の在り方に直接関わってくるのは、成人期にあたる最後の大学教育ではあるのだが、大学教育には期待を持たず、大学に進学しない人も少なくない。そうした大学進学不要の判断に導くのも、中・高等教育での学習結果であるとすれば、結局、〝第二段階の中・高等教育の如何が、人生には一番大きな影響を与える教育〟と捉えても間違いではないだろう。

勿論、予測を超えた思い掛けない出来事や、不思議な展開等に出合うのは人生の常だ。人生の在り方を決めるのは、受けた教育より、〝人の秘められた能力と努力〟そして〝生活環境と廻り合わせ〟が、時には重要な要因となる場合もあり、必ずしも教育が人生の在り方を決定付ける訳ではないのも確かである。何はともあれ、息子の子供達は、今年から人生に一番大きな影響を与えると思われる中・高等教育に入る訳だが、息子から子供達の学校での様子等を聞かされたりすれば、私たちもまた再び一喜一憂させられることは避けられないだろう。

私たちの世代の中・高時代を思い返してみると、もう半世紀以上前のことになってしまった。当時はまだ公立校が幅を利かせていて、一般的には、教育見識が高くて経済的にも余裕のある限られた家庭でなければ、私学優先の教育は一般的ではなかった時代であった。

私の小・中学校時代は、体力と学業の両面で、幸いにも、一貫してクラスでは上位の存在であったので、何事でも自分の存在感のある環境が当たり前と思っていた。中学に進んで上級教育への進学を意識する状況になると、他人との競争意識も強くなり、ますます自意識が強くなって、後になってこそ分かったことだが、将来を冷静に考える心のユトリをなくしていたようだ。

こうした心境が潜在原因だったのだろう。目指す高校入学は果たしたものの、やがてさまざまな精神的不調を覚えるようになってしまい、私の高校生活は、進学問題と心の悩みを抱えながら、自尊心から深く相談する気も相談相手もないまま、重苦しく暗い状況に終始して幕を閉じた。

私が精神的不調から回復したのは、不本意な大学生活を受け入れる決心がついた時だったろうか。無意味な遊びや交遊資稼ぎのアルバイトに精を出しているうちに、それまで抱いていた自尊心が消えたのだ。たまたま家庭教師に就いた家庭で、生徒の両親から家族同様の温かいもてなしを受け、中流家庭の温かみを知ったのも、私の心の闇を晴らしたのだろう。

私が自我を取り戻したのはこの頃だが、偶然家庭教師に就いた生徒の姉の友人のそのまた友人が、ロンドンで出逢った私の妻であることを想うと、運命のイタズラ好きには驚嘆する。

私たちの青春時代から青年時代は、まさに我が国の復興期そのものに当たり、社会は米国社会の影響を強く受け始めてはいたものの、実情はまだ戦前から続く学歴社会と年功序列社会の延長上に在ったように思う。特に、戦前から続いている伝統的大企業では、学歴が社員の将来を決定付ける隠れた条件の一つであったことは疑いない。したがって、戦後になってからの昭和時代では、大方の国民が有名大学と有名大手企業への就職を目指していたはずだ。その不変に思われた社会風潮に、変化を促す切っ掛けとなったのが、第一波が経済バブルの崩壊であり、第二波が発展途上国の経済成長がもたらした社会のグローバル化ではないかと思う。

この二つの変革の波を受け、我が国の産業構造は、製造業優位からサービス業優位に変わり、幾つもの伝統的大企業が衰退し、名もない小企業が世界的企業へと発展していった。一見したところでは、これまでの有名大学・大企業信仰は過去のものとなったかに見え、学歴重視と年功序列は消え失せて、成果主義と効率優先が企業運営の基本理念になったとも言われている。

そうした最近の企業風潮を如実に示す現象としては、かつてはＭＢＡ資格取得者の優遇雇用、そして現在はＡＩ技術習得者の優遇雇用であろうか。こうした現象は、いくら成果主義や効率優先を唱えても、スポーツと違って一般的社会活動での成果や効率の評価は極めて難しく、結局は誰にでも分かり易い、取得した資格の評価に回帰していくからなのだろう。

そもそも人間の能力は奥が深く、当然その評価は極めて難しいものだ。最近の企業風潮は、見方を変えた学歴社会（いや学習歴社会と評すべきかも知れない）への回帰ではないだろうか。古来も将来も、人間が文明を築き発展してきたのは、学習の賜物なのだ。

〜その51〜

降って湧いたコロナ禍

天災か人災か、諦めと怒りの交差

2020年　6月

当初は、無難にスタートしたかに見えた、オリンピックイヤーの2020年であった。

1月にTV報道や新聞の片隅で目に付くようになった、中国の武漢で発生した新型肺炎（コロナウイルス肺炎）拡大の報道も、〝野生動物を食用や薬用として利用する悪食家の多い中国ならではの問題〟くらいに思い、特に気に留めることもなかった。

それが2月になると、横浜に入港した豪華クルーズ客船〝ダイヤモンドプリンセス〟に、香港から乗船した中国人が感染源となって、「船内に新型肺炎が広がり、有効な薬も治療法も確かでないため、重篤化した乗客や船員に死者も出ている」旨の報道がなされると、俄かに〝インフルエンザよりも危険な身近に迫る新型の感染症〟として、私たちの認識も変り出した。

そもそも、新型肺炎とはどんな感染症なのか、私の関心も高まって、連日のようにTVで報道される解説番組を観て分かったのは、「この感染症の怖さは、比較的高いとは言え、その致死率にあるのではなく、潜伏期間が長く初期症状も軽いため、感染自覚のない患者が日常行動でウイルスを撒き散らす可能性があり、特に免疫力の低下した人や高齢者が感染した場合には、インフルエンザよりも重篤化率が高くなり死亡率も高い」ということであった。

若年者の場合は、感染しても軽度の症状で済んでしまうことが多いらしく、それだけに行動の活発な若年者が感染しても気付かずにいれば、自ずと重篤化率の高い高齢者への伝染頻度が高まる訳で、特に高齢者にとっては厄介な特性を持った危険な感染症と言えよう。

解説する専門家は、このウイルスを、〝極めて質の悪いウイルス〟とでも呼ぶべきところを、何を考えてか、頻りに〝極めて優れたウイルス〟と称していたのだが、専門家に特有とも言えるその無神経さに、私はいささか苛立ちを禁じ得なかった。


クルーズ船のコロナ感染者が全て下船して、騒動も収まったかに見えた3月の中旬、今度は感染源の中国から日本人の帰国ラッシュが始まり、次いで中国人観光者が持ち込んだウイルスにより感染爆発が起きたヨーロッパからも、慌てて帰国する日本人の大量入国が始まると、これらの帰国者に対する検疫が甘かったために、我が国での本格的な感染拡大が起きてしまった。これこそまさに取り返しのつかない、何とも残念な初期対応ミスであった。

台湾では、同じような感染症のＳＡＲＳが中国で発生した時の経験を生かして、入国者の検疫を厳格にした結果、感染拡大の水際防御に成功しているようだが、台湾よりグローバル化が進み人口も入国ゲートも多い日本では、急な検疫引き締めを行うことなど、無理な話だったのかもしれない。

私自身を含め大部分の日本人が、この新型肺炎を甘く見ていたのも遠因だったのだろう。

しかしながら、国内での感染拡大が止められなかったとは言え、我が国での感染者は、欧米等に比べれば一桁少ない数に止まっている上に、何故か未知の要因により、致死率もインフルエンザを多少上回る程度で済んでいるのは、不幸中の幸いと言えようか。

3月になって、首都圏での感染者が増え出すと、TVや新聞・雑誌での新型肺炎に対する警戒情報の洪水が始まったが、こうしたマスメディアのもう一つの注目点は、迫りつつある今年の一大イベント〝オリンピックの開催〟とこの感染症の世界的拡大との関りであった。

3月11日、WHOが遅きに失した〝パンデミック宣言〟を出すと、〝オリンピック開催の危機〟が現実味を帯びて来たのだが、誰もが〝気を揉む心配事〟になるとは、年初には思いも及ばぬことであった。3月末、遂に安倍首相が〝一年延期〟を発表すると、中止にはならず済んで安堵する一方、私たちは重大な日常的心配事としての〝新型肺炎〟に真剣に向き合うこととなった。

そもそも、先進諸国の中で、我が国ほど自然災害の多い国はないだろう。それだけに、私たちが日頃の安全・安心に、世界中のどの国よりも関心が高いのは、極めて自然な現象だ。

したがって、自然災害にも似た新型肺炎に対する私たちの反応が、欧米諸国よりも敏感なのは当然であり、それが欧米に比べて、日本での感染率や死亡率が低い原因の一つになっているのは疑いのないところだろう。しかし、歴史的な流れの必然とも思える近年のグローバル化の昂進中に、しかもその表徴的存在とも言えるオリンピック開催を間近に控えたこの時期に、降って湧いたような新型肺炎に対処せねばならなくなるとは、何と非情で皮肉なことか。

新型肺炎は、経済活動活性化の特効薬として、近年ひたすら追い求めて来たグローバル化や観光促進等とは全く相反するスタイルでの生活を、突然私たちに強いているのだ。

私は少なくとも今年の2月までは、特別に新型肺炎の感染を恐れることもなく、日常の買い物は元より、毎日のように外食ランチ、月に数度の映画鑑賞、そして友人との趣味の会合を楽しんでいた。それが4月の半ば、政府の緊急事態宣言なるものが出されるに至って、さすがに感染を他人事として捉える訳にはいかなくなった。気晴らしや楽しみ事としていた新宿や銀座等の都心への外出は止め、近所での買物にも、嫌なマスクを必ず着けるように心掛けてはいるが、こんな生活をいつまで続けねばならないのかと、考えるだけでも空しくなる。

それにしても、発生元の中国では、強権国家ならではの対処法で、嘘か真か定かではないものの、いち早く感染の抑え込みに成功して、感染爆発と医療崩壊に陥って苦闘するヨーロッパや発展途上国への医療支援を、外交宣伝に利用しているのは何とも腹立たしい。

中国での発生から半年ほどで世界中に広がり、数十万人の犠牲者を出す文字通りのパンデミックを生み出した新型ウイルス、その根絶は不可能なのであろうから、新型肺炎の早期終息には治療薬とワクチンの開発が不可欠なのは明らかだ。本来ならば、感染症の発生当事国である中国が、道義的責任からもウイルスの発生源を究明し、各国の医療機関とも計って治療薬とワクチンの早期開発に注力すべきところだが、発生源調査を拒むに止まらず、治療薬とワクチンを他国に先駆けて開発し、国威発揚の種にしようとしているのは、何とも浅ましい行為だ。欧米で、中国の発生初期当時の隠匿責任を追及する動きが出ているのも当然だろう。

最近、〝ニュー・ノーマル〟なる言葉を耳にするようになった。新型肺炎の流行が、経済や社会の在り方を一変させることを指しているらしい。私はそんな世の中をノーマルなどと考えたくない。何故なら、それは〝人がウイルスに支配された日常〟を意味するからだ。

〜その 52 〜

コロナ禍続編

気付かぬ自然破壊のツケ

2020年　8月

長かった梅雨も、8月になってようやく開けた。

九州方面の長雨では、今年もかなりの被害が出た様子で、昨年の中国地方や関東での水害に続き、近年の大雨被害は、あたかも夏から秋に掛けての恒例災害の観がある。

戦後間もない頃は〝キティ〟台風や〝ジェーン〟台風、我が国の主権回復後は室戸台風、枕崎台風、狩野川台風、伊勢湾台風等々、これらの名前付き台風被害に翻弄されたが、今頃また治水事業の不充分だった当時の日本に戻ってしまったかのようで、何だか情けない気分になる。

少なくとも、昭和も終わって経済大国と言われるようになった平成に入ってからは、道路や河川などのインフラ整備事業も一通り終わり、我が国に付き物の気候災害からは縁遠くなったはずなのだが、再び気候災害に悩まされるようになるとは、一体どうしたことか。

インフラの老朽化と、気候の温暖化による気候被害の激甚化が、主要原因としてしばしば指摘されているが、戦後の人口の増大期と高度経済発展期に、地形や地質を無視してなされた安易な宅地造成も、潜在する重大原因の一つなのではないだろうか。

最近の気象被害では、大雨とか高温の度に〝記録的な〟の形容詞が、決まり文句のように付けられて報じられるが、私には〝必然的な被害を想定外にしたための言い訳〟のように思えてしまう。こうした気候被害は、二十世紀に入った人類が、環境破壊を顧みず、長年に亘りエネルギーや資源の大量消費をした結果招いた、文字通り〝因果応報〟の〝予測可能現象〟なのだからだ。

大陸と大洋の狭間に位置し、地震や噴火等の地殻変動も頻発する我が国は、世界広しとは言え、これほどまでに自然との上手な付き合いを求められている国はないだろう。類ない変化の妙と危うさとを併せ持つ我が国の自然環境は、日本人の特質を作り上げていることは疑いなく、過酷な試練をもたらす自然環境を、時に恨めしく思うことはあっても、私たち特有の知性や感性を育む原動力として、基本的には誇れる有難いものとして受け止めるべきだろう。

とは言え、今年の我が国を襲った新たな感染症〝新型肺炎〟は、恒例の環境被害や気候被害とは異なった新たな試練をもたらしてくれたようで、私たちの心配種がまた一つ増えたことは間違いなく、この得るべきものがない新たな厄介物には、何ともやりきれない思いに駆られる。

私の周辺には、今のところ感染被害者はいないので、直接的な被害は何もないと思いたいところだが、流行が本格化した5月、介護施設に入居中だった義母が、不帰の旅立ちをした際には、感染防止のため面会禁止中であったために、看取ることができずじまいに終わってしまった。

施設の職員の話では、「午後の三時に出した水羊羹を喉に詰まらせてしまい、苦しんでいたので背中を叩いたところ、何とか吐き出して大事には至らなかったのですが、その後部屋に送り届けて午後の六時過ぎ、夕食に出てこないので気になり、午後七時ごろ部屋に様子を見に行った時には、ベッドに入ったまま既に呼吸停止状態になっていました」とのことであった。

私は、三年ほど前の7月、母が施設の部屋に入った時、浮かぬ様子で辺りを見渡している母の顔を忘れることができない。母が強く嫌がるようならまた連れて帰り、住み慣れた家で生涯を終わらせてあげねばと思ったのだが、結局そんなことにならず済んだのは救いであった。

午後の八時頃、再度の電話を受け、慌ててタクシーを拾い施設に駆け付けたが、程なくして到着した医師から「老衰死ですね」と宣告されると、空しい思いで同意するしかなかった。

コロナの影響がなければ、施設看護師からのもう少し手厚い看護も受けられたであろうし、私たちももっと早く母の様子を見に来られたのに、と今になって反省させられるのだが、〝老衰死〟は、本当のところは〝事故死〟ではなかったのかと思えてならない。

母が施設に入居した直後は、食事や入浴だけでなく掃除や洗濯に至るまで、全て施設の職員任せで、家にいた頃より元気そうに見えた頃もあったのだが、一年ほど前から施設で行う趣味の習字で、自分の名前の一字が書けなくなってしまい、数か月前に部屋で転んでからは車椅子を使うようにもなって、衰弱の昂進を知らされてはいたが、私は唯見守っていただけであった。

義母は、8月に百歳の誕生日を迎えるはずだったので、どう祝ったら良いかばかりを考えていて、結局、肝心な母の命は守れずじまいだった。未だに後ろめたさを拭うことができない。


今年の夏は、大雨と暑さに加え、質の悪い感染症の流行と義母の旅立ちが加わって、これまでになく〝後味の悪い夏〟となってしまった。特に、長引く感染症の流行は、移動や人との接触が感染リスクになるとのことで、私たち高齢者にとっての楽しみ事のほとんどが制約を受けてしまった。暑い毎日、家でテレビや読書で時間をつぶす〝巣ごもり生活〟を余儀なくされてしまうのは、何ともやりきれない。この悪夢のような毎日をもたらした感染症の原因ウイルスは、元はと言えば野生コウモリに寄生していたものが、人間の生活域がこうした野生動物の生活域を脅かすまでに拡大したため、人間が取り込む羽目に陥ってしまったのだ。

数十億年に及ぶ地球の生物史の中で、それぞれの生物が長い時間を掛けて住み分けてきた生息域を、突如人間が侵犯したのだから、人間による環境破壊が原因とも言えよう。

特に、この数十年の急激な人口増により、以前は人との接触がなかった領域でも人との接触が起こり、他の生物を棲み家にしていたウイルスが、人間の生活域にも入り込むようになって、エイズ、エボラ出血熱、ＳＡＲＳ等の新たな感染症が、次々と発生している。

これまで、地球規模の環境破壊と言えば、大気中のCO_2の増加による温暖化ばかりが注目されてきたが、最近は、廃棄プラスチックによる海洋汚染の深刻さにも、ようやく真剣な目が向けられ始めたようだ。今回の新型感染症の発生では、異生物環境への無知な侵犯が、特定生物の生存を脅かすだけでなく、人間の命を脅かす危険も秘めていることを認識させてくれた。

ウイルスは、一度拡がってしまえば根絶は、容易なことではない。新型感染症の感染・拡大を防ぐためとのことで、現在の私たちの日常は、生活形態の変更を求められており、〝ウイズコロナ〟とか〝ニューノーマル〟なる言葉を見聞きする。この妙な二つの言葉を見聞きするにつれ、新型感染症の流行以前の生活が懐かしい。「昔は良かった」は、しばしば老人の口癖として揶揄されるが、今の私は「昔は良かった」を叫ばずにはいられない心境だ。

〜その53〜

改めて知る平穏な日常の有り難さ

コロナ禍続編　その2

2020年　9月

8月は首相退陣の思わぬニュースで幕を閉じ、今はもう9月、秋だ。

残暑の厳しいこの時期、今年は巣ごもり状況を強いられているだけに、時間は徒に経過しているかのようで、気分はまだ夏のままだ。暑さからの疲労感が抜けきらないためか、我が家の庭先で今が盛りと咲き乱れている百日紅を見ても、花の色が色あせているような気がして、自然界も暑さ疲れなのかと思ってしまう。

このところ、日常での最大の関心事となっている感染症も、5月頃には専門家の「二次感染の拡大により死者十万人の恐れもある」等との、根拠の乏しい科学者らしからぬ警告アナウンスがあったものの、8月初旬頃のチョットしたピークを境に沈静化しつつあり、どうやら峠を越したように見える。感染症の治療薬はともかく、感染拡大防止の決め手となるワクチンも、一部の専門家が「効果や安全性を見極める必要があり、年内の実用は到底無理、早くて来年の春」などと、澄ました顔でコメントしていたが、中国やロシア等の国威発揚意識の強い国では、「この秋には試験的実用を開始する」とアナウンスしているし、欧米の信頼できる製薬会社も、早期実用化に全力を挙げているようなので、年内か来年早々にもワクチンの配布が始まるのではないかと期待される。「命」は明らかに「安全」よりも上位に置くべき価値なのだから、この際「安全第一」は、必ずしも適当な判断ではないだろう。

私は、今回のコロナ騒ぎでの、公共の医療関係機関や専門家の対応が、あまりにも慎重で保守・権威主義的であったので、感染状況と医療体制の発表がある度にイライラさせられた。

自然災害こそ頻発する我が国だが、社会も経済もそれなりに成熟・安定してすでに半世紀以上が経ち、漠然とした閉塞感に問題意識が広がりつつあるものの、長期間の社会活動の積み重ねで、いつの間にか発生した社会の錆びやカビには、なかなか気付かないものだ。今回の感染症騒動では、誰もが一様に安全を脅かされる事態となって、成熟・安定した社会に潜在する諸問題が改めて浮き彫りにされ、改革の必要性がハッキリと認識されたのは結構なことだ。

思えば3月、政府の〝緊急事態宣言〟が発令されてから、私たちの日常生活は大きな変更を余儀なくされてしまった。特に高齢者の感染死亡率が高いと言われては、私たち後期高齢者は、この感染症の動向にはとりわけ神経質にならざるを得ないのだ。後期高齢者の最大の関心事は、何をおいても〝健康寿命の長期化〟にあり、そのために毎日努力していたのが〝外出〟や〝人との交流〟であったのだから、このどちらもが〝感染の危険あり〟として自粛対象とされてしまっては、何ともやりきれない思いだ。

感染症の発生する以前の生活は、〝健康寿命の長期化〟を目標に、自然な形で出来上がったものなので、特に充実した日常生活という訳ではないものの、失ってみると、〝何の変哲もないが特別な心配事もない日常生活の有り難さ〟が改めて実感される。

「年齢とともに時間経過が早く感じられるようになる」とはよく耳にするだけでなく、最近は自分自身でも実感するところだが、何もしないでボンヤリしていても、時間だけは確実にシッカリ経過するのだから、3月からのこの半年は、本当に短く感じられた。

最近の〝巣ごもり的生活〟で、最も安易な日常の過ごし方は、TV番組の摘まみ食いに尽きるが、旅行好きの私がとりわけ多く視聴したのは、ヨーロッパの観光地巡り番組であった。

感染症が流行する以前に収録した番組であろうから、マスクなど誰もしていない男女の屈託なく行き交う街は、幸福感に溢れ平和そのものだが、今の自分の年齢を考えると、この感染症騒ぎが収まり、「再びヨーロッパの都市観光を楽しめる日が巡ってくるのだろうか」との想いが脳裏によぎり、いささかうら寂しい気分にも襲われた。

以前は、月毎に幾つもの旅行会社から、目を通し切れないほどの海外旅行案内パンフレットや旅行業界誌が送られて来ていたのだが、最近は皆無になってしまった。代わりに増えたのが、食品会社や大手外食店等から送られて来る、一週間の日替わり宅配弁当メニューのパンフレットだ。どの宅配弁当も手軽な料金の割に良く工夫されており、私たちのような高齢者には便利な世の中になったものだが、一旦こうしたものに頼り始めてしまうと、もう止めるのが難しくなるのは明らかだ。こうしたパンフレットを見るにつけ、「健康寿命長期化のためには、スーパーでの食料品の買い込みや、夕食の支度に苦労している内が華ではないか」と、妻共々戒め合っている。

9月3日は、朝から曇り空ではあったが、適度な風もありエアコンを掛けずにいた二階の寝室にも気持ちの良い風が入って来て、いつになく快適な初秋の目覚めであった。

朝食後、妻は美容院やら私用やらがあり、出掛けると言うので、昼食の場所を決めてから、私は伸び放題になっている庭のオシロイ花の手入れをすることにした。

我が家の庭は、狭いにも拘らず色々な草花を植え込んでいるので、むき出しの露地は少ないのだが、よく見ると今年も幾つもの蝉の抜け穴があるのが目に付いた。いつものことだが、この狭い庭でも営々とした生命の営みがあるのを再確認して、何とも言えぬ安堵感を覚えた。

庭の草木の手入れを終えた十一時過ぎ、妻との外食のために仙川に向う道中、この時期ならではの道端に転がるセミの死骸だけでなく、幾つもの捨てられたマスクが目に付いたのは、今年ならではの現象だろう。道すがら、私は夏の終わりと同時に、歪まされた私たちのこの夏の日常をも思い知らされたのだが、「こんな夏はもう二度と経験したくない」そんな思いを胸にしながら、仙川に向かったのだった。

仙川とつつじヶ丘の間にはチョットした谷があり、ダラダラとした下り坂の後、四十段近い階段を上らねばならないのだが、この上り坂の途中でいつになく息切れを覚えたのは、マスクをしていたためだったのか、それとも歳のせいだったのだろうか。


〜その54〜

我が町の名を全国に知らしめた陥没事故

突然再点火された東京外環道路建設反対運動

２０２０年　10月

今年の6月（２０２０年）以降、雨日の多さには、全くウンザリさせられた。梅雨と並んで秋雨の時期に雨が多いのは、自然の定めとは言え、9月は晴れ日が僅か数日しかなかったのだから、雨日が数日続くと、近年何かと話題になる〝異常気象〟をついつい意識してしまう。

例年、10月は晴日が多く、特に10日は、ほとんど晴日となる特異日として知られているのだが、今年ばかりは冴えない天気で終わってしまった。これも〝異常気象〟のなせる業だろうか。

18日の日曜日は、久々に息子一家が来訪するというので、好天日を願っていたが、予報では曇天か小雨日とのことであったので、忌々しく思っていたのだが、朝の目覚めと同時に空模様を伺ったら、意外にも青空が覗いており、この時ばかりは当たらぬ予報が有り難かった。

現在の気象予測技術は、人工衛星による気象観測や、スーパーコンピュータによる予測技術の導入等で、一昔前に比べれば格段に進歩しているはずと信じているのだが、どうも期待ほどの向上は遂げていないようだ。〝何とか心と秋の空〟ではないが、複雑で強力な大気循環と海流循環に支配された、我が国の〝気まぐれなお天気心〟に対しては、たとえＡＩによる現代の先端技術を以てしても、未だにその変化が読み切れないようで、いささかガッカリさせられる。

息子一家の来訪は、今年中学生になった息子二人が、都内で実施される漢字検定を受けるので、そのついでに我が家に立ち寄ろうとの魂胆らしく、到着するのは夕方の予定であった。

妻からは「部屋を綺麗にしておいてね」とキツく言い渡されていて、昼食後の一休みの後、やっと後回しにしていた食卓周りの郵便物や書類整理に取り掛かった。妻は毎週日曜に決めている部屋掃除を終え、二階の自室でのくつろぎも早々に切り上げ、居間に降りてくるとせわし気に、息子一家をもてなすための食事作りに取り掛かった。私はＴＶでも観ていたいところであったが、妻の忙しそうな様子にそんなこともしていられなくなり、庭に出て年末には手入れをしなければならない庭木の伸び具合やミカンの収穫時期等を見定めることにした。

最も気に掛けているミカンは、昨年が不作であった反動で、今年は木の大きさに似合わぬ豊作となっており、早めの採果をしなければ、熟果とともに増す実の重さに、樹形が損なわれてしまうのが心配だった。そんな時間つぶしも束の間に4時も過ぎ、息子一家が来訪した。

息子はネット情報で、我が家の近くで起きた陥没事故を既に知っており、家に着くなり、心配顔で「近くの道路トンネル掘削現場で、道路が陥没する事故があったらしいけど、どの辺なの」と言って、そのままますぐに「現場を見てくる」と言って出掛けた。近くの事件にも拘らず、何も知らずにいた私たちにとっては、息子の情報はまさに〝青天の霹靂〟であった。

数分もしないうちに、息子は「通行止めで近付けなかった」と言って戻ってきたが、自分の目で我が家が事故現場からは離れているのを確認して、それなりに安堵した様子であった。

私も慌ててTVを点けてみると、我が家近くの街並みと道路に開いた陥没穴が放映されていて、〝調布市東つつじヶ丘二丁目の道路で起きた陥没事故〟は、禍々しく報じられていた。

不安に駆られた妻は、早速「私も見に行ってくる」と言って出掛けたが、息子同様通行止めされて、すぐに戻ってきた。私はと言えば、どの程度の陥没穴ができたのか、気にはなったが、騒ぎの真っ最中に、野次馬の如くノコノコ様子見に出掛ける気分にはなれなかったので、改めて生け垣越しに外の様子を伺ってみると、庭先道路での人の往き来が多く、何となくいつもとは違った気配であることが理解できた。私は、我が家が道路トンネルの通過位置からはかなり離れているだけでなく、我が家よりは坂を下って数メートルほど低地域を流れる入間川沿いとは、我が家付近の地質構造が異なるはずなので、〝我が家の周りに陥没事故が起きる可能性はほとんどない〟とは思った。しかし、かねてから道路工事に反対していた近隣の住民が、ここぞと新たに騒ぎ出すことは疑うべくもなく、〝火に油を注ぐような事故が起きて、近所にまた厄介な事件が巻き起ったものだ〟との思いが脳裏をよぎった。

我が家での陥没事故騒ぎが一通り収まった後、ようやく息子一家との、束の間ながらの夕食をともにしたが、5月には母の葬儀で会っていたので、僅か五か月ほどの時間経過ではあったものの、元気に騒ぐ子供達から、日毎月毎に成長する育ち盛りの子供達の息吹を吸わせてもらって、幾分かの元気を分けて貰えたような気がした。やがて息子一家が帰宅し、元の静けさが戻ると、さすがにホッとする一方、再び陥没事故が気になってきたので、慌ててTVを点けてみると、どの局でも陥没事故をホットニュース扱いしていて、〝調布市東つつじヶ丘二丁目〟は、一躍全国にその名が知られる存在となっていた。

翌19日（月）は、生ゴミ出しの日なので、私は九時頃から庭の落ち葉を掃き集めて、次に道路側の生け垣沿いの掃き掃除をして終わらせようと道路に出てみると、東に百メートルほど行った所の入間川の手前に、普段は見かけない数人が何やら作業をしているのが目についた。陥没事故に関連した作業員に違いないので、何をしているのか聞いてみたところ、ボーリングと超音波による地質調査の準備中とのことであった。すぐに掃き掃除に戻ったものの、昨日に続いて人通りの多いのが気になったが、上空にもヘリコプターが二機ホバリングしていて、その騒音は「事故現場はどこだどこだ」と騒ぎ立てているようでイライラさせられた。

そのうちに見知らぬ通行人から、「陥没したのはこの辺ですか」と聞かれる始末で、我が家は傍観者ならぬ陥没事故の当事者なのだと、認識を改めさせられもした。

夕方、騒ぎが収まった頃を見計らい、意を決して事故現場に出掛けたが、私は近所の住人ということで、立ち入り禁止区域に入らせて貰えた。陥没箇所の道路は三メートル四方ほどであろうか、黒々と真新しいアスファルトで既に塞がれていて、復旧工事は終わった後であった。

思えば、戦後の我が国における大規模土木工事では、必ずと言っても良いほど、反対住民との長期に亘る軋轢を生みだしている。今回の陥没事故は、前回の東京オリンピック開催決定から半世紀を超えてくすぶる〝東京外環道路建設〟を廻る反対運動を再点火させてしまったようだ。早速我が家にも、反対運動の主導グループから、建設中止運動参加への働きかけのビラが配送されてきて、私は何となく、群馬県の八ッ場ダム工事や成田空港建設の長期闘争を連想した。今回の事故は、一体どんな結果を迎えるのか、先が案じられる。


〜その55〜

事件に翻弄された一年
２０２０年末での想い

２０２０年　12月

12月は、誰しもが多少なりとも回顧的な心情になる月だろう。さまざまな出来事での断片的な記憶を脳裏に残して、いつの間にか過ぎ去った日々に、一年の短さを思い知るのは、毎年の12月での決まり事だが、今年ばかりは、いつもの年とは違った感慨に駆られる。

理由は明らかに、今年は三つの特別な事件が起きたためだが、その第一がコロナ禍であった。

今年の3月頃から感染が拡大し始めた新型の感染症であったが、マスコミが騒ぎ立ててはいても、夏頃には沈静化するものとタカをくくっていた。ところが、とうとう12月に入っても一向に収まる気配が見えないではないか。こうなると新型感染症の手強さは、インフルエンザの比ではないと認識せざるを得なくなってしまった。結局、来年の春にでもなって、ワクチンが本格的に流通するようにならない限り、コロナ禍は収まりそうにないのだろう。

初めてこの言葉を耳にした時は、「そんな馬鹿な事態など受け入れたくもない…」と思った、〝新常態〟だの〝ウィズコロナ〟だのも、現実には避けられそうもなくなってしまった。

後期高齢者と呼ばれる身分になって、これからは残された人生を、趣味を中心に、知人との交流や旅行等でユックリ楽しみたいと思っていただけに、「突然、嫌な時代になってしまったものだ」との忌々しさは、どこにもやり場がなく、考えれば考えるほど苛立ちを覚える。

コロナ禍は、通信技術や交通手段の目覚ましい発展をベースに、バラ色に彩られて迎えた〝グローバル化時代〟がもたらした、悪しき副産物の一つと言えよう。私が最近時々たしなむワインで例えると、いい気分で味わっているうちに、ついうっかりグラスの底のオリを飲み込んでしまって、急に冷めた気分に陥った類の事故だ。〝好事魔多し〟とでも言うのであろうか。

第二の事件は、義母の不帰の旅立ちだ。三年ほど前に介護施設に入居し、8月には百歳のお祝いをどうしようかと考えていた矢先の5月の出来事であった。3月にコロナ禍の影響で面会禁止となる以前は、毎週面会に行って母の様子を観察していたのだが、今年になってからは、面会の度ごとに母から以前の精彩が失せていくのが感じられて、〝施設に入れたのが良かったのか〟、そして〝母自身はどう感じているのか〟を自問するのが度々だった。

そんな折、5月に施設から突然、「三時のおやつの水羊羹を喉に詰まらせたようです」との電話があり、その時の「多分大丈夫です」の電話に安心したのも束の間、夜の八時頃に今度はただならぬ様子の電話が入ったので、慌てて施設に駆け付けたが、時既に遅しとなってしまった。

母の旅立ち後は、待ったなしの葬儀手続きや相続手続きが続き、必要な手続きが一通り終わったのは8月の末であった。特に、面倒な法的問題が絡む相続手続きは、妻の側の問題として傍観する訳にもいかず、何かと関与させられてしまった。予測した通り、金銭が絡むとどうしても裏に隠れていた欲やエゴが露わになり、綺麗事では済まない現実の厳しさを存分に知らされることになった。妻の弟や妹との人間関係に、隙間風が吹き込んだ事件でもあった。

第三の事件となったのは、10月に突如として持ち上がった、近所での道路陥没事故だ。

10月の18日、NHKのTVニュースで全国放送され、我が住所〝東つつじヶ丘二丁目〟は、何の変哲もない住宅地から、一躍全国にその名を知られる存在となってしまった。

翌日、親戚や友人からお見舞いのメールや電話を、幾つも頂戴する事態となって、よく知られた警句、〝悪事千里を走る〟を、文字の通りに実感させられる事件となった。

私が現在の地に住むようになったのは、三十年ほども前のことだが、近所を散歩する度に、そこ此処に〝道路建設反対〟の張り紙を目にした。その運動が実を結んだのか、土地の買収資金で行き詰まったのか、その後、道路建設は頓挫してしまったようで、最近は反対の張り紙も目につかなくなっていた。ところが、その〝寝た子〟を起こしたのが、トンネル掘削技術の進歩に触発されて、平成12年に制定された、〝大深度地下の公共利用に関する特別処置法〟であった。

この法律の制定により、封印されていた〝東京外郭環状道路〟の未完部分の工事が、地下道として再開されることになったからだ。その結果、元々この工事に反対を唱えていた住民が、大深度地下工事の安全性や、トンネル上部住民の財産権の侵害を理由に、再び建設反対運動を活発化させたのだった。そして、何と皮肉なことに、今年の10月と11月に起きた道路の陥没事故箇所は、反対運動を主導していた住民の居宅の目と鼻の先の所であった。

事故の発生から一か月半が経過した今でも、見物人や報道陣の人通りこそ減ったものの、作業員や作業車の行き来は一向に減る様子がない。近所の住民としての私は、工事と事故の関係や工事の行く末が気に掛かって、何となく落ち着かない気分の毎日が続いている。

身近な事件は、私たちの日常生活での最も大きな関心事となるので、その分、他の事に注意がいかなくなるのは自然な成り行きだろう。日常生活全体の流れも、事件の動向に影響されない訳にはいかないので、結果的に、事件関連のことばかりが強く印象に残り、それ以外の生活記憶は薄れがちになる。こうした状況が、年齢とともに短く感じられるようになる一年の長さを、さらに短く感じさせているようだ。想い返せば、今年はコロナ禍の状況下、危険を承知での映画鑑賞や食事のための外出はしたものの、肝心の開催そのものが中止となってしまったコンサートや歌舞伎観劇には、全く行っていないし、ましてや例年なら一度は出掛けていた海外旅行の如き冒険は、さすがに冒す気にはなれなかった。こうした、特に心弾むような活動ができなかったことも、今年の一年が足早に経過したように想える一因になっているに違いない。

年末になって、コロナ禍で沈滞化しがちな経済のカンフル剤として、突如政府肝入りの補助金事業〝Go To Travel〟が飛び出したので、私たちも行くに行けない海外旅行の憂さ晴らしに、この補助金を利用した三泊四日の国内旅行を計画した。ところが、11月末から12月初めに掛けての旅行日程が、折り悪くコロナ感染の第三波に遭遇する事態となってしまった。

迷った挙句、キャンセルしようと旅行会社と掛け合ってみたが、既にキャンセル料の支払いは避けられないことが分かり、運を天に任せて、敢えて旅行を強行することにした。この旅行が元で、第四の事件が起きたりはしないことを、今は切に祈っている。

〜その56〜

開き直って Go To トラベル

2020年の思い出作り

2021年　1月

昨年の11月29日（日）、私は何十年ぶりかになる泊り掛けの国内旅行に出掛けた。新型感染症第三波の拡大懸念が、連日マスメディアで報じられる最中であった。

10月の末、妻から「今年は思い掛けない出来事が重なって、とうとう海外旅行には行けなかったけど、私の友人には、国から補助金の出る〝Go Toトラベル〟を利用して、温泉や紅葉狩りを楽しんできた人が数人いるのよ」と、暗に気分転換のための旅行を催促された。

私は、旅行は人生最大の楽しみ事と思っていて、妻とは以前から「元気なうちは、非日常的経験の期待し易い海外旅行を楽しみ、体力が衰えたら、国内旅行を楽しもう」と話していた。

去年は7月にイタリアに出掛けたのだが、世界的な感染症の流行で「これから暫くは海外旅行には行けないな」と思ってはいたものの、国内旅行をしようとは思っていなかった。

妻の要望を無視すると、後々愚痴を聞かされるハメになるので、早速国内旅行を検討してはみたが、海外旅行を検討するときのように「是非行ってみたい」と、心が躍るような目的地はなかなか見つけられなかった。妻は「東北に行って紅葉を楽しみたい」などと言っているのだが、紅葉には付き物の温泉には、私も妻も興味がなく、時期的に紅葉も終わり掛けている頃なので行先を決めかねていた。思案した挙句、私が思い付いたのは、「名立たる名勝地ながら行ったことのない厳島神社を観光し、ついでに広島の旧家に嫁いだ私の妹を訪ねた後、秋吉台と萩を訪れて、自然と歴史を楽しもう」という、少しばかり欲張った三泊四日の旅であった。

広島までは、〝のぞみ〟で約四時間の旅だが、私が〝のぞみ〟に乗るのは、20年ぶりにもなろうか。会社勤めの頃は神戸と東京の往復で、毎月のように新幹線を利用した頃もあったが、会社生活を卒業してからは、神戸に行くことも新幹線に乗ることも、ほとんどなくなってしまった。

出発の朝は、少し早起きをして、東京発八時半の〝のぞみ〟に乗車したが、久しぶりに乗る新幹線は、先頭車両の形状が変わり、以前より少しスマートになったように思えたが、車内は昔と大差なかった。乗客は折からの感染症の流行で、各車両に数人という状況であった。

車外の風景も大きな変化は感じられなかったが、さすがに二十年近くの時を経て、どの駅の周辺近くでも高層マンションが目に付き、確かな時間の経過を感じさせられた。

幸い好天気に恵まれ、新幹線の車窓風景では私が一番好きな、富士山と天竜川に架かる白いアーチ橋との、リズミカルで絵画的な風景が、以前と変わらぬ風情で目に入ってきた時、転勤や出張で頻繁に新幹線を利用していた会社勤め時代が、懐かしく思い出された。

懐かしさも込めて眺める沿線の車外風景は、広島に着くまで、ほとんど人家の途切れることはなく、飽きずに眺めていると、ヨーロッパ旅行との最も顕著な風景の違いは、こうした鉄道や道路沿いに展開する家並みの違いからくることを、強く印象図けられた。我が国の家並み風景からは、どうしてもアジア的過密感が目に付き、いささか寂しい思いに駆られてしまうのだ。

四時間の乗車時間も、久しぶりに観る車窓風景の導くままに、さまざまな思いに浸っていると、長いようで短いものだ。広島に到着して、初めて間近にした駅前風景に、私は何となく神戸の三宮を感じた。駅周辺の建物と長い歩道橋の様子に加え、近くの山並みの印象が似ているように思えたのだ。私共は、そのまま厳島に向かいたいところであったが、駅とは高架で繋がるシェラトンホテルに荷物を預けて身軽にしてから、今日の目的地である厳島神社に向かった。

広島駅から三十分ほどローカル電車に乗るとJR宮島口に着き、そこで昼食にしたのだが、出発直前に妹から「ぜひ大野屋の焼きアナゴ弁当を食べるように」と、アドバイスされていたので、駅の目の前にあったコンビニの〝大野屋の焼きアナゴ弁当〟の表示が目に入ると、そこで弁当を買って駅の待合室で食事してしまった。食後、ホッとして一息入れていると、駅から百メートルほど先に大野屋そのものがあることに妻が気付き、「あそこで食事したかったわ」と責められたが、後の祭りであった。中途半端な予備知識から〝早トチリ〟の愚を犯したようだ。

厳島神社は、この大野屋のすぐ先にある岸壁から、目の前の宮島にフェリーで渡り、その宮島の小高い山の向こう側に位置していた。フェリーに乗った時には、「名前につられて来てみたものの、何処にでもあるような変わり栄えしない神社だったら、また妻に責められるのではないか」と、少し不安に駆られたのだが、島の向かい側に回ってみると、想像以上に立派な建築群が拡がっていて、「遠くからわざわざ見にきた甲斐があった」と胸を撫で下した。

潮が引いてはいたが、海と山と建築群の取り合わせが巧みで、さすが世界遺産に登録されただけのことはあり、時に趣は大分異なるものの、〝日本のモンサンミシェル〟と呼ばれているのも納得がいったのだった。

翌日は、まず一番に妹の嫁ぎ先を訪問した。家は広島駅から芸備線で二十分ほどの安芸矢口駅から五分ほど東に行った所にあり、我が居住地の調布市に当て嵌めてみると、「市の中心からやや離れた深大寺辺りの、畑も散見される住宅地」といった風情の所であった。

家は、妹夫婦が住む居宅に先祖伝来の白壁の土蔵造りの旧宅が繋がり、中に小振りな和風庭園を抱えていて、コの字型を形成した造りになっていたが、折しも庭師が庭木の裁定中であった。挨拶や雑談も手短にして、早速旧宅を飾る自慢の文字襖と、髷を結い脇差を差して短銃を手にした先祖の肖像写真を見せて貰った。詳しいことは聞かずじまいであったが、妹の嫁いだ前田家は、広島藩のそれなりの士族階級だったようで、そのことを密かな誇りにしていた。

本来ならば、もう少しユックリしたいところであったが、新型感染症流行の折でもあり、広島市うち見物もしたいところであったので、昼食が気になる時刻の前に去宅し、妹の運転で広島城に向かった。

広島は毛利藩の拠点地だっただけに、広島城はそれ相応の規模を備えていたが、旧天守閣は戦災で焼失していて、眼にする天守閣は、戦後の復興天守なのは残念だった。

次は、広島城からは歩いて二十分ほどの平和公園に向かった。途中垣間見られた広島市の中心部は、堂々としたビル街を成しており、百万人都市広島の大都会ぶりを改めて認識させられた。

今や広島市のシンボルとなっている原爆ドームと平和記念館は、複雑な思いで見学したが、私は原爆の非人道性より、敗戦の責任回避から降伏決断を遅らせて、原爆投下を招いてしまった当時の我が国指導者の無責任さに、かねてからの怒りが、またまた込み上げたのだった。

三日目の朝は、広島駅から新幹線でまず新山口に行き、そこからローカルバスに乗り、秋吉台経由にて萩に入った。途中で三十分ほど秋芳洞を見学したのだが、観光グローバル化の進んだ現在、世界の自然遺産が観光できるようになると、秋芳洞規模の鍾乳洞では、海外からの観光客を集められなくなったのだろうか、バス停から秋芳洞入り口に連なる土産物店は、厳島で目にした明るくて清潔な土産物店とは比較にならないほどの寂れようで、どの店にもほとんど観光客は見られず、新型感染症の影響もあってか、閉店している土産物店も多かった。

私たちは、洞内の黄金柱の所で引き返し、再び元のバス停からローカルバスに乗り、時間節約のため秋吉台観光は車窓からの見物で済ませた。お陰で午後一時頃JR東萩駅に到着した。

東萩駅は市の外れに在り、駅周辺には飲食店らしい店が見当たらず、少し慌ててしまったが、営業中か休業中か判然としないような店で、何とか昼食を取ることができた。食堂の主人からは、「夏は観光客が多いのだが、この季節は客が少なく、今年は感染症の影響もあって、こんな事態になっている」と言い訳された。この店主が、地元民が利用する市内循環のコミュニティーバスを教えてくれたので、このバスが来るのを待ち受けて市の中心部に入った。

私は学生時代の最後の年に、友人二人と訪れたのが、萩との最初の出逢いであった。

当時流行りのユースホステルを利用した旅だったように記憶しているが、今でも思い出せるのは、所どころ夏ミカンが実る生け垣に囲まれた、旧城下町の情緒が漂う瀟洒な家並み、海岸から突き出た小山にある萩城址のこんもりとした茂み、そして何処だったか幾つかの萩焼の店等だが、こうした所は、当時も今もほとんど変わっていないように思われた。

萩市は長州藩の拠点地であっただけに、明治維新に活躍した立志伝中の人物を多数輩出しているので、観光シーズンオフとは言え、さすがに松陰神社や桂小五郎の旧宅等では、大勢の学生団体客と出くわした。今後も日本人には人気の観光地として存続し続けるのだろうが、果たして外国の観光客にはどう映るのだろうか。上級藩士の立派な屋敷跡は、武士文化の遺構として外国人受けもしようが、維新の志士達の旧宅は観光対象になるのだろうか。

好天気の中、妻と二人で気の向くままの観光スポット巡りをしたが、こうした観光スポット以外何処も人通りはマバラで、昼の勤務時間帯でもあったため、たまに出会うのは中高齢の女性ばかりであった。少子高齢化で、過疎化の進む地方都市の一面を、垣間見た気がした。

三日目の夜は、東萩駅を挟んで市の中心地とは反対側にある半島上の萩観光ホテルに泊まったのだが、現地に来てすぐホテルの選択ミスに気付いた。交通の便が良いとは言えない観光地で、観光中心地と宿泊場所が離れていては、観光巡りでの時間ロスが大きすぎるのだ。

最後の朝は、少し早めにホテルを出て、また市の中心部の観光場所に戻ったのだが、その日のうちに東京に帰らねばならないので、土産物買いもそこそこに、再びローカルバスに乗って新山口に戻った。そこで乗車する新幹線の発車時刻を確認すると、やっと安心して昼食を摂ることができた。かくして、最終日は思いのほか慌ただしい一日となってしまったが、これも新山口に停車する〝のぞみ〟が、一日数本しかない故であった。帰宅は夜の八時になったが、旅行中好天に恵まれ、私たちは久し振りの国内旅行を、大いに楽しんだのだった。

２０２１年　２月

～その57～

仕事と趣味の同化形態 Jobby

After Coronaの新勤労形態

何処にでも潜む、闇世へのミクロの使者〝コロナ〟に気を配らねばならないこの冬、〝Remote Work〟や〝Telework〟、あるいは〝Workation〟等の警戒標語を頻繁に目にする。

これらの標語の意図するところは、感染リスクの高い三密状態を避けるため、従来のオフィス型勤務を、ＩＴ活用による自宅や休養地での作業・業務形態に変更しようとの提案であろう。

私は、Remote WorkとTeleworkはともかく、Workationに関しては、少し現実離れしていて、一般的なデスク業務での、普遍的な作業・勤務形態にはなり得ないように思うのだが…。

勿論、その意図するところは私も理解するが、Work と Vacation は、本来の在り方が水と油の如き関係にあり、区別されてこそ意味があるのであって、両者の仕切りがなくなってしまうと、Work も Vacation も、その目的とする価値を失ってしまうのではないかと考えるからだ。

会社勤め卒業後早や二十年近くが過ぎ、私の給与生活は別世界での過去の出来事となった。

これは、組織勤めに付き物の〝定年〟なる制度がもたらす、〝予期された結末〟ではあったが、望んでいた結末ではなかった。誰しも、慣れ親しんだ仕事ならいつまでも続けたいところだが、組織勤めでは必ずしも叶う訳ではない。社会も組織も人も、時間とともに変らねばならない宿命があり、長年に亘り築かれたしがらみは、良くも悪くも捨て去ることで、新たな後継者に新たな発想での活動を求め、組織の自浄的進化を計ろうとするのが、定年制度の狙いだろう。

しかし、社会活動の中には必ずしも変化を前提としない活動や、特殊性を大事にする活動もあり、そうした社会活動では定年なるものは必要がなく、むしろ継続することの方が重要な場合もある。そうした特殊性や継続性に価値があり、定年が意味を持たない社会活動の分かり易い例は、伝統業や芸術それに継続を前提としていない個人的・趣味的活動等だろうか。

組織勤めの給与生活者とは違い、店舗経営者や芸術家であれば、生活収入が何とか得られて健康でありさえすれば、定年はないのだから、その気になれば、したいことをいつまでも続けることができる。非給与生活者のそうした特徴の利点は、人生が後半に入って、生活パターンを変えるのが難しい頃になると、初めて有り難みが分かるものだろう。「良い趣味を持つと人生が豊かになる」とは、よく言われることだが、この意味を身に染みて感じるのも、人生も後半を過ぎた、定年後の多くの組織勤め経験者ではないだろうか。特別な資格や技能とは無縁な一般人にとって、毎日趣味事ざんまいで人生を送れるなら、これに勝る幸せはないだろう。

ところで、誰でも〝趣味〟あるいは趣味との自覚はなくとも、〝好きなこと〟なら幾つかはあるはずだ。しかし、〝生涯に亘る趣味〟となると、誰にでも有るとは言えないだろう。長い年月慣れ親しみ、生活習慣化したような趣味でなければ、生涯を通しての趣味とは認められないからだ。

したがって、特に組織勤めの身であれば、早くから良い趣味を見付けるか、性に合った仕事に就くかでもしなければ、後半人生での生き活きした生活は望み難くなる。時間を持て余して、好きでもない仕事に就いたりでもすれば、楽しい人生からは縁遠くなるばかりだろう。

さて改めて仕事と趣味の違いについて考えてみると、経済的な要素を外してしまうと、双方を分け隔てている本質的な違いが何なのか、次第に不明確になってくる。仮に、庭いじりを趣味にしていた給与生活者が、定年後に趣味と健康を兼ねて、庭仕事で収入を得るようになったならば、仕事と趣味とは両立した状態で、趣味は仕事に変化することになるのだ。

私はこうした趣味と仕事が両立した状態を、〝Workation〟に習って、〝Jobby〟とでも呼べば良いのでは、と思っている。Work と Vacation の両立に比べれば、Job と Hobby の両立の方が、遥かに現実的な両立形態ではないかと考えるからなのだが、どんなもんだろうか。

私が会社生活を送っていた頃は、伝統的な大手企業であればほとんどの社則に〝社員は兼業してはならない〟との主旨の規定があったはずで、社員はひたすら所属する企業への貢献を求められていた。企業はこの見返りに、社員に不文律の終身雇用を約束していたのだが、国際競争の激化に伴って企業業績が悪化すると、企業の生き残りが最優先され、ナリフリ構わぬリストラの頻発により、いつの間にか終身雇用等は、約束も期待もされていない〝古き良き時代の忘れ形見〟となってしまった。こうなると、社員は身の安全から自ずと副業に手を染めるようになり、企業もこれを禁じ難くなるのは当然だろう。かくして、近年は多くの企業が公に、「兼業を認める」旨の発表をするようになった。現在、降って湧いたコロナ禍で、社会の活動形態は予期せぬ変更を余儀なくされているが、コロナ禍以前から、このような形で雇用形態の柔軟化が進んでいたのは、コロナ禍対応への一助となったことは疑いない。

会社生活卒業後から現在に至る私の日常生活でも、〝Jobby〟に相当するものが幾つかあったのは幸いであった。一つに、新婚時に家を建てた際の余剰資金の活用で始めた不動産投資があり、他の一つは、僅かばかりだったが、当時でも既に一般化していた証券投資であった。

私は、賃貸不動産を持つ農家育ちのためか、幼い頃から不動産には馴染みがあり、どんな不動産にもある一種の骨董品的側面や、地域社会の歴史に繋がる側面にも、興味を持っていた。

したがって、不動産投資は、変動の穏やかさも安心感を呼び、自然に私の投資対象となったのだが、一方の証券投資は、１９８７年のＮＴＴ株売り出しが切っ掛けだった。運と勘に左右されるゲーム的側面が面白くて、その後も止められず今日に至っている。会社勤め時代から現在に至るまで、私が特に大きな生活パターンの変化を感ずることなく過ごしてこられたのも、この二つの〝Jobby〟のお陰であろうか。会社勤務最後の日、私は定年の寂しさよりも、「これまでの長年に亘って会社と上司を念頭に費やしてきた自分の時間が、これからは全て自分に還ってくる！」と、何だか憑き物がとれたように感じられ、清々とした気分になったことを思い出す。

不動産投資と証券投資は、市場の公明性とネット化が年々進んでいるだけでなく、企業の副業解禁と銀行預金の超低金利化も重なって、今の給与生活者にとっては、なくてはならない極めて一般的な〝Jobby〟となっているのではないだろうか。この二つの市場は、古くから身近にあって、分かり易く取り組み易い投資対象なのだから、当然と言えば当然の現象だろう。

私は、これらの在来型〝Jobby〟に加えて、今後は取り組み易い新たな〝Jobby〟が続々と現れ、やがて定年なる制度が社会から消え去る時が来るのではないかと思っている。

〜その 58 〜

我が家の中の特別な一部屋

コロナ禍続編　その3

２０２１年　３月

２０２１年がスタートすると、人の移動の増加が慣例となっている年末・年始の影響であろうか、新型肺炎の感染者数が一気に増え始め、2月2日には2度目の緊急事態宣言が発出される事態となってしまった。一日の感染者数が百人台であった頃ならともかく、千人を超えるようになってしまっては、こうした処置が取られるのも致し方ないところだろう。

ＮＨＫや大手新聞の行った世論調査では、「緊急事態宣言の発出は遅すぎた」との意見が多数を占めたとのことだが、私の実感では、発出時期はほぼ適当な頃合いであったように思う。

私が購読する日経新聞は、「無作為に選んだ一般市民対象での世論調査の結果」と報じているが、回答率を見ると50パーセントを下回っているようなので、調査結果の信頼性も半分以下ではないのかと思っている。宣言発出元の政府は無論のこと、専門家と言えども発出時期の見極めは難しいに違いなく、まして特別な知識や情報もない私たち一般市民には、どう回答したら良いのか判断し難い質問だろう。せめて世論調査の選択枝に「分からない」の項目でもあれば救いなのだが、Yes か No の選択に「どちらかと言えば」くらいの緩和条件付き選択枝では、無理な回答選択を余儀なくされるのは明らかだ。昨年来のコロナ騒動にウンザリさせられている者からは、一向に改善の兆しが見えない現状に、不満めいた言葉が出てくるのは当然で、回答結果が現状に厳しくなるのは自然だろう。私にしても、一日の感けて映画や外食を楽しんでいたものの、今回ばかりはそれも中止せざるを得なくなってしまった。
染者数が二千人を超えて増え続けるようになっては、前回の緊急事態宣言時には月に一度は都心に出掛

　こんな状況下で、意図せぬ巣ごもりを強いられているこの新春だが、私はせめてもの気晴らしにと、仙川や国領には今も時々出掛けて、買い物や外食をすることで憂さを晴らしている。

　一方、私の妻はと言えば、病気や治安には必要以上に敏感なはずなのに、健康のためと称して週に二、三度はダンス教室へと外出している。会場は通い始め当初から調布周辺に決まっている故か、特に巣ごもりの不満は感じていないようだ。巣ごもり感の強い私は、庭いじりや読書等で気晴らしをしたいところだが、冬の庭いじりは寒さが辛いし、特に読みたい本の見当たらない現状では、TVを観るか市場動向を観ながら株の売買で気を紛らわすかのどちらかの選択しかない。

　幸いにも、TVでは名画の評価がある映画対象の番組が、かなり頻繁に組まれている上に、株価市場は三十年ぶりの株高を更新中で、時間つぶしには苦労せずに済んでいる。私のような俗人には、どうしても映画よりは、損得が絡む株の方に気が入ってしまうのだが…。

　数年前に、「ここまで下がれば買い時」と思って仕込んだ株が、その後も値下がり続きで半ば見放していたのだが、最近ようやく上値を追い出した結果、含み損が僅かながら含み益に転じた株も出て、〝コロナ禍転じて福をなす〟の感もなくはない状況だ。とは言え、私には一日中家にいるほどの我慢性はないので、昼食は妻と近くのファミレスで取り、昼食後に妻はダンス教室へ、私はスーパーで夕食の食材

探しをするのが、最近のお決まりの日課となっている。

さて我が家の巣ごもり生活の現場である自宅の状況はどうかと言えば、特に決めた訳でもないのだが、私の会社生活の卒業から現在に至るまで、自然のうちに定まった一定の状況が続いている。

私はTVとパソコンのある一階の居間、妻はもう一台のTVと置炬燵兼用テーブルのある二階の和室が、それぞれの居場所として定まったのは、株関連書類が一階のTV台の中、妻が趣味としている俳句関連書類と読書会関係本が置炬燵兼用テーブルの上にあるからなのだ。

したがって、家に居て自分の時間を持ちたい時は、私は一階の居間に居ることが多く、二階に上がっていくのは妻と食事の相談をする時ぐらいだろうか。しかし、妻は月に一度開催されている俳句の会や読書会の会合で、半日ほど出掛けることがあるので、そんな時は気分転換のために、私は昔懐かしい畳のある二階の和室に上がって、昼寝をしたり読書をしたりしている。

この二階の和室は、我が家の中央に位置しているので、特別に（と言ってもそれほどのことでもないのだが）見晴らしの良い部屋となっている。我が家の庭の高い立ち木は、南東と南西にあるので、和室の南側には視界を遮る高い立ち木はなく、しかも道路を隔てて南側にある隣家は、道路に面した北側に広めの駐車スペースを設けているため、目線を少し上げれば建物も視界に入ることはなく、目に入るのは電線だけの広々とした空間が広がっているのだ。その結果、我が家が入間川を挟む東側の仙川と向き合う高台にあることもあって、夏には、南側の遠くに回り込む玉川での狛江市主催の打ち上げ花火も、この和室からならよく観える。

2月11日は、良く晴れた穏やかな日であった。風は少し冷たいものの、午後の春めいた陽射しは暖かく、丁度ダンス教室に出掛けて妻のいない二階の和室は、昼寝をするにはうってつけの日和だった。寝転んで南の空を見上げると、一面の青空が眼に映り、雲の一つも見当たらなかった。こんな時に、無想・無念のつもりで空を眺めていても、次第に湧き上がる回想の念には抗えない。去年はコロナ禍の中、介護施設に入居中の義母が不帰の旅立ちをする等、思い掛けない事件も経験したが、その後の相続問題処理も済ませて半年ほどが経ってみると、全てが遠い昔の出来事の一部になってしまう。喉元を過ぎてしまえば熱さは忘れるものだ。

私がこの地に住み始めた頃に比べると、僅か三十年ほどの間に我が家を取り巻く環境は大分変ってしまい、変わらないのは我が家だけのようにさえ思える現状だが、何もない青空を観ていると、今自分が此処にいること自体すら、何の因果があってなのか、不思議に思えてくる。

妻と初めて廻り合わせた時が、私がこの地に住むことを運命付けられた原点ということになるのだろうが、そもそも妻との出逢いが、偶然であったのか必然であったのか、思いはさまざまに脳裏を駆け巡って尽きることはなく、私には無想・無念の悟りの境地等は、分不相応の叶わぬ願いのようだ。

「天気の良い穏やかな日の午後、体も心も安らかな状態の時、たまたま妻も不在」との三条件が揃いさえすれば、「二階の和室に上がって寝転び、窓から空を眺めていれば、自ずと日常の雑事が忘れられ、蘇る過去の思い出に浸れる」との状況は、有り難くも嬉しい現実だ。

人生もあと何年続くのであろうか、日常はこれから迎えねばならない険しさの気配に、身構えることが多くなった昨今ではあるが、たまには二階の和室で寛ぎ、過ぎ去った良き日々を思い出しながら、安らぎの一時を過ごすのは、ささやかな今の幸せ事の一つだ。

〜その59〜

チョコレートから溶け出る想い出

Valentine Day に開いた Time Capsule

２０２１年　３月

2月14日（日）の夕方、下高井戸のマンションに一人住まいをしている妻の妹が来訪した。

昨年、彼女と妻の間で、義母の遺産相続手続きに関し、思い掛けない隙間風が吹き込む事態も生じたが、年末までには何とか収まりが着き、年末年始には共に我が家で例年通りの恒例行事を済ませたので、一応元通りの姉妹関係に戻ったかのようには見えた。しかし、以前の彼女なら、ほぼ月に一度の頻度で我が家を訪れていたので、私は、姉妹関係の修復を確認するのは、彼女が次に来訪した時になるのかなと思ってはいた。彼女は、玄関に顔を現わすと同時に、「今日はバレンタインデーよね…」と言って、妻に私宛の GODIVA の小箱を手渡した。私はその表情から、二人の間に入って払った相続問題円満解決のための苦労を、率直に評価してくれているらしきことが、見て取れたので、「もう大丈夫」と胸を撫で下ろした。

バレンタインデーにチョコレートをプレゼントするのは、戦後の日本の復興期に、クリスマスに続く新たな商機創出策として、製菓会社が意図的に造り出した新習慣であるため、農家育ちの私にはほとんど縁のない行事であった。親や他人から特に吹き込まれた訳でもないのだが、私はこの新習慣を、〝日本の文化とは何の関係もない一時的な流行り事〟と見做して、どちらかと言えば軽蔑視していた行事であった。とは言え、家庭を持つようになってからは、家族に寂しい思いをさせたくはないので、クリスマスケーキは買うようにはなったが、バレンタインデーの方は、私とは縁の薄い行事のままであった。勿論、会社勤め時代には、文字通りの〝義理チョコ〟と称するものを貰ったことはあるのだが、肝心要の妻からは、（私の記憶する限りということにはなるのだが…）、一度もバレンタインチョコを貰ったことはなかった。

私は、江戸川区の小岩にある古農家に生まれ、農家育ちの質素な食生活に染まり切っていたためか、戦後我が国一般家庭の食卓を侵略するようになった牛乳、クリーム、ヨーグルト、マヨネーズ等にはなかなか馴染めず、それらが日常食品化した今でもほとんど口にしないため、妻の食卓準備を困惑させている。しかし、外来食品の象徴とも言えるチョコレートに関しては、正反対の反応ぶりで、初めての出会いから取り憑かれて今日に至っている。この事態は、私が甘い物好き故なのか、チョコレート特有の味故なのか、不思議と言えば不思議な現象だ。

私が初めてチョコレートを口にしたのは、小学校の一、二年の頃であったから、昭和25年か26年頃だったはずだが、私の実家である忘れられない〝事件〟起きたからであった。

私の祖父は、私が生まれた昭和18年には亡くなっていて、写真でしか知らない存在だが、祖父の兄弟やいとことは頻繁な交流が続いていて、特に祖父の命日には祖父の親戚の誰かが必ず来訪していた。その祖父のいとこにあたる親戚の年頃の女性が、米国日系二世の夫と幼い二人の娘を連れて、ある日突然、我が家にやって来たのだ。私の両親には事前に連絡されていたのだろうが、終戦間もない頃、「我が家に外人風の親戚が来訪する」とは、私には〝事件〟のような出来事であり、その時のお土産品が、私のチョコレートとの出合いであった。

プレゼント用に綺麗に包装されたチョコレートではあったが、中身は変わり映えのない棒チョコだったように記憶している。米国産であろうから、恐らく昔も今も最もポピュラーなハーシーの棒チョコだったのではないかと思う。自分の貰った一つを恐る恐る噛んでみると、当時の私がそれまでに味わったどの味とも違う、夢のような滑らかな甘さが口に拡がった。

私の実家は、江戸川の川筋にあり、終戦直後の頃は、近くの千葉街道沿いや古寺の善養寺の周辺には人家も多かったが、どちらかと言えば田畑の拡がる農村地帯であった。実家は江戸時代の初期から続く古い農家だが、明治の中期には没落していて、以前の母屋の瓦の山や屋敷林の大クスの切り株が忘れ形見のように裏庭にあるだけで、当時の我が家は、特別に目立つ規模の農家ではなかった。したがって、終戦後も間もない頃、何故わざわざ彼女が、米国籍の家族を連れて我が家を訪れたのか、この出来事を思い返すにつけ、今でも不思議に思える。

私の祖父の従弟にあたる彼女の父親は、終戦前後に目黒の雅叙園の支配人を務めていたらしいので、私の推測では、彼女は目黒の雅叙園の客人であった彼女の夫と、父親の介在で知り合い、父親の仕事柄洋風文化に慣れていて、米国人との結婚にも抵抗感がなかったのだろう。

我が家に家族を連れて来たのは、夫や娘を見せて親戚の私たちを安心させるためであったのか、それとも舶来品のお土産品で、私たちを喜ばせたいとの単純な理由からだったのだろうか。

私は、それぞれ三歳違いの姉や妹と、たまたま家に来ていた近所に住む従妹の子供達と一緒になって、一時間ほど遊んだことを思い出す。その時口にしたバナナやガムも初体験の味であった。

彼女の一家は、やがてハワイに移り幸せに暮らしている、とのことを、暫くしてから聞いた記憶はあるが、私の両親が亡くなってしまうと、祖父関係の親戚と私の実家との交流はほとんどなくなり、ハワイにあるはずの私の遠い親戚の状況は、今では全く不明となってしまった。

我が国の戦後の経済や日常生活の、急激な欧米化を想うと、もし私がこの夫婦に刺激されて、中高校の時代にでもこのハワイの親戚を訪ねていたら、恐らく米国文化に惹かれて、今とは違った人生を歩んだかも知れない、と思ったりするが、これは愚かしい妄想だろう。

話を主題のチョコレートに戻すと、幼い日に初めて味わったチョコレートは、その後しばらくは味わう機会もなかったが、やがて我が国の食生活が豊かになると、チョコレートを味わう機会も頻繁にはなったものの、最初のチョコレートと同じような味を感じたことはなかった。あの衝撃の味との出合いから半世紀以上が経ち、その間に仕事や遊びで海外旅行をする度に、私は必ずチョコレートをお土産にするのだが、あの最初のチョコレートに勝る味には未だ出合っていない。どの国にも、その国特有のチョコレートがあるのが常だが、中でもドイツ、フランス、オーストリア、ベルギー等のチョコレートは、さすがに上品な体裁で味も良いが、値段も高価だ。私にはむしろロシアをはじめポーランドやブルガリア等の旧共産圏諸国のチョコレートの方が、趣味に合う。旧共産圏諸国のチョコレートは、体裁は悪いが味は悪くなく、値段は驚くほど安い。いずれにしても、幼い頃に味わったチョコレートの味は、もう実存しない記憶上の味となり、二度と味わえない幻の味となってしまった。

〜その60〜

再びコロナ禍の中で迎えた桜の季節

コロナ禍続編　その4

２０２１年　４月

異常気象の仕業だろうか、今年も例年より桜の開花が早かったようだ。少しでも冬が短くなるのは、私たち高齢者には有り難いが、春が足早に過ぎ、暑い夏の到来が早まるのは嬉しくない。

我が家の周りでも、4月早々には桜に葉の緑が目立ち始め、例年の桜シーズン最後を飾る八重桜の時期となった。八重桜はソメイヨシノと違って、並木として植えられことが少ないので、八重桜並木はほとんど見掛けることがない。しかし、私は八重桜の独特な趣きのある花付きに、ソメイヨシノとは違う〝華麗な花の妖艶美〟を感じるので、毎年の桜の季節には、近所に幾つかあるソメイヨシノの花見所だけでなく、必ず一か所は八重桜の見所も訪れることにしている。

ソメイヨシノは、個々の花は清楚でややつつましい印象ながら、何と言っても樹木全体を覆い尽くす、その圧倒的な量の花付きこそが見所と言えよう。さらに、桜の本数が多ければ多いほど、周辺の空間にも花の色香が漂って行き、桜のある地域一帯が花の雰囲気に包み込まれてしまう。こうした現象を作り出せるのは、まさにソメイヨシノだけの持つ一種の魔力だろう。

八重桜の場合は、個々の花が豪華なので、樹全体より個々の花枝に目が行き、豊饒な花の咲きぶりが鑑賞対象になるため、良好な花付きの樹一本で充分に花見気分を満たしてくれる。

ソメイヨシノの桜並木は全国に数多くある一方で、八重桜の方は大阪の造幣局とか新宿御苑等の数か所なのは、不可思議にも思えるが、例えてみれば、ソメイヨシノは伝統的タイプの日本人女性、八重桜は近年の個性化を指向する現代日本人女性の如き違いがあるからだろうか。

我が家の近所でも、八重桜の鑑賞スポットは何か所かあるのだが、纏まった八重桜が楽しめる所となると、私は成城近くの野川沿いに植えられた数本の八重桜を挙げたくなる。

今年は例年通りの時期に観に行った折には、既に花盛りを過ぎていて、八重桜独特の豊饒な花付きを楽しむことはできなかった。温暖化の影響で八重桜の花盛りも早まっていたようだ。

まばらな花付きの八重桜に落胆した後、人気の少ない野川沿いに、花びらの散った桜並木を自転車で通り抜けていると、今年もコロナ禍のため、充分には楽しめなかった桜の季節の終わりが寂しく感じられて、〝こんな事態は今年が最後〟となることを祈らずにはいられなかった。


家に帰ると、週に二、三回気晴らしと健康維持のためにダンス教室に通っている妻が、既に帰宅していて、何やら居間のテーブルに書類を広げていた。私の顔を見るなり、「調布市の高齢者向けワクチン配布が4月12日から始まるのよ。早い者勝ちらしいから、アナタ予約取り、頼むわよ」と言い渡された。「そうだ、調布市でも待望のワクチン注射が始まるのだ」と、私も思い出して、書類を覗いてみると、〝電話申し込みの条件で、早い者順に975人分のワクチンを配布〟の旨の文章が目に入った。同時に、今や誰もがワクチン注射を希望しているはずなので、〝朝一番に電話しても、果たしてうまく繋がるのだろうか〟の疑念が脳裏をかすめた。

4月12日は月曜日なので、いつも、私にとっては忙しい日だ。毎週の月曜日と木曜日は、地域の生活ごみ出し指定日となっていて、私が妻から指定された〝最重要業務の一つ〟が、庭や生け垣周辺の掃き掃除と台所のゴミ出しだからだ。台所の生ゴミ出しが最優先なのだが、秋から春は、落葉は元より雑草と生け垣の飛び出し枝の処理も有るので、少し本気になって作業をするとすぐに二時間ほど掛かってしまう。この時節のゴミ出し作業は、手間暇の掛かる厄介仕事なのだ。したがって、〝早い者順〟と言われているワクチン予約をしなければならないこの日ばかりは、ゴミ出しは後回しにすることにして、まずはワクチン予約を優先することにした。

試しに指定された9時の少し前に電話を入れてみたが、当然ながら繋がるはずはなかった。時計を睨みながら9時丁度に電話を入れたところ、「NTTですが、今は混み合っていて繋がりません、暫くしてからお掛け直し下さい」の自動音声が流れてきた。そこで五分ほどの間を置いて何度も掛け直してみたが、同じ自動音声の繰り返しだった。一時間ほど試みた後一旦電話を止め、それから二十分ほど置きに電話をしたが、事態に変化はなかった。当然予測されたことでもあったので、その後も辛抱強く、合計二時間ほど、適当に間を開けながら電話したが、全て徒労に終わった。私は見切りを付け、電話役は妻と交代し、ゴミ出しを済ませることにした。

その日のゴミ出しはいつもより簡単に済ませたので、お昼時までに何とか終わらせたが、居間に戻って妻に様子を聞くと、「何度電話しても、繋がらない」と言って、憮然としていた。

私は苛立ちが怒りに代わりつつあったので、調布市の受付に電話してみたが、こちらの方も電話は繋がっているのだが、誰も電話に出てくれず、呼び出し音が鳴るだけであった。

この時点で、私は今回のワクチン予約の期待は、ほぼなくなったことを悟ったが、12時も大分回ってしまったので、一旦電話作業は中止して、近くのファミレスに妻と食事に出掛けた。

食事中の妻との話も、〝今後のワクチン予約はどうしたら良いだろうか〟に終始してしまった。

午後3時頃に家に帰ったので、念のため再び予約電話を入れてみたが、状況は午前中と同じ自動音声を何度も聞かされるだけだった。結局この日は電話が繋がらなかっただけでなく、予約状況も一切分からずじまいで終わってしまった。4月12日、私たちと同じことをした人は何人いただろうか。調布市が今回採用した〝早い者勝ちのワクチン電話予約〟は、多くの人に多大な徒労を強いたうえに、予約受付の対応の悪さに多大な不満も生んだに違いない。

翌日の昼頃、調布市に電話を入れたら、「予約はお昼までの受付で一杯になりました」とのことだった。しかし、通じぬ電話に翻弄された私たちは、言葉通りに信じる気にはなれなかった。

改めて考えて見ると、調布市の後期高齢者三万人弱に対し、配布されたワクチンは千人弱なのだ。私は、私たちがまるで芥川龍之介の小説『蜘蛛の糸』に描かれている〝罪人〟か、沈みつつあるタイタニックの救命ボートに〝殺到する乗客〟のようにも思えて、惨めに感じた。今回のワクチン配布では、調布市は市民に〝酷いこと〟を強いたものだと、恨めしかった。

〜その61〜

6月の憂鬱

伸び盛りの庭木を手入れして

2021年　6月

6月は、陰暦なら〝水無月〟ということになるが、列島沿いに梅雨前線が伸びて、連日のように雨や曇りの日が続くこの時節の呼称としては、私たち現代人にしてみると、一瞬違和感を覚える響きの何とも皮肉な名称だ。改めて由来を調べてみると、諸説のある中で、私が納得したのは、何の変哲もない説明、「元々は〝水の月〟を意味していたが、10月の〝神無月〟と同じように、〝の〟に〝無〟の字を充てるようになったため現型に変化した」との説明であった。

しかし、〝神無月〟は「神々が出雲に集まり、巷間に神の居なくなる月」との信仰に由来する名称なのだから筋が通っているが、6月の場合は名称と現実は矛盾しているので、単純に〝の〟が〝無〟に置き換わった結果とは思い難い。頻繁に自然災害に苛まれる我が国では、自然災害に対して育まれた諦観の一方で、我が国特有の諧謔心も隠れているように思う。

この時期になると、気温も湿度も高くなるので、恒例の水災に加えて、近年は頻繁に見聞きするようになった〝熱中症〟も気になり出すので、この6月が好きな日本人となると、余程の風流人か変人ということになるだろう。私は特に風流人でも変人でもない〝はず〟なのだが、人並み以上の自然愛好家とは自負しているので、身近な自然の生命活動が盛りを迎える6月は、生き物が命を繋ぐために、一年で最も重要な活動時期に当たるのだろうと思う。

感染症の影響から、以前より家に居る時間が多くなったこの1年ほど、庭を眺めている時間も長くなり、この時期の草木の成長振りを毎日のように眼にしていると、初夏の旺盛な生命活動を今更のように気付かされる。本来なら、草木も自然な成長に任すべきところだろうが、狭い我が家の庭ではそういう訳にもいかず、適当な手入れは欠かすことができない。いつものことながら、庭木の手入れは、楽しみと苦痛とのバランスを取りながらの微妙な作業だ。

広いとは言えない我が家の庭も、今の私にとってはほど良い広さとなった。三十年ほど前に家を建て替えた時、庭の草木の植え位置も見直したのだが、その後の草木の成長を適度に予測できていた訳ではなかったので、現在のいささか過密な植栽状況を造り出してしまったようだ。

植栽密度の高い庭では、草木は成長するに従い、主に上へ伸びようとするので、思い切った剪定をためらっていると庭の草木の背丈は年々高くなってしまい、気が付いてみると背丈の高い植栽の手入れのために、年々苦労が増すことになってしまう。庭木の手入れが辛くなるのは、前年の剪定不足と高齢化の相乗作用ということでもあろう。下生えの草木はともかく、自分が好きで植えた花樹や果樹は、生育盛りのこの時期の手入れ如何で、来年の花付きや実付き具合が決まるので、樹の特性に合った剪定が必要なのは分かっているのだが、個々の樹の特性を知った上で剪定作業をするほど、剪定作業に腐心するつもりはないので、枝付きのバランスや全体の立ち姿を最優先にした剪定が主体になってしまうのは、樹木の特性を生かすだけの広さがない庭の宿命だろう。いずれにしても、家の建て替えと庭木の再構築をして四半世紀以上が経ち、今や成長した庭木の手入れには、高枝バサミと脚立が不可欠になってしまった。

感染症の影響で巣ごもり状態の日も多い現在、毎日の生活がほぼ決まったパターンでの繰り返しが多いのは寂しいことだが、自分の年齢を考えれば〝仕方がない〟との諦観も否めない。

起床すると、まずは空模様と周囲の状況確認をしてから、元気を鼓舞して雨戸を開けるのだが、最初に目にする庭木の状況が、前日の剪定仕事での思い通りになっていると確認できればホッとする。時々、「昨日あれほど精を出して手入れしたのに…」と新たな不具合か所を見付けることがあるのは、剪定作業中は〝木を観て森を観ず〟の状況に陥っているためだろう。

そうしたことが起こる原因の中に、晩春から初夏に掛けての特有現象〝毛虫の害〟があるのは、無農薬を原則としている我が家の庭の宿命でもある。毛虫の食欲が、この時期の植物の生長速度にも劣らず凄まじいのは、身近で自然を観察できる人なら、容易に理解できるだろう。雨の降った翌日の天気の良い日などは、特に要注意で、明け方の暗いうちにでも孵化するのだろうか、ほとんどが直射日光の当たらない葉の裏側に密集している毛虫は、孵化した当日はともかく、翌日には旺盛な食欲に任せて周辺の若葉を葉脈だけを残して食べ尽くしてしまう。

私は朝起きると、まず朝刊を取りに外に出るのだが、定番の簡単な朝食を取りながら新聞を一通り読んだ後、天気の良い日は表庭の庭木を見回ることが多い。そんな時、青々として生気の在るはずの若葉に、朽葉のような影でも見当たれば要注意だ。目を凝らしてよく観ると、驚くほどの数の毛虫が、枝付きの全ての葉裏を覆い尽くしていて、ゾッとさせられることも度々だ。

〝蓼食う虫も好き好き〟とはよく知られている諺だが、我が家の庭木でも毛虫の付く樹は決まっていて、ツバキ、サザンカ、バラ、サツキ等は、毎年必ず毛虫の害に遭う。特にツバキとサザンカは大量の毛虫が発生するので、注意を怠ると一枝が丸々枯れ枝のようになってしまい、回復には数年掛かりとなることもある。今年はコブシの樹の梢にやや大型の毛虫が大量発生したので、高枝バサミで毛虫の付いた枝を剪定せねばならず、二日がかりでの嫌な作業を強いられてしまった。庭仕事の中でも、私にとっては毛虫の処理ほど嫌な仕事はない。

〝生き物〟を単純に分類すれば、植物と虫と動物の三種類ということになるが、自ら動くことのない植物は、切ったり採ったり食べたりしても、虫や動物に比べると私たちの感情への影響度は大きくなく、まして罪の意識等を感じる人はほとんどないだろう。一方動物は無論のこと、虫でも、その命を奪う行為となると、誰でも多少なりとも抵抗感を覚えるのではないだろうか。

私は年齢のせいか、最近は夏になると家の中に出没するゴキブリ、蚊、蠅、蟻それに蜘蛛等を退治する時にも以前は感じなかった抵抗感を感じるようになった。ましてや毛虫は屋外に発生して、直接的な被害は何も受けていないにも拘らず、命を奪う処置をするのだから、〝何のためなのか〟との疑問が、処置する度に脳裏をかすめる。今年、私が奪った毛虫の命は恐らく何万ということになるのだろうが、真面目に考えれば、〝恐ろしくも忌まわしい行為〟と言わざるを得ないだろう。最近は、親戚や友人の不帰の旅立ちやら、新型肺炎の流行やらで、何かと気分は憂鬱になりがちだ。そんな折、たまたま新聞のエッセイを読んでいてモームが著書『人間の絆』の中で語ったという「人生に意味などなかった」(Life had no meaning）との言葉を目にした。私はこの警句の意図を想ったら、少しだけ気が楽になれた。

〜その62〜

世論調査という名の世論操作

コロナ禍続編　その5

２０２１年　８月

7月も中旬を過ぎた頃、停滞していた洋上の梅雨前線が、いつの間にか姿を消した。近頃は慣れてしまった〝記録的豪雨〟の煽情的文句も、暫くは耳目にしなくて済むのだろうか。灰色の空模様が、白い雲と青い空に代わって嬉しいのは、昼間の気温が30度の前半に留まっている今の内の話だろう。やがて三十五度を越すような日が連日続くようになるのかと思うと、我が国の夏は、高齢者には本当に厳しい季節となってしまった。特に今年の夏は、未だに猛威を振るう感染症の最中で、現在の世界が催す最大の祭典〝オリンピック〟が開催されるのだから、これからも永く〝特別な夏〟として私たちの記憶に残る夏となることは疑いない。

昨年の春、感染症がパンデミックとして猛威を振るい始めた時、予定されたオリンピックは、「開催是か非か」の論議に晒された。結局「中止とはせず一年の延期」と決まって、それなりに安堵感が拡がったものの、私は「一年の延期で充分なのだろうか、〝完全な形での実施〟なら二年ほどの延期が必要なのでは…」との想いがしたのだが、今やその心配は現実のものとなってしまった。昨年の春、感染症が欧米で大流行し始めた頃、我が国を始め発生元の中国や東アジア諸国では、それほど深刻な流行には至らなかったため、〝遺伝子の違い〟や〝ツベルクリン効果〟等が話題になったこともあり、私を含め大方の日本人は、「新型肺炎は、日本では欧米ほどの大流行にはならず、一年もすれば収束する…」と思っていたものだ。

昨年末、私たちの心配をよそに急激に数を増した世界の感染症患者も、欧米を筆頭にワクチン配布が進むにつれて、春にはピークを過ぎたかの気配を見せていた。しかしインド株なる変異ウイルスの発生とともに、再度患者数が増え出し、オリンピック開催を控えている我が国にも影響が及ぶに至っては、何とも忌々しい状況となってしまった。春先から我が国でも高齢者向けワクチンの配布が始まったものの、活動盛りの若者や中年者向けワクチン配布がこれからでは、丁度オリンピックの開催期間に向けて、感染者の増加は避けられそうにない。

今、誰しもが胸にすることは、「ワクチン配布が一年とは言わず半年、いやいやせめて二か月でも早まっていたら、無観客開催の事態は避けられたのに…」の想いではないだろうか。

こうした事態を招いてしまったのは、単純に捉えれば行政の判断ミスに違いないが、根底には、流行初期での感染者数が欧米に比べて遥かに少なかった状況と、我が国の衛生環境の良さや保険に対する意識レベルの高さに過信があったためで、感染症への警戒意識が甘くなっていたことに起因するのではないかと思う。こうした社会の風潮は、行政方針や医療専門家のみならず、問題の先取りで騒ぎ好きなマスメディアにも影響を与えないはずはなく、結局その気になればできたはずの初期対応を遅らせてしまったのではないだろうか。多くの国民やマスメディアは、これまでの政府の感染症対策に、厳しい評価を下しているようだが、感染症対策との対立点が多い経済対策との両立は、誰がやってみても難題のはずで、状況改善のもどかしさに批判の声を強めたところで、新たに不安という名のウイルスが増殖するだけだろう。

オリンピックの開催の是非は、当然海外でも論議されていたようだ。今年になって感染者の激増した英国や米国の大手新聞社が「オリンピックは中止すべし」の旨の論説を掲載したらしいのだが、これに勢いを得たのか、朝日新聞は5月末の社説で「オリンピックは中止して国民の命を守るべし」の趣旨の社説を掲載し、他の大手新聞も続々と政府に中止を促す主旨の論説を掲載した。そして開催も1月ほど先に迫った頃、大手新聞社やNHKは、政府の感染症対策やオリンピック開催の是非に付き、決め手のつもりなのか、〝世論調査結果〟を発表した。既に方針変更が難しくなった時期での世論調査だけに、責任の重い世論調査のはずだ。しかし、調査対象数や設問内容そして回答内容の説明・分析は、従来通りの安易なものであった。

私は、火に油を注ぐかの如きこうした世論調査に、何ともやるせない思いがした。無論、調査の実施機関は、「無作為に選んだ適当数市民を対象に実施した」として、その妥当性を謳ってはいたが、どの調査も調査人数は二千人程度に過ぎず、回答率は押しなべて半数以下に止まっていて、回答者の年齢や性別、支持政党等、結果の一般性や公平性を判断するのに必要なデータは表示されてはいなかった。思い返すと、2013年に我が国二度目のオリンピック開催が決まった時、ほとんどの国民は〝待望の明るいニュース〟として小躍りして喜んだはずだ。

それが、降って湧いたコロナ禍のために、誰もが予測できなかった現在の状況に陥ると、手のひらを返すように、中止や再延期の声が大きくなり出しては、純な一般市民なら〝一体どうしたら良いのだろう〟と迷い出すのは自然な成り行きだ。それだけに、国民判断への影響が大きいこの時期での世論調査は、どこが行うにしろ〝責任ある形での実施〟が〝絶対条件〟だろう。

さて、今更のような話になるが、現在、世界の社会活動の基軸とされている民主主義は、2000年前にギリシャで誕生した時、顔見知り同士の僅か数千人規模の活動基準であった。

その活動基準を、現代の〝ほとんどが見知らぬ万人から億人単位の人々〟を対象にしての活動基準として機能させるには、マスメディアの発する情報が必要不可欠となることは言うまでもない。それだけに、最近の米国の大統領選挙でも〝フェイクニュース〟が問題になったように、情報の信憑性は極めて重要だ。したがって大手のマスメディアが、世論に直接働きかけるのを目的として実施する世論調査であれば、調査結果を、その信頼性の程度を示す情報とともに発表するのは〝絶対義務〟ではないだろうか。

そもそも世論調査の対象となる事項は、社会の関心は高いものの判断が難しく、人々の賛否が拮抗している事項なのだから尚更だ。そうした事項の場合、世論調査で賛否を問われても、単純な回答枝の選択には躊躇するのが普通で、迷わず回答できる人は、日頃から自分の意見を持っている人や特に強い不満を抱いている人達ではないだろうか。したがって、個人的な憶測にはなるが、回答しなかった過半数の人と、回答した人の間にはかなりの意見相違があるのではないかと思う。と言うのも、現状に不満がある人ほど、不満情報を発信したがるのが常で、少数でも不満者意見の発信力が強いのは、いつの世でも変わらぬ普遍的傾向だからだ。世論調査は、回答率が低ければ低いほど、回答者と回答不参加者間の意見バイアスが拡がるので、結果の信頼性低下は避けられないものだ。世論調査は信頼性が低いと、結果が意図せぬ〝世論操作〟にも繋がる懸念さえあるのだ。

〜その63〜

忘れ難い2021年夏での想い

コロナ禍盛期下のオリンピック

2021年　9月

8月の最後の日曜日の朝は、雨が降りそうで降らない陰鬱な曇り空であった。感染症の流行第五波とオリンピックの開催が重なり、受け身にしかなれない私たち一般市民は、社会に渦巻くさまざまな思惑に翻弄されてしまったが、「例年とは違う今年の特異な夏も、あと数日で思い出の一部に収まるのか」と思うと、いつもの夏の終わりよりも、感慨深く感じられる。

暑さがほどほどの朝方ではあるが、湿度の方は高いせいか、少し動くだけでも汗がにじみ出てくるので、気分も自ずと空模様並みに、陰鬱になりがちだ。朝のこの時間帯では、午後から夕方になれば、あちこちから聞こえてくるセミの声も、全く耳に入らないので、まるで世の中全体がじっと蒸し暑さに耐えているかのように思えて、元気を出そうとの気にもなれない。

朝食の熱いコーヒーも、習慣なので無理やり飲んだものの、暑さでぐったりしている暇もなく、たちまち十時になってしまい、妻は掃除に取り掛かった様子なので、私は早速担当の食材調達のために近所のスーパーに出掛けることにした。スーパーでの食材探しは、この巣ごもり期間中最も気軽な気晴らし事の一つとなっているのだが、幸い感染拡大には繋がらなかった観客なしのオリンピックの後、お盆休みの人の交流増が誘因となったのか、感染症が急拡大すると、脅かし好きのマスコミが、変異ウイルスの感染力の強さに加えて、感染注意か所の一つにスーパーを挙げてからは、以前のような安穏な気分では行けなくなってしまった。それでも十時の開店と同時に来店する客の数が以前とあまり大差ないのは、外出のままならない昨今、主婦や高齢者にはスーパー巡りが欠かせない気晴らし事だからに違いない。

いつもなら運動と気晴らしを兼ねて、昼食は近くのファミレスに出掛けるところなのだが、最近は外食も有力な感染原因と指摘されているので、今日のような陰鬱な日には、とてもファミレスに出掛けたいとの気はしない。妻が、「なんだか食欲があまりないので、昼食はオムスビで簡単に済ませるのはどうかしら」と言っていたのを思い返して、スーパーでの食材調達では、生鮮野菜に加え、今回は昼食用のオムスビを夫婦用に二つずつ購入して帰宅した。

掃除を済ませた妻は、今日の巣ごもりプランでも考えていたのだろうか、新聞を広げながら、「テレビで観たい番組が見つからないわ」と言ってボヤいていた。巣ごもり生活が長引けば長引くほど、日常生活でテレビの果たす役割は大きくなるが、我が家に限らずどの家庭でも同じようなものなのだろうか。我が家では、お笑い番組とスポーツ番組にはほとんど興味がなく、特に最近多くなった韓ドラは誇張表現が鼻につき全く興味がないので、外出の用事がないくつろぎ時のテレビ番組選びには苦労することが多い。私も改めてテレビの番組表を覗いてみたら、中心のパラリンピック中継にプロと高校の野球中継が加わり、さらにプロゴルフ中継もあって、スポーツ番組がずらりと並び、合間に、最近は必ずどこかの局で報じている視聴率狙いのコロナ関連番組が挟まれている状況で、私たちの興味をそそるような番組は、全く見当たらなかった。

特に時節柄とは言え、パラリンピック関連番組の多さには、いささかウンザリさせられた。

現在の日本社会は、少子高齢化や平均所得の伸び悩みから、〝日本病〟とか〝日本化現象〟とか言われて、ひと頃のイギリスに対して言われた〝英国病〟のように、そのマイナス面の社会現象が強調されて指摘されることが多い。こうした見方の多くは、〝経済的豊かさの限りなき追求〟という、二十世紀来の考え方に固執するからで、社会の在り方を〝ほどほどの豊かさで満足する〟との考えに切り替えれば、現在緊急を要する世界的課題として注目されている〝環境問題〟も、技術開発や技術革新に期待せずとも、既存技術による現実的な方法でも問題緩和・解消の可能性が見えてきて、〝日本病〟も決してマイナス面だけの社会現象とは言えなくなるのも確かだろう。〝日本病〟は〝現状満足現象〟の側面もあり、現状に大きな不満や不安がなければ、私たちの日常行動が穏やかになるのは当然で、心持ちにゆとりができてくれば、社会的弱者への配慮も、〝自然な思いやり〟として日常の通常行為になると思う。最近の我が国におけるパラスポーツへの関心の高まりは、日本社会が一定の成熟レベルに達した証拠でもあるのだろう。

しかしながら、現在のように、パラリンピックとオリンピックを同等レベルに扱う報道姿勢には、いささか不自然さを感じる。ましてや、オリンピックの開催時より感染症が格段に広がっているにも拘らず、一部の小学校では生徒に観戦させようとしていたのは、私には理解し難い考え方だ。結局、父兄から疑問の声が大きく上り、取り止めになったのは当然だ。

学校では社会的弱者への思いやり教育の一環として計画したものだそうだが、自由選択ではない押し付けの思いやり行為の類は、偽りの思い遣りに繋がり長続きはしないものだ。今回のオリンピックでは、大会の在り方について、潜在するさまざまな問題も表面化したようだ。

大掛かりになり過ぎた施設規模、増えすぎた競技種目、開催時間と競技者の健康管理問題、そして起きるべくして起きたジェンダー区分問題等々だが、私も類似した競技種目の多さや、細分化され過ぎた競技種目、そして古典的伝統種目とは言え時代の変化で存在意義の薄い種目等があるように思え、大会の在り方が、見直しの時期に来ているのは確かだ。

パラリンピックについても、年々規模が大きくなり、今年などは連日オリンピックと同等の扱いで報道されているのだが、競技参加者数や実際にパラスポーツをしている競技者人口を考えると、今のような大げさな報道が本当に必要なのか疑問に思えてならない。

近代オリンピックの発足当初は、競技参加者はアマチュア選手に限定されていたはずだが、共産主義国のステートアマの有利さが指摘されて、〝オリンピックは最高のスポーツマンが最高レベルで競うべきもの〟との理由でプロ選手の参加が許されるようになり、競技レベルの高度化と同時に商業化も加速したと言われている。私はオリンピックを〝人間の運動能力の限界が見られる競技会〟として興味を持っているのだが、演技を観たり競技記録が発表される度に、商業化の後押しで進歩した運動用具と競技者の公平性には時に疑念も湧いてしまう。

運動競技は、〝競技条件のあらゆる意味での公平性〟があってこそ楽しめるものと思うので、その点に明らかな疑問を感じる競技にはどうしても興味は薄くなる。残念なことに、現状のパラスポーツは、その肝心な点に疑問が多く、私は障害にくじけない競技者の精神力には敬服するものの、競技結果や競技記録にはあまり興味を持てないのが偽らざるところだ。

〜その64〜

自覚を迫られた辛い進行現象〝老化〟

コロナ禍での思わぬ病院通い

2021年　10月

私の誕生月は8月だが、二か月ほど前になると、調布市が高齢者の健康維持を目的に、毎年一回無償で実施する健康検査の申し込み票が送付されてくる。

初めの頃は市の高齢者に対する有り難い配慮と感謝しながらも、特別な感慨もなく健康検査を受けていたのだが、七十歳を過ぎた頃からか、丁度中・高生時代の〝期末テスト〟の時期に感じたような、〝嬉しくないものを受けねばならない時〟と感じるようになった。検査そのものの煩わしさではなく、検査結果が気になるからだ。七十五歳になって、ご丁寧にも〝後期高齢者〟と呼ばれる身分となると、それまではほとんど気にならなかった〝体力の衰え〟も自覚するようになる。「今度の検査では何か健康上の危険シグナルを指摘されるのでは」と気を揉むようにもなり、検査結果を見ながらの医師との面談に際しては、年甲斐もなく緊張を覚えてしまうのだ。

今年は春先から新型感染症が、世界規模で拡大し、文字通り〝パンデミック〟の様相を呈するに至って、我が国でもさまざまな行動規制が敷かれたため、私の運動量も例年よりは確実に減ってしまった。運動量だけでなく、生活パターンも単純化気味で、精神的なストレスも溜まる一方なので、現在の我が身の健康状態は、どう考えても悪化しているとしか思えない状況だ。

加えて、去年の夏の入浴の際、何となく左足の付け根にあたる下腹部にチョットした膨らみがあるのに気付き、気になって近くのクリニックに行って診て貰ったところ、簡単な触診をしただけで、「これは鼠径ヘルニアですよ。成人の場合は手術しなければ治せません」と事も無げに宣告されていて、うっとおしい〝明確な悩みの種〟を抱え込んでいたのだ。

その当時は、何の自覚症状もなければ不都合もなかったので、「これからの生活努力で、この程度の状態が維持できるのなら、手術を受ける必要はないのではないか」と勝手に判断していたのだった。それが、その後の運動量の減った日常生活で、気晴らしのつもりの庭仕事の最中に、無理な姿勢での枝の剪定をしたり、少しばかり力仕事をしたりしたのが祟って、気が付かないうちに状態を悪化させてしまった。朝方は問題ないのだが、昼過ぎにキツ目の仕事や運動をすると、左の下腹部に痛みを感じるようになっては、自ずと手術の避け難さが脳裏にチラつくようにはなっていた。市の健康検査を受けたのは9月3日だったが、これまではほとんど変化のなかった体重も、一キロほど増えていることが分かり、今回の検査結果も思い遣られて、結果を聞かされる当日は、まさに〝まな板の上の鯉〟の心境であった。一番気にしていた前立腺状態の指標〝PSA値〟は、案の定大分悪化していたが、一応は成人の許容値以内に収まっていたのにはホッとした。それでも、私が色々としつこく心配事を質問したためか、検査表には無慈悲な「要注意前立腺肥大」との書き込みをされ、さらに専門医での診断を受けるようにアドバイスされてしまった。こうなってみると、私の気持ちも座ってきて、「早々に専門医での前立腺肥大検査とヘルニア手術を受けよう」との決心もついた。

まずは前立腺肥大検査のために、近くの泌尿器科クリニックを訪ねたが、このクリニックには五年ほど前にも頻尿の悩みを相談したことがあり、その時は、「特に治療するほどのことはない」との診断をされていた。今回は前立腺癌の心配を相談したところ、「慈恵医大の専門医に紹介状を書くので、そこで改めて診察を受けるように」とかわされてしまった。

次は、手術を決意した鼠径ヘルニアの診察をして貰おうと、仙川の専門医を訪ねたところ、「数年前に手術担当の医師が転勤してしまったので現在手術は行っていない」と言われ、杏林大学での手術を推薦された。私は、十数年前に妻が神経上のトラブルを起こしてしまった時、すがるような気持ちで診察をお願いしたにも拘らず、素っ気なく断られた経験があり、悪印象が強かったので、推薦状を断り、自分で適当な病院を探すことにした。パソコンで調べてみると、鼠径ヘルニア手術は盲腸手術と並んで、確立された安全な手術らしく、日帰り手術も可能なことが分かった。しかし手術となれば、万が一の事態が発生しても安心して任せられる所が良いのではと思えてきて、通院の容易な近くの総合病院を選ぶべきではないかと考えるに至り、結局このトラブル解決も慈恵医大に託することにした。

9月29日、前立腺肥大の診察を受けるため、慈恵医大の泌尿器科を訪ねたのだが、最初に検査科でPSAの検査を受け、その検査結果が出た昼頃になってようやく診察の呼び出しがあった。担当医師は若い男性であった。最初にPSA検査の結果を告げられたが、数値は当然ながら神代クリニックの時とほぼ同じ値で、担当医は「この数値なら、特に心配する必要はありません」と言って、前立腺肥大や前立腺癌の懸念に触れることもなく、診察終了となった。私にしてみればホッとしたものの、肝心な私の心配事に対する何の対応アドバイスもなく、「これならわざわざ慈恵医大での診察を受けることもなかった」との思いがして、患者の立場を理解してくれない医師に対する、やり場のない不満が心に残った。

鼠径ヘルニア手術は、9月13日に事前の血液検査とX線検査に加えて触診診断を受けていたのだが、その時、10月8日での実施を決められ、前日に入院して手術の翌日に退院する二泊三日の日ほどを提示されていた。パソコン調査で日帰り手術も念頭にあっただけに、二泊三日の入院は、チョットした驚きであったが、安全第一を想えば止むを得ないと納得した。

入院に際しては、流行中の感染症ウイルスの持ち込み防止のため、2週間前から外食や会合への参加は控え、毎日の朝と晩に体温の計測・記録をするように指示された。同時に、手術時の出血と麻酔効果対策のためか、一切の薬とサプリメントの飲用も停止するように求められた。

10月7日は穏やかな好天日であった。朝食もそこそこに、寝間着に歯磨きセットと今や必需品となったスマホを携えて、十時頃慈恵医大に出掛けた。案内された病室は四階の六人部屋で、私のベッドは西端の窓際に在り、市内がよく見渡せた。本類は持ち込んで来なかったので、特にすることもないその日は、もっぱらスマホ頼りの時間つぶしとなったが、さまざまなことが脳裏に去来して落ち着けないのは、年齢と手術に対する不安のなせる業であろうか。

この日は昼食も夕食もなしとされたが、午後十時の消灯前に、「明日の手術に備えてできるだけ多く」との指示もあり、多量の水と液体栄養剤を採らされた。

かくして、入院初日の夜は、当然のようによく眠れぬままに過ぎていき、手術日の朝を迎えた。
十時頃に看護婦が迎えに来て二階の手術室に入ったが、手術の担当医は、事前診察を受けた時と同じ三十代後半と思われる若い女性医師であった。事前診察の時、既にそのことを告げられていて、正直なところ、少しばかり不安を感じたのだが、考えて見れば、「人の助けが必要な時に、我が儘などが許されるはずはなく、巡り合わせをそのまま受け入れるのが道理ではないか」との思いもして、決められた医師を素直に了解することにしたのだった。

最初に腰の脊髄に麻酔注射が打たれ、数分後に下半身にしびれが来た頃を見計らって手術は開始された。当然手術中は、痛み等何も感じる訳はないのだが、時折何かの作業で僅かな振動と痛みの類を感じることがあり、「手こずっているのかな」と要らぬ心配が脳裏をかすめたりもした。手術は予定通り30分ほどで、無事に終了した。

手術後は、そのままの状態で病室に運ばれ、手術台がベッドとしても使用される仕組みになっていた。病室に戻ると、意外にも様子見に来た妻が待機していた。「どう、具合は」と尋ねる妻は、私の様子から特別な心配点のないことを見取ったようだ。入院手続きの時、病院からは「手術時には、保護・観察人の付き添いが原則になっています」と言われていたのだが、私は「特に危険な手術でもないので、今回は付添人なしで了解下さい」と申し入れていた。日頃、妻には〝元気さだけが取り得〟のように振舞っていたので、妻に哀れな姿を見せたくはなかったからであった。妻は、安心したのか、すぐに病室から出て行った。やがて車付きスタンドがベッド際に運ばれて来て、そこから左手を通して栄養剤補給と痛み止めの麻酔薬の点滴を受けることになった。麻酔効果は有り難く、体を動かさなければ痛みを感じることもなかったので、その後は夜更けまで、時々スマホで気を紛らわせたものの、巡る思いは、この数年急に増えた健康トラブルの数々と、以前通りの体調が取り戻せるのかの二つであった。

8日の夜もよく眠れぬまま朝を迎えてしまった。七時頃だったろうか、看護婦が来て私の状態に問題ないことを確認すると、左手の点滴用のパイプを外し、点滴スタンドも撤去した。その結果、私の身は自由となったのだが、手術をした左下腹部にはかなりの重苦しさがあり、立ち上がって動くと鈍痛がして、回復過程で耐えねばならぬ苦痛を悟らされた。やがて朝食が出されたが、小さな焼き鮭と僅かな野菜の煮物が添えられた、ごく簡単な朝食であった。

手術の担当医は、手術後の様子見に来るはずと思っていたが、急用でその日は休院と告げられ、代わりに若い男性医師が現れた。彼は、私の様子見をした後、退院後の注意事項と次の通院日を告げただけで去って行った。これで私は帰宅できる状態になった訳なのだが、手術を受けた後の会計手続きは複雑らしく、会計書類を貰うのに二時間ほども待たされて、病院を出たのは11時過ぎとなってしまった。タクシーですぐ帰宅しようと思ったが、なかなか拾えず、それならと思い、近くのスーパーで昼食用の〝おむすび〟を買ってからバスで帰宅した。

バス停から自宅までの三百メートルほどの緩い登り坂道は、以前になく辛く感じた。

〜その65〜

神戸とつつじヶ丘の〝我が家〟の回想

最近の街角の変化に呼び覚まされて

2021年　11月

私が調布市のつつじヶ丘に住むようになってから、瞬く間に三十数年の年月が流れた。神戸で新婚生活をスタートさせた時、初めて建てた家〝希望の我が家〟は、〝永住するつもりの家〟でもあった。あの〝思い一途だった新婚時代〟を、その後の社会変化に翻弄された人生を経て、今思い返してみると、まるで〝うたかたの夢の中の出来事〟のように思えてしまう。

〝我が家〟を持とうと考えた時、脳裏の片隅に、既に〝不動産バブル〟の影を感じてはいたが、やがて嵐の如く全国を席巻すると、否応もなく私たちも巻き込まれる事態となり、この最初の家は、永住どころか僅か五年ほど住んだだけで、他人に売却される運命となった。

切っ掛けは、〝希望の我が家〟での生活が始まった頃、神戸市が〝不動産バブル〟を利用するかのようにして開始した、六甲山西側に造成中の大規模団地の分譲だった。私たちは、つい人気の高さに惹かれ、宝くじのようなつもりで応募したのだが、二百数倍の競争にも拘わらず、〝当選〟の知らせを受け取った。

そのため、〝希望の我が家〟は、保有は続けるものの貸家とすることに変更した。ところが、大手不動産の「今なら高値で売れますよ」の誘いに乗って、〝まさかのはずの高値〟で売りに出したところ、アッと言う間に買い手が付いてしまったのだ。その結果、期待以上の売却益が入り、〝二番目の我が家〟の衝動買いで生じた家計難は、いとも簡単に解消してしまった。そしてその後、この最初の家の売却で生じた余裕資金は、不動産投資や店舗経営等の副業資金となり、やがて私を本業の会社勤めの重圧からも解放することになった。

年月を経て、私の会社生活も終盤に入ろうとしていた頃、義父が亡くなり、妻の実家で、義母の一人生活が始まっていた。そうした折、息子も在京大学への進学を希望していたこともあって、妻から「実家を建て替えて東京へ転居してはどうかしら」と提案された。丁度私の会社生活も本社勤務に変わっていて、東京での単身生活を強いられていただけに、自然な流れに沿う形で、私は妻の提案を受け入れたのだった。そして、現在住んでいる〝三番目の我が家〟が、今度こそは真に〝終の棲家〟になるとの思いのもと、平成2年の暮れに完成した。

かくして、今の東京住まいがスタートしたのだが、予期せぬことが起きるのは〝世の流れ〟の常、数年して新居での生活に馴染んだ頃、私は再び神戸本社に転勤となった。今度は妻とは入れ替わりに、神戸で数年の単身生活を強いられることとなったが、モノは考えよう、「二十年余りに及ぶ思い出深い関西の生活を心残りなく終わらせるに丁度良い機会」と考えれば、有難いとも思える転勤であった。程なくして到来した会社生活の卒業時には、また私は東京務めに戻されていたが、以来、二十年近くが経過したものの、意図的に神戸の再訪はしていない。

神戸住まい時代の我が家や、副業の種として取得した幾つかの貸店舗を、再び眼にすれば、変わりゆく周囲と店舗の状況が、日常的な気掛かり事項になってくるに違いなく、「東京でのスローライフを確実にするため、神戸の不動産管理は全て業者に任せよう」と決めたからだ。

さて、私が今の地に住み始めた〝当時のつつじヶ丘〟は、世田谷区から繋がる街〝仙川〟を抜けた途端、副都心の新宿から電車で僅か二十数分の地にも拘らず、点在する畑地や屋敷林が視界に入り、住宅地と農地が混在するまだ〝発展途上の住宅地〟であったように思う。

神戸時代の〝二番目の我が家〟は、東京で言えば多摩ニュータウンに相当する、神戸市最大の新興住宅地の中心に位置していたので、駅と商店街は徒歩数分内にあり、利便性では申し分のない家であった。それだけに、つつじヶ丘の〝三番目の我が家〟は、駅まで徒歩5分の距離でありながら、近くに豊かな木々に囲まれた実篤公園もある〝武蔵野の自然〟にも恵まれていて、利便性に加え田園情緒も味わえ、私にとっては神戸時代の〝我が家〟よりもさらに理想的な住環境であった。

平成初期頃のつつじヶ丘駅周辺は、南側は畑や果樹園となっていたが、一方の北側の甲州街道と京王線に挟まれた地区には、商店と飲食店が拡がる状況の、変則的な街並みであった。

それでも、当時のつつじヶ丘駅は、急行は止まらぬものの、駅の北側に銀行は三店舗、スーパーは二店舗あり、街としての利便性には何の不安もなかった。ところが、やがて駅舎が建て替えられ、急行の停車駅となったままでは良かったのだが、ネット通販が拡大する時代になると、まず商店街がさびれ出し、続いて老朽化した駅前の大型マンションの建て替えで、入居していた大型スーパーも移転してしまった。繁華な街の表徴となる数店の銀行も次々と撤退してATMになり、悲しいことにこの数年、予想外の〝我が街の衰退現象〟が起きてしまった。

私たち七十代後半の高齢者世代は、戦後の物心が付き始めた頃から、住んでいる場所の如何を問わず、ひたすら市街地と店舗の拡大・発展を目にしてきたように思う。その結果、過去を引き継いで来た自然や街並みを失う一方、街の賑わいと便利な生活環境を手にしてきた。

人は歳を取るにつれ、老化と呼ばれる自然現象からは免れられず、変化への対応能力が劣化するため、変化が受け入れ難くなって、変わらぬことを好むようになる。それでも、〝発展という名の変化〟を受け入れる難しさなら、〝衰退という名の変化〟を受け入れる哀しみよりは受け入れ易い。十年ほど前まで、私の住む家のすぐ近くには、ケヤキ、銀杏、コブシの市街地には稀な三本の大樹が存在していて、ケヤキは春の新緑が、銀杏は秋の紅葉が、コブシは早春の満開が美しく、街の無言の歴史を感じさせてくれた。それらは住人の世代交代時に、皆惜しげもなく伐採されてしまったが、その時は〝発展のもたらす避け難い犠牲か〟と諦めたものだ。

しかし、最近の駅北側の変化は、〝つつじヶ丘の衰退〟を伺わせ、住民を落胆させる現象に外ならない。さらに我が家の近くで進行中の東京外かく環状道路トンネル工事は、陥没事故を起こしたため、近隣住民の工事反対運動を再燃させる始末で、近頃は街の負の現象が目に付く。

こうした意気上がらぬ我が街の10月の末、久し振りに実篤公園東側の細い坂道を自転車で下って行ったところ、実篤公園と記念館を分けて通る小道との出合い付近で、知らぬ間に開店した一軒のレストランを見付け、何だか気分が明るくなった。私は神戸時代に、知人と共同で飲食店を経営したことがあり、店舗経営の喜びと難しさは身に染みて経験している。店舗経営は、第一は場所だが、運営才覚次第で成否は大きく左右される。この新規店舗の経営者は、運営に自信があるのかそれとも趣味で始めたのだろうか。店の今後が気になる。

〜その66〜

ときめき感のない2022年の新春

年賀状を読み返しながら思う新年

2022年　1月

1月も新年行事の満載された三が日を過ぎてしまえば、正月気分も急速にしぼんでしまうが、これも人生経験が七十年を超えた、私たち高齢者には宿命的な現象なのだろうか。

変化の速い大量の情報が、我が身への影響も分からぬままに通り過ぎてゆく現代、人々の意識が、知らぬ間に状況に適応した結果、必然的に生まれた生理現象でもあるのだろう。

最近は、1月の第二月曜日が成人の日に充てられていて、正月直後の三連休を形成しているが、成人式を迎える若者はともかく、成人となったのが半世紀ほども前のことで、長年15日が成人の日と脳裏に刷り込まれた私には、この三連休はピンと来ない休日だった。元々の成人の日は、かつて元服の儀なるものが、小正月に行われていた故事にのっとり、戦後間もなく1月15日に制定されたらしい。祝日に、こうした故事との関連付けが必ず必要とは思わないが、永らく慣れ親しんできた祝日が、2000年の節目に、三連休にして休日効果を高めようと、従来の固定日から変動日に変えられたのは、私個人としては賛成しかねる処置であった。

元々祝日は、人為的に作られた〝特別な日〟なのだから、歴史や古くからの習慣と結び付けられてこそ祝賀気分も生まれてくるものだ。休日効果の向上という、極めて実利的な効果が狙いで定められた休日では、何だか軽薄な感じがして、祝賀気分にもなり難いはずだ。変更された祝日は、簡単に元に戻す訳にもいかないだろうから、今更嘆いて見ても仕方がないが…。

成人式が他人事となって半世紀以上の私には、今や上の空の祝日だが、この成人式前後の、月半ばの日曜日だけは、昔からの〝気掛かり日〟となっているのは、この日が年賀ハガキの抽選日だからだ。そのつましさに我ながら情けない気もするが、〝新年のささやかな期待〟が楽しめるのだ。実のところ、年賀ハガキの抽選結果が記載されている、月曜日の新聞朝刊を一通り読み終えた後、今年頂戴した年賀状の束を再び取り出して来て、一枚一枚をめくりながら当選番号を照合しつつ、書き込まれている友人や親戚からのショートメッセージを、改めて読み返してみるのは、長年に亘る私の定例の〝新年気分の締めくくり行事〟となっている。

私の年賀状は、小学校に通い始めた年、年上の兄や姉が書く年賀状をまねて、担任の先生に出したのが最初であった。以来、親しくなった級友を加えて毎年出すようになった、数枚ながら全て手書きの年賀状には、最近の印刷利用の年賀状とは違い、遥かに心がこもっていた。小学校も高学年になった頃には、一緒に学級委員をしていた女子の級友にも、思いのこもった年賀状を出したりしたものだ。相手の女子からも、年賀状が来るものと信じて、元日の朝、胸をときめかせながら郵便箱を開けに行ったのは、忘れられない記憶だ。後になって思えば、そうした行為こそは、年賀状の形式を借りた、〝何とかレター〟の事始めに違いなかった。その後、学生時代を終え社会人となり、社会生活が急拡大するとともに、私の出す年賀状も増えていったが、実利狙いや儀礼的な年賀状ばかりが増えていった。

携帯電話やメール等もなく、今ほど情報技術が発達していなかった昭和四十年代ですら、既に〝年賀状不要論〟が出回っていたように記憶するが、私も会社生活時代は、年末の年賀状書きを、〝面倒くさい〟とは思っても〝楽しみ〟に感じたことは一度もなかったような気がする。

そうした私の意識が変化したのは、会社生活を卒業して暫くの年月が経ち、社会での生活圏が身の回り中心に変化してからのことであった。私の場合は、会社生活の主領域が神戸を中心としていたので、会社生活の卒業と東京住まいを契機に、神戸との交流はほとんどない状態になっていた。それだけに、会社生活時代の旧友との交流が年賀状だけになってしまうと、年賀状の片隅に加筆された、僅かな近況報告が、旧友の状況を窺い知る貴重な情報となったのだ。

改めて考えて見ると、年賀状は言わば辿ってきた人生の思い出の節目に当てるスポットライトの如きものであり、年に一度、気軽に人生を振り返ってみる機会でもあるのだろう。

現在、私の出す年賀状の数は、会社生活時代に比べれば大分減ってしまったが、それは主に義理出し年賀が減ったからで、実質的な年賀状はそれほど減った訳でもない。会社生活の卒業後は、地域社会との交流に目を向け、さまざまな地域社会活動への参加を心掛けたからであろうが、それでも私の年齢柄、年に数枚の年賀状は減っていくようだ。異次元の世界に旅立つ友人が出始めたためで、こうした友人には、夢で会えても年賀状を届けられないのは残念だ。

最近は、長年の付き合いがあった友人から、〝今年限りで年賀状は止めにします〟との添え書きのある年賀状を貰うこともあるが、私は年賀状書きの際の労苦の程度が、心身健康度のバロメーターになると思っているので、健康である限り、年賀状書きは止めないつもりだ。

さて、今年の年賀状は、当選番号との照合が済めば年末までは用済みとなるので、〝年賀状を束ねて収納した時〟が、私の新年行事の終了サインになるのだが、ホッとした気分になれば、おのずと今年の行く末に想いが及ぶ。去年は、コロナ騒ぎに続くオリンピックと衆議院選挙があり、例年と比べて結構印象深い出来事が多かった。今年はどうかと言えば、年初めでの関心事は新型感染症の行く末くらいなものだろうか。去年の年末には、東京都の感染者数が数十人になり、これで二年に及ぶコロナ騒ぎもどうやら終了かと、楽観視していたが、期待は見事に外れてしまった。コロナ禍動向が、私の今年最大の関心事では恥ずかしい話だが、2月から北京で始まる冬季オリンピックにはあまり関心がないし、緊張が高まっているロシアのウクライナ侵攻問題は、〝対岸の火事で収まる〟のを信じているのだが…。

私には、一人暮らしになった高齢の姉がおり、どうやら一人暮らしにも限界がきた様子なので、一番近くに住む姉弟になる私が、去年から支援の手を差し伸べていて、今年はいよいよ適当な介護施設を見付け、入居させねばならない頃合いと思っている。十数年しかない年齢差を考えると、他人事として心配するような身分でもないはずなのだが、身内の窮状を見過ごす訳にもいかないのは辛いところだ。後期高齢者と呼ばれる身分となった今、〝頼る存在〟よりも〝頼られる存在〟であることを、素直に幸せの一つと考えなければいけないのかもしれない。

私は、新年気分の切り替え時でもある1月半ば、身の回りのことや我が国及び世界の状況等に思いを馳せてみて、トキメキ感のない今年を感じたのだがどうなることやら…。

2022年　3月

〜その67〜

庭木が伝える春の兆候
早咲きの花で知る春の訪れ

近年の冬の温暖化傾向は疑う余地もないが、今年は比較的寒い日が多く、本来の冬の寒さを多少なりとも想い出させてくれた。1月から2月にかけての最寒期、寒さが身に染みて感じられるような早朝には、生け垣の根元に、最近は滅多に見掛けなくなった霜柱が立っていたり、ツクバイに薄氷が張っていたりして、何だか懐かしいものに再会したような気がした。

東京近郊の農家に育った私にとって、子供の頃の冬の風物としての思い出は、家の周りを取り囲む田や用水路に固く張った氷、その上を下駄で滑ったスケート遊び、そしてオモチャいじり以上に胸の躍った焚火や焼き芋作り等々だ。特に、しもやけのできた手や顔を温めながら味わった、熱々のサツマイモの食感と焚火の煙や臭いは、風景も生活様式も一変してしまった現在、別世界での出来事のように思え、二度と再び味わうことのできない〝貴重な思い出〟となってしまった。この半世紀ほどの年月の経過なのに、東京近郊の自然環境と社会環境は、随分大きな様変わりをしてしまったものだと、驚くよりはむしろ嘆きたくなる。

今の私は、認めたくなくても否定できない〝老境の域〟に達して、正直なところ、冬の温暖化傾向は有難いことなのだが、次第に冬の季節感が乏しくなってゆく状況には寂しさを禁じ得ない。

それでも、狭いなりの工夫をして、さまざまな花木や草花を植え込んでいる我が家の庭では、花の咲き具合から、それなりの季節感を味わうことができるのは、せめてもの慰めだろう。

春に先んじて、2月になると咲く花木として真っ先に思い起こすのはサザンカとツバキだが、我が家の南面の生け垣沿いに植えられている三本のツバキは、この地に妻の家族が移り住んだ昭和三十年代に植えられたもので、今や成木どころか老木の域に入りつつある。

木の成長につれ、私が長年に亘って下枝を裁断し上枝を丸く剪定して来たので、毎年の花時には盛大な花のトーチを出現させ、現在の我が家のシンボル樹となっている。このツバキと並んで忘れてはならない花木がサザンカなのだが、ツバキと同時に植えられたはずの我が家のサザンカは、去年の2月に例年になく花付きが悪いと思っていたら、春から葉が落ち始め、夏の終わりには枯死してしまった。私が家を建て替えた平成の初めに、両隣に植えたミカンと桜桃がどちらも成木になり、サザンカへの陽当たりを妨げるようになったのが原因なのだろうか。初夏に、慌てて隣接するミカンと桜桃の上枝を刈り込んだのだが、既に手遅れであった。命あるものなら寿命もあろうが、調べてみると、サザンカの寿命は数百年とされていて、花木の中では長寿の木とされているだけに、私にはチョットしたショックであった。

サザンカとツバキは、開花時期も全体の印象も似ているのだが、サザンカはツバキに比べて葉も花も上品でやさし気な印象があり、私はどちらかと言えばツバキよりも好きな花木なのだ。私の鈍感さが誘因となって、取り返しの付かない大切な花木を失ってしまった。

一方、庭の草花に目を移してみると、我が家の庭は宿根草と球根草が主体の自然任せの庭のせいもあって、2月に目立つ草花となると、スイセンとクリスマスローズくらいに限られる。

スイセンは、種類の豊富な球根草なので、花の形もサイズもさまざまな種類があるようだが、花の色はほとんどが白か黄色で、ピンクや青の花もあるらしいが、私はまだ白か黄色以外の花を見たことがない。古典的な早咲き種の水仙は、白いつつましい花を咲かせ、まだ大方の草木が冬眠状態の頃に、日当たりの良い露地等で、ひょっこりと頭を出したスイセンの新芽を見付けると、花そのものよりも春の息吹を感じて、心の安らぎを覚える。八重咲の水仙となると一挙に華やぎが増して、花としての見応えは充分なのだが、こちらは園芸種のためか、私には早春の花の印象がほとんどしない。スイセンと言えば、誰でも〝水に映る我が身に見惚れてしまったナルキッソス〟のギリシャ神話を思い浮かぶと思うが、漢字でも〝水仙〟となっていて、水に関連付けられた名称になっているのは単なる偶然なのかと、かねがね不思議に思っていた。

しかし、今更のことながら改めて調べてみると、「スイセンは地中海沿岸が原産地で、中国経由で日本に伝わった花であり、中国人もギリシャ神話に由来して花の名に〝水仙〟の字を充てたものと推察される」とあって、単なる偶然ではなく東西交流の歴史の故なることと分かった。

我が家の庭で、冬から早春に咲くもう一種の草花が、クリスマスローズである。

この花も調べてみるとヨーロッパ原産の花と分かったが、和名がないので、ごく最近、我が国に園芸用として移入された花かと思っていたが、意外にも既に江戸時代には移入されていたらしい。当初は薬草の一種として扱われていたようだが、園芸種として普及し出したのは、ヨーロッパでの品種改良が進み、花としも見栄えがするようになった戦後のことのようである。

私がこの花に惹かれるようになったのは、花の少ない〝早春に咲く花〟というだけでなく、数少ない〝日陰に強い花〟であり、〝野草の生命力を感じさせる花〟でもあることが気に入ったからだ。

色々な改良品種があるのだが、花の趣きはどの品種でも極めて地味な印象が特徴で、特に白い花の品種では、花が少しミドリ掛かっているため、汚れてくると葉と区別が付き難いくらいだ。したがって、私は白い花の品種よりも、なるべく赤みの強いレンガ色の花の品種を好んでいる。

スイセンにも負けないくらい生命力の強い花なので、何の手入れをしなくとも、花の少ない冬から早春に掛けて、日の当たり難い狭い庭の片隅で、毎年しっかりと花を咲かせてくれる。そうした我が家の庭のクリスマスローズを眺めていると、スイセンと同じように〝早春の便りを届けてくれる人手要らずの花〟の有り難さに、密かな感謝の念が湧いてくるのも当然だろう。

最近は、後期高齢者と呼ばれる身分になり、去年は思いもよらぬヘルニア手術を受けたこともあって、健康への自信に揺らぎが生じるようになってしまった。

3月の朝、早春の穏やかな陽光に誘われて、庭先を散歩しながらスイセンやクリスマスローズの花咲き具合を見定めていると、〝人の助けを借りることもなく、末永く健康なままに春夏秋冬を送りたいものだ〟との強い思いが、自ずと胸に去来した。

2022年　3月

〜その68〜

ひそやかな野草の花の愛おしさ

人生の在り方を示唆する野草

3月も春分を過ぎ、日毎に夜明けの早まりを実感する頃、雨戸を開けて射し込む陽射しを目にすると、思わず心が弾んでくるのは、人の内側に潜む動物としての本能からなのだろう。

この時期には、さまざまな草花も一斉に冬の眠りから覚め、庭の彩りも日増しに豊かになる。

我が家の庭で、真っ先に目に映るのは早咲きのツツジやヤマブキだが、こうした華やかな花咲きの花木以上に私の気を引くのは、小さな青紫の花を付けるスミレとキランソウだ。

スミレは、義父が趣味で収集していたらしく、以前は七種類ほどの鉢植えが軒先に並べられていたが、義父が亡くなって家が建て替えられた時に、置き場所が変えられ放置されたままになっていた。転勤で私が神戸から移り住んだ後も、暫くはその存在さえ忘れていたが、やがてサラリーマン生活を卒業し、庭いじりが日々の関心事になった時には、大半のスミレが何処かに行き、姿を消してしまっていた。私には〝野草は鉢植えより露地植えが相応〟との思いがあったので、残ったスミレを露地に移し変えたが、私の興味は華やかな花木の方にあった。

私の関心がスミレに向くようになったのは、京王電鉄が高尾山観光に力を入れ始めた頃、通勤時に〝スミレの宝庫高尾山※注1〟とかの名目で、写真付き車内広告を目にした時からであった。

そこで、改めて我が家の庭のスミレを確認してみたら、僅か三種類ほどのスミレが細々と残されただけになっていた。この残されたスミレは、近くの空き地や道路際でもよく見かけるスミレなので、恐らくこの辺りの土壌に適した地産のスミレなのだろう。私は、自分の無知から義父の集めた貴重種のスミレを失ってしまい、大いに悔やんだが、既に後の祭りであった。

私の興味を惹くもう一つの野草が、キランソウである。この野草に興味を持つ切っ掛けとなったのは、ある日の新聞の園芸欄にキランソウが紹介されていて、この野草には何とも奇妙な〝地獄の窯の蓋〟との別名があることを知ってからであった。この別名は、この野草が、近代医薬の普及する以前、万能の漢方薬として広く使われていたらしく、「〝病に罹り命が危ぶまれる患者でも、この薬草の効能により救われる〟との民間伝承があり、それ故にこの野草が地獄の窯を閉じる蓋にたとえられた」とのことらしい。漢方薬として認められている野草は幾つもあるので、私もキランソウが薬草として、現在はどのように評価されているのか、改めてパソコンで調べてみたが、意外にもキランソウの名はリストアップされていなかった。

私の想像するところ、「確かにキランソウには万能薬的な漠然とした効能は認められるものの、万能薬は特効薬とは違って特別な病に対して顕著な薬効を発揮する訳ではないため、顕著な効果があってこそ薬として認める近代医学の普及によって、薬草としての評価が次第に低下し、遂には薬草としては評価されなくなってしまった」と考えたのだがどうだろうか。薬草としての評価はともかく、早春に小さな青紫の花を咲かせるキランソウは、その別名※注2が示すように地面を這うように葉を広げる特徴があり、盛夏になると雑草の中に埋没してしまう。

思えばこの数年、まずは調布市から〝後期高齢者〟との健康保険書を受け取ったことに始まり、続いて起きたコロナ禍騒動とその影響で、介護施設に入居中の義母との面会もできなくなった一昨年の春、突然義母が亡くなり、昨年の秋には私が三日間とは言え、初めての入院・手術等の経験をして、以前は疑いを持つこともなかった〝我が身の健康の危うさ〟を悟らされた。

そして、〝健康〟という分かり易い標題に止まらず、その奥に控えた哲学的な標題、〝生きることの苦しみ〃も、単なる言葉としてではなく、迫り来る運命として実感したのであった。

こうした体験は、生き物、特に一般的には害虫とされている生き物に対する私の接し方に影響を与えずには済まなかっただけでなく、今の私に日常的に潜在する悩み、〃今後の毎日を心穏やかに過ごすための自分なりの人生観の持ち方〃にも、大いなる影響を及ぼした。

私の最近の関心が、目立つものから目立たぬものへ、強いものから弱いものへと、身の回りでこの数年に起きた数々の事件を経て、次第に変化してきたのは、自分が置かれている状況認識の結果から、自ずと生れた出た現象なのだ。我が家の庭でひそやかに花咲く小さな野草を、急に愛おしく思うようになったのも、こうした自己認識の変化にあることは疑いない。


私は、盛夏になると他の背丈の高い野草に負けて姿が見えなくなる二つの野草、スミレとキランソウが、毎年早春になると必ず姿を見せ、そして再び鮮やかな青紫の花を咲かせる、その〃小さな野草に秘められた野生の強さ〃には強く惹かれずにはいられない。

そうした訳で、私は我が家の庭の片隅に生育するスミレとキランソウの二つの野草を、これからの自分の置かれている状況に重ねながら、我が家の庭で受け継いで行くべき〃大切な自然遺産〃として、これからも永く見守っていければと思っている。

注1：高尾山に生育するスミレ

・タカオスミレ・アオイスミレ・アカネスミレ・コスミレ・ヒナスミレ
・オカスミレ・タチツボスミレ・ニオイタチツボスミレ・ケタチツボスミレ
・マルバタチツボスミレ・ヒカゲスミレ・エイザンスミレ・マキノスミレ
・ヒゴスミレ・オトメスミレ・コミヤマスミレ・ノジスミレ・サクラスミレ
注2：キランソウの別名
・医者いらず・医者殺し、等々

２０２２年　６月

〜その69〜

未知との遭遇

コロナ禍による予期せぬ出会い

第一章：新型感染症との遭遇と社会の対応

私たちが住み慣れた社会の中で、十年一日の如き生活に満足していれば、音もなく流れる時間の大河に身を任せているようなもので、ストレスのない日々が安穏なままに経過する。

しかし、刺激のない平坦な生活が続けば続くほど、社会も個人も変化への意欲をなくし、無為のままに時間だけが経過して、新たな世界への扉が開かれる可能性は、期待すべくもない。

現在、世界を覆い尽くすまでに蔓延した新型感染症は、〝分かってはいても避け難い災難〟だけに、情報化社会特有の、〝対応困難な未知の出来事への恐怖ストレス〟を生み出している。

しかもこのストレスは、人間だけが持つ究極の恐怖ストレス〝死〟に通じるものだけに、社会や個人に与える〝対応・変化へのインパクト〟は、直接的で強力なものがあるように思う。

新たな感染症の発生が報じられた当初、一般的な反応は「一刻も早く収束し、以前の日常を取り戻したい」といったところだったが、期待に反して今や三年が経過しようとしている。

その結果、新型感染症は、既に社会や人々に否応なしの変化をもたらしており、たとえ感染症が収まったとしても、コロナ禍以前の状況は、残念ながらもう戻ってきそうにない。

新型感染症が、大々的に〝パンデミック〟と宣告されて以来、世界中で起きたさまざまな対応・変化の動きは、グローバル化社会の自然の流れとして、いずれは辿ることになる〝必然的変化〟なのか、偶発的に発生した災禍により、変貌を強いられた社会が産んだ〝突然変異〟なのか、私にはよく分からないが、いずれにせよ、これからの社会や個人生活は、この感染症で変化した社会や個人生活の延長上で展開していかねばならなくなったことは疑いないだろう。

さて、そうしたコロナ禍により、変化を強要された社会や個人生活だが、誰でもすぐにできる対応として求められたのが、外出時のマスク着用と、程度の差はあれ密集行動の回避の二点であった。感染症流行の初期には、街中でマスクなしの人も散見されたが、現在の我が国の大都市では、ほとんどの人がが、外出時にはマスクを着用しており、人目を気に掛け規律を順守する国民気質の一律性には、今更ながら驚かされる。

密集行動の制限は、大規模な経済活動ほどその影響が大きいためか、ワクチンの普及による流行の沈静化とともに、次第に緩和されつつあるが、個人の意識には密集回避癖が強く植え付けられてしまい、人の集りが必須な経済・文化活動や公的行事等では、以前にはなかった隔離感と沈黙が支配的になり、かつての自由で気楽だった雰囲気は姿を消してしまった。

こうした二点の、人の行動に重点を置いた表面的な変化・対策に加えて、より抜本的な変化・対策として改めて注目されているのが、あらゆる活動・事業での非接触化・電子化推進であろうか。政府が近年力を入れている産業・公共事業のデジタル化推進も、その一翼を担うことになるが、元々は欧米に比べて見劣りする生産効率の改善が狙いであったはずだが、感染症対策に効果的なことも明らかなので、その推進・進捗には拍車が掛けられている。

第二章：グローバル化がもたらす未知との遭遇

この産業・公共事業のディジタル化というのは、思い起こせば半世紀以上も前に、大企業を中心にして始まった〝業務の電算化〟が始まりのように思う。この時の対象は、あくまでも企業内での作業・業務の効率化にあり、個人の日常生活とは無縁の、別世界での出来事であった。しかし、関連技術の急速な改良・発達の結果、必要となる機器の小型化と低価格化に加えて、使い勝手も急速に改善されると、この〝作業・業務の電算化〟の波は、中小企業への波及に始まり、やがてパソコンの出現とともに、小売店から一般家庭にもアッと言う間に浸透していった。そして、この本質的には〝一連のデジタル化の流れ〟と言える社会動向の、一般家庭への浸透を決定付けたのが、スマートホンの出現ではないだろうか。

こうしたデジタル化用機器の進歩に並行して、当然ながら運用ソフトや運用アプリにも急速な進歩・発展があり、かくして、この十数年という僅かな期間に、一般個人に世界の情報が直接流れ込む、〝グローバル化した情報社会〟が、社会基盤の一つとして定着するに至った。その結果、以前であれば特定の個人しか入手できなかった、世界中のあらゆる情報が、その気になれば誰でもいつでも入手できるようになった。見方を変えると、以前なら想像さえもできない、〝未知との日常的遭遇が誰にでも起きるようになった〟と言える。

現在、私たちと言わず全世界が、パンデミック化した新型感染症の対応に右往左往しているのも、この〝グローバル化した情報社会〟の故であることは否定できないように思う。

この数年来のコロナ禍で、コロナ禍の故に巡り合わせた、私の〝未知との遭遇〟に想いを巡らせてみると、多くの嬉しくない遭遇以外に、幾つか嬉しい遭遇もない訳ではなかった。

その嬉しい遭遇の一つが、通常なら出合うはずもない〝未知のワインとの遭遇〟であった。

私は、アルコール分解酵素の乏しい体質なので、ワインなどとは縁遠いはずであったのだが、その私がワインに惹かれるようになったのは、もう半世紀ほども前のことになる、社命での短期間ながらのロンドン単身駐在が切っ掛けであった。当時のロンドンは、ニューヨークと並ぶ世界経済の中心都市であっただけに、勤務先企業の要人や大事な顧客の来訪も多く、その都度営業担当者が設けた接待の席に同席すれば、アルコール類は欠かせぬ存在となるため、ワインを口にするようになったのは自然な成り行きだった。酒類関税の高額だった当時の我が国とは違い、ロンドンではあらゆるアルコール類が安価で手軽に飲めた状況もあり、レストランでの夕食が日常であった単身赴任の駐在員生活では、たちまち夕食時のワインが習慣化して、瞬く間にその魅力の虜となってしまった。以来、帰国後もワインについて色々な蘊蓄本を漁ったり、酒類専門の安売り店通いをしたりしたが、さまざまなワインを試すうちに、〝高価なワインが必ずしも自分に合う訳でもない〟との現実も認識するようになった。

全ての食材に共通することであろうが、食材の真の価値を知るには、慣れの要素が不可欠で、複雑な味わいの食材ほどその傾向は強く、高級ワインもその類だろうか。我が家で日常的に、と言っても週に一本程度なのだが…、妻とともに口にするワインは、手軽に飲める身分相応の安ワインが最適なることを悟ると、名の通った高額ワインには興味を失ってしまった。

第三章：私のささやかな未知との遭遇

そうした経緯から、現在の我が家で、夫婦でともに愛飲するワインは、一本千円前後の安ワインが定番となっているのだが、赤なら渋みの強めなカルベネソービニオン種のミディアムないしはフルボディ造り、白ならドイツ・モーゼル産リースリング種のやや甘口造りワインということで、会社生活卒業以来の我が家の愛飲〝ハウスワイン〟は、ほぼ定着している。

とは言え、関税が引き下げられた上に、販売店の規制が緩められて、欧米並みに安いワインがスーパーでも買えるようになった昨今、〝年齢とともに単調化が進みつつある毎日なのに、いつも同じようなワインを飲んでいたのでは、折角の食事の楽しみを幻滅させているのではないか〟と、コロナ禍で外食してもワインを口にする機会が減って、自宅で定番のワインを口にしている夕食時には、時折そうした類の〝自嘲の念〟も湧かない訳ではなかった。

ところが4月の初めだっただろうか、近くのスーパーで食材を購入していたら、〝レストラン向けワインを一律ワンコインの低価格で販売〟の旨のセール表示が目に止まった。

どうやら輸入ワインの商社が、コロナ禍のため売れ残りになったワインを、低価格で処分しようとのセール企画らしい。早速ワインリストのチラシを入手したら、定価千数百円から二千数百円の七十種のワインが、全て五百円の値付けとなっていた。こんなチラシを目にしたら、ワイン好きを自認する我が身としては、見過ごす訳にはいかないではないか。

4月6日の販売当日、混雑を予想して十時の開店少し前にスーパーに出掛けたら、既に五十人ほどが列を作って開店待ちをしていた。私も慌てて列に加わったが、本来の定価が高額な肝心のお目当てワインは、別枠での販売になっていて、12時と15時の二回に分けて、改めて整理券をもらい、整理券順に購入することになっていた。私は三度も並ばせられてはかなわないので、十時の開店時に買えるワインだけにして後は止めにしようかとも思ったが、好みのワインをそれなりに買い込んで家に帰ってみると、午後も特に予定がある訳でもなく、午後のお目当てワイン販売が気になって、じっとしてはいられなくなった。結局、午後二回の販売時にもスーパーに出向いて、お目当てワインを購入してしまった。

このワインセールで私の購入したワインは、合計で二ダース半にもなってしまい、当然、妻からは「アナタ、一体何を考えているの！」と、まずは非難された。私が「こんな機会でもなければ出会えそうもないワインが、市価の三分の一で買えたのだから、いいじゃないか」と、言い訳したら、私よりもアルコール好きの妻は、それ以上私を責めては来なかった。私たちは、一昨年の晩秋、Go To Travelを利用して、一度は観ておきたかった厳島神社拝殿の願いを、思いもよらぬお得価格で実現していたが、私たちのコロナ禍所以の嬉しいこととの遭遇は、全て世知辛い理由が喜びの基にあって、いささか情けないような気もする。

〝平和ボケ〟の言葉も聞き飽きたようなこの十数年だが、私たちが現在経験しているコロナ禍は、思いも掛けぬ形で、社会と個人の在り方に変化を迫る出来事ではあった。現在、一旦は後退したかに見えるグローバル化の波も、やがてコロナ禍が収まれば、新たな形で還ってくるに違いない。その時、私たちにはまたどんな未知との遭遇があるのだろうか。

〜その70〜

有料老人ホームの誘い
近づく人生最後の選択

２０２２年　７月

普段はその存在感が薄く、あってもなくてもどうでもいいように思われるのだが、実際になくなってしまうと寂しく感じられる類のモノは、意外と身近に多い。もし妻にそうしたモノの例を聴けば、「それはあなたじゃないかしら！」と言われそうなのだが…。

私にとっての分かり易い例を挙げるとすれば、新聞の折り込み広告がその一つだろうか。

私の日常的な分担作業の一つが、スーパーでの食材仕入れなので、スーパーの折り込み広告だけは大切な必要情報源になっているものの、それ以外のほとんどの広告は、一瞥するか一瞥すらしないで、新聞を広げると同時に紙くずとして処分してしまうことがほとんどだ。

そうした折り込み広告の中で、最近、次第に一瞥では済まなくなりつつあるのが、高齢者向け介護施設関連の折り込み広告である。調布から千歳烏山に掛けての京王線の沿線には、何故か多くの介護施設が点在しており、五年ほど前に義母の入居先を探した時には、十数か所ほどの介護施設を下見した。その後、義母が入居した施設には、毎週のように様子見に通ったのだが、義母が亡くなって既に二年近くが経ち、当時は手元に残していた幾つかの資料も、大掃除で全て処分し、介護施設のことは念頭から消えつつあった。ところが最近、コロナ禍の影響や自分自身の健康状態に不安を覚えたりしたため、〝そろそろ自分も入居先の介護施設を考える時期に来たのでは…〟との思いが脳裏を去来するようになり、関連の広告が有れば、入居前払い金や月払い費用等をチェックしないではいられなくなってしまった。

4月の半ばであったろうか、かねてから成城から仙川に掛けての地区には、比較的高額な介護施設があるとは知っていたが、その日の朝刊には、とりわけ高額な施設〝サクラビア〟の広告が挟まっていた。月々の費用は三十数万円でやや高め程度なのだが、入居金は部屋の広さにもよるのだろうが、一億数千万円となっていて、いささか驚かされた。私が妻に、「こんな高額施設の広告が入っているけど、一体どんな人が入居するのだろうね」とそのチラシを見せたら、妻は目ざとく〝昼食付無料見学会〟の一文の方に目を止めて、「どお、一度どんな所か見てみない」と言って、施設に興味アリアリの様子だ。私は、予想外の反応に戸惑いながら、「興味あるなら添付の見学申し込みハガキを出してみれば…」と、半ば冗談のつもりで誘いを掛けたところ、「そうね、面白いから行ってみたいわ、ハガキ出してよ」と言われてしまった。結局、見学希望のハガキを書かされた挙句、投函までもさせられて、半月ほど後の5月の初めには、施設から受け入れ回答のハガキも届いてしまった。

やがて希望の見学日が近づくと、施設から女性の電話があり、「5月27日には間違いなくお越しになりますね、成城駅前から施設専用のシャトルバスが利用できます」と念を押された。私は、慌て気味に「もちろん伺います、近くに住んでいるので自転車で伺う予定です」と回答したが、内心は「面倒なことになったな…」との気がしないでもなかった。

頃合いの気候でもあり、天気さえ良ければ、散歩と運動を兼ねて、自転車で施設に行くのも悪くはないと思っていたのだが、当日は、朝から最近にはないドシャブリの悪天候であった。私は「こんな天気ならば、行きたくないな」との気分が先に立って、ヤケ気味に「この雨じゃ自転車どころじゃないから、駅前でタクシーを拾うか」と妻に声を掛けたが、この見学の言い出し元だった妻も、気が進まないのか、気のない返事を返してきた。

土砂降りの中、しぶしぶ駅前に出掛け、タクシーに乗った時も、気分は虚ろなままであった。

運転手は、地元でも行き慣れてないのか、道を間違えたりしたが、約束の時間丁度にサクラビアに着けてくれた。私は、コロナ禍以前は、成城大学が春と秋に開催する市民セミナーに長年通っていたので、サクラビアのある辺りもそれなりに知っていたつもりであったが、改めて広い前庭を経て玄関口に着いてみると、私がこれまでに観てきた老人施設とは全く違うホテル風の趣きに、「さすが高額施設は違う…」の第一印象を受けた。

待ち構えていた案内役の若い女性に導かれて玄関を入ると、そこはまさにホテルのロビーの如き造りになっていて、広いラウンジの右手には受付の大きなデスクが置かれ、左手には知る人ぞ知る著名画家〝荻須〟の風景画が飾られていた。見上げると、介護施設とは思えぬ豪華なシャンデリア風照明が目に入り、突き当り奥には広々とした大食堂が拡がっていた。こうした入り口の様子を観察しているうちに、好奇心に火が点き、見学意欲も湧いてきた。

コロナ感染チェックのＰＣＲ検査の後、早速受付嬢から施設の概要説明を受けた。

平成8年、セコムと森ビルの出資で開設され、全部で百五十室あり、二人住まいを含めての最大受け入れ人員は二百名とのことであった。部屋は狭い所でも約五十平方メートルあり、広い部屋では約九十四平方メートルとなっていて、これが一般の介護施設と異なる高額入居金の原因の一つのようだ。入居者は、七十歳以上の自立生活者が条件とされており、入居後に要介護や要支援状態になった場合にはそれなりの費用が加算され、要介護1なら二十数万円、要介護5なら三十数万円程度が加算されるとのことなので、基本の月額費用を加算すると、介護状態となった入居者では、月額五十万円から六十万円の費用負担となるようだ。最も広い部屋の入居金は約二億六千万円となっており、入居当初はともかく、最終的に要介護5にでもなれば約六十数万円の月額負担となるので、これでは到底一般向け介護施設とは言えないことは明白である。パンフレットにも、冒頭に堂々と「選ばれし人生を歩んで来られた方々のための新たなステージ」と記されていて、一般施設とは違う〝格上施設〟をセールスポイントにしているようだ。

事前説明の後、案内役の人に従い施設内を見て回ったが、居室棟に隣接した別棟には、広々とした健康管理や娯楽目的の様々な部屋が幾つも設けられており、私がこれまでに観てきた介護施設とは比べ物にならない充実振りだ。肝心の居室では、約六十八平方メートルのモデルルームに案内されたが、高級家具が備え付けられていたこともあり、まるで上級ホテルのスイートルームの観がした。私の思いは「こんな上等の部屋は介護状態になれば不要では…」が正直なところだ。見学の最後に、ゲスト用食堂でゲスト用ランチを試食したが、お目当てにしていた妻は〝納得〟の様子であった。

帰宅時、幸い雨はすっかり上がっていた。

～その71～

我々はどこから来てどこへ行くのか

長寿命化の生み出す高齢者の新たな悩み

２０２２年　８月

標題の一文は、ゴーギャンの絵の片隅にあるよく知られた添え書き、〝我々はどこから来たのか、我々は誰なのか、我々はどこへ行くのか〟に由来しているが、この一文は含蓄ある哲学的名文でもあるので、絵そのものにも劣らず、私は勿論、多くの人の心を捉えている。

ただし、名文が故に、何かからの引用文ではないかとも思われ、改めて調べてみると、〝人間はどこから来たのか、どこへ行こうとしているのか、人間はどうやって進歩して行くのか〟との類似文が聖書の中にあり、必ずしもゴーギャンの創作文ではないことが解かった。

若い頃に神学校の生徒だったゴーギャンは、株取引の仲介業時代に趣味で絵を描き始め、やがて画業を本業に選ぶのだが、絵は期待通りの評価はされず、生活には苦労したようだ。

そのうちゴーギャンはゴッホと知り合い、南仏アルルでの共同生活を始めるが、画風や性格の違いから短期間の喧嘩別れに終わっている。失意のゴッホは、耳切事件を起こした後、精神異常からピストル自殺へと破局の途を辿るので、ゴーギャンのタヒチ移住には、疎ましい母国での記憶を一掃したいとの願いもあったに違いない。そのタヒチで描いた絵の片隅に、それまでの人生での鬱積した悩みや疑問を、記憶にある聖書の一文に模して書き添えたのが、この有名な一文と言われている。特異で苦難に満ちた〝変人画家ゴーギャン〟の人生への想いは、全てこの添え書きに込められているのだろう。高校時代、私は英語教本として、サマセット・モームの『月と六ペンス』を読まされたが、その時は英語力不足で、その面白さまでは理解できずじまいだった。後日、邦文訳を読んだ時には、銀行員から画家に転じた主人公ストリックランドの辿る波乱の人生に引き込まれ、一気読みしてしまった。

有名な添え書きの有る絵がタヒチで描かれたのは、十九世紀もほとんど終わりの頃だが、十九世紀は、西欧列強による世界進出の終盤期にあたり、世界の分割支配体制がほぼ定まると同時に、ヨーロッパ人種の他人種に対する優越感が強く意識された時代でもあった。そうした状況を出現させたのは、当時の西欧の卓越した産業技術であり科学文明と言えようか。

古代から中世のヨーロッパでは、文化的にはキリスト教の支配下にあり、世界の始まりも人類の誕生も、聖書の神話的説明で事足りていた。しかし、十六世紀に本格化した西欧列強の世界進出は、未知の動植物、異種の民族・文化との出合いとなり、こうしたヨーロッパ以外の世界との接触が、神話的説明の不合理さを気付かせることになるのは当然であった。十九世紀に、世界の始まりや人類の誕生について、合理的な説明を求める流れが生まれたのも歴史の必然であり、１８５９年にダーウインの著わした『種の起源』は、標記のゴーギャンの抱いたような〝自己と人間の存在に対する基本的な疑問〟への最初の科学的回答でもあった。

十九世紀中頃、ドイツのクロマニヨン渓谷では古代人の化石人骨が、アルタミラ洞窟では古代人の壁画等が相次いで発見され、十九世紀末には文化人類学なるものも誕生している。

ゴーギャンの絵は、晩年になるとある程度の評価はされたようだ。しかし、二十世紀の初頭に彼が亡くなって一世紀以上が経過した現在、元はと言えば素人画家に過ぎなかった彼の絵が、世界各地の美術館で貴重品扱いされる存在になるとは！　もし彼が知れば、満足以上の驚きさえ覚えるのではないだろうか。一方、過去百年での科学技術の進歩も目覚ましい。彼が投げ掛けた三つの疑問のうちの二つには、今は科学的裏付けのある答えが出されている。

こうした進歩を可能にしたのは、ヨーロッパ中心だった十九世紀の人類の遺跡や化石の探査・発掘が、二十世紀後半からはアジアやアフリカでも急速に進み、加えて、特筆すべき二つの技術、放射性元素年代測定技術と遺伝子・DNA分析技術が出現したからに外ならない。

この二つの科学技術は、それまでの、発掘した遺物や化石の外観比較や出土した地層による漠然とした年代付けや系統付けを、科学的根拠に基づいた合理的検証へと進化させ、考古学や古生物学の世界に、まさに画期的な進歩をもたらすことになったのだった。

私は、中学や高校時代に、およそ五十万年ほど前にヨーロッパにネアンデルタール人が、アジアには北京原人やジャワ原人が出現し、それらの原人がヨーロッパ人やアジア人の遠い先祖にはあたるものの、それらの原人は全て絶滅して、現在の人種に直接つながることはないとも教えられていた。ところが、最近の遺伝子・DNA分析技術は、それらの原人の遺伝子の一部は、現生人類にもしっかり受け継がれていることを明らかにしている。長年の疑問、〝我々がどこから来て誰なのか〟は、世界の遺跡発掘の進展と共に、今や明らかにされつつある。

ところで、人生百年と言われ始めた近年、いつの間にか高齢者と呼ばれる身となった私にとって、ゴーギャンの投げ掛けた問いは、〝老域に入ったのはいつからか、老人の価値はどこに在るのか、老人はどう生きるべきなのか〟と言い換えた方が実感の湧く問いとなった。

ゴーギャンの最後の問い、〝我々はどこに行くのか〟は、人類の進歩が加速度的なだけに、答えの出しにくい難問だが、希望の種を見失いがちな老人にとって、〝老人はどう生きるべきなのか〟の問いは、残された人生が長くはないとの自覚があるだけに、切実な問題でもある。

しかし、老人の悩みの根本は、〝加齢による肉体と精神の衰えとの闘い〟に外ならず、答えは全て、〝現・未来の科学・医療技術の進歩次第〟と、他力本願な実状も否定の仕様がない。

古来、〝老化は生あるものの宿命〟と捉えられてきたが、科学・医療技術の進歩の結果、最近は老化を宿命としてではなく、〝生き物が罹る最終的な病〟との捉え方が芽生えてきたのは、コペルニクス的状況転換と言えるだろう。まずは肉体の老化現象について見ても、半世紀ほど前には想像もできなかった臓器移植の実現や、不治の病と見做されていた癌が治療可能な病と見做されつつある現況を思うと、老化を〝解決すべき最終的な難病〟と捉えるのも、あながち無理な捉え方とは言えなくなる。遺伝子治療と再生医療が更なる進歩を遂げれば、今世紀の末までに、老化が実質的に病気扱いされるようになっても、何の不思議もないだろう。一方、精神の老化現象については、概念的には〝脳の機能低下による精神機能障害〟と捉えるべきなのだろうが、典型的な病のアルツハイマーでさえ、残念ながら現状は初期的な解明段階に留まっていて、肉体の老化現象に比べ、解明は大分遅れ気味が実状のようだ。

さて、少し話が飛躍するのだが、〝人の老い〟や〝老人はどう生きるべきなのか〟を考えようとすれば、どうしても以下に述べる科学技術の存在と進歩を念頭に入れねばならなくなる。

最初に、直接的なテーマである〝老化の仕組み解明技術〟に触れたいところだが、将来、むしろさらに重大な影響をもたらすと予測される科学技術は、〝人の自意識発生の仕組み解明技術〟と〝人工生物の創造技術〟の二つではないかと思われる。これら二つの技術の実現と更なる進歩は、未来の社会の在り方や人間の在り方に、大きな変化を与えずにはおかないだろう。

老化の仕組みは、遺伝子の果たす役割解明とその老化現象として、この十数年目覚ましい進歩を遂げた。解明された結果に、進歩した遺伝子操作技術を加えれば、老化の仕組みが変えられるだけでなく、〝老化の防止〟へと進展するのは、間違い無い所だ。これまでに獲得した寿命の長期化は、食事や衛生環境の改善及び医療技術の進歩等の、寿命に係る間接要因の改善・進歩により、徐々に達成されたものだが、将来の長寿化は、新たに開発されることになるであろう、〝老化防止の直接手段〟によって成されるようになるのは疑いない。

私は二十一世紀中に、不老不死はともかく、不老長寿は現実の話題になるものと想像している。そして〝人間とは何か〟に係る究極のテーマが、〝人間の自意識発生の仕組み解明〟と〝人工生物の創造〟の二つではないかと思う。この二つのテーマが解明されると、肉体と精神は分離して存在可能となり、人間と知能機械（ロボット）の境界も曖昧になるのではないかと思われる。そうした世界が到来した時、社会や人間の在り方がどうなっているのか、私には推測すらし難いが、恐らく私たちの想像を超えたSF的世界が実現されるに違いない。

以上の説明は、いささか長過ぎて、〝前書き〟と呼ぶには不適切になってしまったが、この文章の最後に私の言いたい〝繰り言〟に対し、理解を得るための下準備文には違いない。

元はと言えば、数年前、私は調布市から貰いたくもない〝後期高齢者〟の認定を頂戴した。

年々増え続ける高齢者に、医療や福祉関係の経費が増大したため、七十五歳を分岐点にして公的資金の負担を軽減しようと、担当の役人が考え出した解決案が〝後期高齢者〟なのだろう。

誰が考えたにしろ、この〝後期〟の差別的接頭語に対して、何の不満も聞こえてこないのは不思議と言うより、私は残念に思う。最近は、障がい者に対して昔から馴染んでいた呼称が差別用語視されるようになったし、高齢の運転初心者に対して使われていたモミジマークさえ、差別的としてクローバーマークに変えられたりしているのだから…。それとも、私がこの高齢者に対する〝後期〟の接頭語を差別用語視するのは、被害妄想なのだろうか。

ゴーギャンの絵から説き始めた長い前書きも、私たちは近々老化を病気扱いするようになる超長寿化の時代の入り口にあり、「高齢者を七十五歳から〝後期〟呼ばわりするなんて、高齢者に人生末期を宣言する差別扱いではないのか」と言いたいがためであった。最後になってこんな不満事を述べると、〝老人はどう生きるべきなのか〟等の哲学的気分も失せ、〝今日と明日のことで精一杯な現実的老人の我が身〟に舞い戻ってしまい、気持ちも冷めてくる。そんな訳で、文末では世阿弥の言葉〝花は散るからこそ美しい〟と、サマセット・モームの著書『人間の絆』にある〝Life had no meaning〟を思い出し、気を楽にすることとしよう。

〜その72〜

何処へ行くのか明日の日本

通勤電車で知る世情

2022年　9月

8月は私の誕生月である。生活の欧風化が進み、最近は我が国でも誕生日にケーキを準備し年齢数の蠟燭を立ててお祝いしたりする家もあるようだが、残念ながら我が家にそうしたシキタリはない。しかし、いつの頃からか、恐らく節目の五十歳を過ぎた頃からだろうか、誕生日には、私は心の中で自分の期待できそうな余命年数分の仮想蠟燭を数えている。

一般に年齢を重ねるに従い、誕生日は〝何とかへの一里塚〟やらで、嬉しくもなくなるものだが、私はいつも、余命蝋燭の数を気にしている。その度毎に、蝋燭の数に余裕があると思えれば気が休まるのだが、この数年は、〝毎年同じ本数の蝋燭を数える訳にもいかない〟と思えてきたのが偽らざるところだ。そうした私の心境を察してだろう、妻は誕生日だからと言って、私にお祝い言葉を掛けたりはしないのだが、「誕生日はちゃんと覚えてはいるのよ」と、何らかの形で間接的な表現をするのは、いつの間にか生まれた習慣となっている。

今年は丁度8月初旬が新型感染症のピークと猛暑日とが重なっていたので、大袈裟なことはしたくない気分であったが、案の定、妻から「気分転換に映画を観て、食事でもしない？」との提案があった。私も特別な予定等はないし、近場への外出なら、暑中でも負担が少なく気晴らしにもなると考え、「新宿にでも出掛けるか」と、妻の提案に応じることにした。

この時期は夏休み中のお盆の時期でもあり、観ても良いと思う映画は幾つか在るのだが、〝映画後にランチ〟の条件付きとなると、妻が観たいと言う映画が正午前後に終わる日を選ばねばならず、結局、少し早起きをして、8月12日に新宿に出掛けることとなった。

この十数年、夏のこの時期は、大雨か猛暑のどちらかで、〝記録破り〟の形容詞も聞き飽きてしまうのだが、幸い12日の朝は台風が接近しているためか、風は少し強めだったが、雲も多めの天気であったのは、近場とは言え遠出をしようとするには好都合の日和であった。

新型感染の流行も三年目になり、当初は「冗談じゃない！」と聞き流していた〝With Corona〟も現実の事態となりつつある。私も、この状況が〝無窮なる自然界の摂理に沿う流れ〟なら、受け入れざるを得ないと、諦め気味だが、〝With Mask〟の常態化はだけは勘弁して貰いたい心境だ。そうした私の心中もあり、電車を使うような外出時には、現今の世情を捉えるには格好の判断材料として、スマホの利用具合とマスクの着用具合を、いつも必ず観察することにしている。状況変化への対応は我が国よりも機敏なのに、鷹揚でもある欧米では、いち早く〝With Corona〟体制に移り、〝Without Mask〟にもなったようで、私もこの事態なら歓迎だが、何事にも過敏反応の我が国では、〝With Mask〟の常態化が心配になる。

〝With Mask〟で私が思い起こすのは、女性回教徒に定番のスカーフだ。フランスの学校では、顔を隠すスカーフが最近禁止された様子だが、私は当然の処置と思っている。人の表情は心の内を映し出す鏡であり、言葉と並ぶ大事な知的活動の表示手段でもあるからだ。

さて、12日の8時過ぎ通勤電車は、ほぼ満員状態ではあったが、感染症と学校の夏休みの影響なのか、電車が揺れさえしなければ乗客同士の触れ合いもない混み具合であった。私は、欧米大都市での通勤体験が多少なりともあるため、我が国の都市生活と欧米の都市生活を、何かにつけ比較したくなるのだが、〝私たちは過密に慣れ親しみ過ぎている〟との、兼ねてからの私の思いがあり、〝通勤時がいつもこの程度のラッシュなら良いのに〟と思えた。

花粉症の持病がある私は、春先の屋外ではどうしてもクシャミが避けられず、車内でこらえきれないクシャミを連発して、周囲の乗客は勿論、少し離れた乗客からもキツイ眼差しを向けられた経験が何度かあるが、この日はクシャミの心配がなかったのは幸いであった。

そこでいつもの習性に従い、車内を見渡してみると、全乗客が例外なくマスクをしていて、これは私が予想した通りではあったが、気になったのは、乗客の着用しているマスクのデザインであった。感染症の流行り始めの頃とは違い、色やデザインが多様化しており、それだけマスク着用の生活が根付いてきていることを感じさせられた。私が恐れる〝With Mask〟常態化の発端を見せつけられたような気がして、いささか心配な兆候を見取ってしまった。

少しばかり悪戯心が湧き、マスクを外してみたくもなったが、妻がいるので止めておいた。


車内の様子を観察していて、マスク以上に気になったのが、スマホの普及ぶりであった。

私がスマホの前身となる携帯電話を使い出したのは、まだ十年も前のことではないのだが、携帯電話でも、実際に使い出してみると、その便利さ故に、すぐに手放せなくなってしまった。特に夫婦のどちらかが外出した時等は、予定外のことが生じてもいつでも連絡し合えるのだから、以前には考えられなかった便利さを手にしたことに疑う余地はなかった。それでも、通話が主目的だったので、他の便利な家電製品と同列の位置付けに止まっていた。それが、程なくして出現したスマホに変えてみると、テレビとパソコンに加え、カメラや電話も全てが手の平サイズの一台に収まっていて、いつでもどこでも利用できるのだから、あらゆる情報が取り出せる魔法の玉手箱を手に入れたようなことになった。誰であれ、スマホなしの生活が考えられなくなってしまったのは、当然にして自然な事態であろう。

見渡せば、立っている人も座っている人も、およそ百人ほどの乗客の九割程度が、何やらスマホを操作しているではないか。そうした状況を目にしたら、スマホで株価動向が知りたかった私だが、急に興ざめして止めにした。代わりに、スマホが一体何に使われているのか気になり、チラチラ他人のスマホを覗き見してみると、アニメやUチューブの動画、友人からのメールそしてゲーム等であった。気が付けば、通勤時間とは言え、周囲にネクタイをしている乗客は見当たらず、環境省指導で〝クールビズ〟なるものが唱えられてから二十年近くになり、通勤者の服装も様変わりしたものだ。私が会社生活を卒業して時間が経ち、社会の主流の変化に疎くなっている自分を、改めて自覚させられた形だが、〝これから先、通勤風景はどう変化していくのだろう〟と考えている内に、電車は新宿に到着した。

その日観た映画は、中国の戦国時代を舞台にしたアニメ由来のソニー映画社製時代劇『kingdom Ⅱ』であったが、中国人ならどう評価するのだろうかと気になった。

2022年10月

～その73～

憂鬱な台風シーズンでの想い

温暖化のもたらした気候制御の必要性

9月は、旧暦では〝長月〟と呼ばれているが、その来処は〝つるべ落としの秋〟のたとえもある通り、

「日没が日毎に早まって、日増しに夜が長くなること」に由来しているようだ。

夜明けの早まりに、日長の夏の兆しを、日没の早まりに、夜長の冬の訪れを感じさせられることを思うと、〝長月〟と呼ぶ気持ちも分からなくはないが、夜が昼より長くなり、真に夜長になるのは秋分を過ぎてからのことだから、理屈上、9月には早過ぎの感のある呼び名だ。しかし、太陰暦は太陽暦と、年にもよるが、年間で一月ほどのズレがあることも一因ではあるのだろう。我が国の9月の顕著な気象現象となれば、何と言っても台風が挙げられるだろうから、「〝野分け月〟とでも呼べば、異論のない名称なのに」とつまらぬ考えも脳裏をよぎる。

今年も9月に入ると間もなく、大型台風二つが矢継ぎ早に来襲した。気象庁はまたしても、「十年に一度の大型台風」とか「数十年に一度の暴風」とかの表現で、注意を喚起したいが故に、危険度を分かり易くする修辞句を付けて人々の不安を煽っていたが、私個人としては、「最近の気象報道は嫌な脅かし癖が付いたものだ」と少々不快に感じている。案の定、最初の台風は日本海側にそれて、多少の洪水被害が出ただけであったし、次の台風も、九州に上陸してからは急速に衰え、その後は足早に太平洋側に抜けてしまい、それほど大きな被害を出すには至らなかった。〝脅かし〟は、頻繁になると次第に効果が薄れるもので、気象報道は、〝適切なタイミングの科学的に正確な予報〟に徹してもらいたいものだ。

この半世紀余りの間、我が国は太平な世の中に安住しきった感があり、大きな経済的・人的被害を出した大事件となると、地震と台風の二つくらいに限られる。情報技術の発達で、災害時の被害状況はつぶさに報道され、被害対応の適否も厳しく評価されるので、気象庁を始めとする関連機関は、正確な状況判断より、〝予測責任を問われぬための過剰気味警告〟の傾向が強すぎはしないだろうか。最近は、地球温暖化の影響による自然災害増大現象の一つとして、台風被害の増加・拡大を心配する声も聞かれるが、ひと頃収まっていた台風被害の増加には、高度成長・人口増加期に造成された無理な土地開発と、急作りされたインフラの劣化が遠因となっている面も見逃せない。特に災害頻発地は、大体が人口密集地の傾向があり、充分なインフラ整備となれば行政対応と予算処置の難題が控えていて、理想的計画の実現は難しいのが常だ。したがって、現実の災害発生とその後の応急的インフラ修復では、イタチごっこ的な繰り返しも起きている。同じ自然災害でも、現在世界を騒がせている新型コロナ感染症対策では、ワクチン開発に近代科学の力を活用して、歴史的に見れば短期間での終息を実現しつつあるが、一方の気象災害では、各々の災害が短期間の広域的かつ突発的発生であるため、予防・防止策の費用対効果の見定めは難しく、これまでにもさまざまな人工的対策が考えられてはきたが、全て机上計画あるいは実験的実施に止まっていた。

有史以来、記録に残る重大な気候災害となると、冷害か旱魃のどちらかであったように思うが、近世の温暖化による気温上昇に加えて、人口増加による農耕地の拡大の結果、最近は冷害より旱魃の方が、災害としての発生頻度が高くなっているようだ。特に二十世紀の後半から、アフリカやインド及び中国の人口は、驚異的な数字で増加したので、通常でも水不足気味なこれらの地域では、一旦旱魃が起きると深刻な被害は免れない状況にある。

この十数年の経済発展で資金力のある中国では、旱魃対策に直結する人工降雨には関心が高く、実験段階の技術としてより、進歩途上の実用技術と位置付けて、必要な場合には躊躇なく人工降雨を試みているようだ。現在の中国が抱えている膨大な人口に対し、山岳地帯の多い国土、降水量の少ない西北部等、国は巨大でも理想的な食料の自給率を実現するには厳しい国情が背景に在るからであろう。したがって、半世紀以上前に発案されて、ある程度の実用効果が確かめられている人工降雨を、中国が旱魃対策の切り札として実用化しようと、とりわけ熱心に取り組むのは自然な成り行きでもある。我が国でも、首都圏や瀬戸内海周辺地区でダムの貯水量が底を突きそうになると、人工降雨が話題にはなるが、島国の我が国が大規模な旱魃に陥ることはほとんどなく、人工降雨への取り組みもそれほど熱心とは言えないだろう。技術の発案元である米国でも、温暖化の影響により、最近は頻発する西部の森林火災を対象に、人工降雨を有効な火災消火手段の一つとして真剣に取り組み出したようだ。

我が国に必要な気象制御技術は、何と言っても集中豪雨と台風対策であろうから、目的から見れば旱魃対策とは真逆の気象制御になり、人工降雨に比べれば格段に難しい課題だ。

原因は低気圧の発生にあるので、目指すべき技術は、低気圧そのものの発生を防ぐ技術、発生した低気圧の勢力を減衰・消滅させる技術、低気圧の進路をコントロールする技術のいずれかであることは、特別な専門家でなくても察しがつく。

熱帯性低気圧（台風）に的を絞って、話を分かり易くしてみると、発生地は世界中に五か所ほど知られてはいるものの、特に強力な低気圧の頻発地となると、北太平洋と北大西洋の二か所に絞られてくる。前者がタイフーン、後者はハリケーンと呼ばれているのは、誰でも知っての通りだ。したがって、この熱帯性低気圧の制御に対する関心が高いのは、日本と米国と中国の三か国になる。米国では第二次大戦後何度かハリケーンの制御実験を行っていて、ある程度の制御効果を確認してはいたようだが、台風は洪水と暴風のマイナス面だけでなく恵みの雨をもたらすプラスの側面もあり、このプラス・マイナスの総合評価が難しいと判断されて、長らくハリケーンの制御実験は中止されてしまった。米国や中国のような大陸国家では年間降水量が少ない広大な国土も抱えており、熱帯性低気圧のプラス面が無視できないのも充分理解できるが、最近の熱帯性低気圧の巨大化は、改めて増大するマイナス面の大きさを気付かさせ、再び熱帯性低気圧の人工制御が関心の的に戻ってきたようだ。

我が国では、2021年に今世紀中頃での実現を目途に、台風の制御とそのエネルギーの有効活用を目指した〝タイフーンショット計画〟なるものがスタートしたので、台風を災害源から恵みのエネルギー源に変えようとするこのプロジェクトの成果に期待したい。

〜その74〜

深まる秋に今年の二つの事件を想う

一見平穏な現代社会の裏に潜む闇

２０２２年　11月

10月も中旬を過ぎると、頬をかすめる風に、涼しさより寒さを感じるようになった。この時期は、木の葉の色付きはまだ目立つほどでもなく、草花も盛りを過ぎたものが多くて、我が家に限らず街の風情には、何処とはなしにウラ寂しさが漂う。しかし、毎年楽しみを提供してくれている庭先のミカンが、昨年が豊作だっただけに、今年は期待できないのかと思っていたにも拘らず、意外にも例年並みの実付きなのを見て、慎ましい喜びを覚えた。

私の実家は農家だったので、子供の頃は、秋になるとカキやミカン、加えて屋敷林に登ってのシイの実採り等が、遊びに勝る格別な楽しみことだった。社会人になり、神戸や現住地の調布に家を新築した際も、庭の広さも顧みず、草花だけでなく花木や果樹も植えたのは、実家での想い出を再び味わいたいためであった。家庭の庭に植える花木や果樹は、庭が広くなければ庭の端に植えるのが普通だが、そうすると隣家や接道に枝が伸びるのは避けられず、春や秋での適当な剪定作業は欠かせない。しかし、木の生長とともに、剪定作業は次第に手が掛かるようになるだけでなく、折角伸びた新たな枝の多くを切ることになるので、翌年の花や実の付き具合の犠牲も覚悟せねばならない。ところが、ミカンならば、毎年少しばかりマメに剪定すれば、小振りなサイズのままに抑えられるので、小住宅の小さな庭に植える果樹としては、最適な果樹の一つと言える。一般的に柑橘類は病気や害虫にも強く、適度な肥料やりさえ怠らなければ、全く薬剤散布等しなくて良いのも有り難い。我が家のミカンは、春早々に小さくとも極上の香りを放つ花をたくさん咲かせ、秋には少年期の想い出に繋がる果樹採取を充分楽しませてくれる。私はこの十数年、店舗でミカンを買ったことがない。

今年の国内では、昨年のオリンピックや総選挙等にあたる大規模な催し事の予定はなく、何かと日常生活を悩ませたコロナ騒ぎにも慣れが出たので、年初は何とか静穏な毎日が取り戻せるのではと思えた。ところがどうだ、人間の増え続けるグローバル化した現代世界のこと、〝情報と欲望が渦巻く毎日〟の現実だけに、2月には早速〝ロシアのウクライナ侵攻〟という、〝感染症にも増して厄介な問題〟が持ち上がり、7月には安倍元首相の銃撃事件なるものも突発した。一見平穏そうに見える現代社会の裏には、常に闇が潜み、しかも密かに拡がっているのだ。科学や芸術の如き集団智が、時代とともに進歩し変化するのに対して、人そのものは千年の昔も今もほとんど進化していないのだから、社会の流れから外れたような予期せぬ突飛な事件が、突如発現したりするのは、いつの時代でも避けられぬことなのだろう。

安倍元首相の事件では、テロ事件の犠牲者として、当初は同情と哀惜の念を覚えたが、その後、彼がある団体と浅からぬ関係があったと分かっては、本来弔いの気持ちで迎えるべき彼の国葬でも、何の感慨も湧かなかったのは私だけではあるまい。我が国の歴代首相は短期交代が多く、経済大国の政治リーダーにしては影が薄いのが通例だが、彼は長期首相を務め、世界のリーダーからも一目置かれた政治家だったが、今では空しい。

川の流れのように〝変わりゆくのが世の習い〟だが、「ホモサピエンスとしての人の本質は、基本的には変化していない」と言われている。したがって、生き物であれば最も重要なテーマである〝死〟との向き合い方を説く宗教に付いても、私は「およそ三千年ほど前の一神教の誕生以来、さまざまな宗派が生まれはしたが、理念の本髄ならば大同小異〟」と見做している。私のこのような宗教理解では、単純・無知と批判されても仕方がないが、私が危惧するのは、世の中のあらゆる文化の大きな変化に比べ、宗教の基本理念の変化があまりにも小さく、そうした宗教の固定的な在り方と、世の中の変転するさまざまな文化の在り方との間に生じるギャップの拡大が、個人や社会に深刻でさまざまな問題を生む原因の一つになっていることだ。

そもそも宗教活動が、他の文化活動や経済活動と違って特別扱いされるようになったのは、「古代ローマでキリスト教が国教として採用された時に始まる」とされている。宗教活動には口を挟まず、政治的に利用した方が国の統治には都合が良かったからに違いない。

この宗教活動の特別扱いは、遺伝子操作や臓器移植といった、これまでは宗教でしか取り組めなかった、いわゆる〝神の領域〟に、科学の手が及ぶようになった現代に至っても、ほとんど変化はしていない。宗教活動を冷徹に人間の文化活動の一つとして捉えて見れば、集団活動の形態を採る以上、活動が活発化すればするほど、経済問題を抱え込むようになるのは、当然な成り行きだろうから、宗教活動と経済活動の境界が次第に曖昧になるのは、避けられぬ運命にある。

したがって、「宗教活動の特別扱いは、今や見直されねばならない時代になった」と言えよう。

先進諸国の中でも、我が国は、日常生活と宗教活動の結び付きが最も薄い国なのだから、宗教活動に対する税制上の特別扱いを、世界に先駆けて、見直してみてはどうかと思う。

さて、長きに亘る感染症の流行は、多くの人命を奪うに止まらず、世界経済にも甚大な損害を与えることになった。そして、期せずして国際政治にも重大な影響をもたらしたようだ。

ロシアが突如ウクライナに侵攻し、クリミア半島の強奪とウクライナ北東部ドンバス地区の分離を企てたのは、２０１４年2月であった。影の薄い国になってしまったとは言え、米国に対抗した、かつての大国ソ連を引き継ぐロシアが、〝現代の先進国にはあるまじき蛮行〟に及ぶとは、まさに青天の霹靂であった。両国間には複雑な紛争の種があるためか、八年前のクリミア侵攻時でもかなりな規模の武力衝突も起こしたようだ。国連のロシア非難決議も出されたが、ロシアは撤退することなく今日に至っている。国際社会がロシアの侵略を黙認したかのようなこの時の対応が、今回の新たな大規模侵攻を誘引してしまったのは残念だ。

私はロシアの前世紀的な傍若無人ぶりに驚きと怒りを覚えながら、ロシアとウクライナの歴史を調べてみて、有史以来続くさまざまな人種と民族の出入りに加え、ロシア帝政時代とソ連時代には非人道的な統治があったことも知り、今回の紛争の根源のおおよそは理解できた。しかし、ウクライナとロシアは人種も言語もほとんど同じ、我が国に例えれば、ウクライナが関西ならロシアは関東の如き同族同士の関係も知った。その両国が〝核〟の使用も懸念される本格的戦争を起こすとは！　正常な世界なら起きないことだ。新型感染症の作り出した閉塞社会が、老境に入り功を焦る〝独裁者プーチン〟の判断を狂わせたに違いない。

～その75～

植民地政策が生んだ予期せぬ出来事
時の経過が英国に齎した因果応報

２０２２年　12月

新型感染症の縄縛から未だに逃れられずにいるこの年、思うに任せぬ日頃からの日常逃避には最適な旅行、観劇、コンサート等には、まだ制約が多いとなると、私にとって最も手軽な気晴らし手段となるのが映画鑑賞である。秋も深まった10月末、同じ思いの妻の誘いに乗せられて、〝ＲＲＲ〟という、奇妙なタイトルのインド映画を観ることになり、新宿に出掛けた。インド映画を観ようとの気になるとは、思いも寄らぬ事態だが、テレビで概要紹介のコマーシャル番組を見た妻から、「面白そうだから観てみない？」と誘われたのだ。

人口超大国インドでは、半世紀ほども前から映画が国民的娯楽として持て囃されており、インド最大の都市ムンバイでは、（かつてボンベイと呼ばれていた頃から）大量の映画が製作されていた。インド映画が、かのハリウッドにあやかり、〝ボリウッド映画〟とも呼ばれているのは、ご存知の人も多いことだろう。今や世界最多の人口を擁し、宗教の影響の下に出来上がった強固な階級社会が、膨大な貧困人口を抱える一方、米国のハイテク産業にも多くの人材を送り出し、情報関連産業は世界有数の水準なのだから、インドは〝奇妙な国〟だ。特に映画産業は、安価で気軽な娯楽対象として、テレビの普及以前から盛んだったようで、世界最多の映画製作国となってからも久しい。インド映画は、〝恋愛〟と〝活劇〟と〝踊り〟の三大テーマを軸に作られているのが特徴らしく、今回観た映画も、英国統治時代での部族の反乱・独立闘争を主軸に、この三要素を適当に織り込み、上映時間は三時間十分にも及ぶ大作である。ところどころストーリー展開の不自然さも見受けられたが、国内のみならず海外への売り込みも狙って製作された大作映画だけに、ドラマの中にトラや大蛇が出て来るインド映画ならではの演出もあるなどあり、私たちも充分楽しめるそれなりの作品であった。

インドと言えば、英国における最近の首相交代ドタバタ劇の果てに、インド系移民の政治家スナク氏が就任したのは、私にはチョットした驚きであった。一時は、順当に純英国人の政治家トラス氏で一件落着かと思われたが、売り物の減税政策に実施不可の欠陥が明らかとなって、束の間で退陣となった。新首相のスナク氏は、南アからの移民二世らしく、現在まだ四十二歳の若輩、やり手の証券マンから転進した政治家のようだが、こうした経歴から思い浮かぶのは、先行きの〝期待〟とともに〝危うさ〟でもあるのは私だけではないだろう。

私はサラリーマン時代にロンドンでの駐在経験があり、その後も仕事や観光で何度も英国各地を訪れているので、未だに英国には特別の親しみを感じてしまう。市内に下宿したので、大袈裟に言えば、ロンドンはかつて居住した神戸の次に街の仔細事情を知る都会なのだ。そのロンドンで、特に印象深い事柄は二つ、主要施設の贅を尽くした豪華さと、非白人人口の多さであった。中心市街の建築美には、蓄積された社会資本の豊かさを感じたが、非白人人口の多さには驚いた。私たち世代は、クイーンズイングリッシュを学ばされ、ロンドン市街を行き交う紳士なら、皆ダークスーツの白人と思わされていたのだ。

〝百聞は一見に如かず〟は、誰もが知る諺だが、私がこの諺の意味するところを、〝現実に体験させられた〟と感じたのが、ロンドンでの駐在員生活し始めの頃の忘れ難い思い出だ。

国際都市ロンドンは、既に私の想像を超えた多人種都市に変貌していて、私の抱いていた都市住民像が過去の姿であったことを目の当たりにした時、意外感以上に失望感を感じたのが正直なところであった。英国が世界帝国として発展すれば、統治下の植民地から富や職を求めて人が流れ込むのは当然の現象であり、時間の経過と共にこうした流入人口の定着が進むのも自然な現象であろう。最近の統計によれば、市民の内の約一割超が旧インド植民地系の人種であり、さらに一割が黒人系の人種となっている。勿論、英国からも米国は元よりカナダ、オーストラリア、ニュージーランド、南ア等に、新天地を求めて多大な数の英国人が移住しているのだろうが、こうした人口移動の副作用として、本国である英国の民族的活力は世界に拡散し、反動として本国の活力は希薄化の途を辿ったのではないかと思う。

今度の英国での新首相の誕生で、ふと私の脳裏に浮かんだのが、「軒先貸して母屋取られる」の古くからある警句であった。英国はインドを植民地化した結果、多くの物質的富を得たには違いないが、百年そして二百年と時が経過するうちに、当初は予期も予想もしなかった、英国本国の印度化現象を、密やかにそして着実に根付かせてしまったようだ。

私のインド訪問は僅か二度だけなのだが、サラリーマン時代に仕事で旧ボンベイだけを、十年ほど前には観光で北西部インドとニューデリーやムンバイを訪れている。英国植民地時代のインド領は、現在のパキスタン、ミヤンマー、バングラディシュ、ネパール、スリランカを含む、多人口、多人種、多言語、多宗教と、比類のない広大な植民地であった。

第一次世界大戦後、英国の国力の衰えと、世界的な民族意識の高まりで、植民地インド領の維持は次第に困難になり、第二次世界大戦が終わると、人種と宗教の違いを基本に、現在の国家群に分離・独立したが、国境は合理的に定められた訳ではなく、歴史的事情は二の次に、政治的理由から恣意的に定められたため、特にインドとパキスタン間、そしてインドと中国間での国境紛争は、未だにくすぶり続けていて、今後も容易に収まりそうにはない。

インド本体にしても、世界でも稀な多人種・多言語国家であり、中央政府の公用語はヒンディー語と英語に定められてはいるものの、州毎に定められた準公用語は二十言語を超える状況で、インドを一国に纏めるのが容易ならざることは、誰でも察しが付く。幸いにもインドは英語を公用語に定めているので、私がインドを訪問した時にもそれなりに英語が通じて助かったが、インド人の英語には独特の癖や訛りが強く、仕事や観光中も苦労させられた。私はインド人の使う英語は、English ではなく〝Indolish〟

ではないかと思っている。

近年、世界的生活水準の向上と民族意識の高まりに対して、先進諸国の主導力は低下しているため、国連の運営は困難の度を増す一方のようだが、私は〝他人種・多言語のインドの未来は世界の未来にも通じるのではないか〟と考えている。栄枯盛衰・因果応報は、何かにつけ思い起こす警句だが、丁度この二つの警句を当て嵌めたくなる国が、今の英国とインドだ。この二つの国が、今後どうなっていくか、私は興味深く見守っている。

2023年　1月

～その76～

襲い来る年歴の高波

抗えぬ万物の経年劣化

これも温暖化の影響だろう、調布市周辺の紅葉の盛りは晩秋より初冬のようだ。12月に入って間もなく、雨戸に風の音が感じられた晩の翌朝、庭の桜桃、梅、カキ、栗等が一斉に大量の葉を落としていた。広くもない我が家の庭では、背丈の伸びる庭木は庭端に植えているので、この時期、チョッとした風の後では、道路側に散った落葉の清掃は欠かせない。道端に吹き寄せられた落葉には、近隣の家から飛んで来た落葉も混じっていたりするが、鮮やかな赤や黄色の落葉が目に付くと、思わず手が止まり、掃き捨ててしまうのが惜しいとさえ思える。一方、紙屑の類やビニール袋、汚れたマスクやタバコの吸い殻等が混じっていると、イラっとさせられたりもする。一番癪に障るのが犬の生理的落とし物だが、これぱかりはゴミ袋に取り込む気にはなれない。「でも適当に処理はしているがしているが、余り良い気分はしない」

私が週二回の生ゴミ出しに合わせて庭掃除をし、最後に道路沿いの生け垣周りを清掃するのは10時頃になるのだが、我が家の南側の接道は、品川道の突き当りをそのまま真っすぐ百メートルほど延長した地点に当たるので、狭い脇道とは言え、車の通行量も結構多い。

その影響で、掃き掃除に夢中になり過ぎた時など、車の警笛を聞いて、走行の妨げをしていたことに気が付くような事態も、しばしば起こる。三十年ほど前の家の建て替え時、調布市から、「道路沿いの敷地を三十センチほどセットバックさせるよう」求められたが、「生け垣はそのままにしたい」として庭の縮小を免れた経緯があり、以来、南側接道沿いの生け垣の剪定と清掃は、〝我が家の責務〟のようになってしまった。したがって、生け垣の清掃に夢中な最中、背後で警笛を鳴らされたりした時は、運転手の苛立ち顔が脳裏に浮かび、緊張感が走ったりもする。しかし、たまに通行のご婦人から、「綺麗に手入れされていますね」などとお世辞を言われた時は、街並みの潤いでもあるはずの生け垣の良さが理解されたようで、嬉しくなる。

一見、十年一日の如き我が家の生け垣だが、この三十年ほどの間にはかなり変貌している。

当初は、生け垣に定番のカナメモチとサカキで構成されていたのだが、枯死した個所には赤や白のサザンカを植えたりしたので、いつの間にか彩りのある生け垣に変化したのだ。

とは言え、生け垣の本来の目的は目隠しなので、庭全体での役割が、裏方の地味な存在であることに変わりはない。主役となるべき肝心な庭の中の植栽も、家を建て替えた時の状態に比較すれば、生け垣以上に変化しており、当初とは別庭の植栽のようになってしまった。

変化の原因は、植栽の丈や枝付きの成長による樹姿の変化と、枯死した樹木の植え変えによる樹種の変化だ。建て替え前の家が建てられたのは六十年ほど前のことで、その時の前庭の植栽だった椿、梅、チャボ芝、槙、ツツジ等は、今も残っているのだが、剪定容易なツツジを除けば、丈も枝振りも成長したため、木々の占める空間は二倍ほどにもなっているだろうか。

これらの古参の庭木の中に、一昨年までは一本のサザンカがあった。冬一番に開花し椿とは違う上品な花付きをするので、子供の頃から好きな花木であった。ところが、何が原因なのか、春先から急に葉を落とし始め、一昨年、秋の到来とともに枯死してしまった。私の背丈を少し超す成木の頃から、特に目を掛けて樹姿を整えてきただけに、庭に出て、かつてサザンカの占めていた空間を目にすると、大事なものを失った時の空虚感が今でも蘇ってくる。

私は、サザンカの枯死した理由が知りたくて、改めてネットでサザンカの寿命を調べてみたところ、サザンカは特に長寿の花木のようで、五百年ほどにも及ぶ古木のあることが分かった。

家の建て替え当時、陽当たり具合や隣接する植栽の根の張り争い等までは、想像も及ばなかったのだ。

サザンカは比較的成長が遅いため、やがて隣接して植えたミカンと桜桃が成長すると、それらの樹勢に負けてしまったのだろう。今頃反省したところで、後の祭りであった。

私は、枯死したサザンカの抜けた跡を、どんな植栽で埋めようかと、昨年中も考えあぐねていたが、適当な花木を思い付かぬうちに、今度は別の植栽の問題に遭遇してしまった。

現在の家を建てた時、西向きの玄関口の植栽にはハナミズキを植えたのだが、花と紅葉が楽しめて、我が家のシンボルツリーとなるようにと、近くの植木屋の畑に足を運んで選んだ、樹姿の良い成木だった。以来、期待通りに毎年の初夏の花咲きと秋の紅葉を楽しんで来たが、数年前から隣接して植えたコブシの枝と接触するようになると、ところどころ枯れ枝が出だしたので気にはしていた。そもそもハナミズキは、明治時代に我が国の桜と交換の形で米国から来た渡来種のため、特に高温多湿の我が国の夏は、必ずしもこの木に適した気候とは言えないのだ。調布市内でも、街路樹としてよく見掛けるが、枯れ枝や枯れ木が目に付く。

昨年の春、我が家のハナミズキの下枝の葉付きに変調が現れたと思っていたところ、夏になると木全体の様子もおかしくなり、夏の終わりには肝心な大枝の葉が全て枯れてしまった。こうなるとシンボルツリーとしては形無しとなって、私は昨年末の大掃除の時に、この大事にしていたハナミズキを、泣く泣く〝根本から伐採〟の決断をしなければならなかった。

さて、こうした最近の我が家の植栽の異変と時を同じくするかのように、数年前から我が家の家電製品にも変調が生じている。ＩＨヒーター、電気掃除機、テレビ等なのだが、特に利用度の高いテレビは、十年ほど前に購入した液晶型なので、寿命限界に近づいたのだろう。テレビを長時間つけ続けていると、温度上昇のためか、画面の黒色部分にチラつきが出るようになってしまった。こうした家電製品や植栽の変調に出くわすにつけ、私は最近の、思ってもいなかった自分の体の変調にも想いが及んでしまう。

一昨年は10月に鼠径ヘルニアで、去年は11月に前立腺の検査で、入院を余儀なくされてしまった。会社生活卒業後の二十年近く、精神的にはさほど変化の自覚もなく過ごしてきたのだが、肉体の方は、確実に年齢相応の変化が表面化し始めたのだ。十年ほど前は、桜の時期には府中や三鷹にまで自転車で出掛けていたのに、最近は深大寺辺りが精一杯となった。私は、身近な諸々の変調の中で、〝襲い来る年歴の更なる高波に今後どう備えるべきか〟考えてしまう。

２０２３年　２月

～その77～

一年の計は元旦にあり

変えられぬ染みついた習性

昨年末から年初に掛けては、期待していた以上の好天に恵まれ、年を経る毎に辛さや面倒くささが増すように感じられていた年末・年始の行事も、幸い一通り済ますことができた。

私の子供時代は、楽しみ事がほぼ身近な事柄に限られていたこともあって、正月行事は何事にも勝る〝待ち遠しい定例行事〟であった。しかし、年齢を重ねて、情報量も行動力も増すにつれ、正月に対する特別な気分は、徐々にしかも確実に薄れてしまったように思う。

ところが昨年、これからの日常を〝後悔しないように過ごさねば〟と思わせられるような、幾つかの出来事に遭遇したためか、今年の正月は〝最近にない特別な心持ち〟で迎えることとなった。

こうした気持ちになったのは、数年前に調布市から〝後期高齢者〟との指定通知を受けて以来、各種の医療組織や公的組織との接触毎に、我が身の年齢を意識する機会が増えたのがそもそもの原因なのだが、昨年はさらに、今後の人生の在り方に大きな影響を与える経済上の問題と健康上の問題に遭遇し、〝未経験の難題への対応〟を迫られたからであった。

経済上の問題とは、一昨年の夏頃であろうか、五歳ほど年上の兄から、夫と息子に先立たれた後、既に十年ほども一人暮らしをしている私より十一歳ほど年上の姉のことで、「転倒事故を起こしてから、急に身動きが不自由になったらしく、手助けが必要になっていて、自分だけでは対応し切れないから協力してほしい」旨の電話を貰ったのが事の始まりだった。

この兄は年齢が姉に近いこともあって、姉の息子が交通事故死して大騒ぎした時や、姉の夫が亡くなった時にも、いろいろと姉の手助けをしていたが、私は神戸住いだったこともあって、今までこの姉とはほとんど接触がなかった。しかし、大学で教鞭を取っているくらいなので、まだ元気なその兄も、齢八十五ほどになっており、私が手助けを求められれば、弟として応じぬ訳にはいかぬ状況ではあるのだ。私は「もっと早く手立てしていれば良かったのに」との思いに駆られたのが、偽らざるところではあった。私とて自分の年齢を考えれば、近所住いの訳でもない姉の面倒見等が、できるはずもなく、私は早速適当な介護施設探しを始めたのだった。

この姉は勤務経験が全くなく、専業主婦一筋で暮らしてきたためか、世情には疎く、〝生涯を住み慣れた家で終わりたい〟というのが願望であった。それ故に、私が何度も介護施設への入居準備として、身の回り整理を促しても、ほとんど進展がなく、時々様子見のつもり等で姉の家を訪問する度に、私ばかりがイライラしていた。ところが、こんな時の幸運な廻り合わせであろうか、数年前に江戸川区による東側接道の拡張計画が決まっており、令和6年までに道路側敷地部分の売り渡し要請を受けていることが判明した。そこで、改めて道路予定地の接収期限が迫っていることを説明したところ、何と姉はアッサリ介護施設への入居を了解した。

そうなると、早急に入居施設を探し、現居住不動産の処置を決めねばならなくなったが、兄や姉は全て私に任せると言うので、俄かに私の役割と責任は重大になってしまった。

姉の入居対象となる介護施設は、生まれ育って以来離れたことのない江戸川区の小岩や篠崎周辺を中心に探すことにしたが、程なくして何とか目星を付けることができた。

一方、介護施設への入居費用に充てねばならない現居住不動産の処分となると、安易な価格で売却する訳にはいかないので、〝長期戦も避けられなくなるのか〟との覚悟をしていた。

そもそも、この姉の居住する不動産は、元はと言えば親からの相続財産であり、私が小学生の頃、実家の西隣にあった田畑が、新制中学校の建設用地として江戸川区に買い取られた時、その代償として与えられた農地であった。その当時の篠崎と言えば、全くの田園地帯であったが、それが高度成長時代に入ると、瞬く間に都市化の波に飲み込まれ、京葉線や地下鉄新宿線の開通、近隣のディズニーランドの開園等も重なって、昨今は、かつての江戸川区中心地であった小岩に肩を並べるほどの住宅地へと変貌しているのだから、この半世紀余りの江戸川区南部地区の変化の規模と速さには、驚きを禁じ得ない。

私は、就職して神戸住いとなってからも、東京への出張がある時は、必ずと言っていいほど実家を訪れ、実家周辺の都市化を眼にしてはきたのだが、たまに篠崎方面に足を延ばした折には、あまりの都市化の激しさに、幼い頃の田園風景の想い出の地とは全く別地のように思えて、嘆かわしくも感じたものだ。時が移り、この地に住むようになった姉の居住不動産の売却を手助けするようになろうとは、それもまた江戸川区の用地買収ガラミとは、何となく運命めいたものを感じてしまう。現代の核家族化と高齢化の進む時代、自宅を売却して介護施設に入居するというケースは少なくもないと思われるが、姉のケースでは、江戸川区の道路用地として江戸川区が買い上げしてくれることになり、本来なら自費で更地にすべきところを、江戸川区が補償費を払ってくれて更地にできるというのだから、こんな幸運はそうそう巡り合えるものではないだろう。今回は、一部のみが道路用地としての買取になるので、残った土地の売却もしなければならず、少し手間取りはしたものの、昨年春には江戸川区との価格交渉も終わり、姉の介護施設入居費用の目途が立ったのは幸いであった。

前述のように、姉の介護施設への入居手助けが切っ掛けで、数年前に、〝後期高齢者となった以上、不動産売買や株の取引からは手を引き、スローライフを指向しなければ〟と考えていたのが、スローライフとは真逆の日々を送ることになってしまった。そして、毎年8月に受ける誕生日健康検診の結果、更なる難題が私に舞い込もうとは、何という廻り合わせであろうか。私は上の兄二人が前立腺の癌を患っているので、五年ほど前から適当なサプリメントの飲用や関連クリニックで前立腺関連の検査をしていただけに、昨年8月の検診で〝要精密検査〟と言われた時は、〝落胆〟より家系の背負う〝定め〟なるものを感じてしまった。

11月に精密検査の結果を貰ったところ、「初期的な癌は検出されましたが、高齢者の初期的前立腺癌は、すぐに命に係わる訳ではないので、まずはPSA観察療法を取ることにして、何もせず三か月毎の再検査をしながら、対処方法を決めましょう」と伝えられた。この診断は多少の気休めにはなったが、〝何もしない辛さ〟と〝じっと耐える苦しみ〟にも繋がっていた。

さて、年が変わってみると、昨年の出来事は、まさに〝喉元過ぎれば熱さを忘れる〟の諺通りで、すべきことをした後の安堵から、多少の心理的余裕も生まれはしたが、重要な事項は全て今年の在り方に繋がっているので、例年にはない〝謹厳な気持ち〟で新年を迎えた。

今年は、これまでにも経験してきた〝人生の分岐点〟の一つとなりそうなことは疑いない。

そんな時、私の脳裏に浮かんだのが、最近は忘れていた古い警句〝一年の計は元旦にあり〟であった。正月がまだ特別の意味を持っていた小中学校の頃は、よく見聞きした分かり易い警句なので、その意味するところにほとんど疑問はないが、昔から伝わる自然発生的な民間伝承の類かと思いながら、改めてネットでその由来を調べて見たところ、次のようなことが判明した。

・我が国では戦国武将の毛利元就の手紙に記載されている一文が最も古い。
・中国には唐代の白楽天の詩に「一年の計は春にあり」の一文があることが知られている。

白楽天は、我が国の知識人なら誰もが知る超有名人なので、元就ほどの武将であれば、白楽天の一文を知っていたと考えるのが自然であろう。私は、元就の言葉や白楽天の詩を原点とするより、誰でも容易に発想するような警句なので、自然発生的な民間伝承と見做したい。

ところで、今年の初頭に頭に描いた、肝心の〝一年の重点事項〟は、次の五項であった。

・前立腺治療での〝PSA観察療法〟の方向付けをし、心理的安定感が得られるようにすること
・道路用地の残存物を片付け、江戸川区との約束に基く補償金の残金を取得すること
・土地売却の確定申告をしなければならぬ姉を支援し、姉の納税義務を果たさせること
・これまでに作成してきたエッセイを1冊の本に纏めること
・三年ほど中止していた海外旅行を再開すること

第一項〜第三項は、何としても実行しなければならない〝必達事項〟だが、第四項と第五項は、年齢

とともに刺激の乏しくなりつつある日常生活に、これからも彩りと楽しさを確保するため、できる限り実現したいと考えている〝願望事項〟にあたる。

しかし、ままにならないのがこの世の常であろうか。最近は、時に意外な所から意外な情報が舞い込んで来ることも多い。私は、前記の五項目の実施と同じくらい、五項目に割って入るような、重い事項が飛び込んできたりしないことを、切に願っている。

以上のようなことを書き終えて見たら、結局スローライフの如きものは、〝目指したところで今の自分の性には合わない生活スタイル〟なのかと思えてきた。しかし、去年や今年覚悟しているような事態が、その後も続いていては、身が保たないのも確かだ。

来年の年初めは、〝一年の計などを考えねばならぬ状況ではなく考えなくても良い状況〟になっていることを望みたい。私にとってのスローライフは、生来の性分とも言える〝明日を心配する気持ち〟が希薄になり、〝その日が無事に終わりさえすれば満たされた気持ち〟が持てるようになった時、努力や期待の対象がなくなり、〝脳裏の雑念や煩悩が消え失せて、覚えずして自然に毎日が迎えられるようになった時〟のようだが、何だか老人ボケでもしないとそんな生活は迎えられそうにない気もする。

〜その78〜

世相を映す鏡、スーパー

グローバル化でのインフレ

２０２３年　３月

私の人生も四分の三世紀に及ぶようになれば、情報化とグローバル化の進む現代のこと、世相の移り変わりの多様さや速さに気付かされ驚かされるような機会にも、しばしば出会っている。

コロナ禍の影響で、自宅にこもっていれば、何が起ころうともまるで他人事のように感じられ、世相の変化等に実感は伴わないのだが、一旦家の外に出て現実を目の当たりにしたり、体感したりした時には、さすがに世相の変化を実感せずにはいられない。こうした事情は、時間の流れに身を任せて、平凡な日常を送る多くの一般高齢者の哀しい特徴でもあろうか。

そうした日常で、世相の変化を知る格好の機会となるのは、私の場合に限れば、非連続的経験の時でもある遠出での買物や友人との再会の時、映画鑑賞や旅行等の時だろうか。

そんな機会に気付かされる世相の変化は、かつては、驚かされはしても苦痛を感じることは少なかったのだが、最近は不快感や苦痛さえ覚えることも多くなってしまった。この変化は、何と言っても年齢のせいであることは否めない。加齢とともに、新しいことを受け入れる柔軟性が減退して、見慣れたものや使い慣れたものには安心感を覚える反面、目新しいものに好奇心をそそられたり、探求心に火が点くことも少なくなってしまったからだろう。

勿論、私自身に変化が求められる訳でもなく、単に受け流していれば良い物事であれば、私の好奇心は以前とそれほど変わってはいないのだが、日常生活の在り方に影響が及ぶような物事となると、最近は途端に抵抗感めいた感情が湧き上がるようになってしまった。

現在、私は妻との二人暮らしだが、日常必需品の買い出しは私の役割となっているので、スーパーには毎日とは言わぬまでも、週に数回は通っている。いつだったか、スーパーのレジ係の年配の女性から「奥さんはご病気なのですか」と気の毒そうに声を掛けられて、思わず苦笑いさせられるようなこともあった。私は、スーパーこそ〝世相を映す最良の鏡〟と思っているので、スーパー通いは今や趣味の一つに挙げねばならないのかも知れない。

三年ほど前の、突如として巻き起こったコロナ騒動の初期、店頭に山積みされたさまざまなマスク、そして店頭に並べられる間もなく直ちに姿を消したアルコール消毒液、マサカと考えざるを得ないような〝効能の噂〟が基になっていつの間にか店頭から消えた納豆類等々、こうした事象は、不安に駆られた市民感情を如実に現わす品々や現象であった。去年は、ロシアのウクライナ侵攻に起因して、元々コロナ禍で停滞気味であった世界的な物流の停滞に輪が掛かると、モノ不足からの値上がり現象が起こり、やがて米国の金利上昇が円安を呼び起こすと、堰を切ったような輸入品価格の値上がりが、物価上昇に拍車を掛けた。私はスーパーで、原因は異なるものの、1990年前後のバブル経済全盛時代に起きたすさまじい物価上昇と、〝まだ安いうちに〟との買いあさり現象を、再び目の当たりにすることになった。

目撃した物価上昇のプロセスは、1990年前後の時も今回もほとんど同じで、最初は〝遠慮しがち〟で始まり、やがて〝堂々と〟になり、遂には〝こんな物もヌケヌケと〟で終わるパターンだ。

私の家はつつじヶ丘駅の近くにあり、買い物には比較的便利な〝はずだった〟のだが、十年ほど前に、最も便利にしていた〝ライフ〟が、入居していたマンションの建て替えを機に、柴崎寄りの新店舗に移転してしまった。そのため、近くのスーパーは〝オオゼキ〟の一店舗のみの状況となってしまった。この〝オオゼキ〟は、世田谷区や調布市周辺地域に限定の店舗展開で、比較的小規模なスーパーのため、客の嗜好に敏感な反面、やや安かろう悪かろうの傾向も否めず、私は運動を兼ねて国領の〝イトーヨーカドー〟や〝マルエツ〟、仙川の〝西友〟や〝あおば食品館〟にも出掛けたりする。こうした激しい物価変動の時期には、在庫の関係か仕入れ先との価格契約の関係かは定かでないが、店舗によってかなり大きな価格差ができているので、運動のためと言うより生来の貧乏性から、チラシを見てのスーパー巡りは、特に最近、欠かせなくなってしまった。野菜や魚介類等の日毎に価格が変わってもおかしくない生鮮食品はともかく、パンや豆腐、納豆等の工場製品に加え、牛乳や卵等の酪農食品も、店舗や販売日の違いで、半値近くの値違いがまかり通っているのには驚かされる。

一旦こうした状況を知ると、チラシでの価格チェックとスーパー巡りは止められない。

前述のように、最近のコロナ禍やプーチン禍に絡むスーパーでの日常品の価格上昇に触れてみたが、思い返してみると、店舗に並ぶ食品類や店員も、この十数年ほどの間には大分変化したようだ。食品類については、単に少なからぬ数の国産品が外国産品に変わっただけでなく、以前は我が国になかった新たな食品が現れ、着実にその種類を増加させている。

この現象は、我が国の生活習慣のグローバル化が、食生活に浸潤しつつある状況を如実に示している。そして、私の嘆きの種でもあるのだが、伝統的な日本の漬物類が徐々に影を薄くし、代わりにオカシナ名の付いた韓国由来の漬物の類が、次第に漬物棚の広域を占拠するようになったことだ。私は最近のスーパーで、〝和風キムチ〟なるものを目にするようになったが、私にしてみれば、せめて〝白菜の唐辛子漬け〟位の名付け方をしてほしいところだ。

店員構成も変化の様相を呈している。若い女性店員が減り年配の男女店員が増えたのは、人手不足と労働人口の高齢化の顕われであろう。それでも、たまにはレジ係に若い女性を見掛ける時もあり、何となく気の和みを感じたりはするのだが、魚を買った時等に、逆に「これは何という魚ですか」と聞かれたりすると、悲しくも嘆きたくもなる。と言うのも、いつも私の手にあるのは珍しい魚ではなく、代表的な大衆魚のアジやサンマがほとんどであるからだ。つい先日の場合は、私はレジ係の女性をシゲシゲと見つめ直して、「え！　この魚の名前、あなたは知らないの」と口走ってしまった。その時、彼女から返された言葉は、「私、魚は食べないの」の一言であった。恐らく学校給食の影響を強く受けているため、と想像される。このままグローバル化が進むと、遠くない将来、知らぬ間に日本の伝統文化の多くが忘却の彼方に姿を消し、地震や台風等の大型自然災害の類だけが、日本ならではの特色になってしまうのではと〝杞憂の如き心配〟さえ脳裏をかすめた。

～その79～

〝あきらめ〟も肝心

高齢者に必要な処世術

２０２３年　４月

人生も四分の三世紀を越し、若い頃に比べると、私の物事への反応感度が鈍くなって、何事にも鷹揚に対峙しがちになったように思う。こうした変化は、さまざまな経験の積み重ねの結果であり、自然な成り行きではあろう。特に、後期高齢者と呼ばれる年齢になったこの頃、瞬間的な物事の変化や自分自身の動作が、記憶情報として脳裏に刻まれ難くなっている状況を自覚させられる時もよくある。最近の象徴的な現象なのだが、家の中での〝モノさがし〟が頻繁になって、時間の無駄使いが増えてしまった。こうした事態も〝老化現象の現れ〟であるのは疑うべくもない。自宅での〝モノさがし〟は、大体がつまらぬ雑貨類や書籍類探しだが、圧倒的に多いのが、〝メガネさがし〟であった。原因は、元々の近眼に、この十年ほど前からは老眼も加わって、書き物や読書等の身近での作業をする時、メガネを外した方が、字や物が見やすくなり、日常生活でメガネを着脱する機会が頻繁になったためである。

そして先月、遠出の用事があって、電車を幾つか乗り継ぎ、気になっていた数件の用事を済ませた際、予ねてから懸念していた〝しくじり事〟を、とうとう仕出かしてしまった。

出掛けた時には、確かに掛けていたはずのメガネが、帰宅してからないのに気付いたのだ。

今までにも、近所のスーパーや銀行にメガネを置き忘れしたりしたことは、何度もあったが、その都度探しに戻ったり電話したりして、奇跡的に手元に帰ってきていた。しかし、今回ばかりは、〝紛失〟の最悪事態を覚悟させられた。この大事なメガネは、かれこれ四十年前後に亘って使い慣れた、私の持ち物の中でも飛び切りの愛用品であった。それ故に諦め切れず、無駄とは思いつつも、立ち寄り先の電話番号を調べ、置き忘れメガネがなかったかどうか、一通りの聴取はして見た。しかし、予測通り、全て空しい努力に終わってしまった。

〝遂にやってしまった〟の実感とともに、事情が事情だけに、今度ばかりは諦めは早く付けられた。私は視力の衰えも自覚しつつあったので、今更新しいメガネを誂える気にはなれず、以前使っていた流行遅れの古メガネを再使用することにした。メガネ蔓の両端にチェーンを取り付け、外しても我が身から離れないようにと、遅まきながらの〝わすれモノ対策〟を講じた。この対策の効果テキメンなることとは、数日後、近くのスーパーでの買い物の際に起こした〝ハプニング〟で、早々に実証された。買い物の支払いを済ませて店を出た時、メガネを掛けてないことに気付いたのだが、つい〝またしてもしくじり事をしてしまったのか〟と勘違いして、慌てて店に戻り、「先程の買い物で、店内にメガネを置き忘れてしまったのですが」と受付の店員に告げて、「胸からブラ下げていますよ」と笑われてしまった。

今度は〝わすれモノ〟ならぬ〝モノわすれ〟の、お恥ずかしい失態を演じてしまったのだった。

高齢者の〝モノわすれ〟は、老齢による〝避け難い記憶力の減退現象〟と思ってはいるが、こんなことを度々起すようなら、先々認知症の心配もしなければと気分も落ち込んでしまった。

さて、さまざまな〝モノわすれ〟も、メガネの置き忘れくらいならまだしも、今や必帯品となったスマホや玄関カギの置き忘れ、そしてサイフやクレジットカードの置き忘れとなれば、いささか厄介な事態を引き起こす。スマホには個人情報が満載されているし、ディンプルタイプの高級な玄関カギは、ほとんどが特注品で、上下揃いの合鍵等はすぐには手に入れられない。

さらに、クレジットカード紛失の場合は、紛失直後に気付かずにいると、ある日突然身に覚えのないカード使用明細書が届けられたりする〝深刻な事件〟も、想定しなければならなくなる。現代社会の利便性向上は、交通と通信手段の発展によるところが大きいが、それらに勝るとも劣らないのが、大金の携帯を不要にしたクレジットカードの普及である。一般的な都市生活者ならば、サイフには常にクレジットカード数枚ほどを収めているのが普通だろう。

このクレジットカードの使用をややこしくしているのが、近年急速に普及し始めたさまざまなポイント制度である。元々クレジットカードにもポイント制度があり、一定金額の使用ごとに規定現金相当額の点数が貰える仕組みは誰でも知っての通りだが、これとは別に、〝一定店舗での商品購入毎に規定現金相当額の点数が貰えるポイント制度〟が広まり出してからは、外出の際にはこうしたポイントカードの携帯も不可欠になってしまった。その結果、狭い財布の中に、各種のクレジットカードとともに各種のポイントカードが、ギッシリ収められているのが当たり前となった。こうしたカード類の管理に長けた人であれば問題もないのだろうが、私は大きなサイフが嫌いな上に、カードの収め分けもしたくないので、急ぎの時や混雑した状況での買い物の際には、カードの出し入れに手間取ることがよくある。焦ったりした時には、つい置き忘れたり受け取り忘れたりもしてしまう。買い物の際、あるはずのカードが見当たらず、突然、紛失に気付いて青くなったりするのは、私だけの経験でもないだろう。

〝モノわすれ〟と〝モノさがし〟の、必然的な付随行為となるのが、〝あきらめ〟である。

私たちの意図した行動が目的通りに運ばなかった時、意に反して選択される行為が〝あきらめ〟なので、通常はマイナスイメージの伴う行為であろう。逆に反対の〝あきらめない〟の方は、プラスイメージで受け止められ、賞賛の種になることも多い。去年のワールドサッカーでは、期待された我が国の代表チームが、勝利の条件付きとなった予選最終戦で、終了間際に危ういゴールを決め、決勝トーナメント進出が決った時、またWBC（世界野球）の準決勝戦最終回に、調子の出なかった選手に長打が出て、日本の逆転勝ちが決った時、当の選手は元より応援していた日本人の胸に湧き上がったのは、〝あきらめないで良かった〟ではなかったろうか。私も物心が付いて以来、「何事に対しても安易に〝あきらめない〟こと」を生き方の基本理念にしてきたように思う。しかし、会社勤めを卒業し、全ての時間が自分のために使えるようになってからは、そうした考え方に拘る気持ちは大分薄くなった。これまでの人生を振り返る機会も多くなり、「〝あきらめたこと〟も多かった過去」が想い起こされたからである。

そして、後期高齢者に仲間入りしてからは、〝限りある人生〟をさまざまな形で実感させられて、人生後期における「〝あきらめ〟の大切さ」を、否応なく覚悟させられてもいる。

〜その80〜

グレープフルーツ収穫の期待

庭先の若木が今年初めて開花して

２０２３年　５月

　４月17日の朝、二階寝室のカーテンを開けるなり、眩しい陽射しに一瞬めまいを覚えた。見渡せば、昨夜の雨がウソの様な好天気で、春特有の柔らかな陽差しがなんとも心地良い。弾む心で居間に降り、着替えもどかしく、急かされる様に雨戸を一気に開けると、みずみずしさに溢れる新緑の〝癒しの色彩〟が、目に飛び込んで来た。いつもなら、真っ先に朝刊を一瞥してからの朝食、という運びだが、この日ばかりは後回しにした。

　誘い出される様に庭に出て、庭木の様子を見回りながら、〝小さくとも庭の有る幸せ〟を感じたが、こんな思いのする時は、年に数回も有るか無いかだろう。今更ながらこの時期の、それも雨上がり後の朝の、草木の新芽の発生と伸びの速さには驚かされた。昔から物事の発生の早さや多さは、〝雨後のタケノコ〟にたとえられて来たが、春先での草木の新芽の旺盛な生育振りは、〝雨後のタケノコ〟以上ではないだろうか。動物と違い移動の出来ない植物は、他に先んじた場所取りが、その後の成長を決定付ける事になるのだから、一見ノドカに見える新芽の発生現象も、現実は潜在する生存競争の厳しさの発露でもあるのだろう。

　新緑の良さが一番楽しめるこの時期だが、私には手間仕事の始まる時期でもある。我が家の庭木や草花は、過密気味に植え込まれているので、景色を好みの状態に保つためには、生育の速いこの時期から夏の終わりに掛けて、樹形を崩す新芽や枝の摘み取りや剪定が欠かせなくなるからだ。庭木に一定の姿を保つ性質でもあれば良いのだが、生長の侭に勝手に姿を変えて行くので、見栄えを好みの状態に保とうと思えば思う程、幾ら手を掛けても掛け過ぎにならないのが庭仕事の特徴である。其の為、例年の3月も中半を過ぎると、小まめな剪定が欠かせなくなる厄介な時期の始まりとなる。勢いのある新芽を見れば、良好な健康状態が分かって安心する反面、樹形を保つために邪魔な位置の枝や新芽は剪定せねばならず、物言わぬ草木が相手とは言え、剪定作業はそれなりに気の引ける作業でもある。

毎年、実の付き具合が気になるミカンは、一昨年に続いて昨年も豊作であっただけに、今年は期待出来ないだろうと思い込んでいたが、昨年来の小まめな剪定が功を奏したのか、意外にも今年も小さな花が沢山付いていて、三年連続の豊作期待が持てそうだった。元来、暖地に適した柑橘類には、最近の温暖化現象が幸いしているのかもしれない。

車や人通りの多い南側の接道との境界に在る生け垣は、大部分が最初の家の建築時の侭なのだが、現在の家に建て替えた時も、そっくり其の侭残す事を条件に、セットバック義務を免れているので、植木の道路側への枝張には常に気を付けている。そうした事情から、春から夏にかけては、毎週の様に伸びの目立つ新芽や枝を剪定して、道路側への枝出しを防いでいるが、この日は生け垣の上部に見慣れぬ白いものが有るのに気が付いた。近づいてよくよく見れば、何と生け垣の内側に植えられたグレープフルーツの予期せぬ開花ではないか！

もうかれこれ十五年程も前になるだろうか、近くの行きつけの園芸店を覗いていたら、一角にグレープフルーツの苗木が置かれているのが目に付き、店員の「品種改良された苗木なので、東京でも充分生育しますよ」との説明に乗せられて、植え場所の事も考えず、一本衝動買いしてしまった。案の定、家に持ち帰ってから、植え場所探しに苦労する羽目になったが、南側道路沿いの生け垣の内側に、僅かな空き場所を見付け、先々の事は考えず、強引に植え付けをしたのだった。苗木は背丈1メートル程だったので、朝のうちは生け垣の陰に入ってしまい、柑橘類に肝心の陽当たり具合は良くはない場所であった。この時の思いが意識の根底に在って、折角植えた果樹にも拘らず、その後も内心では「亜熱帯由来の外来種だから、実が付く迄の成長は無理だろう」と、成木への成長期待は殆どしていなかった。

ところが、リンゴやナシ等のバラ科の果樹と違い、グレープフルーツにも柑橘類特有の生命力が有るのだろう、理想的とは言えない場所に植えられたにも拘らず、その後も徐々に背丈を伸ばし、去年は枝先が何とか生け垣よりも上に頭を出し、陽当たり具合も格段に改善されていた。しかし、まさか今年花を付けようとは！　まさに、予測外の出来事であった。

改めてネットで調べてみると、「十八世紀の中頃、西インド諸島のバルバドス島でブンタンとオレンジの自然交配種として発見され、その後米国のフロリダやカリフォルニアで栽培・品種改良されて、今日のグレープフルーツが誕生した」と紹介されていた。名称は、ブドウの様な実の着き方に由来しているらしい。我が国には大正の初期に高級品として輸入された様だが、戦後も暫くはミカン産業保護の為一般的には流通しなかったものの、輸入制限が緩和されると次第に一般市場に出回る様になり、同時に好事農家による品種改良もなされて、今では、我が国でもミカン栽培の適地での栽培が可能となっている様だ。

私は、終戦後の急速な都市化途上にあった江戸川区小岩の農家（実際は特定郵便局との兼業だったが）育ちであったから、学友や遊び友達の殆どがサラリーマン家庭か商家の子弟であったので、家の外では住宅地雰囲気に馴染んではいたものの、家に帰って畑や屋敷林のある農村的雰囲気に囲まれた方が、どちらかと言えば本来の落ち着きを感じる、といった具合で、いささか奇妙な環境での日常生活を送っていた。〝三つ子の魂百迄も〟は、周知の諺だが、私が神戸時代に住んだ家も、現在住んで居る家でも、庭の広さはお構いなしにさまざまな草木を植え込んでいたのは、この古い諺通りの事を、無意識のうちに実践していた様なもので、今改めて回顧してみると、何だか固定概念にとらわれたままの様で気恥ずかしくもなる。

肝心の我が家の庭に咲いたグレープフルーツの花は、その後しばらくは敢えて見ない様にしていたが、一週間程すると垣根の白いものが見えなくなったので、恐る恐る確認してみたら、小さな実が一つ、枯れかけた状態で枝に付いていた。矢張り、見慣れたグレープフルーツを手にする時期は、まだ数年程は先の様だ。私は、グレープフルーツの枝ぶりを改めて慈しみながら、「現在抱えている我が身の〝潜在的健康問題〞に何とか耐え、元気なままに〝庭で取れたグレープフルーツ〞を食卓に乗せたい」と新たな思いに救いを見い出した。

あとがき

私には、技術的文書なら兎も角、文学的文章の類を書く文才など有るとは思えなかったが、エッセイなるものを書き始めて、改めて文学的知識の乏しさや才能の無さを、悟らされた。又、エッセイを書き重ねるにつれ、日本語の表現方法の多様性や表現力の豊かさに気付かされた反面、日本語特有の助詞や助動詞の使い方の難しさには、大いに悩まされた。

そのためか、ほぼ出来上がったと思った文章でも、少し時間を置いて読み返すと、微妙な表現上の不満や、前後の文章との音声的不和を感じて、書き直したくなる事が度々であった。

一体、プロのエッセイストは、どうやってこうした悩みとの折り合いを付けているのだろうか、いやプロなら、そもそもそうした類の悩みなど無いのだろうかなどと、訝ったりもした。

こうした文学的或いは文法的問題とは別に、取り上げる題材やその取り上げ方についても、常に一定の制約が潜在している事を意識していた。と言うのは、公に発表する事を前提にして文章作りしている訳ではないものの、参加している調布市支援のエッセイの会での発表を念頭に置いていたため、文章が一旦自分の手を離れれば、見知らぬ第三者の目に触れるのも必至と思われ、そうなると、家庭内での赤裸々な題材の選択や、政治や宗教は元より社会の常識や習慣に関して、極論めいた文章を書くのは、避けるべきだろうと思われたからである。

結果的に、本来ならストレス発散にもなる、一番書きたい筈の〝独自性に富んだ勢いのある事〟は書き難くなる半面、今更ながら私の知識と常識レベルの如何、が問われる事となった。

出来上がったエッセイ集では、作者の知性と文章力が、不特定な第三者に晒される事となるのは不可避であるので、製本化・出版による自己満足感の陰に、〝好き者の恥曝し事〟となる危惧や、思わぬ批判を耳にする不快、等が潜んでいる事も覚悟しなければならないだろう。

何れにしても、こうした一連の行動は、既に社会活動の第一線を退いた、〝高齢者特有のなせる業〟であるので、どんな結果であれ、成行きは甘んじて受け入れる事としたい。

自宅

実家

二〇二三年七月

田嶋榮吉

著者
田嶋　榮吉
東京都江戸川区小岩出身。特定郵便局を営む兼業農家の８人兄弟（下から二番目の四男）として誕生。小岩小学校、小岩一中、両国高校、横浜国立大学卒。

関西が本社の輸送用機械製造企業に、当初は事業部門の設計担当として、後半は本社勤務。

数度の不況経験と企業人事の理不尽さから、将来を見通して休日を活用しての副業を始める。

平成初期に神戸市から調布市に転居。定年退職を契機に受給人生を卒業し、副業を本格化。

趣味は、庭いじり、旅行、映画・音楽・絵画鑑賞等、余技としてのエッセイ作り。

家庭生活では、経済・労働負担及び趣味・娯楽活動等での夫婦均等化をモットーとする。

本書出版時 79 歳

綴り草

2023 年 7 月 29 日 初版発行

著者	田嶋榮吉
発行者	奥本達哉
発行	アスカ・エフ・プロダクツ
発売	明日香出版社 〒 112-0005 東京都文京区水道 2-11-5 電話 03-5395-7650 https://www.asuka-g.co.jp
装丁	野口　優
カバーイラスト	たそのみい
本文イラスト	たそのみい
校正	ロードフロンティア
組版	株式会社フクイン
印刷・製本	株式会社フクイン

ISBN 978-4-7569-2298-4